Aly Martinez

From the Embers

ALY MARTINEZ

FROM THE EMBERS

Roman

Aus dem amerikanischen Englisch
von Vanessa Lamatsch

everlove
by PIPER

ISBN 978-3-492-06508-5

Titel der amerikanischen Originalausgabe: »From the Embers«,
Independently Published 2021

Redaktion: Anita Hirtreiter
Satz: psb, Berlin
Gesetzt aus der Didot
Druck und Bindung: CPI Books GmbH, Leck
Printed in the EU

Für Mo Mabie
Danke, dass du die geniale Idee hattest, Stahlkappenstiefel vorzuschlagen. Und dass du verhindert hast, dass ich sie mir notiere.

UND

Für Corinne Michaels
Für all die netten Dinge, die ich getan habe und an die du nie denkst.

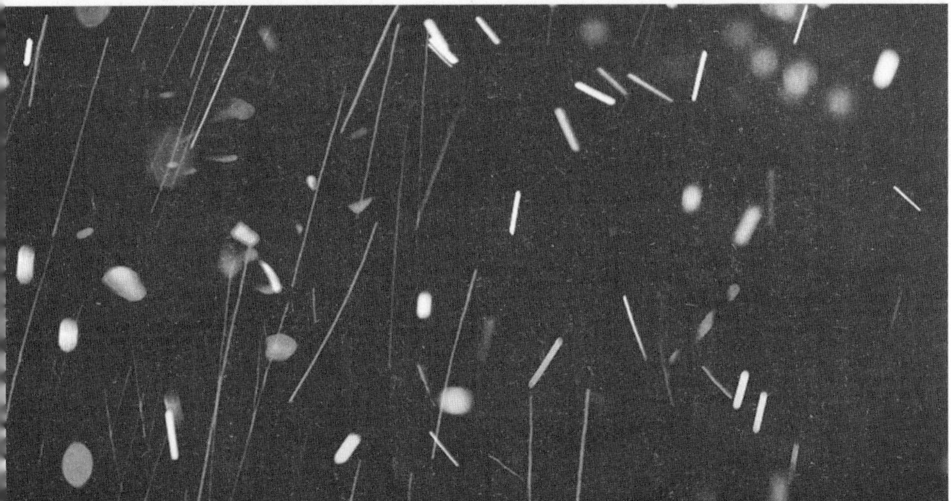

1

Eason

»Hey«, hauchte ich und fing Jessicas Arm ein, als sie aus dem Kinderzimmer schlich.

»Lass das, Eason. Ich bin nicht in Stimmung.«

Das war sie nie. Und damit bezog ich mich gar nicht auf unser Liebesleben. Doch zufälligerweise hatte sie darauf auch nie Lust.

Ich drückte sanft ihren Arm. »Komm schon. Du musst mit mir reden.«

»Nein, muss ich nicht!«, schrie sie und wirbelte zu mir herum.

Ich schloss leise die Tür zum Schlafzimmer unserer Tochter. »Nicht so laut, sonst weckst du sie noch auf!«

»Daran musst du mich nicht erinnern. Ich war schließlich diejenige, die sie überhaupt zum Einschlafen gebracht hat, während du draußen in der Garage warst und an deinem blöden Piano so getan hast, als wärst du Billy Joel.«

Jepp. Sie hatte absolut recht. Obwohl ich eigentlich versuchte, Eason Maxwell zu sein und lyrisches Blut aus meinen Fingerspitzen zu zwingen, um einen verdammten Refrain zu schaffen, der es mir erlauben würde, die Zwangsversteigerung unseres Hauses abzuwenden.

»Wie ich es mache, ist es verkehrt, Jess. Wenn ich den ganzen Tag damit verbringe, irgendwie einen Song zu produzieren, den ich verkaufen kann, um uns noch ein paar Monate über Wasser zu halten, machst du mir Vorwürfe, weil ich ständig arbeite. Wenn ich alles stehen und liegen lasse, um dir mit dem Baby zu helfen, werden wir das Haus verlieren, und du hasst mich dafür. Was soll ich denn tun?«

Sie riss die Augen so weit auf, dass ihre Brauen fast den Haaransatz berührten. Nach drei Jahren Ehe kannte ich sie gut genug, um zu wissen, dass sie kein Blatt vor den Mund nehmen würde. Und dabei sehr verletzend sein konnte.

»Du sollst fähig sein, die Familie zu ernähren!«

Das hat gesessen.

In dem Bemühen, mein Temperament zu zügeln, schloss ich die Augen und konzentrierte mich auf das Geräusch ihrer schweren Atemzüge – sie schien am Ende zu sein, genau wie unsere Ehe. »Ich gebe ja mein Bestes.«

»Und wenn das einfach nicht mehr ausreicht?«

Ich riss die Augen auf, weil ich zwischen den Zeilen lesen konnte. Das war nicht nur ein Angriff auf meine Karriere. Hier ging es genauso sehr um unsere Beziehung wie um meinen Job.

»Sag nichts, was du nicht zurücknehmen kannst«, warnte ich sie mit zusammengebissenen Zähnen.

Wir hatten uns geschworen, nie grundlos mit Scheidung zu drohen … und bisher war uns das ziemlich gut gelungen. Aber seit Lunas Geburt vor einem halben Jahr war sie beinahe täglich kurz davor. Es traf mich jedes Mal wie ein Schlag, doch ich verhielt mich schon so lange defensiv, dass ich nicht mehr wusste, wie ich mich anders verhalten sollte.

Tränen glitzerten in ihren blauen Augen. »Du hast es mir versprochen, Eason. Du hast es mir an dem Tag geschworen, als ich dir gesagt habe, dass ich schwanger bin. Du weißt, wie ich aufgewachsen bin. Und du hast mir versprochen, dass es unserem Kind einmal besser gehen wird.«

All das stimmte.

Aber auch wenn ich Probleme hatte, ihr alles zu geben, wovon ich geträumt hatte, als sie mit einem breiten Lächeln hinter dem Spitzenschleier vor den Traualtar getreten war, unterschied sich unser aktuelles Leben doch sehr von der heruntergekommenen Farm, auf der sie aufgewachsen war.

»Das ist nicht fair.« Ich ließ meinen ungläubigen Blick pointiert durch das zweihundert Quadratmeter große Haus mit den drei Schlafzimmern und zwei Bädern gleiten, das wir scherzhaft Maxwell Manor getauft hatten. Zwar lag es nicht so nah an der Innenstadt von Atlanta, wie Jessica es sich gewünscht hatte, doch es hatte zu den wenigen finanzierbaren Häusern gehört, die über einen Keller verfügten, in dem ich ein Studio einrichten konnte. Ein Studio, das es immer noch nicht gab, weil … na ja, das Leben dazwischengekommen war.

Oder um genauer zu sein: weil Luna Jade Maxwell dazwischengekommen war.

Eigentlich hatten wir noch keine Kinder geplant gehabt.

Jessica und ich hatten noch eine Weile das Leben genießen wollen, bevor wir vorhatten, eine Familie zu gründen. Aber ein schlauer Mann hatte mal gesagt: Wenn du Gott zum Lachen bringen willst, erzähle ihm von deinen Plänen! Kaum dass ich meinen Plattenvertrag unterschrieben hatte, wurde Jessica ungeplant schwanger. Ich hatte sie heulend im Bad gefunden, wo sie auf dem Boden gesessen und einen positiven Schwangerschaftstest in der Hand gehalten hatte.

Das Timing war wirklich schlecht gewesen. Besonders da mein Label ein paar Monate später erst mein Album in die Tonne getreten und mich dann ganz fallen gelassen hatte.

Aber Luna – mit ihrem dichten braunen Haar und den honigfarbenen Augen, die so besonders waren, als wäre die Farbe nur für sie gemacht worden – war das Beste, was mir je passiert war.

Meine Schultern sanken nach unten, und ich massierte mir den Nasenrücken. »Hör mal, können wir ein anderes Mal darüber reden? Ich muss duschen und dann mit dem Kochen anfangen. Und sobald Luna aufwacht, werde ich sie zu Rob und Bree bringen.«

»Ach ja, stimmt! Weil wir uns keinen Babysitter leisten können, weswegen wir uns meiner besten Freundin aufdrängen müssen, damit wir mit den beiden abhängen können.«

Ich stöhnte. Herrgott, sie ließ wirklich keine Gelegenheit aus, mich niederzumachen! Sie machte mich für alles verantwortlich. Jessica wollte Hausfrau und Mutter sein wie Bree. Und ich hatte mir dasselbe für sie gewünscht. Aber als es hart auf hart gekommen war und meine Ersparnisse langsam verpufft waren, hatte Jessica nicht ein einziges Mal gefragt, was sie tun oder wie sie uns als

Familie helfen konnte. Und ja, ich war deswegen verbittert, doch ich ließ meine Launen nicht an ihr aus.

Und vor allem drängte ich mich Bree in keiner Weise auf.

Glücklicherweise – oder unglücklicherweise, je nachdem, wie man es betrachtete – war Jessicas beste Freundin Bree mit meinem besten Freund Rob verheiratet. Das bedeutete, dass ich den Mann angerufen hatte, der für mich fast wie ein Bruder war, und also *meinen* besten Freund gefragt hatte, ob ich unsere Tochter bei *seiner* Babysitterin abgeben konnte.

Natürlich hatte er zugestimmt. Und da er herausgehört hatte, wie beschämt und gefrustet ich war, hatte er mir erzählt, dass es bei Bree und ihm nach der Geburt ihres Sohns ebenfalls gekriselt hatte. Seiner Beschreibung nach war das, was wir gerade durchmachten, vollkommen normal. Allerdings hatte ich das Gefühl, dass seine Frau Jessica nicht mit solch aufbauenden Worten versorgte.

Man könnte sagen, dass Bree nicht gerade mein größter Fan war. Was vielleicht daran lag, dass ich mich an dem Abend, an dem wir uns zum ersten Mal begegnet waren, auf ihre Schuhe übergeben hatte. Aber das war doch schon so lange her!

Wir waren keine Todfeinde oder so etwas in der Art. Bree und ich verstanden uns ganz gut – oberflächlich betrachtet. Doch sie war etwas … schwierig.

Und voreingenommen.

Und snobistisch.

Und, na ja … anspruchsvoll.

Nach und nach fand ich heraus, dass einige dieser Adjektive auch auf meine Frau zutrafen.

Ich hatte Himmel und Erde in Bewegung gesetzt, um Jessicas Gunst zurückzugewinnen. Hoffentlich würde ein

Pärchenabend ihr wieder ein Lächeln aufs Gesicht zaubern. Da ich mir ein Menü in irgendeinem Fünf-Sterne-Restaurant, das Bree eines Besuchs für würdig erachtete, nicht leisten konnte, hatte Rob vorgeschlagen, wir sollten einfach einen Spieleabend veranstalten. Während der Babysitter auf die Kinder aufpasste, konnten wir vier ungestört in unserem Haus abhängen. Jeder würde seinen eigenen Alkohol mitbringen. Ich würde die Reste von dem Scotch trinken, den Rob mir zu Lunas Geburt geschenkt hatte ... und ich würde für Jessica eine Flasche Wein besorgen, die gerade im Angebot war. Zu meinem Glück war sie nicht gerade wählerisch, wenn es darum ging, worin sie ihre Sorgen ertränkte.

Eine Hand um den Nacken geschlungen, hielt ich ihrem eiskalten Blick stand. »Können wir uns heute Abend einfach mal vertragen? Bitte? Ich bin es so leid, ständig zu streiten. Du bist sauer. Das habe ich verstanden, okay? Wir werden eine Lösung finden.« Ich streckte die Hand aus und verschränkte unsere kleinen Finger, ehe ich sanft zog.

Sie kam näher, blieb aber stehen, bevor ihre Brust meine berührte. »Du versuchst jetzt schon seit Monaten, eine Lösung zu finden, aber nichts hat sich geändert. Die Hypothekenbank ruft ständig bei mir an, als könnte ich vier Monate verpasste Zahlungen einfach aus dem Hut zaubern, wenn sie mich nur genug bedrängen. Jeden Morgen wache ich erfüllt von der Angst auf, dass sie uns heute bestimmt das Wasser abdrehen. Oder den Strom, oder ...« Ihre Stimme brach. »Oder ... ich weiß nicht. Irgendwas.«

Mein Magen verkrampfte sich. Die Lage war übel, aber wenn wir deswegen ständig stritten, trieb das einfach bloß einen Keil zwischen uns.

Zögerlich trat ich einen halben Schritt vor, zog sie in eine Umarmung und drückte ihr einen Kuss auf den

Scheitel, ohne mich von ihrer steifen Körperhaltung beeindrucken zu lassen. »Ich werde nicht zulassen, dass man uns das Wasser abdreht. Oder den Strom. Oder irgendetwas anderes, was dir einfällt.«

»Wie?«, krächzte sie. Ihr Mangel an Vertrauen war verletzend, aber wahrscheinlich gerechtfertigt.

Ich atmete tief ein. Meine Brust schmerzte. Verdammt. Es wurde Zeit. Ich konnte es nicht länger aufschieben. Auch wenn es mich Überwindung kostete. Das war unsere einzige Chance. Als Ehemann und Vater hatte ich Verantwortungen, die weit wichtiger waren als mein Traum.

»Ich werde das Album auseinandernehmen«, flüsterte ich.

»Eason«, keuchte sie, hob den Kopf und stützte ihr Kinn auf meiner Brust ab. Das Glück, das in ihren Augen leuchtete, bohrte sich wie ein Messer in meine Brust.

Das Rampenlicht mochte sich außerhalb meiner Reichweite befinden, aber ich wusste, wie man Musik verkaufte. Songwriting war das, womit ich angefangen hatte. Es hatte das Geld für unser erstes Date, Jessicas Verlobungsring und die Anzahlung für unser Haus geliefert. Momentan bezahlten wir von meinen schwindenden Tantiemen unsere Rechnungen – wenn wir sie denn beglichen. Das erste Mal, als ich eines meiner Lieder im Radio gehört hatte, war ich so aufgewühlt gewesen, dass ich alle angerufen hatte, die ich kannte. Ich war stolz auf meine Leistung … aber eigentlich war das Ziel immer gewesen, nicht nur unglaubliche Musik zu schreiben, sondern sie auch selbst zu singen.

Das Album *Solstice in the '92*, meine typische Mischung aus entspanntem Pop und Soul, sollte mich an die Spitze der Charts bringen. Dreizehn Songs, in die ich mein Herzblut gesteckt hatte. Jedes einzelne Lied der Inbegriff einer anderen Phase meines Lebens – von meinem Aufwachsen ohne Vater über meine Partyzeit als Junggeselle bis hin zur Geburt meiner Tochter. Die Songs waren kühn. Roh. Eason Maxwell in Reinkultur. Sie an jemand anderen zu verkaufen, würde sich anfühlen, als würde man mir jeden Knochen einzeln brechen.

Aber damit könnte ich unsere Rechnungen bezahlen.

Und vielleicht konnte ich damit wieder ein Leuchten in die Augen meiner Frau zaubern, wieder Schwung in unsere Beziehung bringen und meine Familie zusammenhalten. Es gab nichts, was ich nicht geopfert hätte – Hoffnungen und Träume eingeschlossen –, um der Mann zu sein, den Jessica und Luna verdient hatten.

Und allein aus diesem Grund gelang es mir, Jessica ein Lächeln zu schenken. »Es ist das Richtige, Süße. Für dich. Für Luna. Verdammt, vielleicht sogar für mich. Ein neuer Anfang kann nicht schaden, oder?«

Sie schlang die Arme um meinen Hals – der erste Körperkontakt seit Wochen, der von ihr ausging. »Was glaubst du, wie lange es dauern wird, die Songs an den Mann zu bringen?«

»Schwer zu sagen, aber ich werde gleich am Montagmorgen rumtelefonieren.«

Sie stieß ein Kichern aus, das für einen Moment die Galle aus meiner Kehle bannte. »*Turning Pages* ist unglaublich. Ich wette, die großen Namen werden sich darum reißen.«

Super, das war genau das, was ich mir wünschte: eine egozentrische Primadonna, die von meinem stürmischen Verhältnis zu meiner narzisstischen Mutter sang.

Ich schenkte ihr ein angespanntes Lächeln. »Das wäre toll.«

Mit einer Unbeschwertheit, die ich seit Monaten nicht mehr gehört hatte, sagte sie: »Darauf sollten wir anstoßen.

Kauf später unterwegs eine Flasche Champagner.« Sie zögerte. »Nein, lass mal. Ich werde Bree fragen. Sie wird eine besorgen.«

War ja klar. Ich hatte mir das Herz herausgerissen und es meiner Frau zu Füßen gelegt, aber es wäre Bree, die ihr den Tag rettete.

Damit hatte sie Salz in meine Wunden gestreut, doch wie so oft in meiner Ehe lächelte ich einfach weiter. »Hört sich gut an.«

2

Bree

»Er verkauft *Solstice in the '92?*«, flüsterte ich vollkommen schockiert ins Telefon.

Am anderen Ende der Leitung schnaubte Jessica entnervt. »Zumindest hat er das gesagt. Die eigentliche Frage ist, ob er es auch wirklich durchzieht.«

Ich spähte aus der Küche um die Ecke, um sicherzustellen, dass Rob mich nicht hören konnte. Mein Mann hasste es, wenn Jessica und ich über seinen besten Freund sprachen. Rob fand immer, wir würden uns gegen den armen Kerl verbünden, aber als Jessicas beste Freundin musste ich mich doch vergewissern, dass Eason sich gut um sie kümmerte. Und meine Sorge war mehr als gerechtfertigt. In den letzten paar Jahren hatte er in dieser Hinsicht kläglich versagt.

Als ich mir sicher war, dass Rob sich immer noch in

der Garage herumtrieb und seinen heiß geliebten Porsche bestaunte, ging ich zum Ofen zurück, um nach dem Essen für die Kinder zu sehen. »Aber diesmal hat er von sich aus angeboten, das Album zu verkaufen, oder? Das muss etwas bedeuten.«

Wieder schnaubte sie spöttisch. »Ja, es heißt, dass er es leid ist, auf der Couch zu schlafen und keinen Sex zu kriegen.«

»Wie auch immer. Solange es damit endet, dass du und Luna nicht obdachlos werdet, ist es für mich okay.« Ich zögerte und biss mir auf die Unterlippe. »Du weißt, falls du etwas brauchst, bis er die Songs verkaufen kann …«

»Lieb von dir. Aber nein danke. Das ist nicht dein Problem.«

Ich seufzte. Jessica und ich waren seit unserer Collegezeit befreundet, als wir beide gekellnert hatten. Sie war unglaublich stur und so stolz, dass sie nicht mal Hilfe angenommen hätte, wenn sie wirklich am Boden gewesen wäre. Wozu momentan nicht mehr allzu viel fehlte.

»Jess, hör auf. Lass mich dir einfach ein bisschen …«

»Champagner«, fiel sie mir ins Wort. »Das Einzige, was ich von dir annehmen werde, ist Champagner. Wir werden heute Abend feiern.«

»Das ist streng genommen das erste Mal seit Madisons Geburt, dass ich die Kinder allein lasse.«

»Und dann führt dich dein erster Ausflug ausgerechnet in mein hässliches Wohnzimmer. Du hast aber auch ein Pech!«

»Hey, ich bin einfach froh, mal einen Abend zu erleben, der keine Windeltasche erfordert.« Das stimmte nicht ganz. Der Gedanke, dass ich die Kinder allein lassen würde, stresste mich schon die ganze Woche.

Es trieb Rob in den Wahnsinn, dass ich seit fast zehn

Monaten jede Verabredung verweigert hatte. In unserer Nachbarin Evelyn hatten wir eine tolle Babysitterin gefunden. Sie war supergeduldig und freundlich, hatte selbst vier Jungs im Teenageralter. Rob und ich vertrauten ihr in Bezug auf Asher absolut, aber bei Madison war das etwas schwieriger. Sie war ein Frühchen gewesen, das über einen Monat auf der Neugeborenen-Intensivstation verbracht hatte. Jetzt, mit zehn Monaten, ging es ihr wunderbar ... doch für mich würde sie immer dieses winzige Dreieinhalb-Pfund-Baby bleiben, das um Atem rang, während Schläuche sich um seinen Körper wanden.

Aber es wurde Zeit. Mental und emotional brauchte ihre Mama mal eine Pause.

»Schwachsinn.« Jessica lachte. »Du tigerst schon den ganzen Tag im Haus auf und ab, habe ich recht?«

Ich spähte zum wiederholten Mal aus dem Küchenfenster, um nach Evelyn und Madison zu sehen, die auf einer Decke im Gras saßen. »Was? Nein. Tue ich nicht.«

»Lügnerin.«

Eine Bewegung an der Garagentür erregte meine Aufmerksamkeit. Robs dunkelbraune Augen fingen sofort meinen Blick ein, dann schenkte er mir ein schelmisches Lächeln. So sah er mich immer an – hingerissen und beinahe ehrfürchtig.

Meine Wangen wurden heiß, als er langsam auf mich zukam, während sein Blick über meinen Körper glitt und an all den richtigen Stellen verharrte.

»Jess, ich muss jetzt auflegen.«

»Schön. Eason sollte jeden Moment auftauchen, um Luna abzugeben. Könnte sein, dass Rob das mit dem Album bereits gehört hat, aber erzähl bitte keinem von beiden, dass ich mit dir darüber geredet habe.«

»Mmhm«, brummte ich, die Zähne in der Unterlippe

vergraben, weil mein muskulöser Mann mit geradezu raubtierhafter Eleganz auf mich zuschlich. »Wir sehen uns heute Abend.« Dann legte ich auf, ohne mich zu verabschieden.

Rob zog mir das Telefon aus der Hand und legte es auf die Arbeitsfläche. Anschließend schlang er den Arm um meine Taille, um mich an sich zu ziehen. »Wow«, flüsterte er, und sein Atem glitt über meine Lippen, »du siehst toll aus!«

»Übertreib nicht. Es ist nur ein Sommerkleid«, antwortete ich und lächelte an seinen Lippen. Um genau zu sein, war es das Sommerkleid, das ich am wenigsten mochte. Das gelb-braune Blumenmuster stand mir nicht besonders, aber ich war die letzten Schwangerschaftspfunde immer noch nicht los, also gehörte es zu den wenigen Kleidern, die mir momentan passten.

Früher war ich einmal Geschäftsfrau gewesen – daher bestand meine Garderobe überwiegend aus Bleistiftröcken und Blazern. Nun war ich Hausfrau und Mutter von zwei Kindern. An guten Tagen trug ich Hosen mit Bund.

Rob schob eine Hand unter den Saum meines Kleides und drückte meinen Hintern. »Verwende niemals das Wort *nur*, wenn es um dich in diesem Kleid geht.«

»Soll das heißen, dass dir dieses Kleid …«

»Mom!«, schrie Asher von oben.

Rob stieß ein Stöhnen aus, dann ließ er den Kopf in den Nacken sinken und starrte an die Decke. »Dieser Junge hat wirklich einen siebten Sinn, der ihm verrät, wann ich seine Mutter anmache.«

»Das hast du jetzt davon, deinen kleinen Doppelgänger produziert zu haben. Er weiß einfach, wann du etwas im Schilde führst.«

Einer seiner Mundwinkel hob sich zu einem atemberaubend schiefen Lächeln. »Ach, und es wäre gut geworden, Bree. Wirklich gut.«

»Das versprichst du mir immer. Aber was die Ausführung angeht, warte ich noch.«

Er starrte mich gespielt beleidigt an, doch das Glitzern in seinen Augen verriet mir, dass ich nach unserer Rückkehr nach Hause mit einer überfälligen leidenschaftlichen Nacht rechnen durfte.

Lachend antwortete ich unserem Sohn: »Ja, mein Großer?«

»Ist das Essen bald fertig? Es ist illegal, Kinder verhungern zu lassen, weißt du.«

Jepp. Das war mein Junge. Fünf Jahre alt und genauso schlecht gelaunt wie seine Mama, wenn er Hunger hatte.

»In zwei Minuten!«, rief ich zurück. In diesem Moment klingelte es an der Tür.

Rob zog die Augenbrauen hoch. »Hat er nun Verstärkung angefordert?«

»Ich glaube, das ist Eason. Jessica meinte, er wäre unterwegs.«

Robs Lächeln kehrte zurück, danach stahl er sich noch einen Kuss. »In diesem Fall … Eason kann warten. Also, wo waren wir?«

Ich wich seinem Mund aus. »Du öffnest deinem erwachsenen Kind die Tür, und ich werde unser tatsächliches Kind füttern, bevor es noch die Polizei ruft.«

»Hey, sei heute nett«, ermahnte mich Rob. »Eason plant diesen Abend schon seit einer Weile.«

»Ich bin doch immer nett.«

Er runzelte die Stirn, dann zog er los, wobei er über die Schulter zu mir sagte: »Genau. Natürlich. Einen Mann ein erwachsenes Kind zu nennen ist der Inbegriff der Freundlichkeit. Bestimmt wirst du auch bald heiliggesprochen.«

Ich verdrehte die Augen, auch wenn ich gleichzeitig ein schlechtes Gewissen hatte.

Schön. Stimmt. Manchmal war ich nicht gerade nett zu Eason. Aber ich hasste ihn nicht. Er war ein guter Kerl; er hielt anderen die Tür auf und achtete darauf, dass sich alle an den Gesprächen beteiligten, die er gut gelaunt dominierte. Mit seinem sandblonden Haar, den karamellfarbenen Augen und dem schiefen Lächeln, bei dem die Frauen dahinschmolzen, hatte er Jessica gleich für sich gewonnen. Und angesichts von Jessicas atemberaubendem Aussehen und ihrer Schlagfertigkeit war Eason ihr sofort verfallen.

Theoretisch war es der Traum eines jeden Highschoolmädchens, dass die beste Freundin den besten Freund des eigenen Manns heiratete.

Doch das galt nicht, wenn es um diese beiden ging.

Jessica hatte ein schweres Leben gehabt. Und wem auch immer es bestimmt war, mit Eason zusammen zu sein, erwartete ebenfalls ein hartes Leben – weil er sich entschieden hatte, einem so gut wie unerfüllbaren Traum hinterherzujagen. Zu Beginn hatten die beiden miteinander gelacht, wilde Nächte verbracht und sich ständig tief in die Augen gesehen. Doch ein positiver Schwangerschaftstest und das Aus von Easons Karriere hatten sie auf eine harte Probe gestellt – und ich hatte immer geahnt, dass es so kommen würde.

Aber ihre Beziehung ging mich nichts an – oder zumindest versicherte mir das mein Mann immer wieder.

Mit einem Topflappen zog ich die selbst gemachten herzförmigen Nuggets aus dem Ofen und ließ sie zum Abkühlen auf einen Teller gleiten.

»Essen ist fertig!«, rief ich zu Asher nach oben. »Wasch dir die Hände, bevor du runterkommst.«

Der verräterische Knall, als er aus seinem Bett sprang, verriet mir, dass er mich gehört hatte – obwohl ich ihn tausendmal gebeten hatte, es nicht zu tun. Das war natürlich nur eine Vermutung.

Eason schlenderte mit meinem zweitliebsten Mädchen auf der ganzen Welt auf der Hüfte in die Küche und grinste breit. »Hey, Bree«, begrüßte er mich und zog mich in seine übliche Umarmung. Und er wäre nicht Eason gewesen, wenn er mich nicht zum Abschluss noch fest gedrückt hätte. »Wie geht's dir denn?«

»Alles gut«, flötete ich, als ich mich ungeschickt aus seinem Halt befreite. Ich richtete den Blick auf meine Patentochter, klatschte einmal in die Hände und streckte ihr dann die Arme entgegen. »Komm her, meine Süße.«

Eason reichte mir Luna voll väterlichem Stolz. Sosehr er in beruflicher und finanzieller Hinsicht auch zu kämpfen hatte, er liebte seine Tochter wirklich über alles.

»Oh, du siehst aber hübsch aus! Ist das neu?«, fragte ich Luna und rückte die Spitze am Ärmel ihres mit einem Monogramm bestickten rosa Kleidchens zurecht. Ich wollte mir nicht mal ausmalen, um wie viel Jessica das Konto überzogen hatte, um das zu kaufen.

Eason strich sich über die Brust seines grauen Henley-Shirts. »Ach, Bree. Danke, dass du das bemerkt hast. Du siehst auch gut aus. Ist das Jessicas Kleid?«

»Ähm, nein. Das ist *mein* Kleid, das Jessica sich ausgeliehen hatte. Ich musste quasi eine Tom-Cruise-artige *Mission impossible* durchziehen, um es letzte Woche endlich zurückzubekommen. Deine Frau ist eine Kleiderdiebin, aber ich habe ihr diese Schuhe geklaut, als ich bei euch war, also sind wir quitt.«

Schmunzelnd zog Eason ein Nugget vom Teller und warf es sich in den Mund. Ich sparte mir die Mühe, ihn zu warnen, dass sie noch heiß waren. Ja, meine Heiligsprechung stand auf jeden Fall kurz bevor.

»Scheiße, Scheiße, Scheiße«, keuchte er und kaute mit offenem Mund.

Amüsiert beobachtete ich sein Leiden, während ich Luna auf der Hüfte wippte. »Willst du noch eins?«

»Mmmm. Danke, aber ich glaube, ich verzichte auf weitere Chicken Nuggets aus Lava.«

»Das sind Gemüse-Nuggets.«

Er verzog den Mund. »Das erklärt den grasigen Nachgeschmack.«

Ich schüttelte den Kopf, denn ehrlich … meistens konnte man einfach nicht anders auf Eason reagieren.

»Onkel Eason!« Asher übersprang die letzten drei Treppenstufen, womit er mir meinen täglichen Herzinfarkt verpasste.

»Was ist los, kleiner Mann?«, fragte Eason und sank in die Hocke.

Nach dem komplizierten Handschlag, an dem sie arbeiteten, seitdem mein Sohn drei Jahre alt war, beendeten sie das Ritual mit einem High Five hinter dem Rücken.

»Rate mal!«, meinte Asher.

Eason zögerte keine Sekunde. »Du hast ein Fossil im Garten gefunden, das zu einer neuen Spezies von Dinosauriern gehört. Da er keine Zähne hat, scheint dieser Dino freundlich gewesen zu sein, also haben Wissenschaftler beschlossen, ihn mithilfe seiner DNA neu zu züchten, in der Hoffnung, diese Art zu zähmen und als neues Transportmittel zu verwenden, sodass wir weniger kostbare … nun ja, fossile Energieträger verwenden müssen.«

Asher rümpfte auf wunderbare Art seine sommersprossige Nase. »Was? Nein!«

»Mist!«, hauchte Eason, den Blick versonnen in die

Ferne gerichtet. »Ich hatte mich schon darauf gefreut, einen Asherosaurus zu reiten.«

Mein Sohn lachte Tränen, eine typische Reaktion, wann immer sein liebster und einziger »Onkel« anwesend war. Eason lachte mit ihm, dann folgte eine verkürzte Version ihres geheimen Handschlages.

»Okay, ihr beiden«, unterbrach ich sie. »Ash, setz dich an den Tisch.«

»Tu es nicht«, flüsterte Eason aus dem Mundwinkel. »Das sind Gemüse-Nuggets, die eventuell mit Grasschnitt angefertigt wurden.«

»Jaaaaa! Ich liebe Gemüse-Nuggets.«

Eason bedachte ihn mit einem schiefen Blick. »Junge, irgendetwas stimmt nicht mit dir. Das war's. Morgen, wenn ich Luna wieder abhole, bringe ich dir herkömmliche Chicken Nuggets von Mickey D. Mit all diesem Gemüsezeug kriegst du nie Haare auf der Brust.«

Mein Sohn, ausgestattet mit dem fast schwarzen Haar und den ebenso dunklen Augen seines Vaters, widersprach heftig: »Igitt. Ich will keine Haare auf der Brust!«

»Eines Tages wirst du welche kriegen.«

»Nein, werde ich nicht. Dad hat auch keine Haare auf der Brust.«

»Also, das ist seltsam. Jeder Mann hat Haare auf dem Körper. Vielleicht solltest du dir das nächste Mal, wenn er duscht, seinen Hintern anschauen.«

»Iiiiiiiiiiiiihhh!«, schrie Asher, laut genug, dass Luna in meinen Armen zusammenzuckte.

»Oooo-kay«, meinte ich gedehnt und gab Eason seine Tochter zurück. »Das war genug Haar- und Hintern-Gerede für einen Tag … oder vielleicht sogar für immer.« Ich schnappte mir einen Teller aus dem Schrank und rief: »Rob, bitte komm und rette mich!«

Eason, der gerade den universellen Schritt-Schritt-Wipp-Babyberuhigungstanz aufführte, zog mit der freien Hand den Kragen seines Shirts nach unten, um sein ordentlich gepflegtes Brusthaar zu enthüllen, bevor er in Ashers Richtung *»McNuggets«* flüsterte.

Wie aufs Stichwort betrat Rob die Küche und schlug seinem besten Freund auf den Rücken. »Hör auf, meine Frau zu schikanieren.« Und auch er schnappte sich ein Nugget vom Teller. Das immer noch zu heiß war. Also keuchte er ebenfalls eine Weile mit offenem Mund, ehe er eine angewiderte Grimasse zog: »O Gott, was ist das denn Scheußliches?«

»Es ist Gemüse, Schatz. Sei vorsichtig, sonst bekommt dein Körper einen Schock.« Sobald ich eine Handvoll Nuggets, ein paar Babykarotten und eine halbe Banane auf Ashers Teller drapiert hatte, reichte ich den Teller an Rob weiter.

Er trug ihn zum Tisch. »Okay, ich habe Lunas Spieltasche ins Gästezimmer gestellt. Ich fühle mich schlecht. Vielleicht sollten wir Luna doch besser bei Madison unterbringen, damit sie nicht so allein ist?«

»Nicht wenn du willst, dass die beiden schlafen.« Ich lehnte mich mit der Hüfte gegen die Arbeitsfläche. »Zwei Babys-Querstrich-zukünftige-beste-Freundinnen werden niemals schlafen, wenn sie sich gegenseitig sehen können.«

Rob trat vor Eason, um Luna am Bauch zu kitzeln. »Ist es für Jessica auch echt okay, dass Luna heute Nacht hierbleibt?«

Eason lachte leise. »Falls nicht, hat sie wirklich ihre Zeit damit verschwendet, siebenundzwanzig Outfits, Schnuller, Flaschen und auch einen Wintermantel einzupacken, obwohl wir Mitte Mai haben.« Er sah auf die Uhr. »Und wo wir gerade dabei sind, ich sollte wieder verschwinden.

Ich muss noch ein paar Dinge einkaufen.« Er küsste Luna ungefähr ein Dutzend Mal auf das Köpfchen, bevor er sie widerwillig an Rob übergab. Dann sah er mich an. »Jess hat mich angewiesen, mir von dir den *guten* Champagner mitgeben zu lassen.«

Die Scham in seiner Stimme war für alle im Raum deutlich zu hören.

Und ich wollte verdammt sein, wenn meine Schuldgefühle sich nicht vertieften. »Oh. Na klar. Ich hole …«

»Nimm den Dom«, unterbrach mich Rob.

Eason schnaubte. »Den nehme ich nicht für einen Spieleabend. Spart euch den für …«

Rob neigte herausfordernd den Kopf. »Ich habe gesagt, nimm den P3 Rosé. Ach, und schnapp dir gleich noch den Bollinger.«

Ich riss die Augen auf. Grundgütiger, die beiden Flaschen mussten mindestens dreitausend Dollar wert sein!

Rob und ich kamen gut zurecht – ehrlich gesagt mussten wir wirklich nicht über Geldprobleme klagen. Mein ehemaliger Nebenverdienst – individuelle Steppdecken für die Mädchen in meinem Studentenwohnheim zu nähen – hatte kurz nach meinem Abschluss in Betriebswirtschaftslehre eine Eigendynamik entwickelt. Ich hatte *Bree's Blankets* in *Prism Bedding* umbenannt, war in die Massenproduktion eingestiegen und hatte Kaufhäuser im ganzen Land beliefert. Ich liebte meinen Job … aber kaum hatte ich meinen kleinen Jungen in den Armen gehalten, war ich nicht mehr mit Herzblut bei der Sache gewesen. Um die Firma zu behalten, hatte Rob den Posten als CEO übernommen und kurz darauf einen Auftrag von der größten Hotelkette in Nordamerika an Land gezogen. Gemäß dem achtstelligen Deal belieferten wir nun alle fünftausend ihrer Hotels mit für sie gefertigten Überdecken. An diesem Abend hatten wir in einer Penthouse-Suite in Las Vegas gefeiert, mit jeweils einer Flasche Dom und Bollinger.

Aber wenn Jessica mir nicht wichtige Infos über die heutige Feier für Eason vorenthalten hatte, war ich mir nicht sicher, ob dafür wirklich Dom und Bollinger nötig waren.

Anscheinend teilte Eason meine Einschätzung. »Hast du den Verstand verloren?«

Rob schüttelte den Kopf. »Mein bester Freund ist ein musikalisches Genie, das beschlossen hat, die größten Künstler der Welt an seinen Songs teilhaben zu lassen, bevor er weitere schreibt und als Solokünstler die gesamte Branche beherrschen wird. Ich habe nicht einen ganzen Sommer in einem Ford-Aerostar-Van Baujahr 1992 verbracht und nur zweimal die Woche geduscht – mit ihm zusammen –, um mit schlechtem Champagner auf seine zukünftigen Erfolge anzustoßen. Ende der Diskussion.« Damit tätschelte er Eason die Schulter und trug Luna aus der Hintertür zu Evelyn.

»Meine Güte!«, hauchte Eason und massierte sich den Nasenrücken. »Als wäre es nicht schon schlimm genug, Champagner von euch anzunehmen! Jetzt muss ich auch noch eine halbe Million für das Zeug auf meine Schuldenliste schreiben.«

Ich schenkte ihm ein angespanntes Lächeln. »So teuer ist er nun auch wieder nicht. Aber solltest du tatsächlich zum größten Künstler der Gegenwart aufsteigen, wie er es von dir erwartet, nehmen wir gern eine halbe Million von dir.«

Er schnaubte. »Das kann dauern.«

Was mir durchaus klar war … Doch wenn Rob solches Vertrauen in Eason hatte, konnte ich zumindest in den Keller gehen und den Champagner holen.

3

Eason

Ich schüttete gerade die letzten Chips in eine Schüssel, als es an der Tür klingelte. »Jess?«

»Ja, ich gehe schon.«

Den Blick auf mein Werk gerichtet, wischte ich mir die Hände am Handtuch neben der Spüle ab. Chips mit selbst gemachter Salsa, irgendwelcher Käse, von dem die Dame im Supermarkt mir versprochen hatte, er wäre köstlich, zusammen mit einem Teller edler Cracker, die in meinen Augen wenig appetitanregend aussahen. Es war nicht perfekt. Insgesamt hatte das alles weniger als zwanzig Dollar gekostet. Aber es sah gut aus … und das reichte, um meine Frau zu befrieden.

»Wie läuft's?«, fragte Rob, als er mit einer Flasche Wein den Raum betrat. Als wäre der Champagner nicht schon schlimm genug gewesen.

»Was ist das?«

»Ein Geschenk für unsere Gastgeber.«

Ich bedachte ihn mit einem strengen Blick. »Ernsthaft?«

Lachend schüttelte er den Kopf. »Mach keinen Ärger. Bree hat darauf bestanden. Außerdem hat eine zusätzliche Flasche Wein noch nie geschadet.« Er zog die Augenbrauen hoch und warf einen pointierten Blick zu den Frauen, die bereits um den Couchtisch standen, den ich in eine improvisierte Bar verwandelt hatte.

Jessica grinste breit, also ignorierte ich meine Irritation über die unnötige Großzügigkeit meines besten Freundes, nahm die Flasche und stellte sie in den Kühlschrank.

»Darf ich dir einen Scotch anbieten?«

Wieder hob er die Augenbrauen. »Erwartest du heute Abend von mir, dass ich *Pictionary* spiele?«

Schmunzelnd setzte ich mich in Richtung Bar in Bewegung. »In Ordnung, du kriegst einen doppelten.«

Zusammen gingen wir zu den Damen, wo ich Bree in eine Umarmung zog. »Hey, lange nicht gesehen.« Wie gewöhnlich stand sie steif in meinen Armen, aber ich hatte schon vor langer Zeit aufgehört, mir etwas dabei zu denken. »Wie ging es den Kindern, als ihr aufgebrochen seid?«

Rob hustete. »Rede.« Noch ein Husten. »Nicht von.« Er räusperte sich. »Den Kindern.« Dann grinste er seine Frau an. »Champagner oder Wein, mein Schatz?«

Bree verdrehte die Augen. »Es geht mir gut. Hör auf, so ein Gewese darum zu machen.«

»Natürlich geht es dir gut, Liebling«, flötete Rob mit einem Zwinkern in meine Richtung. »Champagner?«

Nach dem Öffnen einer Flasche, die quasi mehr gekostet hatte als meine Hypothek, und einem kurzen Toast auf mich – begleitet von irgendwelchem Gefasel über Neuanfänge und eine wunderbare Zukunft – teilten wir uns auf. Jessica führte Bree in Lunas Kinderzimmer, um ihr das Buchstabenmobile zu zeigen, das wir über dem Bettchen aufgehängt hatten, während Rob und ich in meine Festung der Ruhe schlenderten, die ich mir mit Jessicas Auto teilte – die Garage.

Lange bevor er Dolce&Gabbana-Anzüge getragen und sich einen Porsche gekauft hatte, waren Rob und ich zusammen aufgewachsen. Nachmittags hatten wir mit anderen Kindern im Park Basketball gespielt, denn unsere Eltern hatten viel arbeiten müssen, damit wir alle genug zu essen hatten. Er hatte mich verarscht, als ich als Teenie bei einem Garagenflohmarkt ein altes Keyboard gefunden und Stunden damit verbracht hatte, mir das Spielen beizubringen. Als ich angefangen hatte, meine eigenen Songs zu schreiben und zu singen, hatte er auch auf mir herumgehackt. Aber sobald ich im College meine ersten Auftritte hatte, war er zu meinem größten Fan mutiert.

Im Sommer unseres zweiten Jahrs an der University of Georgia hatte Rob sich den heruntergekommenen '92er-Minivan seiner Großmutter ausgeliehen und meine erste Konzerttour gebucht. Okay, diese sogenannte Tour hatte aus fünfzehn Open-Mic-Nights im ganzen Staat bestanden. Bei vielen davon waren Rob und die Barkeeper mein einziges Publikum gewesen, aber verdammt, in diesem Sommer hatte ich endgültig herausgefunden, was ich mit dem Rest meines Lebens anfangen wollte!

Kurz darauf hatte ich das College geschmissen und begonnen, einen Song nach dem anderen zu schreiben und überall aufzutreten, wo es nur möglich war – und so wurde mein Album *Solstice in the '92* aus der Taufe gehoben.

Rob hatte immer an mich geglaubt, selbst in Zeiten, als

ich kurz davorgestanden hatte, das Handtuch zu werfen. Was der Grund war, warum ich der Wahrheit auswich, als er endlich aufhörte, über einen neuen Kerl in der Firma zu wettern, und fragte: »Also, wie fühlst du dich wirklich dabei, die Songs zu verkaufen?«

Ich ließ den Scotch in meinem Glas wirbeln, um ihm nicht in die Augen sehen zu müssen. »Es ist gut für die Familie.«

»Aber ist es auch gut für dich?«

Ich zuckte mit den Achseln. »In den letzten Jahren habe ich viel Gutes erfahren. Jetzt sind andere dran.«

Seine Lippen wurden schmal. Zweifellos lag ihm bereits die nächste aufmunternde Rede auf der Zunge. Doch ich war nicht in der Stimmung. Beim heutigen Abend ging es um ein paar Stunden voller Spaß und Unbeschwertheit. Ein paar Stunden voller Lachen, um uns alle von der realen Welt abzulenken.

Oder, in meinem Fall, ein paar Stunden, um meine Probleme in Alkohol zu ertränken.

»Lass uns wieder zu den Damen gehen. Jess und ich haben eine Partie *Pictionary* zu gewinnen.«

Rob stieß ein bellendes Lachen aus. Offensichtlich hatte er meine Ausweichtaktik durchschaut. Aber er ließ mich damit durchkommen. So war er eben.

Genau wie im Spiel des Lebens verloren Jessica und ich die erste Runde. Ich vermutete stark, dass Bree entweder schummelte oder telepathische Kräfte entwickelt hatte. Auf keinen Fall hatte sie *Apfelpflücken* anhand von Robs Zeichnung eines verdammten Baumes erraten, der ehrlich mehr aussah wie ein Gebüsch und an dem keine einzige Frucht hing. Das lieferte Anlass für lustige Kabbeleien und erhöhte den Einsatz für Runde zwei, also sagte ich nichts.

»Gehen. Schweben. Magie wirken!«, schrie Jessica.

»Nein. Das.« Ich stach mit dem Stift neben meine kunstvolle Zeichnung eines seilspringenden Strichmännchens.

»Ich weiß es nicht! Mal etwas anderes.«

Ich packte Jessica am Arm, um sie näher ans Papier zu ziehen, als hätte der knappe Meter zwischen uns ihre Sicht behindert. »Das. Das hier.« Ich deutete auf das Sprungseil.

»Nicht reden!«, ermahnte mich Rob, hielt sich die kleine Sanduhr vor die Nase und wartete, dass das letzte Sandkorn fiel. Er grinste bereits triumphierend.

Ich ignorierte ihn und meinte frustriert: »Süße, Liebling, mein Schatz, schau doch …«

Weiter kam ich nicht, bevor die Zeit für uns alle abgelaufen war.

Mit einem ohrenbetäubenden Knall explodierte das ganze Haus.

Ich konnte mich nicht erinnern, gefallen zu sein, aber im nächsten Augenblick lag ich auf dem Boden, bedeckt von Trümmern. Meine Ohren klingelten, als ich mit verschwommenem Blick versuchte, mich zu orientieren. Doch nichts um mich herum ergab Sinn. Als ich mich auf den Rücken rollte, erkannte ich ein riesiges Loch in der Decke. Dämmmaterial und Kabel hingen herunter, und Flammen züngelten um die Stützbalken wie Blitze, die über den Himmel sausten.

»Scheiße«, hauchte ich und schlug die Hände an den Kopf, als könnte ich so meine Gedanken ordnen. »Jess …« Ich hustete. Rauch brannte in meiner Kehle. »Jessica.« Plötzlich bohrte sich ein schrecklicher Gedanke in mein vernebeltes Hirn. »Luna!« Abrupt setzte ich mich auf.

Nein. Moment.

Ich schüttelte den Kopf. Erinnerungen stiegen aus meinem Unterbewusstsein auf. Luna war nicht hier. Sie war bei … Scheiße!

»Rob! Bree!«

Es herrschte unheimliche Stille.

Kein Weinen.

Keine Schreie.

Keine Hilferufe.

Und in dieser Sekunde war diese Stille das unheimlichste Geräusch überhaupt.

Verzweiflung und Adrenalin kollidierten in meinem Körper. Mit einem angestrengten Stöhnen gelang es mir, mich auf die Beine zu kämpfen. Hitze leckte über mein Gesicht, als ich versuchte, in dem Chaos mein Gleichgewicht zu finden. Meine Umgebung wirkte dunkel und gleichzeitig gleißend hell. In den Schatten der tanzenden Flammen sah ich die leere Stelle, an der einmal die Couch gestanden hatte, auf der Bree und Rob gesessen hatten.

Das Möbelstück war weg.

Alles war weg, verdammt noch mal!

»Jessica!!!«, brüllte ich in die Leere. Sie hatte direkt vor mir gestanden. Also konnte sie nicht weit weg sein. Ich geriet in Panik. Danach sank ich auf die Knie und fing verzweifelt an, mich durch die Trümmer zu graben. Blut rann über meine Hände, als scharfe Bruchstücke von was auch immer meine Haut aufrissen.

Ich musste sie finden und hier rausbringen und dann zurückkommen und Rob und Bree finden und auch sie irgendwie nach draußen schaffen.

In den ersten paar Sekunden schien alles möglich. Ich konnte nach wie vor nicht verarbeiten, was geschehen war. Es war schlimm … aber die Menschen zu verlieren, die ich liebte, erschien mir einfach nicht realistisch. Doch je weiter das Feuer sich ausbreitete, desto mehr wuchs meine Angst.

Rauch raubte mir die Sicht, bis ich blind suchen musste. Verzweifelt ließ ich die Hände über den Boden gleiten, wo Jessica vielleicht sein konnte.

Wo ich betete, sie zu finden.

Wo sie verdammt noch mal sein *musste*.

Als ich endlich eine Hand fand, schlug eine Welle der Erleichterung wie ein Tsunami über mir zusammen, so heftig, dass ich beinahe auf den Hintern gefallen wäre. »Jessica!«, presste ich keuchend und würgend hervor.

Ich hatte keine Ahnung, ob sie verletzt war oder noch atmete, aber ich hatte sie gefunden. Jetzt musste ich unbedingt von hier verschwinden. In einer schnellen Bewegung zog ich sie in meine Arme und setzte mich in Richtung Tür in Bewegung, wobei allein meine Erinnerung mich durch ein Zuhause führte, das nicht mehr existierte.

Wir hatten die Eingangstür so gut wie erreicht, als ich über etwas stolperte. Fast hätte ich Jessica fallen lassen. Reine Entschlossenheit hielt mich auf den Beinen.

Einen Schritt weiter, eine Sekunde später, eine falsche Bewegung, und ich hätte sie nicht gesehen. Ihr Körper lag unter einem Haufen zerstörter Möbel, aber ihr dunkles Haar ergoss sich über den Boden.

O Gott. Bree.

Ich erstarrte kurz, verlagerte Jessicas Gesicht in meinen Armen und versuchte, in die Hocke zu gehen, um auch Bree hochzuheben. Mit einem Meter siebenundachtzig war ich ein großer Mann, doch es war schwer genug, *eine* leblose Frau blind aus einem Gebäude zu tragen, ganz zu schweigen von zwei. Erneut geriet ich in Panik. Der Rauch wurde mit jeder Sekunde dichter. Je mehr ich mich bemühte … je länger wir blieben … desto gefährlicher wurde es für uns alle.

In der nächsten Sekunde veränderte sich alles.

Mein Leben.

Jessicas Leben

Brees Leben.

Robs Leben.

Lunas Leben.

Ashers und Madisons Leben.

Eine einzige Entscheidung im Sturm des Unvorstellbaren … und die Welt, wie wir sie kannten, veränderte sich unwiderruflich.

Alles ließ sich auf diese eine Entscheidung zurückführen.

»Ich komme gleich zurück«, presste ich hervor.

Ich schlug einen Arm vor mein Gesicht und ging wieder Richtung Tür. Als ich am Knauf zerrte, verbrannte er meine Hand, doch das Adrenalin verhinderte, dass ich den Schmerz wirklich wahrnahm. Das Geräusch meiner Füße auf dem Asphalt der Einfahrt hallte in meinen Ohren wider, unterlegt vom Knistern des Feuers hinter mir. Unsere nächsten Nachbarn lebten über eine halbe Meile entfernt, aber sie mussten die Explosion gehört haben. Die Feuerwehr würde bald kommen.

Ich würde Bree rausholen. Im Anschluss Rob finden. Alles würde gut werden.

»Eason«, krächzte sie in meinen Armen.

Meine Füße bewegten sich immer noch in schnellem Lauf, doch als ihre Stimme an meine Ohren drang, blieb die Zeit stehen.

Nein.

Das war nicht möglich.

Sie war von Ruß überzogen, und meine Augen waren mit Asche und – wie ich später herausfand – Blut verklebt, aber ich konnte immer noch die großen Blumen auf ihrem gelben …

»Ähm, nein. Das ist mein Kleid, das Jessica sich ausgeliehen hatte. Ich musste quasi eine Tom-Cruise-artige Mission impossible *durchziehen, um es letzte Woche endlich zurückzubekommen.«*

O Gott.

Ich rannte weiter, bis der Wind drehte und den Rauch vertrieb. Mit zugeschnürter Kehle betete ich darum, dass meine nach wie vor klingelnden Ohren mich getäuscht hatten. Dann legte ich sie ab und wischte mir mit der Innenseite meines Shirts das Gesicht ab.

»Eason«, krächzte sie.

Aber noch einmal: Sie war nicht meine Frau.

»O Gott«, hauchte ich, als ich beobachtete, wie sie unsicher aufstand. Tränen zogen zwei helle Spuren über die Asche auf ihren Wangen.

»Was ist passiert?«, fragte Bree, ihre grünen Augen auf das brennende Inferno hinter mir gerichtet.

Schuldgefühle brannten in mir wie Säure. »Ich …«

Ich habe die falsche Frau gerettet.

Ich habe die Mutter meines Kindes in einem brennenden Gebäude zurückgelassen.

»Ich komme gleich zurück«, ist das Letzte, was ich zu der Frau gesagt habe, bei der immer zu bleiben ich geschworen hatte. Und ich habe mein Versprechen nicht gehalten.

Galle stieg mir in die Kehle. »Ich weiß es nicht.«

Ich sah zum Haus zurück, spürte die Hitze des Feuers sogar in dieser Entfernung auf der Haut. Allumfassende Trauer überschwemmte mich, als mir klar wurde, dass ich auf keinen Fall noch mal in diese Flammen eintauchen konnte.

O Gott. Jessica.

Es ist seltsam, welche Dinge sich bei einer Tragödie ins Gedächtnis einbrennen. Jahre später hätte ich nicht mehr sagen können, wie lange es dauerte, bis die Löschwagen ankamen. Ich konnte nicht sagen, wie viel Uhr es war oder was ich anhatte. Aber ich würde niemals die völlige Verzweiflung in Brees Miene vergessen, als ihr klar wurde, dass wir die einzigen beiden waren, die vor dem brennenden Haus standen.

»Wo ist Rob?«, keuchte sie. »Und Jessica? Wo sind sie?« Sie trat einen Schritt auf mich zu.

»Ich habe versucht …« Ein Hustenanfall zwang mich beinahe in die Knie. Wahrscheinlich war es besser so. Ich hätte diesen Satz niemals zu Ende führen können.

Sie vergrub die Finger im Stoff meines Hemdes, riss mich aufrecht und schüttelte mich heftig. »Sind sie da drin?«

»Ich weiß es nicht!«, schrie ich, fast vernichtet von Angst und einem tiefen Gefühl des Versagens.

Es folgte ein Moment der Stille. Keiner von uns atmete. Verzweifelt versuchten wir, die Vorgänge zu rationalisieren. Bree war bewusstlos gewesen, als ich sie gefunden hatte. Sie hatte das Innere des Hauses nicht gesehen.

Die Zerstörung.

Das Gemetzel.

Die Hölle, der wir beide nur knapp entkommen waren.

Nein, Bree hatte nichts davon erlebt.

Und das zeigte sich daran, dass sie noch Hoffnung hegte.

»Rob!!!«, schrie sie und rannte an mir vorbei. Sie rutschte auf dem Gras aus und fiel, oder vielleicht war sie auch gegen diese Wand aus Hitze gelaufen. »Hilf mir!«, schrie sie, ohne auch nur zu versuchen, auf die Beine zu kommen. Stattdessen kroch sie langsam vorwärts. »Eason, hilf mir. Wir müssen sie da rausholen.«

Es kostete mich alle verbliebene Kraft, einen Arm um ihre Taille zu schlingen. »Bree, stopp!«

Sie schlug auf meine Arme ein, trat wie wild um sich. »Lass mich los! Ich muss sie holen.« Ihre Stimme hallte von den Bäumen wider, und jedes Echo traf mich wie ein Schlag.

»Du kannst da nicht rein!«, blaffte ich. »Das wirst du nicht überleben.«

»Dann geh du.« Sie keuchte zerstört. »Du hast das getan. Du hast das alles getan. Geh jetzt da rein, hol meinen Mann und bring das verdammt noch mal in Ordnung!«

Ich stand unter Schock, wurde bloß noch von Adrenalin aufrecht gehalten. Daher spürte ich weder die Verbrennungen dritten Grades auf meinen Händen noch die fünfzehn Zentimeter lange Schnittwunde an meinem Kopf … aber ihre Worte trafen mich mitten ins Herz.

»Hol ihn!«, kreischte sie. Die Pein in ihrer Miene erschütterte mich bis ins Mark. »Du hast ihn da drin gelassen. Du musst ihn holen gehen. Er hätte dir so was niemals angetan.«

Da ich mich nach Sauerstoff verzehrte, atmete ich tief durch. Ich konnte ihre Worte nicht verarbeiten. Meine Gedanken rasten in tausend Richtungen, ein Sprint meiner Neuronen, um dieser Welt aus Flammen um mich herum Sinn zu verleihen. »Ich war das nicht«, keuchte ich und sah wieder zu dem tosenden Inferno. Ein tonnenschweres Gewicht schien mich zu Boden zu drücken. »Ich habe es kaum geschafft, dich nach draußen zu tragen. Ich dachte, du wärst Jessica. Ich wollte zurückgehen, um …«

Weiter kam ich nicht, bevor unser gesamtes Leben erneut explodierte.

Vielleicht hatte Bree recht, und es war irgendwie meine Schuld.

Vielleicht hatte ich die beiden im Stich gelassen.

Aber als gleißend helle Flammen in Orange und Rot hoch in den Himmel schlugen, gab es nur noch eine Person, die ich retten konnte.

»Nein!«, kreischte Bree, als ich mich auf sie warf und sie zu Boden drückte. Glühende Fragmente meines Lebens prasselten auf uns herab. Jedes einzelne davon fühlte sich an, als würde mir das Herz mit einer rostigen Klinge aus dem Leib geschnitten.

Sie kämpfte gegen mich, kratzte und biss.

Sie schrie seinen Namen und verfluchte meinen.

Als Sirenen näher kamen, hatte Bree Luft in ihrer Lunge und ein schlagendes Herz in der Brust.

Und egal, wie verzweifelt ich auch darum betete, sie verwandelte sich nicht auf magische Art in Jessica.

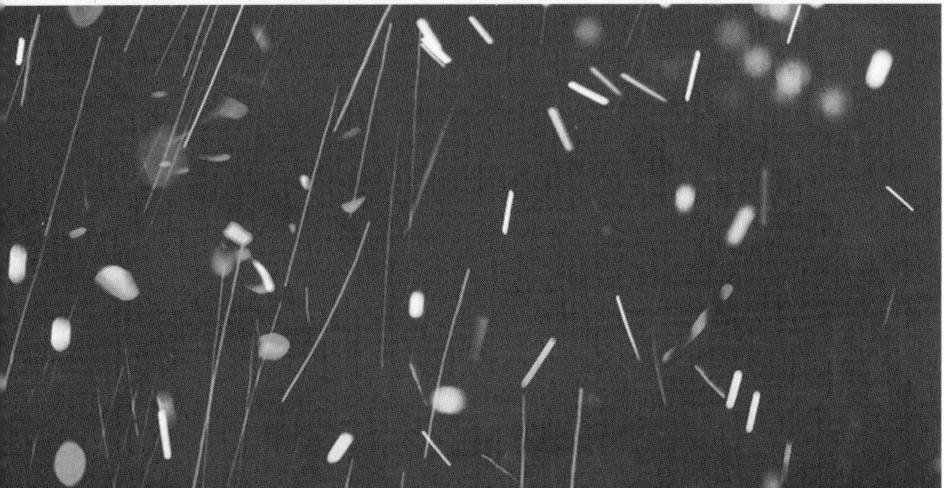

4

Bree

Taub, allein und vollkommen verloren starrte ich Robs Seite des Bettes an. Mit den Händen unter den Kopfkissen schob ich meine Beine dorthin, wo er noch vor drei Tagen ein gespielt theatralisches Zischen ausgestoßen hätte, wenn meine kalten Füße seine Schenkel berührt hätten. Er hätte meine Hüfte gepackt und mich mit einem geknurrten »Komm her!« an sich gezogen.

Und dann hätte er mich im Arm gehalten.

Mit mir geredet.

Wäre mit mir alt geworden.

»Komm zurück«, flüsterte ich und schloss fest die Augen, erfüllt von dem verzweifelten Wunsch, ihn zu spüren. Ich konnte immer noch seinen typischen Duft nach frischer Zitrone und Zedernholz an den Laken riechen. Seine dreckige Kleidung lag noch im Wäschekorb.

Seitdem er seinen letzten Atemzug getan hatte, war eine Tasche mit Wäsche aus der Reinigung geliefert worden. Doch mein Mann, der Vater meiner Kinder – *mein* Rob – war weg. »Bitte, komm einfach zurück«, presste ich hervor, vorbei an der vernichtenden Trauer, die jede Stunde meines Lebens seit dem Feuer ausfüllte.

Das wird schon wieder, hörte ich seine Stimme in meinem Kopf. *Du und die Kinder, ihr kommt schon klar. Lass uns ehrlich sein, du warst immer der Vierhundert-PS-Motor hinter dieser Familie. Ich war nur die Kühlerfigur.*

Ein Schluchzen drang aus meiner Kehle. Das war ein typischer Rob-Kommentar. Dieser Mann hätte eine Pfütze davon überzeugen können, dass sie ein Ozean war. Seine ruhige, rationale Art hatte meine Ängste beruhigt und mir damit regelmäßig ein Lächeln aufs Gesicht gezaubert.

Gott, ich brauchte ein Lächeln.

Aber vor allem brauchte ich ihn.

»Wie?«, flehte ich. »Wie soll ich das ohne dich hinkriegen?«

Das war der Punkt, an dem diese eingebildeten Gespräche immer endeten. Darauf hatte der Geist in meinem Kopf keine Antwort. Ich konnte einfach nicht verarbeiten, wie ich überhaupt in diese Situation gekommen war. Und noch viel weniger konnte ich mir vorstellen, wie ich jetzt weitermachen sollte.

Meine Erinnerungen an alles, was kurz vor und kurz nach meinem Erwachen in Easons Arm geschehen war, waren verschwommen. Ich erinnerte mich an die Panik und die Verwirrung. Die Wut und den Groll. Die völlige Frustration darüber, dass die Welt sich weiterdrehte und mich mitnahm. Doch ich würde niemals den allumfassenden Schmerz vergessen, als ein Polizist in meinem Krankenhauszimmer gestanden und mich darüber informiert hatte, dass sowohl Robs als auch Jessicas Leichen gefunden worden waren – oder zumindest das, was von ihnen übrig war. Er hatte mir Dutzende Fragen gestellt. Ich hatte sie so gut beantwortet, wie es mir eben möglich war … aber nichts davon hatte sich real angefühlt.

Nicht die Leere in meiner Brust.

Nicht der schneidende Schmerz in meiner Seele.

Nicht die totale Verzweiflung, die mir den Magen verkrampfte.

Rob war tot.

Und Jessica auch.

Und die Leute erwarteten von mir, dass ich ohne sie weitermachte.

Zwei Tage hatte ich im Krankenhaus verbracht und geweint, bis ich in Leere versank.

Die Ärzte hatten eine Gehirnerschütterung diagnostiziert. Daraufhin hatten sie mir Sauerstoff für meine Lunge verabreicht, außerdem Antibiotika, um zu verhindern, dass die Verbrennungen an meinen Armen und Beinen sich entzündeten, und ein Sedativum, damit ich schlafen konnte.

Nichts dämpfte den Schmerz.

Es gab nichts, was das schaffen konnte.

Es war ein Unfall. Während wir vier im Erdgeschoss gesessen hatten, lachend und mit Weingläsern in den Händen, hatte ein leckes Rohr den Keller mit genug Gas gefüllt, um das gesamte Haus zu vernichten. Die zweite Explosion war Jessicas Auto gewesen, das in der Garage Feuer gefangen hatte. Laut dem wohlmeinenden, aber vollkommen unsensiblen Brandermittler konnten wir uns glücklich schätzen, noch am Leben zu sein.

Ich fühlte mich nicht, als hätte ich Glück gehabt. Aber vielleicht empfand Eason das ja so.

Eason.

Grundgütiger … Eason.

Wir waren in verschiedenen Krankenwagen in unterschiedliche Krankenhäuser gefahren worden und hatten seither nicht miteinander gesprochen.

Es gab kein Regelwerk für das Verhalten mitten in einer katastrophalen Tragödie. Verzweiflung ging selten mit Höflichkeit oder Freundlichkeit einher. Doch ich hätte ihm nicht solche Vorwürfe machen dürfen.

Aber selbst jetzt, als ich hier im Bett lag, gab es einen Teil von mir, der gegen die Welt wüten wollte, weil sie mir alles genommen hatte. Und eine Menge dieser Wut richtete sich direkt gegen Eason.

Er war stets der Verlierer in meinen kleinen *Was wäre,* wenn-Spielen.

Was, wenn wir in dieser Nacht nicht im Haus gewesen wären?

Was, wenn er nicht versucht hätte, Jessicas Gunst zurückzugewinnen?

Was, wenn er dieses Haus überhaupt nie gekauft hätte?

Warum musste von allen ausgerechnet er überleben?

Wieso nicht Rob?

Wieso nicht Jessica?

Wieso … *Eason*?

Trotzdem … Er hatte mir das Leben gerettet. Selbst in meinem Schmerz war mir bewusst, dass ich ihm auf Knien dafür danken sollte. Nur seinetwegen hatten meine Kinder noch eine Mutter. Ich hatte weiterhin die Chance, ihnen beim Aufwachsen zuzuschauen – mitzuerleben, wie sie ihren Schulabschluss machten, heirateten, mir Enkel schenkten.

Nur wegen Eason gab es eine Zukunft für mich.

Doch die Spirale der Trauer, in der ich gefangen war,

schenkte mir nicht viele Gelegenheiten, das Positive zu sehen.

Unsere Nachbarin Evelyn, die wirklich eine tolle Frau war, hatte sich ein paar Tage freigenommen, um bei den drei Kindern zu bleiben, während Eason und ich im Krankenhaus lagen. Keiner von uns hatte viel familiäre Unterstützung. Meine Eltern waren seit Jahren tot; Robs Mutter war ziemlich alt und bereits dement. Eason hatte niemanden. Er war ohne Vater aufgewachsen, und seine Mutter war vor ein paar Jahren an Brustkrebs gestorben. Jessicas Familie war total nutzlos. Zweifellos würden sie auf der Beerdigung auftauchen, um dramatisch über ihrem Sarg zu schluchzen, aber sie würden wieder verschwinden, noch bevor Jessica ihre letzte Ruhe gefunden hatte.

Bisher war das nie ein Problem gewesen. Wir waren die Familie. Rob, Jessica, Eason und ich.

Und jetzt waren wir bloß noch zu zweit.

Als hätten meine Gedanken ihn beschworen, klingelte es an der Tür. Mein Magen verkrampfte sich.

Gestern war ich aus dem Krankenhaus entlassen worden. Nachdem ich Asher gesagt hatte, dass sein Vater tot war, hatte ich in meinem Schlafzimmer einen Nervenzusammenbruch erlitten. Daraufhin hatte Evelyn darauf bestanden, noch eine Nacht zu bleiben. Die Frau war unglaublich. Ich wusste wirklich nicht, was ich ohne sie getan hätte.

Bei einem schwermütigen Frühstück, bei dem Asher auf meinem Schoß gesessen und geistesabwesend sein Essen über den Teller geschoben hatte, während Luna und Madison in Hochstühlen saßen und Tauziehen mit einer Schnabeltasse spielten, hatte Evelyn uns mitgeteilt, dass Eason ebenfalls aus dem Krankenhaus entlassen worden war. Sie hatte gelächelt und Luna am Bauch gekitzelt, während sie erklärte, wie sehr er sich darauf freute, sein kleines Mädchen abzuholen.

Und so war ich hier oben gelandet, in diesem Bett, wo ich ein Gespräch mit meinem toten Mann führte, statt mich mit all den widersprüchlichen Gefühlen auseinanderzusetzen, die der Gedanke, Eason zu sehen, in mir auslöste.

Wieder klingelte es an der Tür.

»Scheiße«, seufzte ich. Ich rollte mich aus dem Bett, erfüllt von einer betäubenden Kombination aus Trauer und Panik.

Trauer war ein komplexes Gefühl. Mein Hirn erklärte mir, es wäre nur Eason. Robs bester Freund. Jessicas Mann. Ich hatte unzählige Weihnachten, Geburtstage und Sommerferien mit ihm verbracht. Aber die finsteren, verbitterten Teile meines zerstörten Herzens erklärten mir, er wäre der Mann, der überlebt hatte, während die verkohlten Überreste meines Mannes und meiner besten Freundin in Bestattungsinstituten irgendwo in der Stadt lagen. Ja, er hatte mir das Leben gerettet … doch damit hatte er gleichzeitig die beiden zum Tod verurteilt.

Das war nicht fair, und es war nicht richtig. Aber keine Sorge – ich hasste auch mich selbst dafür, dass ich überlebt hatte.

Sei nett, hörte ich Robs Stimme in meinem Kopf, als ich die Treppe nach unten stieg.

»Ich bin immer nett«, antwortete ich, wobei ich mir absolut bewusst war, dass ich damit eine vollkommen unnötige Lüge aussprach. Schließlich gab es niemanden mehr, den ich überzeugen musste.

Ich ging langsam zur Tür, nutzte die Zeit, um meine Gefühle zu verbergen. Als ich seine tiefe, raue Stimme hörte, ging ich davon aus, dass Evelyn ihn bereits ins Haus gelassen hatte.

»Hey, meine Süße«, flötete er. »Gott, Daddy hat dich so vermisst!« Seine Stimme brach – und sosehr ich diese Tatsache auch verabscheute, gleichzeitig ging in meinem Herzen ebenfalls etwas entzwei.

Eason klammerte sich mit zuckenden Schultern an seine Tochter. Seine verbundene Hand lag an ihrem Hinterkopf. Aber sobald meine Füße die letzte Stufe überwunden hatten, fingen seine eingesunkenen, geröteten Augen meinen Blick ein.

Ich erstarrte unter dem Gewicht dieses Blickes. Mir stockte der Atem. Noch nie hatte ich eine so allumfassende Trostlosigkeit gesehen. Nicht einmal, wenn ich in den Spiegel sah.

Dunkle Ringe lagen unter seinen Augen über tief eingesunkenen Wangen. Auch ich hatte in den letzten Tagen kaum etwas gegessen, doch Eason wirkte, als hätte er eine Menge Gewicht verloren. Hätte ich nicht gewusst, dass er es war, hätte ich noch einmal hinsehen müssen. Sein sandblondes Haar, das sonst wild um seinen Kopf abstand, war abrasiert worden. Eine lange Reihe von Stichen zog sich über seiner Augenbraue nach oben und verschwand über seinem Scheitel. Der Ärmel aus farbenfrohen Tätowierungen auf seinem linken Arm lag unter Verbänden verborgen, doch die Krusten und Verbrennungen auf Hals und Gesicht waren deutlich zu sehen.

Eason hatte immer irgendwie überlebensgroß gewirkt. Aber als er jetzt in meinem Foyer stand, mit seiner Tochter in den Armen, sackte sein gesamter Körper in sich zusammen, als könnte sein Skelett das Gewicht einfach nicht tragen.

»Hey«, krächzte er.

Der Klumpen in meinem Magen verengte sich schmerzhaft. »Hey.«

Wir starrten uns an. Unzählige Worte hingen zwischen uns in der Luft, aber wir wussten beide, dass keines davon etwas an unserer Realität ändern konnte.

Meine Augen brannten, als ich beobachtete, wie er Luna auf seine Hüfte verschob.

Er hatte seine Frau verloren.

Sein Haus.

Seinen besten Freund.

Seinen gesamten Besitz.

Dieses kleine Mädchen in seinen Armen war alles, was ihm geblieben war.

Wie mein Mann scherzhaft erklärt hatte, war ich wirklich nicht in Gefahr, in den Heiligenstand erhoben zu werden – aber jenseits von Trauer, Verbitterung und tiefem Schmerz war ich trotzdem ein Mensch, der einen anderen Menschen ansah, der in tiefer Verzweiflung versunken war. Ich konnte ihm kaum emotionalen Rückhalt bieten, doch ich hatte Ressourcen, über die Eason nicht verfügte.

»Was hast du jetzt vor?«, fragte ich und verschränkte die Arme vor der Brust, als entspränge die Kälte, die ich empfand, nicht meinem tiefsten Inneren.

Er senkte den Blick auf den Fliesenboden. »Ähm, das ist eine gute Frage. Ein Kerl, mit dem ich früher aufgetreten bin, bringt uns ein paar Nächte lang in seinem Gästezimmer unter. Ich muss Kontakt zu meiner Versicherungsgesellschaft aufnehmen und herausfinden, ob sie uns eine Bleibe bezahlen, aber so weit bin ich noch nicht. Glücklicherweise hat Jessica viel zu viel für Lunas Übernachtung hier eingepackt. Und mein Kumpel hat mir eine Tasche voller Kleidung gebracht, die er im Freundeskreis eingesammelt hat.«

Er hielt inne, um zitternd durchzuatmen. »Es ist wie beim Domino, weißt du? Ich habe meinen Geldbeutel nicht. Was bedeutet, dass ich keine Kontokarte habe. Also bräuchte ich einen Ausweis, um Geld vom Konto abzuheben. Nicht dass dort momentan viel zu holen wäre. Ohne Kreditkarte kann ich mir kein neues Telefon besorgen, aber ich brauche eines, damit die Versicherung mich zurückrufen kann. Außerdem habe ich kein Auto und keine Chance, mir eins zu besorgen … Und zusätzlich zu allem anderen muss ich auch noch herausfinden, wie ich meine Frau beerdigen kann.«

Er stieß ein kehliges Stöhnen aus, das mehr Pein ausdrückte, als es jedem Schrei gelungen wäre. Seine Brust hob und senkte sich in schweren Atemzügen, als er aufschaute und erneut mit seinen leeren Augen meinen Blick suchte. »Herrgott noch mal, Bree! Wie kann das alles real sein?«

Darauf hatte ich keine Antwort. Ein Teil von mir hoffte immer noch, das alles nur ein Albtraum war, aus dem ich bald aufwachen würde.

»Evelyn«, rief ich, als es mir endlich gelang, mich aus meiner Erstarrung zu reißen.

Sie erschien sofort, als hätte sie hinter der Ecke gewartet – sehr klug. Mit einem um Erlaubnis heischenden Blick nahm ich Eason Luna ab und übergab sie an Evelyn. »Tu mir den Gefallen und geh kurz mit den Kindern nach draußen, ja?«

»Natürlich.«

»Das ist nicht nötig«, sagte Eason und griff nach seiner Tochter. »Ich hole bloß schnell ihre Sachen, und dann verschwinden wir auch gleich. Ich habe heute noch viel zu tun.« Mit jeder Silbe klang er gestresster. »Ich habe keine Zeit …«

Ich trat zwischen ihn und Evelyn. »Eason, stopp.«

»Das geht nicht. Ich kann nichts von alledem stoppen«,

blaffte er. »Hör mal, mein Kumpel wartet im Auto. Ich brauche nur Lunas Sachen.«

»Du gehst nirgendwohin«, flüsterte ich. »Du und Luna, ihr werdet eine Weile hier wohnen. Im Poolhaus. Das hätte Rob so gewollt.«

»Nun ja. Rob ist tot, oder? Damit bist du vom Haken.«

Meine Wirbelsäule wurde steif. Das war eine Tatsache … aber trotzdem fühlte ich mich, als hätte er mir die Faust in den Magen gerammt. »Das ist nicht fair.«

»Und was von alledem ist fair?«

Mit einem abgehackten Nicken schickte ich Evelyn weg. Eason protestierte nicht, als sie mit Luna in den Armen aus dem Raum eilte.

Wir blieben schweigend stehen, bis ich hörte, wie die Tür zum Garten ins Schloss fiel. »Du musst einmal tief durchatmen und dich entspannen. Ich weiß, dass es wehtut, aber …«

»Dass es wehtut?« Er lachte. »Die Arme ausgerissen zu kriegen wäre weniger schmerzhaft als das, was gerade in mir vorgeht. Ich kann die Augen nicht schließen, ohne dass diese Flammen mich wieder verschlingen. Ich kann nicht essen, ich kann nicht schlafen.« Er hob den Arm und zeigte mir, wie heftig seine Hand zitterte. »Ich zittere ständig, als versuchte meine Seele, sich aus meinem Körper zu lösen. Und manchmal wünsche ich fast, sie täte es, auch wenn das mein Ende bedeuten würde. Aber dann ist da Luna. Ich weiß, dass sie mich braucht. Aber wie soll ich ihr in die Augen sehen, wo ich doch weiß, dass ich ihre Mutter habe sterben lassen?«

Ich schluckte schwer. »Du hast nicht …«

»Bullshit!«, zischte er. »Wag es ja nicht, vor mir zu stehen und dich zu benehmen, als wäre ich in deinen Augen nicht schuld an allem! Rob hätte mich nicht in diesem

Haus zurückgelassen, habe ich recht? Hast du das nicht gesagt? Es war alles meine Schuld, nicht wahr, Bree?« Er trat einen großen Schritt auf mich zu, sodass er im leeren Foyer hoch über mir aufragte. »Du hast es bereits einmal gesagt. Und da ich seitdem keinen Ton von dir gehört habe, gehe ich davon aus, dass du deine Meinung nicht geändert hast.«

Schuldgefühle stiegen in mir auf, aber ich stand schweigend vor ihm, unfähig, die Wahrheit abzustreiten.

»War ja klar«, flüsterte er. »Danke für das Angebot, aber wir gehen. Ich mache mir selbst schon genügend Vorwürfe, als dass ich hierbleiben könnte, wenn ich genau weiß, dass auch du mir die Schuld für alles gibst.«

Damit wirbelte er auf dem Absatz herum und stampfte zur Hintertür.

Was sollte das alles?!

Rob und Jessica hätten es gehasst, dass wir so stritten.

Nach einer Tragödie liegt es nahe, sich zurückzuziehen. Schließlich scheint es unvorstellbar, dass irgendwer anders das Ausmaß des Leides erfassen kann, das man gerade empfindet.

Doch Eason verstand es. Wir gingen beide auf unsere Art mit der Pein um. Unsere Herzen würden die Trauer in unterschiedlicher Geschwindigkeit verarbeiten. Aber ob es uns nun gefiel oder nicht, Eason begleitete mich auf Schritt und Tritt auf diesem Höllentrip.

Die Erkenntnis, dass ich nicht vollkommen allein war, löste auf unerklärliche Art einen Teil des Drucks in meiner Brust.

»Du dachtest, ich wäre Jessica«, sagte ich zu seinem Rücken.

Er erstarrte mitten im Schritt.

»Ich habe in dieser Nacht dein Gesicht gesehen. Du warst am Boden zerstört, als du verstanden hast, dass du mich gerettet hast. Und ehrlich, das nehme ich dir nicht übel.«

»Bree«, flüsterte er. Langsam drehte er sich um. Er war kreidebleich, seine Miene voller Scham.

»Es ist okay, wenn du mich dafür hasst, dass ich nicht sie bin.«

»Ich hasse dich nicht. Ich bin nur so verdammt …«

»Wütend«, beendete ich den Satz für ihn. Eine Träne lief mir über die Wange. »Verbittert. Verängstigt. Zerstört. Verloren. Verwirrt.«

Er neigte leicht den Kopf zur Seite. Schmerzerfülltes Verständnis erzeugte leichte Falten auf seiner Stirn. »Ja. All das.«

»Ich auch.« Ein schmerzhaftes Schluchzen, das ich nicht länger zurückhalten konnte, erschütterte meinen Körper, doch schon im nächsten Moment schloss er mich in die Arme.

»Es tut mir leid«, flüsterte er und drückte mich. »Es tut mir so verdammt leid. Ich wünschte, ich hätte euch alle retten können.«

Er musste sich nicht entschuldigen. Vom Verstand her wusste ich das. Aber es würde noch lange dauern, bis ich diesen Fakt wirklich akzeptieren konnte. So, wie er lange brauchen würde, um mich anzusehen, ohne dass das Bedauern dieser Nacht ihn verschlang.

Doch ich war bereit, es zu versuchen, wenn er es auch war.

»Bitte, bleib hier bei uns«, schluchzte ich an seiner Brust. »Nur bis es dir wieder halbwegs gut geht. Du kannst mich hassen, und ich werde dich hassen, aber wir können es zusammen tun, okay?«

»Yeah«, krächzte er, von Gefühlen überwältigt. Er zog mich noch näher an sich und zitterte am ganzen Körper, als auch er zu weinen begann. »Das kriege ich hin.«

Mehr sagten wir nicht.

Eason und ich standen im Foyer und weinten eine gefühlte Ewigkeit lang. Zwei Menschen, die alles verloren hatten und Trost in Vertrautheit fanden.

Als er sich endlich von mir löste, fühlte ich mich nicht besser. In der Hölle Gesellschaft zu haben, änderte nichts daran, dass man sich immer noch dort befand.

Andererseits ... ich fühlte mich auch nicht schlechter. Und allein das war bereits ein Fortschritt.

5

Eason

Wir beerdigten Jessica zehn Tage nach dem Brand. Es hätten auch tausend Tage vergangen sein können, und ich wäre dennoch nicht bereit gewesen. Ihre Beerdigung war klein – nur ungefähr fünfzig Gäste. Ein paar Verwandte von ihr waren aus Florida angereist, aber ihr Vater glänzte durch Abwesenheit, obwohl ich ihm das Geld für ein Flugticket überwiesen hatte.

Trotz des klaffenden Lochs in meiner Brust tat ich mein Möglichstes, um diesen Tag so schön zu gestalten, wie Jessica es verdient hatte. Orangefarbene Rosen, wie sie sie bei unserer Hochzeit getragen hatten, bedeckten ihren elfenbeinfarbenen Sarg, und eine riesige Gedenkcollage, die ich mühevoll aus dem Cloud-Speicher unserer alten Handys geschaffen hatte, bildete den Hintergrund für den Abschied von meiner Frau.

Ein Priester, der Jessica niemals begegnet war, sprach darüber, dass wir ihr Leben feiern und ihr Angedenken in Ehren halten sollten.

Bree versuchte zu erzählen, wie sie sich kennengelernt hatten, brach aber ungefähr in der Mitte der Geschichte zusammen und musste zu ihrem Sitz zurückgeführt werden.

Ich spielte *Wild Horses* von den Rolling Stones auf der Gitarre. Eigentlich hätte es auch einen Text gegeben, doch ich hatte schon Mühe, die richtigen Akkorde zu greifen.

Und die ganze Zeit über stand Evelyn in der Ecke und wippte meine unruhige Tochter auf der Hüfte, die sich niemals an ihre Mutter erinnern würde.

Ich umarmte Leute, die ich nicht kannte.

Sprach mit alten Freunden, die ich seit Jahren nicht gesehen hatte.

Tröstete Familienmitglieder, die Jessica gehasst hatte.

Bree war großzügig genug, uns ihr Haus für das Essen nach der Beerdigung zur Verfügung zu stellen. Es war eine freundliche, aufmerksame Geste – besonders da sich um das Katastrophengebiet, das einmal mein Haus gewesen war, immer noch Polizeiabsperrband zog.

Am Ende des Tages, als ich mich mit Luna ins Poolhaus zurückzog, war ich körperlich und emotional so erschöpft, dass ich zur Abwechslung einmal wirklich schlief. Das war unglaublich, wenn man bedachte, dass am Tag darauf die nächste Beerdigung anstand.

»Muss Dad im Himmel Arbeitskleidung tragen?«

Ich kniete gerade vor Asher, um die Knöpfe an seinem Hemd zu schließen, aber jetzt hielt ich inne und sah ihm in die Augen. »Was?«

»Anzüge und so Zeug. Muss er so was tragen, oder kann er auch einfach Jeans und ein T-Shirt anziehen?«

Ich hatte einen Kloß im Hals. »Er ist nun im Himmel.

Ich nehme an, dein Dad kann tragen, was auch immer er will.«

Er lächelte schief. »Dann wird er sich was Bequemes aussuchen. Zu Hause hatte er ständig ein T-Shirt an, das schon ein Loch unter dem Arm hatte. Mom hat es gehasst. Sie hat immer den Finger ins Loch gesteckt und ihm gesagt, er soll sich umziehen.« Er legte den Kopf schräg. Alles an Asher, von seinem glatten dunkelbraunen Haar bis zu den ausdrucksvollen Augenbrauen, sah aus wie eine jüngere Version von Rob. »Ich frage mich, ob er dieses T-Shirt mitgenommen hat.«

Vertrauter Schmerz verkrampfte mir den Magen. Madison und Luna waren eine Sache. Sie waren zu jung, um wirklich zu verstehen, was Jessica und Rob zugestoßen war. Aber Asher war voller Neugier. Innerhalb einer Woche hatte er sich von einem wilden Kind in einen Jeopardy-Kandidaten verwandelt, der in der Kategorie *Leben nach dem Tod* festhing. Was ich ihm nicht übel nehmen konnte. Der Tod war selbst für Erwachsene ein abstraktes Konzept – wie musste es da für einen Fünfjährigen sein?

Ich wusste nicht, wie Bree das hinbekam. Mit Luna konnte ich kaum über Jessica reden, und meistens schlug sie mir im Verlaufe dieser Gespräche mit der flachen Hand auf die Wange und blies Spuckebläschen.

»Ich glaube nicht, dass er irgendetwas mitnehmen konnte, Kumpel. Aber vielleicht kannst du dieses Hemd behalten. Du kannst es jedes Mal anziehen, wenn du ihn vermisst.«

Er machte große Augen. »Tust du das mit Tante Jessicas Kleidung?«

Das Lachen entfuhr meiner Kehle, bevor mein dauerhaftes Leid es unterdrücken konnte. Hätte ich wirklich darüber nachgedacht, hätten diese Worte mich getroffen wie ein Schuss ins Herz. Ich hatte keine Klamotten von Jessica. Nichts, an das ich mich in den dunkelsten Nächten klammern konnte. Nichts, was ich Luna weitergeben konnte. Abgesehen von den Fotos, die ich aus der Cloud geholt hatte, hatte kein Teil unseres gemeinsamen Lebens das Feuer überlebt.

Doch nun, als ich diesen tapferen kleinen Jungen anstarrte, der sich gerade für die Beerdigung seines Vaters umzog, lebte ich nur im Hier und Jetzt.

»Was? Denkst du nicht, dass ihre Outfits auch was für mich wären?«

Er zuckte mit den Achseln. »Eher nicht.«

»Ich möchte darauf hinweisen, dass mir ein Bustier bestimmt steht.«

»Ein was?« Er verzog die Lippen – und wieder sah er genau aus wie Rob.

Ich stand auf und tätschelte mir den Bauch. »Ein Bustier. Das ist ein Oberteil, bei dem der Bauch frei bleibt. Du hast doch sicher meine Bauchmuskeln schon gesehen.«

»Nein, aber ich habe deine Chicken-Nugget-Brusthaare gesehen.«

Das bellende Lachen, das mir entfuhr, erschütterte meinen gesamten Körper.

Na, wen haben wir denn da?! Wie schön, ihr Endorphine, dass ihr euch mir wieder anschließt!

»Was ist hier los?«, fragte Bree.

Ich wirbelte herum wie ein Kind, das mit der Hand in der Keksdose erwischt worden war, und entdeckte Bree hinter mir. Sie trug ein langes schwarzes Kleid, hatte eine Hochsteckfrisur und war perfekt geschminkt – wie immer aus dem Ei gepellt.

»Oh, hey«, begrüßte ich sie mit einem verlegenen Grinsen.

Die Sache mit Bree war immer noch … ähm, keine Ahnung, wie ich es besser ausdrücken sollte … verdammt seltsam. Überwiegend blieb ich im Poolhaus. Doch da ständig Leute fertige Gerichte vorbeibrachten, hatte Bree vorgeschlagen, immer gemeinsam zu Abend zu essen. Okay, eigentlich war es keine Einladung gewesen, sondern ein Befehl.

»*Wir essen um sechs. Komm rüber, damit ich weiß, dass du dich nicht ins Koma gesoffen und mich mit drei Kindern unter sechs und den Planungen für eine Beerdigung allein gelassen hast.*«

Diese Frau konnte sich wirklich gut ausdrücken. Und das sagte ich, der Songwriter. Andererseits: Ihre harschen Worte waren einfach ihre Art, mit der Situation umzugehen. Und ihre schonungslose Ehrlichkeit bot mir zumindest etwas Normalität in meiner chaotischen Existenz.

Am ersten Abend hatten wir schweigend gegessen. Nun, *essen* war vielleicht eine zu großzügige Umschreibung. Ich hatte Luna das Fläschchen gegeben, während ich auf das Nudelgericht gestarrt hatte, das Robs Sekretärin abgegeben hatte. Bree saß vor Madisons Hochstuhl und fütterte sie von ihrem eigenen, sonst unberührten Teller.

Am zweiten Abend hatte sie das ganze Abendessen über stumm geweint, war pausenlos durch die Küche gewirbelt, um Ashers suchendem Blick auszuweichen. Ich hatte versucht, ihn mit Fragen zu seinem Geburtstag abzulenken – der erst in drei Monaten war. Was zu funktionieren schien. Er wollte einen Iron-Man-Kuchen und eine Piñata. Ach, und dass sein Vater für einen Tag aus dem Himmel zurückkam … was dafür sorgte, dass Bree in ihr Schlafzimmer verschwand, um ihr Ladegerät zu holen – wofür sie zwanzig Minuten brauchte.

Für zwei Leute, die sich immer noch nicht entschieden hatten, ob sie sich gegenseitig wirklich mochten, wurden wir ziemlich schnell sehr gut darin, uns abwechselnd um die Kinder zu kümmern.

Wenn ich einen schlechten Tag hatte – wie zum Beispiel, wenn Jessicas Mom anrief, um zu fragen, ob sie bei der Beerdigung den Scheck für die Hälfte von Jessicas Lebensversicherung von mir bekommen würde (eine Versicherung, die meine Frau nicht gehabt hatte – und selbst wenn, hätte sie auf keinen Fall einen Teil davon ihr gegeben) –, kam Bree nach draußen und schnappte sich Luna ohne ein Wort von ihrer Spieldecke, damit ich ungestört fluchen und toben konnte.

Dann, an dem Tag, als Robs demente Mutter angerufen hatte, um nach ihrem Sohn zu fragen, und Bree ihr zum fünften Mal erklären musste, dass Rob gestorben war, war sie zum Poolhaus gekommen, hatte mir wortlos die Kinder in die Hand gedrückt und war im Anschluss für über eine Stunde verschwunden. Asher und ich standen uns nahe, also war das kein Problem, aber Madison mochte den guten alten Onkel Eason nicht ganz so gern. Glücklicherweise halfen die winzigen Schokoladenstückchen, die ich aus ein paar Keksen gepopelt hatte – nur dass Bree das nie erfahren durfte.

Bree schenkte Asher ein warmes Lächeln. »War etwas lustig?«

Er zerrte am Kragen seines weißen Hemdes. »Onkel Eason trägt Bustiers, wenn er Tante Jessica vermisst.«

Ihre Augenbrauen schossen nach oben, dann bedachte sie mich mit einem misstrauischen Blick.

Ich winkte abwehrend mit den Händen. »Nein. Das war nur ein Witz. Längere Geschichte. Du hättest dabei sein müssen.« Ich stieß Asher fest genug mit der Hüfte an, dass er zur Seite stolperte. Er lachte, bevor er sich mit einem Tritt gegen meinen Knöchel revanchierte. Doch ich ignorierte Karate Kid und sah Bree an. »Egal. Bist du dann bereit?«

Sie hatte nicht gelächelt, aber jetzt bekam ihre Miene fast etwas Verzweifeltes. »Nein.«

Und einfach so schlug das Leid wieder seine Klauen in mich. »Ich auch nicht.«

Sie atmete tief durch, nahm die Schultern zurück und schob das Kinn vor. »Aber wenn wir nicht bald aufbrechen, werden wir zu spät kommen.«

»Klar. Natürlich.«

»Zieh dir Socken und Schuhe an, Asher. Du hast fünf Minuten.«

»Fünf Minuten!«, jaulte er, ohne dass ich einen Grund dafür erkennen konnte. Dieses Kind hatte keinerlei Zeitgefühl. Er hatte mir mal erklärt, dass er Kartoffelbrei nicht mochte, weil es ewig dauerte, ihn zu kauen.

»Du trägst keine Krawatte«, sagte Bree. Es war eher eine Aussage als eine Frage.

Ich senkte den Blick auf meinen schwarzen Anzug mit dem weißen Hemd, dessen oberster Knopf offen stand. Meine Kleidungsauswahl beschränkte sich auf das, was ich mir bei einem zweistündigen Sprint durchs Einkaufszentrum während Lunas Nachmittagsschläfchen geschnappt hatte. Genau dasselbe hatte ich gestern bei Jessicas Beerdigung angehabt … und da hatte Bree nichts von einer Krawatte gesagt. »Hatte ich auch nicht vor. Glaubst du, ich brauche eine?«

»Musst du wissen«, meinte sie schnippisch.

»O-kay. Ich formuliere es anders. *Möchtest du*, dass ich eine Krawatte trage?«

»Nein. Ich dachte nur, da es beim heutigen Tag schließlich um Rob geht, könntest du zur Abwechslung mal versuchen, deiner Rolle gerecht zu werden.«

Ich blinzelte bloß. Was sollte das überhaupt bedeuten? Es war definitiv eine Beleidigung – das war nicht zu überhören. Aber Rob hatte mich selbst als Trauzeuge bei seiner Hochzeit nicht gebeten, eine Krawatte zu tragen. Wieso zum Teufel dachte sie, ich würde jetzt eine umbinden?

Ich biss mir auf die Zunge, in dem vergeblichen Versuch, diesem verbalen Schlag auszuweichen. »Und welche Rolle soll das sein?«, sagte ich harscher, als ich eigentlich vorgehabt hatte. »Denn mal ehrlich, wenn ich zum ersten Mal in zwanzig Jahren mit Krawatte auftauchen würde, könnte es ernsthaft sein, dass Rob sich im Sarg aufsetzt, um herauszufinden, ob ich einen Schlaganfall hatte.« Ich bereute die Worte schon, bevor die letzte Silbe über meine Lippen gedrungen war. Und zwar nicht, weil meine Aussage rüde und unsensibel war – was sie war. Verdammt, die Frau musste heute ihren Mann beerdigen, und ich zickte hier rum!

Mein Selbsthass steigerte sich ins Unermessliche, als ihr Tränen in die Augen traten.

»Wenn das alles ist, was nötig wäre, um ihn zurückzubringen, dann sollte ich vielleicht auch eine blöde Krawatte tragen.« Sie wirbelte herum und entfernte sich mit klappernden Absätzen.

Mir standen verschiedene Möglichkeiten zur Verfügung. Keine davon würde meine Aussage ungeschehen machen. Und wahrscheinlich wäre Bree mit keiner davon glücklich.

Ich konnte ihr nachlaufen und sie umarmen. Mir hatte es geholfen, als sie mich mitten in meinem Nervenzusammenbruch in die Arme gezogen hatte. Doch mit einem Handabdruck auf der Wange bei Robs Beerdigung zu erscheinen, würde wahrscheinlich Fragen nach sich ziehen, die ich nicht beantworten wollte.

Ich konnte mich entschuldigen – zum, keine Ahnung, hundertsten Mal –, weil das für mich ja offensichtlich prima funktionierte.

Oder – da ich an diesem Tag vollkommen durch den Wind war – ich konnte sie vor Wut kochend davonstiefeln lassen.

Aber nur eine dieser Möglichkeiten konnte verhindern, dass Rob mich für den Rest meines Lebens als Geist heimsuchte.

»Es tut mir leid!«, rief ich und joggte hinter ihr her. »Ich werde mir eine Krawatte umbinden. Verdammt, ich werde sogar drei Krawatten tragen! Ich versuche nicht, ein Arsch zu sein. Sag mir einfach, was den heutigen Tag für dich leichter macht, und ich werde es tun, versprochen.«

Sie hielt an und wischte vorsichtig ihre Tränen ab, um ihr Make-up nicht zu zerstören. Ich hatte mit mehr Wut gerechnet, ein paar heftigen Flüchen und einem Vortrag über was weiß ich welches Thema. Doch als sie endlich den Mund aufmachte, drang eine Bitte über ihre Lippen.

»Dann hilf mir, einen Weg zu finden, wie ich da nicht hingehen muss.« Ihre verzweifelten grünen Augen fingen meinen Blick ein. »Ich kann das nicht, Eason. Ich weiß, dass ich eigentlich für die Kinder stark sein muss, aber ich kann das nicht. Ich bin nicht wie du. Du warst gestern fantastisch. Hast mit allen geredet und ihnen dafür gedankt, dass sie gekommen sind. So bin ich nicht. Er war mein Mann. Wenn Tommy Ohne-Nachnamen, der mit Rob gemeinsam im Kindergarten war und ihn seit dreißig Jahren nicht gesehen hat, weinend zu mir kommt und mir etwas darüber erzählt, wie sehr er Rob vermissen wird, werde ich im Gefängnis landen.«

»Okay, das sollten wir vermeiden.«

Sie spielte nervös an dem tränenförmigen Diamantanhänger an ihrer Kette herum. »Ich verstehe nicht, warum wir diesen ganzen Zirkus überhaupt veranstalten müssen. Rob hätte es gehasst. Versteh mich nicht falsch – der gestrige Tag war schön. Jessica hätte die Aufmerksamkeit geliebt. Rob dagegen hätte keine fünf Minuten durchgehalten, bevor er sich davongeschlichen hätte, um in die nächste Bar zu gehen. Aber jetzt, aufgrund irgendeines verdrehten sozialen Konstrukts, muss ich alleine dastehen und zuhören, wie ein Priester, der meinem Mann nie begegnet ist, darüber redet, was für ein toller Mensch er war.«

Sie zog scharf die Luft ein und flüsterte, weil sie sich der Anwesenheit ihrer Kinder immer bewusst war: »*War!* Vergangenheitsform. Und was dann? Angenommen, ich schaffe es, mich zusammenzureißen und nichts Irres zu tun, wie zu laut zu heulen – denn wir wissen doch beide, dass alle Augen auf mich gerichtet sein werden. Aber lass uns einfach mal theoretisch annehmen, ich schaffe es, nicht alle zum Teufel zu jagen. Was passiert dann? Wenn diese Beerdigung vorbei ist, ist Rob weg. Wirklich weg. Aber ich werde immer noch da sein, ohne einen blassen Schimmer, wie ich das alles ohne ihn hinkriegen soll. Vielleicht macht mich das zu einer schlechten Ehefrau oder gleich zu einem umfassend schlechten Menschen, aber ich will da wirklich nicht hin.« Als sie fertig war, keuchte sie, während Tränen von ihrem Kinn tropften.

»Du wirst nicht allein sein«, versicherte ich ihr, weil ich einfach nicht wusste, was ich sonst sagen sollte.

»Ich weiß. Ich weiß. Du wirst auch auf der Beerdigung sein. Das weiß ich zu schätzen. Wirklich. Ich bin einfach total überfordert.« Ihre Schultern sackten nach unten, als hätte sie damit gerechnet, dass ich irgendeinen weisen Spruch aus dem Hut zauberte, um auf magische Weise all ihre Ängste zu beruhigen.

Aber ich hatte keine Weisheit zu bieten … sonst hätte ich definitiv etwas davon für mich behalten, als ich heute Morgen in der Dusche zusammengebrochen war.

Aufmunternde Ansprachen waren nie meine Stärke gewesen. Ich sollte Ratschläge geben? Mann, ich kriegte ja kaum mein eigenes Leben auf die Reihe! Wenn jemand einen flotten Spruch brauchte, dann war ich der Richtige. Und selbst wenn die Situation sowieso schon unangenehm war und das eigentlich keiner kommentiert haben wollte, gab ich meistens meinen Senf dazu.

Es war das Schlimmste, was ich sagen konnte. Das wusste ich schon, ehe ich den Mund aufmachte. Aber ob richtig oder falsch, es war besser, als gar nichts zu sagen.

»Ich denke, du wirst nicht allein im Gefängnis landen. Tommy Ohne-Nachnamen war immer derjenige unter Robs Kindergartenfreunden, den ich am wenigsten mochte. Wenn dieser Idiot auch nur falsch atmet, werde ich mir mit dir eine Zelle teilen.«

Sie lachte nicht.

Sie lächelte nicht einmal.

Doch sie starrte mich an, als hätte ich komplett den Verstand verloren, also verbuchte ich das nach dem gesamten Krawattenvorfall als Fortschritt.

»Okay«, murmelte sie schließlich. »Wir sollten wirklich aufbrechen, bevor wir noch zu spät kommen.« Damit setzte sie sich wieder in Bewegung.

Ich fing ihre Hand ein und zog sie zurück. »Hör mal, ich bin in dieser Situation ein schrecklicher Ersatz für Rob oder Jessica. Aber ich verspreche, dass ich heute für dich da sein werde. Wenn du überfordert bist oder das Gefühl hast, dass du es einfach nicht mehr ertragen kannst, sag etwas, und dann flüchten wir. Und denk ja nicht, dass dich das zu einer schlechten Ehefrau oder einem schlechten Menschen macht. Was auch immer du heute tust oder nicht tust, es geht um dich und dein Herz. Rob braucht es nicht, dass du dich mit einem sozialen Konstrukt quälst, um zu beweisen, wie sehr du ihn liebst. Und ich habe *liebst* gesagt, Bree. Gegenwartsform.«

Sie starrte mich lange an. Ihre Wangen waren immer noch feucht, doch ein kleiner Funken flackerte in ihren glitzernden grünen Augen auf. »Danke«, flüsterte sie und legte ihre freie Hand auf meine Finger auf ihrem Unterarm. »Das musste ich hören.«

»Gut. Dann werde ich es gleich für später notieren, weil ich glaube, etwas Besseres werde ich wahrscheinlich nie wieder hinkriegen.«

Sie schüttelte den Kopf, und ihre Mundwinkel zuckten fast unmerklich. »Wahrscheinlich.«

»Zumindest sind wir uns mal einig.«

Diesmal lachte sie tatsächlich. Es war ein leises Lachen, voller Trauer – aber am finstersten Tag, den man sich nur vorstellen konnte, war ein Lachen auf jeden Fall ein Gewinn.

Robs Beerdigung unterschied sich vollkommen von Jessicas kleiner Feier. Die Kathedrale in der Innenstadt war so voll, dass es bloß noch Stehplätze gab. Ich war nicht überrascht. Wahrscheinlich betrachtete jeder, der Rob auch nur ein Mal getroffen hatte, ihn als Freund.

Doch niemand hatte ihn so gut gekannt wie ich.

Niemand hatte ihn so sehr im Stich gelassen wie ich.

Ausgestattet mit einer dünnen schwarzen Krawatte, wich ich Bree nicht von der Seite. Sie hatte sich selbst heute Morgen völlig unterschätzt. Bree war ein Star. Gelegentlich schaltete ich mich ein und beeinflusste Gespräche, wann immer es wirkte, als ginge ihr die Luft aus – aber überwiegend war sie der Inbegriff von Anmut und Stärke. Ich spielte sogar heimlich mit Asher *Stein, Schere, Papier*, als er aussah, als bräuchte er eine Ablenkung. Aber egal, was geschah, die verkrüppelnden Schuldgefühle blieben und zerfraßen mich langsam von innen.

Wie ich es verdient hatte.

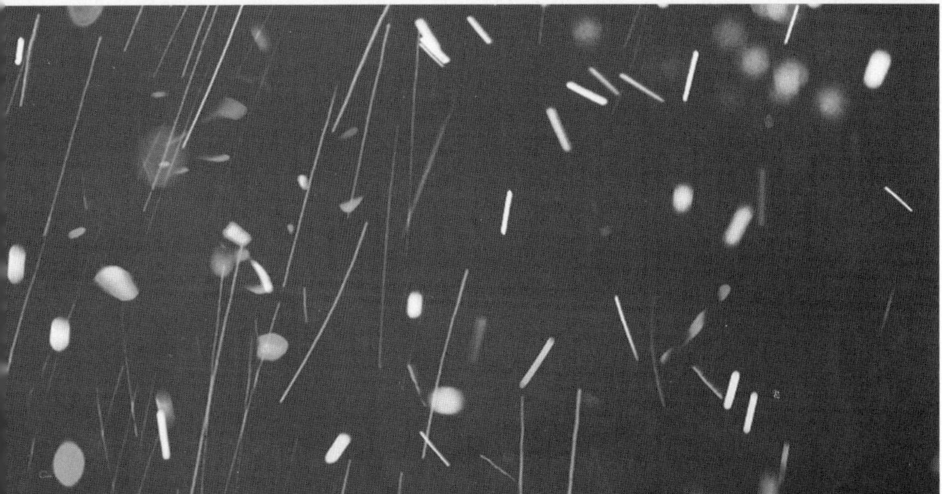

6

Eason

»Schön weit aufmachen«, sagte ich, das Löffelkatapult vor meinem Gesicht im Anschlag.

Asher kicherte und hatte den Mund so weit geöffnet, dass es mich fast wunderte, dass er sich nicht den Kiefer ausrenkte.

»Bist du bereit?«

»Ach kig dach him«, sagte er in einer Sprache, die nur Zahnärzte verstehen konnten, doch ich vermutete, dass es *Ja* bedeuten sollte.

Ehrgeizig, wie ich war, stellte ich mich breitbeiniger hin und ging leicht in die Knie, um das perfekte Gleichgewicht zu finden. Bei diesem Schuss ging es um alles oder nichts. Auf keinen Fall wollte ich der Grund für ein Versagen sein. »Okay. Okay. Jetzt geht's los. Eins, zwei, drei!«

Das Waffelstück segelte in einem beinahe perfekten

Bogen durch die Luft, aber natürlich – genau wie bei den letzten vier Schüssen – prallte es von seiner Nase ab, bevor es auf dem Boden landete.

»Nein!«, schrie er und trommelte mit den Fäusten auf die Kücheninsel aus weißem Marmor. »Fast hätte ich es geschafft.«

Ich machte mich wieder daran, kleine Stücke von Brees berühmten Süßkartoffel-Spinat-Waffeln abzuschneiden. Ehrlich, ich verwendete den Begriff *berühmt* hier im weitesten Sinne. Meine Geschmacksnerven hatten gemeutert, als ich sie zum ersten Mal probiert hatte, aber sie kochte die Dinger vor und bewahrte sie im Tiefkühlschrank auf, um die Kinder während der Woche damit zu versorgen. Wenn es darum ging, ein Frühstück für drei Kinder zu bewältigen, würde ich mich nie über eine einfache Lösung beschweren.

Der letzte Monat war unglaublich schnell vergangen, doch gleichzeitig hatte er sich auch gezogen wie Kaugummi. Bree und ich waren immer noch total kaputt. Zum Wohl der Kinder kriegten wir irgendwie die Tage rum, allerdings ohne bisher Frieden oder Akzeptanz gefunden zu haben. Aber wir gaben beide vor, es wäre einfacher geworden.

Das Feuer verfolgte mich nach wie vor. Im Kopf alles durchzugehen, was ich hätte anders machen können, war inzwischen eine nächtliche Routine. »Wenn ich nur …«, gefolgt von irgendwelchen lächerlichen und unmöglichen Superheldentaten, die mein Hirn an diesen Tag heraufbeschwor, vertrieben mir die Zeit, bis ich es schließlich aufgab und mir erlaubte, in etwas zu versinken, was man großzügig vielleicht als Schlaf umschreiben konnte.

Manchmal wütete ich. Manchmal sank ich auf die Knie und weinte. Manchmal starrte ich einfach ins Leere und fand mich mit dem Gedanken an ein Leben in Trauer ab.

Aber jeden Morgen stand ich auf – für meine Tochter. Dieses kleine Mädchen mit seinen honigbraunen Augen und dem schütteren Haar war der Grund für meine Existenz.

Ich machte eine Therapie – Luna zuliebe.

Nahm regelmäßig die Antidepressiva, die mein Arzt mir verschrieben hatte – Luna zuliebe.

Und im Moment las ich meinen zweiten Ratgeber über die Elternschaft von Witwern – Luna zuliebe.

Leute ermahnten mich immer wieder, auf mich selbst zu achten – und in gewisser Weise tat ich das vermutlich –, aber bloß, weil Jessica nur das Beste für unsere Tochter gewollt hätte. Unglücklicherweise bezweifelte ich, dass Jessica, wo auch immer sie sein mochte, zugestimmt hätte, dass dieses »Beste« ich war.

Doch ich würde es trotzdem versuchen.

An diesen alten Sinnspruch, alles würde aus einem guten Grund geschehen, glaubte ich nicht. Für mich war nicht irgendein großer Plan dafür verantwortlich, dass uns Jessica und Rob genommen worden waren. Aber gleichzeitig hielt ich es für ein echtes Wunder, dass Luna in dieser Nacht nicht im Haus gewesen war. Ob nun aus Gewohnheit oder aufgrund der Umstände … Jessica und ich hatten das Haus bloß selten verlassen. Und seit dem Tag, an dem wir sie aus dem Krankenhaus nach Hause gebracht hatten, hatte Luna noch nie irgendwo anders geschlafen als in ihrem Bettchen. In ihrem Zimmer. In ihrem Elternhaus.

Bis zu dieser Nacht. Dieser tragischen, entsetzlichen Nacht.

Also, ja, an den meisten Tagen musste ich weiterhin um jeden Atemzug ringen, aber nachts, wenn ich vor dem Einschlafen meine Tochter in dem Aufklappbettchen neben meinem Bett betrachtete, fand ich einen Grund, wieder aufzustehen. An diesen Gedanken klammerte ich mich sogar in meinen dunkelsten Stunden.

Und glaubt mir, davon gab es eine Menge!

»Noch ein Mal«, bettelte Asher von seinem Hocker an der Bar. »Diesmal werde ich es fangen. Das weiß ich einfach.«

Lächelnd schob ich die klein geschnittene Waffel auf das Tablett von Madisons Hochstuhl und warf einen Blick zu Luna, die sich auf ihrer Spieldecke vergnügte. »Was denkst du? Soll ich noch mal schießen, Lunchen?«

»Bitte, Luna. Sag Ja, sag Ja!«, schrie Asher.

Meine Tochter wippte zweimal, ehe sie mir ein feuchtes, zahnloses Lächeln schenkte.

»In Ordnung, Kumpel. Das sieht für mich nach Zustimmung aus!« Ich schnitt die Ecke einer kotzgrünen Waffel ab. »Sperr den Mund auf. Start in zehn, neun, acht …«

»Auf keinen Fall«, sagte Bree, als sie mit einer leeren Küchentasse in der Hand die Küche betrat. Sie wirkte total erschöpft.

»Mooooooom!«, jammerte Asher.

Sie drückte Madison einen Kuss auf das Köpfchen, bevor sie zu ihrem Sohn ging. »Ich weiß. Schlimmste Mom der Welt.« Sie zögerte, dann riss sie den Kopf zu mir herum. »Ist das Sirup?«

Mist!

»Was? Wo?« Ich schnappte mir Ashers Teller und kratzte die Reste schnell in den Mülleimer.

»Hey! Das wollte ich noch essen.«

Um den Laserstrahlen auszuweichen, die aus Brees Augen schossen, spülte ich den Teller kurz ab, ehe ich ihn in die Spülmaschine stellte. »Nein, Kumpel. Das war mein Teller, nicht deiner. Du weißt schon. Mit dem total natürlichen Honig. In diesem Haus gibt es keinen Sirup.« Ich schob die Flasche Hungry Jack auffällig-unauffällig hinter die Milch.

»Gar nicht. Du hast ihn auf meinen Teller gegossen und gesagt: ›Hier, Ash, lass uns das essbar machen. Sag nur deiner Mom …‹« Sein Mund klappte so schnell zu, dass ich die Zähne klappern hörte. »Ups.«

Brees Lippen wurden dünn. »Wenn er später von den Wänden abprallt und beschließt, beim Flugzeugspielen die Treppe nach unten zu segeln, schicke ich ihn ins Poolhaus raus.«

»Das ist nur fair«, murmelte ich verlegen.

Mit einem Kopfschütteln half sie Asher vom Hocker. »Geh und putz dir die Zähne. Jede Seite sechsmal. Und dann iss nie wieder etwas, was Onkel Eason dir gibt.«

Asher war klug genug, nicht zu widersprechen, bevor er die Treppe nach oben rannte.

Sobald er verschwunden war, sackten Brees Schultern nach unten, und sie sank auf seinen Hocker. »Ich brauche was, Barkeeper.«

Ich schob die letzten zwei Waffeln auf einen Teller und schob ihn zu ihr. »Wie war dein Telefonat mit Prism?«

»Als sollte ich mir morgens um acht Uhr ein Glas Rotwein gönnen.« Sie stemmte die Füße auf die Fußstützen des Hockers, stand auf, beugte sich vor und schnappte sich die nicht allzu gut verborgene Flasche Sirup. Dann ertränkte sie ihre Waffeln darin.

»Anfängerin. Für morgendliches Saufen verwendet man Wodka oder irischen Whiskey oder …« Ich brach ab und senkte den Kopf, ehe das Wort Champagner über meine Lippen dringen konnte. Ich bezweifelte, dass einer von uns das Zeug noch einmal anfassen würde. »Also, Prism …«, ermunterte ich sie.

»Chaos. Die Firma ist eine richtige Katastrophe.« Sie stürzte sich auf ihr Frühstück und stöhnte leise, als sie den ersten Bissen voll verbotenem Sirup schmeckte. »Das ist besser als Wein.«

»Warum? Was ist los?«

»Nun, lass mich nachdenken.« Sie schob sich noch eine Gabel voll Waffeln in den Mund und sprach dann mit vollem Mund weiter, was völlig untypisch für sie war. Sonst war sie immer so wohlerzogen. »Aus irgendeinem dämlichen Grund hat Prism vor ein paar Monaten einen neuen Hersteller unter Vertrag genommen. Allerdings entsprechen seine Stoffe nicht unseren Qualitätsstandards, und außerdem haben sie bloß die Hälfte des Auftrags geliefert. In der Zwischenzeit sitzen uns die Hotels im Nacken, weil sie Produkte haben wollen, die sie bereits bezahlt haben … nur dass wir dummerweise nichts haben, was wir ihnen schicken können. Oh, außer Kissenbezügen. Wir haben zwei ganze Lagerhäuser voller Kissenbezüge, aber keinen einzigen Käufer, der sie haben will. Gleichzeitig gibt es da wohl einen Wartungstypen, irgendeinen Kerl namens Barton, der seit einem Monat nicht mehr zur Arbeit erschienen ist, ohne offiziell gekündigt worden zu sein. Also zahle ich anscheinend Angestellte dafür, dass sie zu Hause bleiben. Und das Beste ist, dass ich seit einer Woche bei jedem Kontakt anrufe, den ich je hatte, und niemanden dazu bringen kann, mich zurückzurufen. Und als zusätzliche, spannende Entwicklung hat mir die Personalabteilung heute telefonisch mitgeteilt, dass Robs Krankenversicherung mich nicht mehr mit abdeckt, weil er ja nicht länger für Prism arbeitet … als würde mir nicht die ganze Firma gehören.«

Ich ging zur Kaffeekanne. Für mich war es schon die dritte Tasse des Tages, doch Bree hielt sich an eine strikte

Morgenroutine. Zwei Meilen laufen, Yoga, ein Proteinshake, und erst dann erlaubte sie sich genau eine kleine Tasse Kaffee – schwarz. Doch da sie sich gerade Sirup in den Mund schaufelte, als tränke sie aus Willy Wonkas Schokoladenfluss, ging ich davon aus, dass sie heute Morgen eine Ausnahme machen würde. Ich füllte ihre Tasse, und sie zögerte keinen Moment, das Getränk an die Lippen zu heben.

»Was bedeutet das alles?«, fragte ich.

»Es bedeutet, dass ich ins Büro fahren muss, um *vielleicht* herauszufinden, was Rob sich gedacht hat. Wusstest du, dass er die Deckenabteilung so verkleinert hat, dass ich genauso gut wieder in meinem Wohnheimzimmer nähen und damit mehr Profit machen könnte?«

»Scheiße«, formte ich mit den Lippen, weil ich mir durchaus bewusst war, dass Madison mit ihrer Banane fertig war und unser Gespräch beobachtete, als wäre es eine Partie Pingpong.

»Genau mein Gedanke.« Bree schob sich noch einen süßen Bissen in den Mund und kaute darauf herum, als wäre es die Waffel, die ihr unrecht getan hatte.

»Entspann dich. Ich bin mir sicher, er hatte einen Plan.«

»Klar. Aber vermutlich beinhaltete dieser Plan nicht, zu sterben und mich mit einer Firma zurückzulassen, die ich nicht mal mehr wiedererkenne.« Ihre Stimme brach, doch sie versteckte es eilig hinter einem Husten, bevor sie sich an ihre Tochter wandte. »Hey, Kleine. Möchtest du ein paar Stunden mit Mami ins Büro gehen?«

»Wieso lässt du die Kinder nicht bei mir? Ich habe heute nichts vor.« Ich fügte nicht hinzu, dass ich darauf hoffte, der Lärm und das Chaos würden mich eine Weile von der Realität ablenken.

Bree stand lachend auf und zog das Tablett aus dem Hochstuhl, ehe sie Madisons Gurt löste. »Danke, aber es geht schon. Sie kann mit Asher spielen, während ich meine Anrufe tätige. Außerdem … hast du heute Nachmittag nicht ein Vorstellungsgespräch?«

»Das ist kein Vorstellungsgespräch. Den Job habe ich sicher … Ich muss nur noch die nötigen Formulare ausfüllen.« Nach über zehn Jahren würde ich wieder bei der Pianoduell-Sache mitmachen, die ich schon mit zwanzig gehasst hatte. Aber so wie damals war ich verzweifelt und brauchte die Kohle, um über die Runden zu kommen.

Mein Agent hatte ein paar Angebote für die Songs aus *Solstice in the '92*, aber es würde eine Weile dauern, bis ich Geld dafür bekam. Bree war so großzügig gewesen, Luna und mich im letzten Monat unterzubringen … doch es wurde wirklich Zeit, dass wir etwas Eigenes fanden.

Die Versicherungsgesellschaft baute das Haus wieder auf, in dem Jessica und ich gewohnt hatten, aber ich würde um keinen Preis wieder dort einziehen. Wenn ich Glück hatte, konnte ich es verkaufen und den Gewinn, der übrig blieb, nachdem ich die Hypothek getilgt hatte, dazu verwenden, eine Anzahlung für eine kleine Wohnung zu leisten. Bis dahin brauchte ich ein festes Einkommen, um potenzielle Vermieter für mich einzunehmen.

Ich hatte keinen blassen Schimmer, was ich an den Abenden, an denen ich arbeitete, mit Luna machen sollte. Kindertagesstätten hatten selten bis drei Uhr nachts geöffnet. Aber so wie ich es auch mit dem Rest meines Lebens hielt … mir würde schon irgendetwas einfallen.

Irgendwie.

Ich hatte keine andere Wahl.

Ich reichte Bree einen feuchten Lappen, um Madisons Gesicht und Hände zu säubern. »Komm schon. Ich habe die ganze Woche auf sie aufgepasst, während du oben telefoniert hast.«

»Schon, aber da war ich oben. Und diesmal wäre ich … im Büro.«

»Das nur zehn Minuten entfernt ist.«

Sie lachte wieder.

Ich bemühte mich wirklich sehr, das nicht als Beleidigung aufzufassen – aber ehrlich, es tat weh. »Hör mal, du weißt genauso gut wie ich, dass du, wenn Madison ihr Vormittagsschläfchen nicht bekommt, mit einem schreienden Baby im Hintergrund keine Telefonate führen wirst. Und ich habe gehört, dass jemand, dessen Namen wir nicht nennen wollen, Asher beim Frühstück mit Zucker gefüttert hat. Was glaubst du, wie gut du arbeiten kannst, während er über deinen Schreibtisch springt?«

Sie legte den Kopf schief. »Hast du das geplant?«

»Nein. Aber hätte ich so was geahnt, hätte ich es getan. Komm schon. Lass mich auf die Kinder aufpassen. Du kannst Madison noch ins Bett bringen, bevor du gehst. Ich mache das Gleiche mit Luna. Dann werden Asher und ich zwei Stunden lang ums Wohnzimmer joggen.« Ich schnippte mit den Fingern, als mir etwas einfiel, womit ich ihr die Idee schmackhaft machen konnte. »Während wir das Einmaleins üben.«

Das brachte mir einen weiteren bösen Blick von ihr ein, aber glücklicherweise einen weniger intensiven als den, den sie mir zugeworfen hatte, nachdem sie den Sirup entdeckt hatte. »Er ist fünf, Eason. Er kann nicht rechnen.«

»Nun, noch nicht vielleicht. Du wärst überrascht, wenn du wüsstest, wie viel Mathe in Musik steckt. Es geht ständig um Zweien und Vieren und Dreien und Sechsen. Manchmal sogar eine wilde Acht hier oder dort.« Ich trat um Bree herum und hob Madison hoch. Wie gewöhnlich streckte sie wimmernd die Arme nach ihrer Mutter aus, aber das war nichts, was ein kleiner Superman-Wirbel nicht in Ordnung bringen konnte.

Madison kicherte, und ich wollte verdammt sein, wenn ich nicht ein seltenes Lächeln auf Brees Lippen entdeckte.

»Verräterin«, flüsterte sie ihrer Tochter zu. So schnell, wie dieser glückliche Ausdruck erschienen war, verschwand er auch wieder. »Ich weiß nicht, Eason. Nichts gegen dich, es ist nur, nach allem …«

Messer.

Herz.

Drehen.

Doch ich grinste einfach weiter. So war die Situation weniger unangenehm.

Unsere ganze *Ich werde dich hassen, du wirst mich hassen, aber wir können es zusammen tun*-Abmachung war im letzten Monat selten ins Spiel gekommen. Und die Wahrheit lautete, dass ich Bree eigentlich nicht verabscheute.

Ich hasste mich selbst. Weil ich nicht fähig gewesen war, Jessica oder Rob zu retten. Weil ich nichts von dem Gasleck gewusst hatte. Und wegen unzähligen anderen Dingen, die dafür gesorgt hatten, dass wir uns an diesem schrecklichen Abend im Haus aufgehalten hatten.

Offensichtlich konnte mein Grinsen nicht all meine Empfindungen verbergen.

»Ich meine, es ist nicht so, als würde ich dir nicht vertrauen«, stieß sie eilig hervor. »Das tue ich. Es ist nur … Ich habe einfach Probleme, sie überhaupt mit jemandem allein zu lassen.«

»Nein. Ich verstehe schon. Keine Erklärung nötig.« Ich kitzelte Madison am Bauch – einfach um Brees Blick auszuweichen.

Sie legte eine Hand auf meinen Unterarm. »Aber ich weiß dein Angebot zu schätzen.«

»Ja. Klar.« Ich lächelte gezwungen. »Jederzeit.«

Bree breitete die Arme aus. Madison warf sich ihrer Mutter quasi entgegen, sodass ich mit leeren Händen zurückblieb, erfüllt von der Frage, wie ich es geschafft hatte, mich gleichzeitig lächerlich und jeden Fortschritt in unserer friedlichen Koexistenz zunichtezumachen.

»Hey, ähm, ich werde mir Luna schnappen und sie umziehen. Sieht aus, als hätte sie die Banane, die ich ihr gegeben habe, als Haargel verwendet, statt sie zu essen.« Ich schob mich an Bree vorbei, wobei ich sorgfältig darauf achtete, sie nicht zu berühren, und schnappte mir Luna von ihrer Spieldecke.

»Eason ...« Brees Stimme verklang. Es folgte ein Räuspern, dann lächelte sie. Sie konnte sich nicht so gut verstellen wie ich, also war es eher eine Grimasse. »Danke noch mal. Für alles. Außer dem Sirup.«

Ich nickte einmal und zwinkerte ihr dann zu. »Was für Sirup?«

Ich ließ ihr keine Zeit für eine Antwort, sondern öffnete die Hintertür und eilte mit meiner brabbelnden Tochter in den Armen nach draußen.

7

Bree

»Bist du dir sicher, dass ich dir sonst nichts bringen kann?«, fragte Robs Sekretärin Jillian, als sie die Überreste der Snacks und Trinkpäckchen wegräumte, die sie aus ihrer magischen Mary-Poppins-artigen Schreibtischschublade gezaubert hatte. Vermutlich lernte man als fünfundsechzigjährige Großmutter von neun Enkeln, immer auf alles vorbereitet zu sein.

Ich klemmte mir das Telefon zwischen Ohr und Schulter, schenkte ihr ein angestrengtes Lächeln und log: »Nein, ich glaube, wir kommen jetzt klar. Danke dir.«

In Wirklichkeit fühlte ich mich, als wäre ich am Ertrinken. Schon Robs Büro zu betreten war eine Herkulesaufgabe gewesen. Er hätte hier sein sollen. Hätte hinter diesem riesigen Mahagonischreibtisch sitzen und uns mit einem Lächeln begrüßen sollen – oder, wenn nur ich ohne die Kinder erschienen wäre, mit einem anzüglichen Glitzern in den dunkelbraunen Augen.

Ohne ihn war dieses riesige Eckbüro voller Bücherregale und einer Sitzecke für sechs Personen zu leer. Ich hatte mir selbst eingeredet, ich würde bloß kurz vorbeischauen. Würde mir schnappen, was ich brauchte, alles nach Haus bringen und abends arbeiten, wenn die Kinder im Bett waren. Doch es war eine Herausforderung, in den chaotischen Ablageschränken tatsächlich zu finden, was ich brauchte. So sauber und ordentlich Rob auch in jedem anderen Bereich seines Lebens gewesen sein mochte, sein Ablagesystem verursachte mir nervöse Zuckungen.

Jillian hatte gewusst, wo die meisten Verträge waren, die ich brauchte – da ein Großteil davon digital gespeichert war –, aber es gab ein paar Bestellungen, die ich einfach nicht finden konnte. Also hatte sich mein Besuch – statt der kurzen Stippvisite, auf die ich gehofft hatte – zu einer zweistündigen Tortur entwickelt, in deren Verlauf ich unsere Lieferanten auf der ganzen Welt anrief.

Jillian nickte. Ihre orthopädischen Schuhe quietschten auf dem Holzboden, als sie sich aus dem Büro zurückzog. »Nun, wenn du etwas brauchst, schrei einfach.«

»Werde ich machen«, log ich erneut. Hilfe anzunehmen war immer noch ein fremdartiges Konzept für mich.

Rob war ein toller Ehemann gewesen, doch er hatte viel gearbeitet. Ich konnte es ihm nicht übel nehmen, dass er versucht hatte, sich um seine Familie zu kümmern. Die meiste Zeit über war ich mit den Kindern allein gewesen. Das war mein Job. Ein Job, den ich mir selbst ausgesucht hatte. Den ich von Herzen geliebt hatte. Meiner Meinung nach war man nur zusammen stark, und wenn mich jemand brauchte, war ich immer gleich zur Stelle. Doch es fiel mir ungleich schwerer, selbst Hilfe anzunehmen.

Die Leute meinten es gut, das wusste ich. Aber die Kontrolle an andere abzugeben, tröstete mich nicht. Besonders da ich mich in letzter Zeit fühlte, als hinge aktuell mein ganzes Leben in der Schwebe, versänke in Chaos. Ich wollte einfach alles selbst in die Hand nehmen. Doch selbst wenn es in diesem Moment bloß darum ging, Eason und Jillian darum zu bitten, ein paar Minuten auf die Kinder aufzupassen, damit ich tatsächlich arbeiten konnte … Ich kriegte das einfach nicht hin.

Die Tür schloss sich mit einem Klicken hinter Jillian, und ich blieb allein zurück. Und ich fürchtete, so würde es immer bleiben.

»Asher, hör auf!«, schimpfte ich, während mein Sohn eine zwei Meter lange Kette aus Büroklammern über den Boden zog.

Madison quietschte begeistert, als sie hinter der Kette herkrabbelte wie eine Baby-Olympionikin. Mit dem Fuß schob ich die Kette zur Seite, bevor mein Mädchen sie packen konnte – um sie im Anschluss in den Mund zu schieben.

»Hey!«, protestierte Asher – und zwar, wie ich zu Protokoll geben wollte, nicht gerade leise. Ich war mir sicher, dass die Hälfte der Belegschaft von Prism ihn gehört hatte.

»Mr Winters?«, erklang endlich die Stimme eines Mannes am anderen Ende der Leitung.

Eilig schob ich das Telefon an mein anderes Ohr, wobei ich es vor Eile fast fallen gelassen hätte. »Ja, am Apparat. Nun ja, ich bin nicht Mr Winters. Aber ich bin seine Frau.« Ich warf einen Blick zu Asher. Er hatte damit begonnen, das Papier zu zerreißen, das ich ihm gegeben hatte, damit er darauf malen konnte. Zum Teufel mit Eason und seinem Sirup! Ich wandte meinem Sohn den Rücken zu, als könnte ich ihn damit vor der Wahrheit schützen, und sagte: »Mein Mann ist letzten Monat gestorben.« Der Stich in meinem Herzen war so schmerzhaft wie immer.

»Rob? Wirklich? Was ist geschehen?«

Das geht dich einen feuchten Kehricht an.

»Ein Unfall.«

»Es tut mir sehr leid, das zu hören. Rob war ein guter Mensch. Aber ich kann Ihnen bei dieser Bestellung nicht helfen, Mrs Winters. Ich muss mit jemandem von Prism sprechen.«

Das war der Konsens von allen, mit denen ich an diesem Tag gesprochen hatte. Und es kostete mich all meine Kraft, nicht den Verstand zu verlieren, wann immer ich das hörte.

Ich hatte diese Firma aufgebaut. Später hatte Rob die Stelle als CEO übernommen, aber ich war in den fünf Jahren seitdem ja nicht von der Bildfläche verschwunden. Ich hatte an Vorstandssitzungen teilgenommen und weiterhin die letzte Entscheidungsmacht in Bezug auf alle kreativen Fragen gehabt. Zugegeben, die meisten Entscheidungen waren beim Abendessen oder abends auf dem Sofa mit einem Glas Wein in der Hand getroffen worden, nachdem die Kinder bereits im Bett gewesen waren, doch ich war immer noch Teil der Firma.

»Dann haben Sie Glück. Ich bin die Besitzerin. Und ich brauche diese Bestellformulare per Mail bis spätestens heute Abend.«

»Äääähmmm«, antwortete er gedehnt.

Mir fehlte die Zeit, diesem Mann ein verdammtes Organigramm von Prisms Leitungsteam zu schicken. Besonders weil ich mich in diesem Moment umdrehte und feststellte, dass Madison vor Ashers Füßen saß … und mein Sohn den Stöpsel aus einer Kristallkaraffe gezogen hatte, die in Robs *Mad Men*-artiger Eckbar stand.

Ich schnippte zweimal mit den Fingern, um seine Aufmerksamkeit auf mich zu ziehen, und zischte anschließend: »Stell das wieder hin!«

Wie ein gehorsames Kind – das er so selten war – stellte er die Karaffe sofort ab. Direkt vor seine Schwester.

»Nein!«, schrie ich und schmiss das Telefon zur Seite, als Madison die Karaffe umwarf, sodass sie auf dem Holzboden zerbrach.

Madison schrie, als ich zu ihr eilte, doch erst als ich das Blut auf der Handfläche meines Babys sah, schoss Adrenalin in meine Adern.

Es war ein kleiner Schnitt. Aber die Panik, die mich überschwemmte, war allumfassend.

Es war zu viel. Zu vertraut. Zu anstrengend.

Ungefilterte Emotionen ergriffen Besitz von meinem Hirn. Mit zitternden Händen hob ich Madison hoch, danach schlang ich einen Arm um Ashers Hüfte. Ich trug die Kinder von den Scherben weg und setzte sie auf die Ledercouch. Der Raum drehte sich um mich, als ich vor ihnen auf die Knie sank und mich vergeblich bemühte, meine Atmung zu kontrollieren.

Drei Tropfen Blut.

Die Wunde war so klein, dass sie fast kein Pflaster rechtfertigte.

Doch mein Körper reagierte, als stände erneut der Weltuntergang bevor.

»Es tut mir leid! Es tut mir leid!«, schrie Asher hysterisch, als er sah, dass seine Schwester blutete.

In dem ganzen Chaos eilte Jillian in den Raum. »Ist alles okay?«

Nein. Ich konnte mit Sicherheit sagen, dass gar nichts okay war.

Mein Mann war tot. Mein Herz war gebrochen. Und

mir wurde klar, dass ich – egal, wie sehr ich mir das auch wünschte – niemals Superwoman werden würde.

In diesem Moment gab es nur eine Person, die mich vielleicht verstehen konnte.

Ich räusperte mich, dann zog ich beide Kinder auf meinen Schoß, als könnten sie mir die Stabilität schenken, die mir fehlte. Um ihnen nicht noch mehr Angst einzujagen, kämpfte ich verzweifelt gegen meine Tränen. Anschließend bat ich mit zitternder Stimme: »Könntest du bitte Eason Maxwell für mich anrufen?«

* * *

Für Juni war es kühl in Atlanta. Ich zog meine Strickjacke enger um meine Schultern und sank tiefer in die Ecke des Rattansofas, für das ich Kissen aus wunderbarem Damast hatte maßfertigen lassen, nachdem Rob mich mit einer Holzterrasse mit Feuerstelle neben dem Pool überrascht und den Garten damit in meine private Oase verwandelt hatte.

»Jetzt sind alle Jahreszeiten abgedeckt«, hatte er gesagt, weil er wusste, wie gern ich die Abende unter dem Sternenhimmel verbrachte. Manchmal hatte er sich mir angeschlossen, um ein Buch zu lesen oder auf seinem Handy zu spielen, doch überwiegend hatte ich allein hier draußen gesessen, um einen Tag zu verarbeiten und den nächsten zu planen.

Aber an diesem Abend, den Blick auf die schimmernden Lichter im Pool gerichtet, fand ich einfach nicht den Frieden, nach dem ich mich so sehr sehnte.

»Hast du Lust auf Gesellschaft?«, fragte Eason, als er mit einem Glas Rotwein in der einen und einem Bier in der anderen Hand am Ende der Couch erschien.

Ich konnte ja schlecht Nein sagen. Nicht, nachdem er alles stehen und liegen lassen hatte, um den restlichen Tag auf die Kinder aufzupassen, während ich ins Leere gestarrt hatte.

»Klar«, antwortete ich und nahm ihm das Weinglas ab. »Danke.«

Er zog zwei Babymonitore aus den hinteren Hosentaschen und reichte einen davon an mich weiter, bevor er sich ans andere Ende der Couch setzte. »Die Kinder sind schnell eingeschlafen. Heute Abend hatte Ash eine Menge Fragen zu Rob, also dachte ich, er braucht vielleicht mal eine Ablenkung. Ich habe ihm gesagt, er darf bis neun Uhr mit der Taschenlampe ein Buch lesen. Er hält das Buch falsch herum, aber ich gehe davon aus, dass Lesen nie verkehrt ist.« Er nippte an seinem Bier, dann zog er mit einem Bein einen Hocker heran und stemmte seine nackten Füße darauf. »Aaaah«, stöhnte er und streckte sich zwischen den zwei Möbeln aus. Sein sehnig-muskulöser Körper sackte vor Erschöpfung in sich zusammen.

Heftige Schuldgefühle überschwemmten mich. Natürlich war er müde. Eason hatte genug eigene Probleme, ohne meine auch noch schultern zu müssen.

»Es tut mir leid«, flüsterte ich. »Ich hätte dich heute nicht anrufen sollen und dann …«

Er riss den Kopf zu mir herum und fing mit seinen karamellfarbenen Augen meinen Blick ein. »Doch. Genau das solltest du. Ich bin genau die Person, die du hättest anrufen sollen, und ich bin froh, dass du es getan hast.«

Meine Güte, wieso machte das die Schuldgefühle nur noch schlimmer?

»Nein, es ist nicht okay. Ich bin jetzt alleinerziehend. Ich muss herausfinden, wie ich das alles allein hinkriege. Ich kann nicht erwarten, dass alle um mich herum alles hinten anstellen, nur weil ich einen Nervenzusammenbruch erleide.« Meine Augen brannten, doch ich nippte an meinem Wein, um die Tränen zu verbergen.

Wann würde ich endlich aufhören, ständig zu heulen?

»Du hattest keinen Nervenzusammenbruch, Bree. Du hast vor einem Monat deinen Mann und deine beste Freundin verloren. Sei nicht so streng mit dir. Du darfst schlechte Tage haben. Du darfst dich überlastet fühlen. Du musst dich nicht rund um die Uhr zusammenreißen, nur weil du Kinder hast.«

»Aber meine Probleme sollten keine Auswirkungen auf dein Leben haben. Du hast auch deine Frau und deinen besten Freund verloren. Du hast ein eigenes Kind, um das du dich kümmern musst. Eason, du hast heute meinetwegen das Treffen für deinen neuen Job verpasst.«

Plötzlich setzte er sich auf, stellte beide Füße fest auf den Boden. »Und dafür danke ich dir. Es hat mir die ganze Woche davor gegraust, diesen verdammten Job anzunehmen. Als ich vor zehn Jahren gekündigt habe, habe ich ihn gehasst, und ich bin mir ziemlich sicher, dass sich daran nichts geändert hat. Ganz ehrlich, ich hatte Albträume davon, wie ich wieder ständig *Sweet Caroline* spielen muss.«

»Was?«, keuchte ich. »Du hast mir erzählt, du würdest dich darauf freuen, wieder ans Klavier zu kommen.«

»Bree, ich bin vierunddreißig und lebe kostenlos im Poolhaus meines besten Freundes – mit meiner Tochter. Irgendwie muss ich ja Geld verdienen.«

Ich stellte mein Glas am Rand der Feuergrube ab und drehte mich zu ihm um, zog ein angewinkeltes Bein auf die Kissen zwischen uns und sagte gepresst: »Genau. Und *meinetwegen* hast du den Job jetzt nicht.«

»Er ist nicht weg. Ich kann morgen losziehen und den

Papierkram ausfüllen, wenn ich will.« Er senkte den Kopf, musterte mich aber aus den Augenwinkeln. Ein schiefes Lächeln hob einen seiner Mundwinkel. »Oder du könntest mich dafür belohnen, dass ich Madison heute Abend in einen Pyjama gestopft habe, indem du mich noch eine Woche nicht rauswirfst. So könnte ich mir einen Job suchen, bei dem nicht von mir verlangt wird, jedes Mal *Pony* von Ginuwine zu spielen, wann immer ein Haufen Mädels, die einen Junggesellinnenabschied feiern, durch die Tür stürmt.« Er schenkte mir ein verschlagenes Lächeln, das irgendwie die Gesetze von Trauer und Schuld aushebelte und mir ein Lachen entriss.

»Ich werfe dich nicht raus.«

»Solltest du aber. Ich bin ein schrecklicher, schmarotzender Untermieter, der letzte Woche ein Loch in deine Badezimmerwand geschlagen hat.«

»Was?« Ich lachte wieder.

Er zuckte und nahm einen Schluck von seinem Bier, ehe er antwortete: »Anscheinend gehen meine schlechten Tage mit mehr Aggressionen einher als deine.«

»Mmmm.« Ich nickte verständnisvoll. »Die habe ich auch. Ich schreie dann einfach in mein Kissen.«

»Das werde ich das nächste Mal ausprobieren. Wahrscheinlich sicherer, wenn man bedenkt, dass ich zwei Hände brauche, um ständig im Duell die Kampflieder der Georgia University und der Georgia Tech zu spielen.«

Ich verdrehte die Augen. »Nimm diesen Job nicht an, Eason. Finde etwas, was du tun willst. Du und Luna, ihr könnt so lange hierbleiben, wie es eben nötig ist. Oder wie ihr wollt. Oder eine Kombination aus beidem.«

»Ganz ehrlich, ich weiß nicht, wie ich ohne dich den letzten Monat überstanden hätte.« Er stieß zitternd den Atem aus. »Und ohne die Kinder.«

»Nun, damit sind wir schon zu zweit.« Mir wurde warm ums Herz, als ich das Glas in seine Richtung hob.

Er stieß auf halber Strecke mit dem Bier mit mir an.

Madison bewegte sich auf dem Bildschirm des Monitors und zog damit meine Aufmerksamkeit auf sich. Sie hatte sich zur Seite gerollt und bewegte sich kurz, bevor sie an die hölzernen Gitterstäbe gepresst wieder einschlief. Doch das war nicht der Grund, wieso ich mich tiefer über den kleinen Bildschirm beugte.

Ihre Arme steckten in einem pink-weiß gestreiften Pyjama, aber der Rest ihres Körpers lag sicher in dem Schlafsack mit Reißverschluss. Ihr Bettchen war abgesehen von ihr leer – die Decke und die zwei Stofftiere, die ausschließlich der Dekoration dienten, waren entfernt worden. Das Zimmer wurde von ihrem Nachtlicht in Form eines Prinzessinnenschlosses erhellt. Das leise Leuchten ihres Luftbefeuchters neben dem Bett verriet mir, dass das Gerät angeschaltet war … und nach einem kurzen Drehen an der Lautstärkeregelung hörte ich auch die Klangmaschine im Hintergrund rauschen.

Ich hatte Eason nicht angewiesen, irgendetwas davon zu tun. Nicht ein einziges Mal hatte ich ihm erklärt, dass Madison sich ohne den Schlafsack nachts auszog. Oder dass die Decke und die Kissen eine Erstickungsgefahr darstellten, weswegen ich sie jedes Mal entfernte, wenn ich Madison zum Schlafen legte. Ich hatte ihm nicht gesagt, dass in letzter Zeit ihre Nase verstopft gewesen war, weshalb ich den Luftbefeuchter aufgestellt hatte, um ihr beim Schlafen zu helfen … oder dass das Nachtlicht es einfacher machte, sie auf dem Monitor zu sehen. Und ich hatte ihm auch nicht erklärt, dass Asher mein Mädchen ohne die Klangmaschine morgens aufweckte.

Während ich hier draußen gesessen hatte, versunken

in Trauer und gefangen in Flashbacks an die Nacht des Feuers, hatte Eason all das getan. Er war ein guter Vater, der selbst eine Tochter hatte; es hätte mich nicht überraschen dürfen, dass er wusste, wie man ein Baby ins Bett brachte.

Madison war nicht seine Tochter. Doch er liebte sie und kümmerte sich um sie, als wäre sie es.

Ich drückte den Knopf, sodass die Ansicht auf Ashers Zimmer wechselte. Er las nicht, sondern saß umgeben von einem Dutzend Actionfiguren auf dem Bett, während ein Feuerwehrmann und ein Dinosaurier so heftig miteinander kämpften, dass ich an *Fight Club* denken musste.

Er weinte nicht nach seinem Vater, wie er es so oft in den letzten Wochen getan hatte. Ich war mir nicht ganz sicher, was er genau über Rob und sein jetziges Dasein im Himmel hatte wissen wollen … aber was auch immer Eason geantwortet hatte, es hatte Ashers neugieriger Seele in einer Zeit, in der ich nicht fähig gewesen war, mich selbst zu beruhigen, Frieden geschenkt.

Eason hatte nicht aus einem Gefühl der Verpflichtung oder Verantwortung heraus alles stehen und liegen lassen, um zur Firma zu eilen. Er war gekommen, weil – ob ich es nun verstanden hatte oder nicht – Rob stets recht gehabt hatte.

Eason gehörte zu den liebsten Menschen, denen ich je begegnet war.

Ich legte den Monitor auf den Schoß und richtete meine Aufmerksamkeit auf den Mann, der neben mir beiläufig an seinem Bier nippte. »Was willst du mit deinem Leben anfangen?«

Er verzog den Mund und sah sich unruhig um. »Ist das eine ernst gemeinte Frage?«

»Absolut.«

»Ich will Musik machen«, verkündete er, und bei diesem Satz leuchtete sein Gesicht auf.

»Wirklich? Mir ist aufgefallen, dass du dir noch kein neues Klavier besorgt hast.«

Er schmunzelte. »Klaviere sind nicht billig. Im Moment konzentriere ich mich auf die kleinen Dinge wie einen Job, eine Wohnung, Möbel und vielleicht mehr Kleidung als einen Beerdigungsanzug, drei Jeans und ein paar Oberteile.« Er strich pointiert die Vorderseite seines einfachen schwarzen Shirts glatt.

Ich nippte noch einmal an meinem Wein, dann drehte ich den Stiel des Glases zwischen den Fingern. »Die Lage bei Prism ist schlimmer, als ich dachte. Niemand weiß, was wirklich los ist. Wir haben kein Produkt. Keinen zuverlässigen Lieferanten. Zulieferer, mit denen ich wunderbar zusammengearbeitet habe, bevor ich mich zurückgezogen habe, um die Kinder aufzuziehen, nehmen nicht einmal meine Anrufe entgegen.«

»Verdammt«, hauchte er. »Du hast echt schon genug um die Ohren. Um so was solltest du dich gerade wirklich nicht kümmern müssen.«

»Tatsächlich muss ich das aber. Denn wenn ich es nicht tue, ist Prism Vergangenheit. Ich brauche diese Firma, Eason. Meine Familie braucht diese Firma.«

Er fuhr sich mit der Hand durchs Haar. Die sandblonden Stoppeln waren nach der Rasur im Krankenhaus immer noch zu kurz, um sie irgendwie zu stylen. »Scheiße. Okay, wie kann ich dir helfen?«

Und da war er.

Der Grund, warum alle, die ich liebte – Rob, Jessica, Asher, Madison und Luna – Eason Maxwell anbeteten.

»Zieh ein«, sagte ich direkt.

Er wollte gerade den Mund öffnen – wahrscheinlich um

irgendeinen schlagfertigen Kommentar dazu abzugeben, dass er bereits hier wohnte –, aber ich kam ihm zuvor.

»Dauerhaft. Das Poolhaus gehört dir. Ich werde wieder Vollzeit arbeiten. Und wenn das für dich in Ordnung ist, würde ich lieber keine Fremde anstellen, um auf die Kinder aufzupassen, und damit ihr Leben schon wieder auf den Kopf stellen. Sie könnten tagsüber hier bei dir und Luna bleiben. Wenn ich von der Arbeit nach Hause komme, übernehme ich und kümmere mich auch um Luna. Du kannst losziehen und auftreten oder dich einschließen und Songs schreiben. Wie auch immer du deinen Traum von der Musik verwirklichen willst, die Abende und die Wochenenden würden dir gehören.«

Ziemlich stolz auf mich und meinen realistischen Plan, starrte ich mit einem selbstgefälligen Grinsen Eason an und wartete darauf, dass er Aufregung zeigte. Fröhlich lachte. Sich freute. Vielleicht noch eine Runde Bier und Wein schmiss.

Doch ich sah nur eine stumpfe Miene, die an Skepsis und Verärgerung grenzte.

»Warum?«, fragte er.

»Warum was?«

»Tu das nicht«, grollte er. »Benimm dich nicht, als hättet du und Jessica nicht Jahre damit verbracht, Pläne auszuhecken, wie ihr mich dazu bringen könnt, die Musik ad acta zu legen. Du hast meiner Frau ständig gesagt, ich müsste endlich aufhören, meine Zeit zu verschwenden, und mir einen richtigen Job suchen.«

Ich richtete mich abrupt im Sofa auf. »Ich …« Ehrlich, ich hatte nie damit gerechnet, dass er davon wusste. Verdammt!

Eason stand auf und sah auf mich herunter. Sein dunkler Blick war traurig und emotional. »Hör mal, ich weiß zu schätzen, was du da versuchst. Und wenn du Hilfe bei den Kindern brauchst, werde ich niemals Nein sagen. Ich liebe sie und würde alles für sie tun. Aber lass uns bitte nicht so tun, als wäre meine Musik jemals gut genug für dich gewesen.«

Ich schüttelte heftig den Kopf. »Es ging nie darum, ob du gut genug bist, Eason. Du bist toll, und zwar nicht nur deswegen, wie du spielst oder singst ... Die Gefühle, die du mit einem dreiminütigen Song auslösen kannst, hauen mich um. Und glaub mir, ich habe sie alle gehört. Denn jedes Mal wenn du ein neues Demo eingespielt hast, hat Rob die Lieder im Haus rauf und runter gehört. Aber ich habe mir Sorgen um Jessica gemacht.«

Ich verknotete die Hände im Schoß. Gleichzeitig die zwei wichtigsten Menschen in meinem Leben zu betrauern, war ein ständiger Balanceakt. Offen gestanden hatte Rob den Großteil des letzten Monats meine Gefühle beherrscht. Doch es gab Zeiten, wo ich einfach dasaß und weinte, weil ich mir wünschte, ich könnte nach dem Telefon greifen und ein letztes Mal Jessica anrufen. Ihr Lachen hören.

Ich schluckte schwer, und eine Träne löste sich aus meinem Augenwinkel. »Jessica hatte vor dir ein schweres Leben. Und egal, wie unglaublich talentiert du auch bist, es wird nie einfach sein, die Frau eines Musikers zu sein. Ich wollte, dass Jessica es leicht hat. Wäre es nach mir gegangen, hätte sie einen Buchhalter geheiratet.«

Er schnaubte. »Sie hätte sich zu Tode gelangweilt. Aber wahrscheinlich wäre sie dann noch am Leben.«

Die schrecklichen Dinge, die ich kurz nach dem Feuer über ihn gedacht hatte, waren schon schlimm genug gewesen, doch jetzt zu hören, wie er so missbilligend über sich selbst sprach, sorgte dafür, dass sich mein Herz verkrampfte.

Eason war unzählige Male für mich da gewesen, das letzte Mal erst heute. Nun war es an mir, die Freundin zu sein, die er brauchte.

»Vielleicht?« Ich sprach absichtlich ruhig, wie ich auch mit Jessica gesprochen hätte – wie ich mit einem Freund sprach. »Aber ohne dich gäbe es keine Luna. Sie hätte dieses kleine Mädchen niemals aufgegeben … selbst wenn sie gewusst hätte, wie es endet.«

Sein Adamsapfel hüpfte, dann wandte er sich ab und rieb sich mit Daumen und Zeigefinger die Augen.

Ich stand langsam auf und trat näher an ihn heran. »Wenn wir in letzter Zeit etwas gelernt haben, dann, dass das Leben kurz ist und seine Relevanz nicht in Jahren gemessen wird. Kauf ein Klavier, Eason. Schreib die Songs. Werde ein Star. Stell die ganze Branche auf den Kopf. Aber vor allem: Zeig Luna, dass Träume in Erfüllung gehen können, wenn man hart arbeitet und niemals aufgibt.« Eilig wischte ich die Tränen ab, die mir über die Wangen liefen. »Und weißt du, was? Nach diesem Albtraum wäre es auch für mich wunderbar, einmal zu sehen, wie ein Traum in Erfüllung geht.«

Gefühle strahlten aus seinen warmen braunen Augen, als er sich wieder zu mir umdrehte. »Bist du dir sicher? Soll ich wirklich die ganze Zeit hier sein und auf die Kinder aufpassen? Wir zwei sind sehr verschieden, Bree, mit unterschiedlichen Erziehungsstilen. Das wird nicht so einfach, wie es jetzt klingt.«

»Schon, das weiß ich. Aber zusammen kriegen wir das hin. Lass es uns diesmal nur ohne das ›uns gegenseitig hassen‹ versuchen.«

»Das schaffe ich«, entgegnete er. Sein Tonfall war so hoffnungsvoll, dass meine Brust eng wurde.

»Versprich mir nur, dass es keinen Sirup mehr geben wird.«

Lächelnd schloss er die Hände um meinen Nacken und sah mir tief in die Augen. »Ich schwöre, dass ich deine Kinder nie wieder mit etwas füttern werde, was ihnen tatsächlich schmeckt.«

Ich stieß ein Geräusch aus, das halb Lachen, halb Schluchzen war, dann zog Eason mich mit sanftem Druck an meinem Nacken in seine Arme.

Dieser Mann – er hatte Umarmungen immer geliebt.

Er wiegte mich leicht, fast als würde er ein Baby beruhigen. »Wir kriegen das hin, Bree. Du und ich. Wir schaffen das.«

Und zum ersten Mal, seitdem unsere Welt zusammengebrochen war, fühlte ich mich, als könnte er vielleicht recht haben.

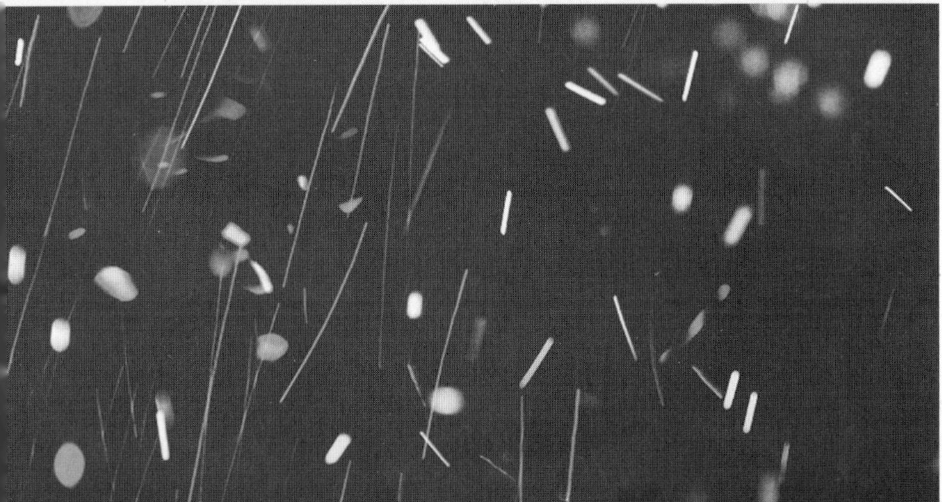

8

Eason

Ein Jahr später …

»Grrrrr!!«, schrie ich, als ich hinter der Couch hervorsprang.

Madison kreischte vor Lachen und rannte mit wehendem Nachthemd den Flur entlang.

Luna dagegen blieb abrupt stehen und bedachte mich mit einem vernichtenden Blick, zu dem ein neunzehn Monate altes Mädchen nicht fähig sein sollte. »Nein!«, sagte sie und zeigte mit dem Finger auf mich. »Nein, Daddy.«

Kapitulierend hob ich die Hände. »Okay. Okay. Ich werde nett sein.«

Sie lächelte, dann hielt sie die Hand an die Nase, auch wenn der Zeigefinger weiter auf mich gerichtet blieb. »Nicht. Ab. Angst.«

Es war verrückt, wie schnell die Kinder wuchsen. Verschwunden war mein sabberndes Baby, das Kleingeld für einen akzeptablen Snack hielt. Keine Vorwürfe, bitte. Es war nur einmal passiert, und ich hatte die Vierteldollarmünze sofort wieder aus ihrem Mund gefischt.

Und nein. Ich hatte Bree nichts davon erzählt. Das war für uns alle sicherer.

Mit ihren braunen Löckchen und Zähnen, die so gerade waren, dass sie aussahen wie ein Babygebiss, war Luna jetzt ein großes Mädchen. Oder zumindest erzählte ich ihr das immer, wenn ich versuchte, sie zusammen mit Madison an das Töpfchen zu gewöhnen. Mit beiden Mädchen hatten wir noch einiges an Arbeit vor uns, bewegten uns aber langsam auf ein windelfreies Paradies zu.

»Hast du es gefunden?«, fragte Bree, als sie den Raum betrat.

Luna drehte sich zu ihr um. Ich nutzte ihre Ablenkung und sprang vom Boden auf, um meine Tochter in meine Arme zu ziehen.

Sie kicherte wie wild, als ich sie kitzelte. Sich windend und tretend streckte sie die Arme aus. »Bwee, Hilfe! Hilfe!«

»O nein.« Bree fing Lunas Hand ein und zog sie für einen Kuss an die Lippen. »Wenn es um das Maxwell-Kitzelmonster geht, bist du auf dich allein gestellt.« Sie sah mich an. »Aber wenn wir wirklich wollen, dass sie um acht im Bett sind, sollte das Kitzelmonster vielleicht stattdessen anfangen, Schlaflieder zu singen.«

Ich sah kurz auf die Uhr. Wo sie recht hatte, hatte sie recht. Uns blieben nur zwanzig Minuten, um alle ins Bett zu bringen, und wenn es gut lief, schliefen sie auch gleich ein. Ich stellte meine Tochter ab und stellte mich ihrem bösen Kleinkindblick. Sie lächelte immer noch, also war es nicht so schlimm.

»Okay, Lunchen. Geh und sag Maddie und Ash Gute Nacht.«

»Nackt, nackt!«, schrie sie schon auf dem Weg zum Spielzimmer.

Breit grinsend beobachtete ich ihren Abgang. Ich liebte dieses kleine Mädchen so sehr; sie aufwachsen zu sehen war ein ständiges Auf und Ab zwischen Euphorie und Schmerz.

»Hattest du Glück mit dem Handy?«

Seufzend stemmte ich die Hände in die Hüften. »Noch nicht. Aber es muss zwischen die Kissen gerutscht sein. Die Mädchen hatten es vor einer Weile.«

»Soll ich dich anrufen?«

»Bitte.«

Sie tippte auf ihrem Handy herum, und eine Sekunde später erklang ein gedämpftes, kaum zu ortendes Brummen aus der ungefähren Richtung des Sofas.

»Wie ist dein Telefonat gelaufen?« Wieder sank ich auf die Knie und nahm meine Jagd durch die Kissen wieder auf.

»Ungefähr so gut, wie man erwarten kann, wenn einen der eigene Rechtsanwalt nach Feierabend anruft.«

»Irgendetwas Neues?«

Sie seufzte tief. »Eigentlich nicht. Unser Buchhalter behauptet, alles wäre in Ordnung, aber eine Betriebsprüfung durch das Finanzamt ist für eine Firma niemals angenehm.«

Bree hatte gearbeitet wie eine Wilde, seitdem sie sich wieder in die Unternehmensführung gestürzt hatte. Sie hatte lange Tage und noch längere Nächte damit verbracht, Prism wieder solide aufzustellen. Rob war einige Risiken eingegangen, die sich nicht unbedingt bezahlt gemacht hatten, sodass Bree jetzt aufräumen musste. Glücklicherweise motivierte Druck Bree zu Höchstleistungen. Gut, sie war ständig müde und gestresst, aber insgesamt schien sie die Aufgabe zu genießen.

Sie folgte mir langsam und richtete die Kissen wieder ordentlich aus, während ich einen Bereich nach dem nächsten durchsuchte. »Wieso nehmen wir nicht einfach mein Handy?«, schlug Bree vor. »Oder setzen uns ins Auto?«

»Lunas Monitor fällt dort immer wieder aus.«

Sie hob ihre perfekt gezupften Augenbrauen. »Hast du in letzter Zeit viel Zeit in deinem Auto verbracht?«

»Nur wenn ich Drogen nehme oder saufe.«

Ich unterbrach meine Suche lang genug, um auf ihre missbilligende Miene zu warten. Dabei schürzte sie immer schief die Lippen, aber der Ausdruck hatte bei Weitem nicht mehr den Effekt auf mich wie früher. Inzwischen hatte ich gelernt, dass ihre Augen ein wenig heller wirkten, wenn sie ein Schmunzeln unterdrückte. Gott, wie sehr ich es liebte, sie auf die Palme zu bringen!

Da Bree mich nie enttäuschte, musterte sie mich nun mit zusammengekniffenen Augen.

»War bloß ein Witz. Zur Schlafenszeit dient der alte Tahoe als mein Büro, damit ich die Mädchen nicht aufwecke.«

»Wieso nutzt du nicht mein Büro im ersten Stock?«

Ich machte mich wieder daran, Kissen umzudrehen. »Mir war nicht bewusst, dass ich den Raum nach dem großen Weihnachts-M&M-Debakel schon wieder betreten darf.«

»Eason, du hast alle roten gegessen«, verteidigte sie sich. »Ich gestehe mir *eine* Tüte pro Jahr zu. Stell dir meine Enttäuschung vor, als ich meine geheime Schublade geöffnet habe und es nur noch *grüne* gab.«

Ich drehte den Kopf, um skeptisch zu ihr aufzusehen. »Eine Tüte im Jahr? Heißt das, wir zählen die pastellfarbenen an Ostern nicht mit? Oder die pinken am Valentinstag oder die mit Erdnüssen, die du das ganze Jahr über in einer leeren Dose Flachssamen in der Vorratskammer aufbewahrst?«

Sie nahm die Schultern zurück und sah geringschätzig auf mich herab, nur um im nächsten Moment mit einem Grinsen zu kämpfen. »Über die reden wir nicht.«

»Okay, gut. Weil ich auch aus der Dose mit den Flachssamen alle roten rausgegessen habe.«

»Eason!«

Im letzten Jahr waren Bree und ich weit gekommen … aber es war ein durchaus holpriger Weg gewesen, mit hier und da einem Schlagloch. Wie ich erwartet hatte, war es nicht einfach, für Little Miss Perfect zu arbeiten. Die ersten paar Wochen waren so schrecklich gewesen, dass ich fast jeden Abend darüber nachgedacht hatte, ob ich nicht doch den Klavierduell-Job annehmen sollte. Bree konnte sehr speziell sein. In Bezug auf die Kinder verstand ich ihr Verhalten. Sie wollte, dass sie nicht zu viel vor Bildschirmen hingen, sich gesund ernährten und den Großteil ihrer Zeit draußen an der frischen Luft verbrachten. Das war die Art von Erziehung, die auch ich mir für Luna wünschte.

Allerdings hatte ich nicht damit gerechnet, dafür kritisiert zu werden, wie ich Handtücher faltete oder die Spülmaschine einräumte. Einmal hatte sie mir lang und breit erklärt, wie genau ich das Toilettenpapier in Ashers Bad wechseln sollte.

Wobei man erwähnen sollte, dass Hausarbeit eigentlich nicht Teil meiner Pflichten war. Aber sie arbeitete so hart, also versuchte ich sicherzustellen, dass sie nicht nach Hause kam und einen Haufen Dreckwäsche vorfand – oder, na ja, eine Socke voller Kacke, weil Asher das Klopapier ausgegangen war und er eine kreative Lösung für das Problem gefunden hatte. Und als ich versucht hatte, für Notfälle eine zusätzliche Rolle hinter seinem Klo zu lagern, war der bereits erwähnte Vortrag über den korrekten Toilettenpapierwechsel gefolgt.

Nach ein paar Wochen hatten wir uns zusammengesetzt und die Sache wie Erwachsene besprochen. Sie hatte mir eine Heftmappe mit neunundsiebzig Seiten voller Regeln und Anweisungen überreicht, und ich hatte ihr erklärt, dass ich lieber in einem Zelt unter einer Brücke leben würde, als dieses verdammte Ding durchzulesen. Daraufhin hatte sie mir mitgeteilt, wo ich Robs alte Campingausrüstung finden konnte, und mir genau beschrieben, wo ich sie mir hinstecken konnte, bevor sie nach oben abgedampft war.

Natürlich würde ich nicht ausziehen. Bree wusste das. Und ich auch. Asher allerdings hatte mich total aufgelöst über das Funkgerät kontaktiert, das ich ihm zum Geburtstag geschenkt hatte, um mich anzuflehen, nicht zu verschwinden wie sein Dad.

Das war der letzte große Streit, den Bree und ich gehabt hatten. In dieser Nacht hatten wir alle zusammen in Ashers Zimmer geschlafen. Die Heftmappe wurde am nächsten Morgen in die Tonne getreten, und ich hatte angefangen, Handtücher so zu falten, wie Bree es mochte – auf die falsche Art, nur fürs Protokoll.

Zusammen waren wir ein Team – und diese Kinder waren unsere oberste Priorität.

Danach wurde es einfacher. Erst entwickelten wir gegenseitigen Respekt, dann folgte das Vertrauen. Und schließlich war, irgendwo im Chaos, eine echte Freundschaft herangewachsen. Ich arbeitete oft abends, schrieb Songs und spielte, wo auch immer man mir eine Bühne bot. Es war unglaublich anstrengend, um drei Uhr nachts nach Hause zu kommen, um dann zusammen mit den Kindern um sieben Uhr wieder aufzustehen. Aber jedes Mal wenn ich eine Bühne betrat – egal, wie klein sie auch sein mochte –, fühlte es sich an, als hätte ich einen Teil von mir selbst wiedergefunden. An den Abenden, an denen ich nicht arbeitete, sprachen Bree und ich oft über Rob und Jessica. Manchmal lachten wir bei den Geschichten, manchmal weinten wir. Und am einjährigen Jahrestag des Feuers saßen wir einfach nur schweigend zusammen, weil keiner von uns ihre Namen aussprechen konnte.

Die Gezeiten der Trauer kannten keinen Zeitplan. Wir konnten uns bloß aneinander festklammern und versuchen, unsere Köpfe über Wasser zu halten.

An Lunas Geburtstag fühlte ich mich, als stände ich kurz vor dem Ertrinken, erfüllt von dem Wissen, dass Jessica sie niemals aufwachsen sehen würde.

An Weihnachten, während wir die Kinder dabei beobachteten, wie sie lachend Geschenkpapier aufrissen, lächelte ich, bis mein Gesicht schmerzte und die Hoffnung in mir aufstieg, ich hätte vielleicht das Schlimmste überstanden.

An meinem Hochzeitstag fühlte ich mich, als hätte mich eine fiese Strömung unter Wasser gezogen, die es mir unmöglich machte, jemals wieder aufzutauchen.

Bree hatte ihre eigenen herzzerreißenden Meilensteine … aber Tag um Tag, Woche um Woche, Monat um Monat schwammen wir gemeinsam durch diese oft aufgewühlte See.

Flach auf dem Bauch liegend tastete ich mit den Händen unter der Couch herum, immer noch auf der Suche nach meinem vermissten Telefon. »Warum gibt es in diesem Riesenhaus kein einziges Radio?«

»Ähm, weil wir nicht mehr 1999 haben«, antwortete sie. »Hier. Ich habe die App auf mein Handy geladen. Wir treffen uns draußen. Ich muss mit den Einschlafgeschichten anfangen.«

Stöhnend stemmte ich mich vom Boden hoch und schwor mir, Luna und Madison nie wieder mein Handy zu überlassen. Wie ich es mindestens zweimal täglich tat. Diese Mädchen wussten genau, dass ich nicht hart bleiben konnte.

Bree und ich brachten eilig die Kinder ins Bett. Und da wir schließlich erfahrene Profis waren, schafften wir es mit einem Zeitpuffer in den Garten. Wir verbrachten eine Menge Abende an dieser Feuerstelle. Aus offensichtlichen Gründen brannte darin nie ein Feuer, doch ich hatte eine Lichterkette um den Rand drapiert. Teilweise weil damit unsere nächtlichen Gespräche in angenehmem, sanftem Licht stattfanden, aber überwiegend weil ich es hasste, wie Bree in die leere Feuerstelle starrte, als könnte sie die Flammen darin sehen. Gott wusste, dass es mir so ging.

»Hier«, sagte sie und reichte mir mein Handy. »Es war im Aufbewahrungsbereich des Fußhockers. Asher wusste, wo sie es hingesteckt haben.«

»Super. Erinnere mich morgen früh daran, deine M&Ms mit ihm zu teilen.«

Sie ließ sich mit einem Glas in der Hand in ihre angestammte Ecke des Rattansofas sinken. »Vergiss es. Ich habe mir bereits ein neues Versteck gesucht.«

»Eine leere Müsliverpackung ist nicht gerade ein tolles Versteck.«

»Verdammt!«, zischte sie und entriss mir damit ein Lachen.

Während ich die Bluetooth-Verbindung zu den Lautsprechern auf der Terrasse prüfte, beobachtete ich Bree aus den Augenwinkeln. Wie erhofft lächelte sie, was dafür sorgte, dass auch meine Mundwinkel sich hoben. Aus irgendeinem Grund machte es mich glücklich, sie aufzumuntern. Sie zum Lächeln oder Lachen zu bringen, beeinflusste mich ganz anders als früher. Ein wenig, als dürfte auch ich mir das Gleiche zugestehen, wenn es mir nur gelänge, ihr Entspannung oder Frieden zu schenken – egal wie flüchtig.

Wenn Bree lachte, wurde mir leicht ums Herz. Und sie war auch wirklich nett anzusehen. Doch das hatte wahrscheinlich mehr mit meinem zölibatären Leben zu tun als mit echter Anziehungskraft. Wenn man einsam ist, kann man Freundschaft leicht mit etwas anderem verwechseln. Aber ich erlaubte mir nicht einmal, an so etwas zu denken.

Als die Radio-App auf meinem Handy einen Werbespot für Autoteile durch die Abendluft schickte, fand ich meinen Platz am Ende der Couch und zog wie gewöhnlich einen Stuhl als Fußhocker heran. Luna war gerade eingedöst, also tauschte ich den Babymonitor gegen mein Bier und nahm einen tiefen Schluck.

»Bist du nervös?«, fragte Bree.

Ich ignorierte die Tatsache, dass ihre Miene angesichts der Vorstellung, ich könnte irgendetwas anderes als supercool sein, fast aufgeregt wirkte. »Wieso sollte ich?«

Sie fuhr mit dem Finger den Rand ihres Weinglases nach. »Ach, keine Ahnung. Weil seit einem halben Jahr in den sozialen Medien wild über Levee Williams neues Album spekuliert wird und die erste Single *dein Song ist.*«

Ich sollte tatsächlich ekstatisch sein. Das war eine Riesensache. Es waren schon andere Songs von mir im Radio gelaufen, aber nie von so berühmten Künstlern wie Levee.

Turning Pages, das Duett, das sie mit Henry Alexander aufgenommen hatte, war bereits vor der Veröffentlichung als Titelsong eines großen Spielfilms verkauft worden, was zweifellos meine Tantiemenauszahlung noch einmal verbessern würde. Aber egal, wie sehr ich auch versuchte, mich auf das lang ersehnte Radiodebüt von *Turning Pages* zu freuen, ich schaffte es einfach nicht.

Es war *mein* Lied. Ich kannte jede Textzeile und jeden Akkord auswendig – und zwar nicht nur, weil ich derjenige war, der sie zu Papier gebracht hatte. Ich hatte diese Musik durchlebt, und verdammt, ich hätte derjenige sein sollen, der das Lied sang!

Doch so lief es in meinem Leben anscheinend nicht. Das Geld, das ich mit meinen Auftritten verdiente, war lachhaft. Und nachdem ich das wiederaufgebaute Haus verkauft hatte, hatte ich dieses Geld zusammen mit der Auszahlung, die ich von der Versicherung für unser zerstörtes Eigentum erhalten hatte, als Notgroschen zurückgelegt.

Jeden Freitag schickte Bree eine Überweisung auf mein Konto.

Jeden Montag ließ ich das Geld direkt zurücküberweisen.

In meinen Augen betreuten wir die Kinder abwechselnd. Wenn ich sie also nicht für all die Abende bezahlen wollte, an denen sie auf Luna aufpasste, durfte ich ihr auch nicht erlauben, mich dafür zu bezahlen, dass ich auf ihre Kinder aufpasste. Ich beglich jeden Monat die kleine Summe, die sie mir zugestand, als Miete fürs Poolhaus, aber es gab noch andere Rechnungen. Eine private Krankenversicherung war nicht billig. Und dann waren da noch Einkäufe, Windeln und die Gebühren, die in der Musikbranche eben anfielen.

Songs verkaufen war die offensichtliche Wahl; ganz zu schweigen davon, dass ich damit das letzte Versprechen an meine Frau einhielt. Vorausgesetzt, ich zählte nicht mein totales Versagen mit, als ich zu ihr gesagt hatte, ich würde gleich zurückkommen.

Nach den letzten dreizehn Monaten voller Herzschmerz und Trauer hätte ich meine Erfolge genießen und mich an jedes Quäntchen Glück klammern sollen, das ich finden konnte. Doch es wurde niemals einfacher, dabei zuzusehen, wie sich die eigenen Träume für jemand anderen erfüllten.

»Ich singe es ja nicht selbst, Bree«, antwortete ich, bevor ich noch einen Schluck Bier nahm.

»Mag sein. Aber ich bin stolz auf dich.« Bree meinte das nicht sarkastisch, als sie eine Sandale vom Fuß schüttelte. Sie war – zumindest im Moment – zufrieden, das verriet mir ihre entspannte Körperhaltung. »Und ich weiß, dass es Rob und Jessica ebenso ginge.«

Vorsichtig fing ich ihren Blick ein. Ich hatte einen Kloß im Hals. »Das war Jessicas Lieblingslied.«

Sie strahlte stolz. »Ich weiß. Robs auch.«

Ich starrte wieder auf meine Bierflasche.

Genau pünktlich erklang die Stimme des Radio-DJs aus den Lautsprechern. »Und jetzt kommt der Moment, auf den wir alle gewartet haben, wir hören zum ersten Mal *Turning Pages* von niemand anderem als der neunmaligen Grammy-Gewinnerin Levee Williams, featuring Henry Alexander, Amerikas beliebtestem R&B-Star.«

Ich grinste Richtung Boden, weil das von mir erwartet wurde. Songwriter überall auf der Welt warteten ihr ganzes Leben darauf, ihre Musik im Radio zu hören … während ich mich in Selbstmitleid suhlte. Herrgott, ich musste mich wirklich zusammenreißen!

Der DJ redete weiter, obwohl bereits die ersten Noten des Intros erklangen. »Und hier eine exklusive Info von WQXX. Ein Vögelchen hat mir gezwitschert, dass dieser Song hier in Atlanta von einem der Unseren geschrieben wurde: Eason Maxwell.« Ich riss den Kopf hoch. »Und wenn dieses Lied irgendein Hinweis ist, sollten wir diesen Namen vielleicht im Kopf behalten.«

Kaum war die letzte Silbe verklungen, erfüllten Leeves und Henrys sinnliche Harmonien die Sommerluft.

Sie hatten die Stimmung des Songs perfekt eingefangen. Und wenn ich ehrlich war, war das Lied perfekt für ihre Stimmen. Aber das war nicht der Grund, warum ich mit hängendem Kiefer dasaß.

Ich starrte Bree an. »Ein Vögelchen?«

Sie verbarg ihr breites Grinsen hinter ihrem Weinglas. Ihre langen Wimpern trafen flatternd auf errötende Wangen, als sie meinte: »Zwitscher, zwitscher.«

Bestimmt eine Minute starrte ich sie nur entgeistert an, während im Hintergrund Textzeilen über die Ewigkeit und das Anhalten der Zeit erklangen. Ich konnte nicht entscheiden, ob ich beeindruckt, gerührt oder verlegen war – oder auch eine fiese Kombination aus allen drei Empfindungen.

»Was hast du getan?«, flüsterte ich.

»Was jede gute Freundin getan hätte. Ich habe heute eine Flasche Johnny Walker Blue, einen Korb mit massenweise süßen Köstlichkeiten und genug Prism-Decken, um ein gesamtes Haus auszustatten, zum Radiosender getragen.«

Jepp. Ich war total beeindruckt. »Du hast sie bestochen?«

»Nein. Ich wollte meine neuen Freunde bei Q99.3 wissen lassen, dass ich zufällig Insiderinformationen über einen bestimmten Promi habe, der zurzeit in unserer schönen Stadt wohnt.«

Moment, nein. Vor allem war ich verlegen.

Ich kämpfte mich auf die Beine und fuhr mir mit der Hand durchs Haar, das endlich wieder lang genug war, um mit dieser Geste meinen Frust abzulassen. »Du hast ihnen erzählt, ich wäre ein Promi?«

Sie zuckte mit den Achseln. »Das bist du. Du hast einen Song für Levee Williams geschrieben. Und für Henry Alexander«, schob sie verträumt hinterher, bevor sie sich wieder einkriegte. »Und um diese Zeit nächstes Jahr wird es deine Stimme sein, die im Radio zu hören ist. Also sollten sie sich jetzt schon an deinen Namen gewöhnen. Auf keinen Fall will ich, dass dich jemand fälschlich Easton nennt, wenn du deinen ersten großen Hit hast.«

Okay, schön. Ich war gerührt. Ich teilte ihren Optimismus in Bezug auf meine Karriere nicht wirklich. Genauso wenig wie ihre überraschende Schwäche für Henry Alexander.

War er ihr Typ?

Egal.

Auf jeden Fall war es total süß, welche Mühe sie sich gemacht hatte, um sicherzustellen, dass mein Name erwähnt wurde ... und zwar nicht nur im Kleingedruckten auf der Rückseite des Albums.

Ich stemmte die Hände in die Hüften und starrte Bree weiter an. Ich war mir einfach nicht sicher, was ich sagen sollte, und noch unsicherer, ob ich überhaupt reden konnte. Also hielt ich meine Antwort nach einem Räuspern zu unser beider Vorteil so locker wie möglich.

»Weißt du, in Momenten wie diesen fühle ich mich besonders schuldig, weil ich mich vor all den Jahren auf deine Schuhe übergeben habe.«

Leise lachend stand sie auf und schlenderte zu mir. Bree war nicht besonders groß, sodass ihr Scheitel gerade mal auf meiner Schulterhöhe schwebte, doch sie legte den Kopf in den Nacken, um zu mir aufzuspähen. »Ich weiß doch, wie sehr es dir vor heute Abend gegraut hat. Du denkst immer, du könntest dich hinter einem Lächeln und einem Witz verstecken … aber bei mir klappt das nicht.«

Mir wurde ganz warm ums Herz, und ich musste gegen den Drang kämpfen, ihr die Strähne hinters Ohr zu schieben, die der Nachtwind aus ihrem Pferdeschwanz gelöst hatte. In all den Jahren vor dem Feuer hatte ich mir nie wirklich die Mühe gemacht, Bree kennenzulernen. Ich hatte natürlich gemerkt, dass sie schön war; mit ihrem dichten kastanienbraunen Haar und den stechend grünen Augen war es schwer, das nicht zu sehen. Aber langsam lernte ich, dass Schönheit bei dieser Frau nur die Spitze des Eisbergs war.

»Ich verstecke nichts vor dir.«

»Gut«, sagte sie. »Lass uns dabei bleiben.«

Meine Kehle wurde eng, und so scheinheilig das auch sein mochte, ich hoffte inständig, sie würde nicht bemerken, dass mein Nacken feucht wurde und mein Herz raste. Plötzlich schien ihre Nähe mich zu ersticken, ein fast so verwirrender wie berauschender Effekt.

Zusammen standen wir da, umgeben von weißem Licht und unausgesprochenen Emotionen. Da waren Dankbarkeit und Respekt, doch vor allem war da Liebe. Vielleicht nicht die übliche oder romantische Version dieses Gefühls, aber die Liebe war trotzdem da.

»Ich bin wirklich stolz auf dich«, flüsterte sie.

Es war albern. Ich hatte diese Worte schon öfter gehört – von Freunden, Verwandten, Rob. Verdammt, dasselbe hatte Bree bereits vor fünf Minuten gesagt! Sie wollte, dass ich ihre Worte wirklich hörte. Und aus ihrem Mund – sie, die in der Vergangenheit eine meiner größten Kritikerinnen gewesen war – bedeutete mir das unglaublich viel. Stolz breitete sich in mir aus, erfüllte mein gesamtes Selbst. Es gab keinen besseren Anreiz im Leben als jemanden, der wahrhaftig an einen glaubte.

Ich schob die Hände in meine Hosentaschen, bevor ich noch etwas Dummes tat – wie, sie in eine Umarmung zu ziehen und vielleicht nie wieder loszulassen –, dann wippte ich leicht auf den Ballen. »Um diese Zeit nächstes Jahr, hm?«

Ihr Lächeln wurde breiter. »Jepp.«

»Okay. Herausforderung angenommen. In zwölf Monaten wird der Name *Easton* Maxwell allen ein Begriff sein.«

Sie stieß ein bellendes Lachen aus. »Das musst du im Keim ersticken. Du kannst mir durchaus zutrauen, Geschenkkörbe an alle Radiostationen in Amerika zu verschicken, nur damit sie deinen Namen richtig aussprechen.«

»Mir wäre sogar egal, wenn sie mich Estonian Maxwrong nennen, solange sie meine Musik spielen. Und außerdem bin ich wirklich sauer, dass du den Johnny Walker nicht für mich aufbewahrt hast.«

»Wer behauptet, das hätte ich nicht getan? Wir werden die Flasche dieses Wochenende aufmachen. Tu überrascht, wenn du deinen Kühlschrank öffnest, und bring den Korb mit zum Frühstück. Da war ein Blaubeer-Scone drin, auf dem mein Name steht.«

Sie hatte ihre Gratulationsüberraschung auffliegen lassen, aber ich wusste ihre Geste dennoch zu schätzen, also keuchte ich in gespieltem Entsetzen. »Du lieber Himmel! Zucker zum Frühstück? Was sind wir? Tiere?«

Mit einem Kopfschütteln trat sie neben mich, schlang einen Arm um meinen Körper und drückte mich.

Überrascht erstarrte ich zur Salzsäule. Natürlich umarmten Bree und ich uns manchmal. In der Regel im Zusammenhang mit Tränen, emotionalen Zusammenbrüchen oder Panikattacken, aber trotzdem berührten wir uns regelmäßig.

Doch das hier war anders.

Ich hatte keine Ahnung, wieso, aber ich zog die Hände aus den Taschen und schlang die Arme um sie. Die Art, wie unsere Körper sich aneinander anschmiegten, als wären wir endlich angekommen, war definitiv anders.

Und es wäre eine Lüge gewesen, hätte ich behauptet, dass ich nicht jede Sekunde von Herzen genoss.

Irgendwann endete der Song.

Genau wie unsere Umarmung.

Kaum eine Stunde später waren wir beide auf dem Weg in unsere jeweiligen Betten.

Aber an diesem Abend hatte sich etwas zwischen uns verändert. Eine atmosphärische Verschiebung. Ein Gezeitenwechsel. Ein Blick auf die Sonne hinter dunklen Wolken.

Oder, wie ich später herausfand, der erste Funke eines Flächenbrandes.

9

Bree

»O Gott«, hauchte ich in der vollkommenen Dunkelheit meines Schlafzimmers und spreizte meine Beine weiter, als seine schwieligen Finger über meine Öffnung glitten. Als er mich überall neckte und liebkoste, gewann das Kribbeln in mir an Kraft. Aber ich brauchte ihn. »Bitte«, flehte ich an seinem Mund. Seine Lippen schwebten über meinen, sodass wir keuchend den Atem teilten.

»Noch nicht«, brummte er, ein Befehl und ein Versprechen.

Ich schlang die Beine um seinen Rücken und zog ihn an mich, bis sein Schaft sich an meinen Schenkel presste und damit erneut sein Ziel verfehlte. »Ich brauche dich.«

»Ich weiß.« Er quälte mich weiter mit schmerzhaft sanften Bewegungen, die kein Ende der atemlosen Folter versprachen.

Allumfassendes Verlangen sorgte dafür, dass das Blut in meinen Adern rauschte, als ich mich unter ihm wand. Wortlos flehte ich ihn mit meinem Körper an, weil ich dieses Spiel, in dem wir uns nun schon eine gefühlte Ewigkeit verloren hatten, einfach nicht mehr ertragen konnte. »Ich kann das nicht. Ich kann nicht …«

Mit einem zärtlichen Biss in die Unterlippe brachte er mich zum Schweigen. Der Schmerz schoss durch meinen Körper direkt in meine Klitoris – ein Stich der Ekstase, der fast genug war.

»Jaaaa«, stöhnte ich, als der Druck in mir sich höher aufbaute. Ich war so kurz davor. Eine Berührung, und ich hätte meinen Höhepunkt gefunden. Eine verdammte Berührung irgendwo an meinem fiebrigen Körper, und ich wäre in seinen Armen explodiert.

Dann hörte alles plötzlich auf.

»Hab Geduld«, befahl er. »Du bist noch nicht bereit.«

»Doch, bin ich«, flehte ich, und meine Stimme brach vor Verzweiflung. »Wirklich. Das schwöre ich.«

»Noch ein bisschen länger«, knurrte er, auch wenn mein Körper ohne seine Berührungen zu verwelken schien.

»Ich will nicht mehr warten«, blaffte ich, als Frust mein Verlangen vertrieb. »Hör auf, mit mir zu spielen, und bring mich endlich zum Orgasmus. Das ist grausam.«

»Ach ja?«, fragte er, und ich hörte die Herausforderung in seiner tiefen Stimme.

»Ja!«, schrie ich aus den Tiefen meiner Seele.

»Dann komm und hol es dir.«

Auf einmal erhellte strahlendes Licht den Raum, und ich sah alles, als Eason vor mir erschien. Du lieber Himmel, er war der schönste Mann, den ich je gesehen hatte! Und zwar nicht wegen der Muskeln seines Oberkörpers oder des Waschbrettbauchs. Nicht wegen seines kantigen

Kinns oder den vollen Lippen. Es ging nicht um die verlockenden Tätowierungen oder das unordentliche blonde Haar, das nach meinen Fingern schrie. Es ging einfach um ihn, um Eason und sein lockeres Grinsen, das immer dafür sorgte, dass sich Wärme in meiner Brust ausbreitete.

Aber jetzt, als er meinen Blick unverwandt hielt, erkannte ich noch etwas anderes in seiner Miene – einen verzweifelten, drängenden Ausdruck.

Meine Kehle wurde eng. »Eason«, hauchte ich und streckte die Arme nach ihm auf. Doch ohne sich zu bewegen, befand er sich plötzlich außerhalb meiner Reichweite.

Panik stieg in mir auf, und ich sprang vom Bett. »Warte. Wo gehst du hin?«

»Nirgendwohin.« Er legte lächelnd den Kopf schief, aber schon im nächsten Moment war er noch weiter entfernt.

Ich wollte ihm folgen, doch meine Gliedmaßen versagten mir die Kooperation. Instinktiv wusste ich, dass alles in Ordnung wäre, wenn ich ihn nur in die Arme ziehen konnte.

Noch ein Wimpernschlag, und ich konnte ihn in der Ferne kaum noch erkennen.

»Eason!«, schrie ich.

»Ich bin doch da«, antwortete er.

Aber das war er nicht. Und der Schmerz dieser Erkenntnis lähmte mich. »Nein, nein, nein. Komm zurück.«

Aus heiterem Himmel landete ich flach auf dem Rücken, mit seinem Gewicht auf mir. Seine Hände in meinem Haar. Sein Mund an meinem Hals. Chaotische Verzückung überwältigte mich, als er hart und schnell in mich stieß.

»O Gott!«, schrie ich, als mein Orgasmus sich erneut in mir aufbaute. Falls und wenn ich diesen Gipfel der Lust erreichte, gäbe es kein Zurück mehr.

Dann waren unsere Rollen auf einmal vertauscht.

»Warte, warte, warte, es ist zu früh«, flehte ich, obwohl ich mich seinen Stößen gleichzeitig entgegenwarf.

»Lass dich fallen«, knurrte er und beschleunigte seinen Rhythmus, löste damit eine beinahe strafende Verzückung aus. »Du bist bereit.« Er hob den Kopf, und seine glühenden braunen Augen fingen meinen Blick ein. »Beeil dich, Bree.« Er lächelte, arrogant und fast höhnisch. »Bevor ich weg bin.«

Als wäre ein Gummiband gerissen, überwältigte reine Lust meinen Körper und riss mich aus dem Schlaf. »Eason!«, keuchte ich, die Finger an meiner Klitoris, als ein welterschütternder Orgasmus mich durchfuhr. Rationale Gedanken vertrieben den Schlaf, und die Lust schlug in Schuldgefühle um.

»Was soll das?«, hauchte ich, während mein Körper befriedigt in die Kissen sank.

»Beeil dich, Bree. Bevor ich weg bin.«

Nein. Ehrlich, was zum Teufel stimmte nicht mit meinem Unterbewusstsein? Eason?

Nicht Shemar Moore oder Michael Fassbender oder sogar Henry Alexander?

Von allen Männern, unter denen mein Hirn für einen erotischen Traum auswählen konnte, hatte es sich ausgerechnet für Eason entschieden?

Allein dieser Gedanke – eine Vision von Eason, der auf mich heruntersah, während er heftig und schnell in mich stieß und sein Schwanz mich auf genau die richtige Art füllte – sorgte dafür, dass sich erneut Hitze zwischen meinen Beinen sammelte.

Okay. Mist. So sollte ich in Bezug auf den besten Freund meines Mannes nicht empfinden. Den besten Freund meines *toten* Mannes. Meines Ehemannes, der jetzt schon ein verdammtes Jahr lang tot war. Den Mann meiner besten Freundin. Den Mann meiner *toten* besten Freundin.

Herrgott, was für eine doppelte Ohrfeige!

Ich rollte vom Bett, wanderte ins Badezimmer und drehte die Dusche auf. Ich hatte noch eine Stunde, bis mein Wecker klingeln würde, aber ich fürchtete, mein Hirn würde diese Zeit nutzen, um Eason zum Hauptdarsteller einer Neuauflage von *Magic Mike* zu machen.

Doch wenn ich ehrlich war, musste ich nicht nur diesen pubertären Sextraum abwaschen. Die Angst, die ich empfunden hatte, als Eason langsam verschwunden war, hatte mich bis ins Mark erschüttert. Jetzt, wo ich wach war, konnte ich rational verstehen, dass Eason bloß wenige Meter entfernt im Poolhaus schlief – aber die Panik und das allumfassende Gefühl des Verlustes verweilten noch in mir.

An die Bedeutung von Träumen hatte ich noch nie so richtig geglaubt. In der Highschool hatte ich immer wieder geträumt, mein Geschichtslehrer lebte unter meinem Bett und hielte mich nachts wach, indem er mich mit Kaugummikugeln und Frauenschuhen bewarf. Ich war mir sicher, irgendwo da draußen gab es einen Psychiater, der sich auf diesen Traum gestürzt hätte. Doch ich konnte das Gefühl nicht abschütteln, dass der heutige Traum wirklich eine tiefere Bedeutung hatte.

Vielleicht war es Scham, aber als ich mich an diesem Morgen fertig machte, bemerkte ich überall Robs Gegenwart. Von seinem Duschgel, das immer noch in der Dusche stand, bis zu seiner Zahnbürste auf dem Ladegerät neben dem Waschbecken. Auf seinem Nachttisch lag eine Handvoll Kleingeld, und halb unter dem Bett stand nach wie vor ein Paar Schuhe. Ich hatte Woche für Woche um seine Dinge herum sauber gemacht, hatte sichergestellt, dass nichts verstaubte ... doch ich war einfach noch nicht so weit gewesen, sie wegzuräumen.

Aber als ich jetzt in meinem Schlafzimmer stand, vermittelte mir das alles ein trauriges, klaustrophobisches Gefühl.

»Du bist bereit«, wiederholte Eason mit seiner intensiven, herrischen Stimme in meinem Kopf.

Ja, okay. Schön. Der Traum war heiß gewesen, doch dasselbe galt für Eason. Das war kein Geheimnis. Ich war eine Frau. Ich hatte Augen im Kopf. Aber dieses verlockende Hin und Her von Zärtlichkeiten aus meinem Traum hatte nichts mit uns zu tun. Er war Jessicas Mann und Robs bester Freund. Dieser Traum würde niemals in Erfüllung gehen.

Doch vielleicht hatte Traum-Eason ja recht. Vielleicht wurde es Zeit, endlich loszulassen. Rob hätte nicht gewollt, dass ich den Rest meines Lebens in dieser Vorhölle verbrachte. Mit meinem Leben weiterzumachen hieß nicht, dass ich ihn aus unserem Leben löschte. Er war nach wie vor Ashers und Madisons Dad. Und meine erste Liebe. Aber letztendlich würde er niemals nach Hause kommen – und auch wenn es sich anfühlte, als hätte ich mich damit abgefunden, klammerte ich mich doch immer noch an gewisse Teile unseres gemeinsamen Lebens.

Es wurde Zeit.

Ich atmete tief durch, schloss die Augen und versuchte, mich an das Lächeln meines Mannes zu erinnern.

Aber hinter meinen Lidern sah ich jemand anderen.

»Beeil dich, Bree. Bevor ich weg bin.«

Verdammt.

* * *

»Bree?«

Die karamellfarbenen Augen, an die ich ständig denken musste, verschwanden, und ich saß plötzlich wieder in meinem Büro. »Hm?«

»Geht es dir gut?«, fragte meine Sekretärin Jillian, die auf dem Stuhl auf der anderen Seite meines Schreibtisches saß und mich mit gerunzelter Stirn ansah.

Ich räusperte mich, dann richtete ich mich höher in meinem Stuhl auf. »Ja, ich bin heute nur einfach ein wenig, ähm, abgelenkt. Was gibt's denn?«

Sie hob demonstrativ ihren gelben Notizblock. »Tatsächlich hast du geredet. Ich habe mitgeschrieben.«

Mist. »Stimme. Okay. Ähm … was genau habe ich gesagt?«

Jillian senkte den Blick wieder, beugte sich vor und schenkte mir ein angespanntes Lächeln. »Wie geht es dir, Süße? Ich weiß, dass sich vor Kurzem Robs Tod gejährt hat. Nachdem ich meinem Edgar verloren hatte, haben mich die Jahrestage immer am härtesten getroffen.«

Ja. Der Jahrestag des Feuers war schrecklich gewesen. Eason und ich waren wie Zombies durch diese Woche gewankt, verloren in einem Meer aus Bedauern. Aber das war nicht der Grund, warum Schuldgefühle meine Brust bis zum Bersten füllten, während das lästigste Verlangen meines Lebens zwischen meinen Beinen brannte.

»Nein, das ist es nicht.«

Sie schenkte mir ein warmes mütterliches Grinsen. »Du weißt, dass ich immer da bin, falls du jemanden zum Reden brauchst.«

Verdammt, ich vermisste Jessica. Nicht dass ich sie – selbst wenn sie noch am Leben gewesen wäre – hätte anrufen und sagen können: »Oh, hey, ich hatte letzte

Nacht einen Sextraum von deinem Mann.« Gott, ich war wirklich ein schlechter Mensch!

Gut, ich hatte Eason. Wir sprachen über alles, auch wenn ich davon ausging, dass ihm dieses Thema nicht ganz geheuer war. Schließlich lag es ungefähr zwanzigtausend Meilen von den Grenzen meiner Wohlfühlzone entfernt.

Jillian sah mich erwartungsvoll an. »Wenn du etwas brauchen solltest, ich bin für dich da, Bree. Okay?«

Ich stieß ein Seufzen aus. Wahrscheinlich würde sich das anfühlen, als spräche ich mit meiner Großmutter, aber ich war zu verzweifelt, um mich darum zu kümmern. Ich musste nur einen Weg finden, die Frage zu stellen, ohne sie zu sehr zu schockieren.

»Wenn ich so darüber nachdenke … darf ich dich was Persönliches fragen?«

Sie rutschte auf die Kante ihres Stuhls. »Natürlich. Was du willst.«

Ich schluckte schwer. »Nachdem du, ähm, Edgar verloren hattest, hattest du je … Träume von jemand anderem?«

»Oh«, hauchte sie, bevor sie die Lippen zu einem universellen Gah-Gesicht verzog.

Mist. Mayday. Mayday.

Merke: Jillian weiter bloß Briefe diktieren und nicht über Träume nachdenken, in denen der beste Freund deines Mannes dir den besten Orgasmus deines gesamten Lebens verschafft hat.

»Weißt du, was? Vergiss es. Das war vollkommen unangebracht. Ich hatte bloß gerade …«

»Nicht so schnell, Süße. Du weißt, wie gern ich hier bei Prism arbeite. Rob hat diese Firma vor Jahren zu meinem Zuhause gemacht, und ich würde ja ungern etwas sagen oder tun, was meinen Job in Gefahr bringt.« Mit zwei Fingern schob sie sich eine Strähne ihres grauen Bobs hinters Ohr. »Aber wenn es hier bloß um ein Gespräch von Frau zu Frau geht, dann ...« Sie hob die Schulter zu einem halben Achselzucken.

»Oh, absolut.« Ich wedelte mit der Hand zwischen uns hin und her. »Das wäre ganz im Vertrauen. Einfach zwei Frauen, die sich in einer Arbeitspause unterhalten. Auf keinen Fall wollte ich dir ein anderes Gefühl vermitteln. Dein Job ist immer sicher, Jillian. Ohne dich wäre Prism nicht Prism.«

»Nun, in diesem Fall.« Ein fast fieses Lächeln huschte über ihr Gesicht, als sie sich im Stuhl zurücklehnte, die Finger verschränkte und die Hände auf dem Bauch ruhen ließ. »Bitte sag mir, dass du einen total schmutzigen Traum über diesen Prachtkerl Eason Maxwell hattest.«

Mir blieb angesichts ihrer Schamlosigkeit der Mund offen stehen – und angesichts ihrer alarmierend passenden Annahme. »Nun ... also.«

»Oh, keine Sorge, Kind. Ich hatte so viele Träume von diesem Mann. Wir sollten mal ein paar Vergleiche anstellen.«

Ich konnte ein Lachen nicht zurückhalten, dann meinte ich missbilligend: »Jillian!«

Sie zuckte nur mit den Achseln. »Was? Ich kann nicht glauben, dass es bei dir so lange gedauert hat. Als du mich an dem Tag, an dem Madison sich in die Hand geschnitten hat, gebeten hast, ihn anzurufen, war der Ausdruck auf seinem Gesicht kreidebleich und trotzdem nippelverhärtend heiß ...« Sie zerrte theatralisch, aber gleichzeitig nicht ganz scherzhaft an ihrer Bluse herum und fächelte sich selbst Luft zu. »Wahnsinn, damit hat er mich eine Woche lang scharfgemacht! Keine Ahnung, wie du das hinkriegst, quasi mit ihm zusammenzuwohnen und ihn jeden Tag zu sehen. Wäre ich du, wäre ich wahrscheinlich längst in seinem Bett gelandet … oder im Gefängnis, weil ich ihn angesprungen hätte.«

»O mein Gott.« Ich sank nach vorne und vergrub den Kopf auf der Tischplatte in meinen Armen.

»Nö. Du wirst jetzt nicht die Schüchterne spielen. Spuck es aus. Ich will alle Details hören.«

»Bist du verrückt? Ich liefere dir keine Details.«

Sie schnaubte. »Ach, so soll es also laufen? Du darfst ihn dabei beobachten, wie er verschwitzt und mit nacktem Oberkörper Liegestütze in deinem Garten macht, aber du willst es einer einsamen alten Dame nicht gönnen, die anstößigen Bilder deiner Fantasie mit ihr zu teilen?«

Ich riss den Kopf hoch. »Wer hat irgendetwas davon gesagt, dass er verschwitzt und mit nacktem Oberkörper Liegestütze in meinem Garten macht?«

Sie zog die Augenbrauen hoch und schenkte mir einen strengen Blick. »Ich bitte dich. Um so einen Body zu haben, muss er sich schon fit halten! Wenn du ihn nicht beobachtest, lade mich ein, und dann werde ich es tun.«

Das entriss mir eine weitere Lachsalve, aber irgendwann gelang es mir, mich wieder aufzurichten und den Stuhl nach hinten zu schieben. »Okay, hör auf. Ehrlich, ich kriege keine Luft mehr.«

Ein paar Sekunden lang schaute Jillian mich bloß mit einem stolzen Lächeln auf ihrem runden Gesicht an. »In Ordnung, jetzt, wo wir die Peinlichkeiten hinter uns haben, erzähl mir, warum du den ganzen Tag so abgelenkt bist.«

Jeglicher Humor verpuffte, weil meine neue Erzfeindin, die Realität, wieder in den Vordergrund drängte. »Gah«, stöhnte ich. »Es ist Eason.«

»Oh, ich weiß. Das hatten wir doch schon.«

»Nein. Ich meine, es ist Eason. Robs bester Freund. Jessicas Mann. Das ist so falsch, wie etwas nur falsch sein kann.«

»Aber …?«, meinte sie auffordernd.

»Aber … ich kann nicht aufhören, an ihn zu denken.«

Mit einem Händeklatschen richtete sie sich auf ihrem Stuhl auf. »Okay. Jetzt muss ich aber mal streng mit dir sein, meine Liebe.« Noch ein Klatschen. »Bree, Süße. Wach. Auf.«

»Ich bin wach. Wenn das allerdings alles ein großer Albtraum wäre, würde das zumindest erklären, wieso wir gerade über Easons Bauchmuskeln gesprochen haben.« Ich presste die Handballen auf die Augen und schüttelte heftig den Kopf, um die Bilder von Jillian zu vertreiben, wie sie neben dem Pool saß und ihn angaffte.

»Du bist nicht wach. Du hängst fest. Und wenn man bedenkt, wie du Rob verloren hast, kann dir das niemand übel nehmen. Aber vielleicht will dieser Traum dir etwas sagen. Wenn Eason tabu ist, bitte schön. Das kann ich respektieren. Gib ihn frei, damit der Rest von uns mit ihm glücklich werden kann. Aber es ist okay, sich Intimität mit jemandem zu wünschen. Ihr beide verbringt viel Zeit miteinander. Vielleicht hat dein Hirn einfach etwas missverstanden. Aber das bedeutet nicht, dass dir das peinlich sein muss. Du bist eine junge, lebendige Frau mit Bedürfnissen. Dafür musst du dich nicht schämen.«

Doch Scham war genau das Gefühl, das nun über mir zusammenschlug. »Aber es war mehr als nur das. In meinem Traum ist er verschwunden. Und ich habe ihn angefleht, es nicht zu tun. Ich hatte solche Angst.« Tränen verschleierten mir den Blick, und ich sah eilig aus dem Fenster, um gegen sie anzukämpfen. »Es ging um das Verlassenwerden.«

»Das ist etwas anderes«, flüsterte sie. »Du hast viel verloren. Eine solche Pein lässt man nicht einfach hinter sich. Für mich klingt es, als hätte Eason eine Menge Rollen in deinem Leben übernommen. Du verlässt dich auf ihn. Er liegt dir am Herzen. Du vertraust ihm. Und jetzt beginnst du, Dinge zu fühlen, mit denen du nicht gerechnet hast. Aber deswegen ist es nicht falsch. Könnte es sein, dass auch er Gefühle für dich hegt?«

»Nein!«, schnaubte ich. »Du lieber Himmel, nein. Wir sind gute Freunde, mehr nicht.«

»Okay.« Sie legte den Kopf schräg. »Wieso drehst du dann deswegen durch?«

»Weil ich einen Sextraum mit *Eason* in der Hauptrolle hatte.«

»Aber du hattest keinen *Sex* mit ihm. Es war ein *Traum*. Hör mal, du bist es gewohnt, über alles die Oberhand zu haben … aber deine Träume kannst du nicht kontrollieren. Es ist nichts, Bree. Morgen wirst du mir von deinen nächtlichen Fantasien in Bezug auf den UPS-Kerl in seiner kurzen Hose erzählen.« Sie stöhnte. »Diese Stahlkappenstiefel machen mich total an.«

Ihr Witz ließ mich kalt, auch wenn sie gerade wirklich in Fahrt war.

Ich schüttelte den Kopf. Das fühlte sich nicht wie »nichts« an. Für mich fühlte es sich an, als wäre zum ersten Mal ein Teil von mir erwacht, der geschlafen hatte. Seit *Jahren*. Plural. Also mehr als eines … und das war nicht möglich, weil mein Mann erst seit einem Jahr tot war.

Vielleicht war ich einfach verzweifelt.

Vielleicht war ich einfach bloß ausgehungert und brauchte einen Orgasmus.

Aber warum Eason? Und wieso hatte es mich so sehr in Panik versetzt, als er verschwunden war? Wieso hatte mein Zimmer sich heute Morgen, umgeben von Robs ganzen Sachen, so klein angefühlt?

»Ich weiß nicht, Jillian. Es hat sich wichtig angefühlt. Wirklich wichtig. Heute Morgen bin ich ohne Frühstück aus dem Haus geschlichen, um ihn nicht sehen zu müssen.«

»Jetzt verrate ich dir mal ein kleines Geheimnis: Dein Hirn weiß mehr, als du denkst. Aber nichts davon spielt eine Rolle, bis dein Herz deinem Verstand folgt. Bis dahin kannst du dich bloß zurücklehnen und die Fahrt genießen. Du willst Eason nicht? Schön. Achte nur darauf, dass du nicht stolperst und mit offenem Mund auf seinen Schoß fällst.«

Ich riss die Augen auf. »Großer Gott, Jillian!«

Sie schüttelte sich vor Lachen. »Entspann dich einfach, okay? Und in ein paar Tagen wirst du dann schon sehen, wie du dich fühlst. Ich kann nicht für Rob oder Jessica sprechen, aber mein Edgar hat mich aus tiefstem Herzen geliebt. Er war am Valentinstag eifersüchtig und insgesamt äußerst obsessiv. Aber ich rede mir gern ein, dass er sich für mich freuen würde, falls ich jemand Neuen finden sollte. Unterschätz die Leute nicht, die dich geliebt haben.«

Ich atmete tief ein und hielt dann den Atem an, bis meine Lunge brannte. Okay. Damit lag sie nicht ganz falsch. Es gab nichts, worüber ich mich aufregen musste – noch nicht. Eason wusste nicht, was ich geträumt hatte. Letztendlich war gar nichts passiert.

Allerdings … lockerlassen war nie meine größte Stärke gewesen.

»Du hast recht. Es bringt nichts, wenn ich mich sozusagen über nichts aufrege.«

Ihre Knie knackten, als sie sich aus dem Stuhl erhob. »Okaydokey, aber solltest du dich entscheiden, dass du ein wenig Aufregung im Leben brauchst, ich hätte noch einen Zwanzig-Dollar-Gutschein für einen fantastischen Vibrator. Zehn Geschwindigkeiten, wasserfest. Wenn du den hast, wirst du einfach bloß fragen: ›Wer ist Eason?‹«

»Okay, das reicht. Zurück an die Arbeit. Die Pause ist vorbei.«

Glucksend ging sie zur Tür. »Ich werde dir den Gutschein per Mail schicken. Du weißt schon … nur für alle Fälle.«

10

Eason

»Daddy!«, schrie Luna, als sie mit meinen Beinen kollidierte, kaum dass ich durch Brees Hintertür getreten war.

Mit nacktem Oberkörper und verschwitzt, da ich gerade vom Joggen zurückkam, hob ich sie hoch. »Hey, meine Kleine. Hast du mich vermisst?«

Sie schlang die Arme um meinen Hals und legte den Kopf auf meine Schulter, was die einzige Antwort war, die ich brauchte. Und dann, schon im nächsten Moment, richtete sie sich abrupt auf und hielt sich die Nase zu. »Iiiih. Daddy tinkt.«

»Das gibt's doch nicht!«, murmelte Bree und blieb abrupt ein paar Schritte entfernt stehen.

»Was?«, fragte ich.

Sie hielt sich die Hand vor die Augen und starrte angestrengt zu Boden. »Wo ist dein Oberteil?«

Meine Mundwinkel zuckten. »Wahrscheinlich in meiner Schublade?«

»Ooookay, aber warum hast du es nicht an?«

Ein paar Sekunden konnte ich nur blinzeln. Ich rannte nicht gerade ständig mit nacktem Oberkörper herum, aber es war auch nicht ungewöhnlich, wenn ich trainierte oder mit den Kindern am Pool war.

»Weil ich gerade vom Joggen zurückgekommen bin? Ähm ... Stört es dich?«

Sie riss den Kopf hoch, hielt jedoch die Hand weiter erhoben, um den Blick auf meine Brust abzuschirmen. »Natürlich nicht. Wieso sollte mich das stören?«

»Hm, Bree. Ich weiß nicht«, antwortete ich und hob die Hand, um ihre Geste nachzuahmen.

Sie senkte die Hand und verdrehte die Augen. »Wie auch immer. Jetzt, wo du nicht mehr Liegestütze im Garten machst, könntest du kurz auf die Kinder aufpassen? Der Händler, der Robs Porsche kauft, will morgen Vormittag kommen und das Auto abholen, also muss ich seine restlichen Sachen rausholen und den Innenraum einmal durchwischen. Rob würde austicken, falls jemand seinen Wagen so sehen würde.«

Ich hatte keine Liegestütze im Garten gemacht, daher hatte ich wirklich keine Ahnung, wovon sie sprach. Aber es gab wichtigere Teile ihrer Aussage, die man ansprechen sollte.

»Hey, immer langsam.« Ich stellte Luna auf den Boden. »Ich dachte, du würdest das mir überlassen.«

»Schon, aber es ist bereits vier Uhr.«

»Und?«, fragte ich gedehnt, ohne meine Verwirrung zu verbergen.

Es war bloß eine Frage der Zeit gewesen, bis das passierte. Ich hatte nur heute nicht damit gerechnet.

Andererseits hatte ich mal in einem Buch gelesen, dass Trauer keinem Zeitplan folgte. Es ging immer einen Schritt vorwärts, und dann verbrachte man die nächsten zwei Wochen damit, das Universum zu verfluchen und sich in Schmerz zu suhlen. Aber irgendwann war man schließlich an den Punkt gekommen, wo es mehr gute Tage gab als schlechte.

Dreizehn Monate lang nach dem Feuer waren Robs Besitztümer unangetastet geblieben. Sein Mantel hing am Haken neben der Tür, seine Kleidung füllte den Schrank und sein kostbares Porsche Cabrio sammelte in der Garage Staub an. Bree und ich hatten diverse Male darüber gesprochen, seine Sachen einzupacken, doch bisher hatte sie es einfach nicht geschafft.

Das konnte ich ihr nicht verdenken. Ich trug immer noch meinen Ehering. Wenn ich ihn abgenommen hätte, hätte ich das Gefühl gehabt, Jess zu verraten.

Aber in der letzten Woche war irgendetwas in Bree vorgegangen. Sie war stiller gewesen als sonst, hatte sich zurückgezogen.

Zuerst hatte ich gedacht, ich hätte sie irgendwie vor den Kopf gestoßen, denn jedes Mal, wenn ich einen Raum betrat, fand sie eine Ausrede, ihn zu verlassen. Sie verpasste keine unserer nächtlichen Unterhaltungen an der Feuerstelle, doch auch die waren seltsam. Entweder sie mied den Blickkontakt mit mir vollkommen, oder ich ertappte sie dabei, wie sie mich aus den Augenwinkeln beobachtete.

Ganz zu schweigen von ihrer Reaktion, als Madison und Asher eine Kitzelattacke auf sie geplant hatten. Meine Aufgabe war es, ihre Arme über dem Kopf festzuhalten, wie Dutzende Male davor auch. An diesem Tag hatte ihr Gesicht eine Rotfärbung angenommen, von der ich nicht gewusst hatte, dass die menschliche Haut dazu überhaupt fähig war. Den Rest des Nachmittags hatte sie mich gemieden wie der Teufel das Weihwasser und mir erst vergeben, nachdem ich beim Abendessen drei rote M&Ms in ihre Serviette geschmuggelt hatte.

Aber nach der Arbeit am Freitag hatte Bree sich eine purpurrote Pyjamahose und ein passendes Tanktop angezogen und angefangen, Robs Sachen zu sortieren. Sie hatte die Kategorien *Behalten*, *Spenden* und *Wegwerfen* eingeführt, hatte sich jedoch geweigert, sich von mir helfen zu lassen – bis darauf, dass ich die Kinder unterhalten und ab und zu Dinge auf den Speicher tragen durfte, nachdem sie sie ordentlich in Kisten gepackt hatte.

Die Hilflosigkeit, die mich erfüllte, als ich vor ihrer Schlafzimmertür auf und ab tigerte und ihrem verzweifelten Schluchzen lauschte, hätte mich fast zerstört. Ich hatte mich daran gewöhnt, dass wir ein Team waren ... aber diesen Abschied musste sie allein durchstehen. Als die Kinder im Bett waren, klopfte ich kurz an ihre Tür, um sie wissen zu lassen, dass ich ins Poolhaus zurückging. Zu meiner großen Überraschung und unendlichen Erleichterung hatte sie mit der Hand auf den Teppich neben sich geklopft und mich gebeten, noch eine Weile zu bleiben.

Mit zwei Babymonitoren im Hintergrund saßen wir in ihrem Schlafzimmer auf dem Boden und lachten stundenlang über die alten Jahrbücher von Rob und mir. Doch das tatsächliche und übertragene Ausmisten beschränkte sich nicht nur auf ihren Mann. Sie fand Bilder von sich und Jessica aus einer Zeit, lange bevor ich die beiden gekannt hatte. Es gab Geburtstagskarten mit Jessicas Handschrift, ein paar Schals und sogar ein paar goldene Ohrstecker, die Bree sich von meiner Frau ausgeliehen und glücklicherweise niemals zurückgegeben hatte. Egal wie klein oder billig, sie wurden sofort zu einem Familienschatz, den ich an unsere Tochter weitergeben konnte.

Es war bereits nach drei Uhr morgens, als ich in mein Haus zurückkehrte, in den Händen einen vollen Korb. Darin befanden sich nicht nur Sachen von Jessica, sondern auch Robs Lieblings-T-Shirts, die Rolex, bei der Bree darauf beharrte, dass er gewollt hätte, dass ich sie bekam, und ein Schuhkarton voller Kartenabschnitte und Flyer von meinen Auftritten, von denen ich nicht geahnt hatte, dass Rob sie aufbewahrt hatte.

Doch vor allem war uns – zu der Zeit, als wir uns an diesem Abend voneinander verabschiedeten – eine tonnenschwere Last von den Schultern gefallen, von der wir nicht einmal gewusst hatten, dass wir damit beladen waren. Es war beinahe, als hätten wir uns davor gefürchtet, offen in Erinnerungen an die zwei Personen zu schwelgen, die wir verloren hatten. Aber in dieser Nacht – nachdem wir eine Erinnerung nach der nächsten betrachtet und Gegenstände sortiert hatten – spürte ich viel weniger Schmerz und viel mehr Frieden, als ich erwartet hatte.

So traurig und trostlos die Situation auch hätte sein können, nach diesen Stunden voller Lachen, in denen wir uns einfach locker und fröhlich unterhalten hatten, empfand ich vor allem Dankbarkeit dafür, dass ich Bree noch hatte. Und ich war glücklich, dass ich derjenige sein durfte, der für sie da war.

Der Samstag gestaltete sich ähnlich, doch je weniger von Robs Sachen im Haus verblieben, desto mehr verblasste das Licht in Brees Augen. Es war ein stiller Abend an der Feuerstelle, und ihr eines Glas Wein war zu einer ganzen Flasche geworden. Doch gleich am Sonntagmorgen machte sie sich wieder an die Arbeit und stürmte total verkatert mit voller Kraft voraus.

Ich versuchte, sie davon zu überzeugen, sich eine Pause zu gönnen. Ich schlug sogar vor, mit den Kindern einen Ausflug in den Park zu machen. Aber Bree wollte nichts davon hören. Irgendwann wurde sie meine ständige Präsenz im Hintergrund leid und schickte mich in die Wüste. Ich ging stattdessen laufen, weil ich herausgefunden hatte, dass mir das dabei half, etwas von der nervösen Energie loszuwerden, die mich in letzter Zeit erfüllte.

»Was hat vier Uhr damit zu tun?«, fragte ich jetzt.

»Es wird spät, und ich muss das Auto putzen und die Kinder in die Badewanne stecken und Abendessen machen und …«

War es falsch, sie atemberaubend zu finden, wenn sie aufgeregt und überfordert war? Ihr Haar unordentlich. Ihr Hemd schmutzig und verknittert. Und dann war da noch der kleine Fleck Wimperntusche, der neben dem linken Auge an ihrer Schläfe klebte.

War es noch falscher, dass mein erster Impuls war, die Arme um sie zu schlingen und ihr zu sagen, dass ich mich um alles kümmern würde, was getan werden musste, und dass sie alles vergessen sollte, was noch nicht erledigt war? Für mich war es wunderbar, ihr etwas abzunehmen, damit sie – meistens zum ersten Mal an diesem Tag – tief durchatmete.

Manchmal raubte mir der stumme, dankbare Blick, den sie mir dann zuwarf, den Atem – zumindest ein bisschen.

»Wieso setzt du dich nicht einfach eine Weile nach draußen und atmest mal tief durch? Ich werde dich in Ruhe lassen.« Da ich nicht wollte, dass sie wieder das Unbehagen empfand, das sie in letzter Zeit so oft in meiner Nähe gezeigt hatte, wandte ich den Blick ab. »Ich werde mich um das Auto und die Bäder kümmern. Und zum Abendessen bestelle ich eine vegetarische Pizza.«

»Piiiiiiiiza!«, schrie Luna und rannte so schnell los, wie ihre kleinen Beine sie tragen konnten, um Asher und Madison die gute Nachricht zu verkünden.

Ich grinste, weil ich den kurzen Moment genoss, in dem ich mich gleichzeitig um all meine Mädels kümmerte. »Siehst du, jetzt ist es abgemacht.«

»Das kann ich nicht zulassen. Eigentlich solltest du an den Wochenenden freihaben, damit du arbeiten kannst.« Sie dehnte ihren Nacken und bewies mir damit erneut, welchen Preis das Wochenende ihr abverlangt hatte.

»Nun ja. Ich nehme mir einen Tag frei, um einer Freundin zu helfen.«

Ihre Augen begannen zu leuchten, aber dann runzelte sie die Stirn. »Du solltest dir neue Freunde suchen. Die aktuelle Freundin ist ziemlich hilfsbedürftig.«

Die aktuelle Freundin ist verdammt sexy, wie sie da todmüde in alten Birkenstocks vor mir steht.

»Pah. *Du* solltest dir neue Freunde suchen. Der Freund, den du jetzt hast, wird Bacon auf die Veggie-Pizza schmuggeln.«

Sie verzog den Mund. »Ist Bacon nicht kontraproduktiv zu deinem Training?«

»Nicht wenn man nur trainiert, damit man den Bacon essen darf.«

»Touché.« Sie lachte leise, und ihr Blick huschte für eine Zehntelsekunde über meine Brust. Sie zuckte zusammen, dann suchten ihre grünen Augen meinen Blick. »Ähm, bist du dir sicher, dass es dir nichts ausmacht? Ich kann die Bäder übernehmen und auch Pizza bestellen. Aber ich bin einfach emotional ausgelaugt.«

»Du hast dich dieses Wochenende tapfer geschlagen. Du warst toll.« Ich drückte ihr leicht die Schulter.

»Ja. Danke.« Sie schüttelte meine Hand ab.

Herrgott, was zum Teufel war mit ihr los? *Okay. Nicht zu viel hineininterpretieren!* Gerade eben hatte sie mir gesagt, dass sie emotional ausgelaugt war. Sie konnte es wirklich nicht brauchen, dass ich mich über Kleinigkeiten aufregte.

Also setzte ich ein Lächeln auf und machte wie üblich einen Scherz. »Nur um das klarzustellen: Du hast das mit dem Bacon auf einer dieser Pizzen gehört, oder?«

»Extra viel Bacon. Kapiert.«

Ich machte nicht genug Ausdauersport, um extra viel Bacon zu rechtfertigen, aber ich widersprach ihr nicht.

Nach einer kurzen Dusche ging ich in die Garage. Ich wappnete mich, bevor ich die Schutzhülle von Robs rubinrotem Porsche 911 zog. Abgesehen davon, dass wir den Wagen ab und zu gestartet hatten, damit die Batterie nicht den Geist aufgab, hatte keiner von uns das Auto berührt, seitdem wir Rob verloren hatten.

Eine Welle aus Nostalgie schlug über mir zusammen, als ich die Wagentür öffnete.

Es gab nicht viel zu putzen. Bis auf eine dünne Staubschicht auf dem Armaturenbrett war der Innenraum makellos sauber – mit nur einem vergessenen iPhone-Ladekabel als Beweis, dass der Wagen nicht direkt aus dem Autohaus kam. Ich klappte die Sonnenblenden herunter und öffnete das Handschuhfach, in dem sich bloß das übliche Zeug befand: eine Packung Kaugummi, eine Sonnenbrille, das Wartungsbuch und der Versicherungsnachweis. Aber dann fiel mein Blick auf ein kleines schwarzes Handy.

Ich griff danach und drehte es in den Händen. Robs Smartphone war im Feuer zerstört worden, also musste das wohl sein Arbeitshandy oder ein älteres Modell sein, das er nicht mehr benutzt hatte. Auf jeden Fall würde Bree es haben wollen, also steckte ich es zum Laden an und machte mit der Arbeit weiter, ohne groß darüber nachzudenken.

Der kleine Kofferraum unter der Motorhaube war leer, und nachdem ich auch unter die Sitze geschaut, die Konsole abgewischt und die Bodenmatten ausgeschüttelt hatte, ließ ich es gut sein.

Mit Mühe und Not schaffte ich es, aus dem engen Wageninneren wieder herauszukommen. Dann fiel mir das Handy wieder ein, daher lehnte ich mich noch einmal hinein.

Und in diesem Moment blieb erneut die Zeit stehen.

Mit geladenem Akku hatte sich das Handy angeschaltet, und Mitteilungen von einer örtlichen Nummer aus Atlanta leuchteten auf dem Bildschirm auf. Für den Kontakt war weder ein Name noch ein Foto eingespeichert, aber nach dem Text zu schließen war Rob mit der Absenderin sehr vertraut gewesen.

Ich kann nicht aufhören, daran zu denken, wie tief du gestern Nacht in mich eingedrungen bist.

Was?

War?

Das?

Denn?

Ich ließ mich mit offener Tür auf den Fahrersitz sinken. Auf keinen Fall. Niemals. Rob und ich hatten uns unglaublich nahegestanden. Er hatte mir alles erzählt. Wenn er Bree betrogen hätte, hätte ich davon gewusst. Zumindest hätte ich mitbekommen, dass er in seiner Ehe unglücklich war.

Ich scrollte zur nächsten Nachricht.

Selbe Nummer, eine weitere unfassbare Nachricht.

Deine Lippen. Dein Hals. Dein Schwanz. Ich kann es kaum erwarten, sie alle wieder zu kosten.

Mit zugeschnürter Kehle sah ich zu der Tür zum Haus. Die Pizza sollte bald geliefert werden. Wenn ich also herausfinden wollte, was zum Teufel sich sonst noch auf diesem Handy befand, ehe Bree mich suchen kam, musste ich mich beeilen.

Mit zusammengebissenen Zähnen scrollte ich zur nächsten Nachricht. Verdammt, vielleicht war das gar nicht Robs Handy.

Mr Winters, versprechen Sie mir, heute Zeit in Ihrem vollen Terminplan zu finden, um mich zu ficken.

Scheiße. Damit war diese Theorie beim Teufel.

»Was zum Teufel hast du getan?«, wütete ich an meinen besten Freund gerichtet. Als mir die Nachrichten ausgingen, tippte ich etwas ein, wovon ich hoffte, dass es der Code für sein Handy war.

Das Display erklärte mir, der Code wäre falsch.

In schneller Folge probierte ich Brees Geburtstag, den Code für ihre Alarmanlage und die Geburtstage der Kinder aus. Und kurz bevor ich für eine Minute gesperrt wurde, versuchte ich es noch mit einer Kombination aus den drei Möglichkeiten.

Alles falsch.

Okay. Natürlich. Wenn man eine Affäre hatte, war es wahrscheinlich klug, einen Code zu verwenden, den die eigene Frau nicht so leicht erraten konnte. Nicht dass ich dazu viel sagen konnte – der Code für mein Handy war 1-1-1-1.

Ich atmete einmal tief durch, doch das half auch nicht gegen das Rauschen in meinen Ohren. Es musste eine Erklärung geben. Meine Gedanken rasten. Die Fragen nach dem Wer, dem Was, dem Wann, dem Wo und dem verdammten Warum blieben alle unbeantwortet. Luna hatte mein Handy schon öfter gesperrt, daher wusste ich, dass ich fünf Minuten warten musste, wenn mein nächster Versuch auch falsch war. Dann eine Viertelstunde, als

Nächstes eine Stunde, und irgendwann würde sich das Handy ganz sperren.

Unglücklicherweise war der Pizzalieferdienst nicht so langsam. Ich konnte höchstens noch zweimal raten, ehe Bree mich holen kam. Und was dann?

Sollte ich ihr von den Nachrichten erzählen? Konnte ich sie ohne Code überhaupt noch mal aufrufen? Die Nachrichten hätten Bree vernichtet. Bree war dieses Wochenende schon gebeutelt genug. Wollte ich ihr das wirklich antun, ohne alle Fakten zu kennen?

Wäre er noch am Leben gewesen, hätte ich Rob nun direkt damit konfrontiert. Hätte Antworten gefordert. Beste Freunde hin oder her, es ging mich natürlich nichts an, wie er sein Leben führte. Aber bitte … Seine Frau betrügen? Die Mutter seiner Kinder? Scheiß drauf.

Besonders jetzt, wo besagte Frau meine … nun, was auch immer Bree und ich waren. In gewisser Weise war sie meine Arbeitgeberin. Aber auch eine Freundin? Ach verdammt, wem wollte ich etwas vormachen? Bree, die Kinder und ich waren eine Familie. Und das hier war nichts, was man vor seiner *Familie* verheimlichte.

Ich schluckte schwer, während ich mir das Hirn zermarterte. Vier Punkte leuchteten auf dem Display. Ich brauchte eine vierstellige Zahl, die Bree nicht erraten, aber die Rob niemals vergessen würde.

Mein Knie wippte wie wild. Meine Finger schwebten über dem Bildschirm, während ich ungeduldig darauf wartete, dass der Countdown endete, auch wenn ich mich gleichzeitig vor jeder falschen Bewegung fürchtete.

Vielleicht musste ich das gar nicht erfahren.

Vielleicht wäre es besser, das Handy einfach in den Müll zu werfen.

Vielleicht hätten Robs Geheimnisse mit ihm beerdigt werden sollen.

Bree musste das nicht erfahren.

Sie musste nicht …

»Die Pizza ist da«, sagte Asher und erschien wenige Zentimeter vor mir wie ein Ninja aus dunkler Nacht.

Ich zuckte zusammen und ließ das Handy auf den Schoß fallen. »Mensch, Ash!«

Er schenkte mir ein breites zahnlückiges Grinsen unter zerzaustem Haar. »Ha! Habe ich dich erschreckt?«

»Ähm, ja.«

Immer aufmerksam – die vorrangige Aufgabe eines Sechsjährigen –, senkte er den Blick. »Hast du ein neues Handy?«

»Nein«, sagte ich viel zu harsch. Ich schnappte mir das digitale Äquivalent des schwarzen Büchleins seines Vaters, stand auf und schob das Gerät in die hintere Hosentasche.

Asher zog sich ein kleines Stück zurück – ließ aber nicht locker. »Wem gehört das Handy?«

»Ähm …«, mauerte ich, als ich die Sache einsammelte, die ich im Handschuhfach gefunden hatte, und dann nach dem Eimer mit Putzzeug griff. Super. Jetzt musste ich auch noch lügen. *Rob, du verdammtes Arschloch!* »Das ist nur ein altes Gerät, mit dem ich Musik höre. Komm. Lass uns essen gehen.« Ich schloss die Autotür mit einem Tritt, weil der Porsche mir inzwischen völlig egal war.

Glücklicherweise sprach Asher das Handy beim Abendessen nicht an. Wir saßen am Tisch im Esszimmer, die Hochstühle der Mädchen an den Kopfenden.

Bree redete.

Die Kinder lachten.

Und ich starrte ins Leere, während dieses verdammte Handy in meiner Hosentasche brannte wie ein glühendes

Brikett und gleichzeitig eine Matrix aus Nummern durch meinen Kopf ratterte.

Wenig überraschend bemerkte Bree, dass irgendetwas im Busch war. Sie musterte mich mit einem Misstrauen, das dafür sorgte, dass meine Nackenhaare sich aufstellten. Deswegen hatten Leute wie ich kein zweites Handy und auch keine Geliebte. Ich hatte niemanden betrogen, doch ich hätte alles auf mich genommen, um ja nicht noch eine Sekunde länger unter ihrem forschenden Blick bestehen zu müssen. Luna kaute immer noch auf ihrem letzten Stück Pizza, als ich sie hochhob, mich knapp verabschiedete und eilig ins Poolhaus verschwand.

Unkonzentriert und abgelenkt kämpfte ich mich durch Lunas Einschlafritual. Aber zum Glück war meine Tochter noch vor dem Ende von *Goodnight Moon* halb eingeschlafen.

Sodass ich allein war.

Endlich.

Allein mit diesem verdammten Handy.

»Okay, okay, okay«, murmelte ich vor mich hin, während ich im Wohnzimmer auf und ab tigerte.

Lange bevor ich eingezogen war, hatte Bree das Poolhaus im Beachstyle eingerichtet. Beige Möbel mit blaugrünen Akzenten erzeugten diese Stimmung. Schwarz-Weiß-Fotos von Seesternen und Wellen am Strand zierten die Wände. Der Fliesenspiegel aus verschiedensten Blautönen in der Küche verstärkte den Ocean-Vibe. Doch im Moment, während ich auf Robs geheimnisvolles Handy auf dem Couchtisch herunterstarrte, fühlte ich mich, als wäre ich in haiverseuchte Gewässer geworfen worden.

Ich konnte immer noch nicht glauben, dass er Bree das angetan hatte. Diese Frau war sein Leben … Und nach dem letzten Jahr, in dem ich sie endlich richtig kennengelernt hatte, verstand ich auch, warum. Eine Affäre ergab keinen Sinn. Mit jeder Minute sehnte ich mich verzweifelter nach einer Erklärung. Doch auf und ab zu tigern würde kaum dafür sorgen, dass ich auf magische Art eine Lösung fand.

»Okay«, sagte ich und setzte mich vor dem Handy auf die Couch. Die nächste Sperrung würde nur fünf Minuten dauern. Ich konnte es schaffen. Und würde es auch.

Rob hatte sich immer für Autos begeistert. Mich ließen sie kalt, doch ich hatte ihm oft genug zugehört, um zu wissen, dass sein Traumwagen ein Shelby Baujahr 1969 war.

1-9-6-9

Abgelehnt.

Verdammt.

Die nächsten fünf Minuten vergingen in einem Sturm aus Tigern, Grübeln und Fluchen.

Vielleicht musste ich gar keinen Code knacken. Wenn er dämlich genug gewesen war, eine Affäre zu haben, war er vielleicht auch dumm genug gewesen, sich einzubilden, ein Code wäre gar nicht nötig. Ich atmete tief ein und tippte die generischste Nummernfolge ein, die mir einfiel.

1-2-3-4

Wieder falsch.

Scheiße.

Besiegt fand ich mich mit meiner Viertelstunde im Fegefeuer ab.

Es musste Zehntausende verschiedene Kombinationen geben, aber bloß eine entsperrte dieses Handy. Und langsam gingen mir die Ideen aus. Er war mein bester Freund, das hätte mir nicht so schwerfallen dürfen. Verdammt, ich hatte drei Monate zusammen mit ihm in einem Minivan gelebt, wo wir uns Cheeseburger für neunundneunzig Cent zum Abendessen geteilt und gegenseitig Wache gestanden hatten, wenn einer von uns nachts pissen musste.

Wenn ich sagte, dass ich Rob Winters kannte, dann meinte ich das auch so, verdammt noch mal! Ich hatte mein Lebenswerk nach diesem …

Ich erstarrte zur Salzsäule. Es war ein Sommer gewesen, in dem wir unser Kleingeld zusammengeschmissen und uns gegenseitig saubere Kleidung geborgt hatten – aber egal, wie oft wir uns auch vor Lachen weggeschmissen hatten, wenn wir diese Geschichten erzählten, alles führte immer zu diesem Aerostar-Van zurück.

Mein Album hieß aus gutem Grund nicht *Solstice in the '07*. Wir hatten einen Riesenspaß dabei gehabt, in neuen Bars zu spielen, Frauen kennenzulernen, irgendwelche Schnäpse zu trinken, die der aktuelle Barkeeper uns über den Tresen schob, bis uns schlecht wurde. Doch es war die Verbindung gewesen, die wir in diesem Van geschmiedet hatten, die unser Leben verändert hatte.

Rob hatte mir gestanden, wie sehr er sich davor fürchtete, den Erwartungen anderer niemals gerecht zu werden. Und ich hatte ihm erzählt, wie es war, bei einer Narzisstin aufzuwachsen, die zu sehr mit ihrem eigenen Leben beschäftigt war, um sich auch nur daran zu erinnern, dass es mich gab. Wir hatten uns gegenseitig Dinge anvertraut, die kein Zweiundzwanzigjähriger schon erlebt haben sollte. Und während wir in Klappstühlen saßen und nach oben auf die Stoffbahn starrten, die schlaff über uns hing, hatten wir uns versprochen, zusammenzuhalten und uns gegenseitig zur Verantwortung zu ziehen.

1992. Das war kein Jahr. Es war eine Adresse … ein Raum, in dem zwei kaputte Kinder sich geschworen hatten, bessere Menschen zu werden als die meisten in der Welt, in die wir geboren worden waren.

Mit angehaltenem Atem tippte ich die Zahlen ein. 1-9-9-2.

Und Adrenalin schoss in meine Adern, als das Display plötzlich den Startbildschirm zeigte.

Triumphierend sprang ich auf. Einen Moment lang war ich so stolz auf mich, dass ich den Verrat ganz vergaß, der in erster Linie dafür verantwortlich zeichnete, dass ich dieses Handy geknackt hatte.

Der Startbildschirm war generisch, die typischen Apps in Ordnern. Das einzige Symbol ganz unten war das für die Nachrichten-App – und ihr Anblick holte ich mich in die Realität zurück. Es gab kein Zurück mehr. Bree hatte es verdient, die Wahrheit zu erfahren.

Ich konnte es ihr schonend beibringen. Konnte für sie da sein, um sie zu stützen. Konnte sie daran erinnern, dass Rob sie immer geliebt hatte, egal, was für dumme Entscheidungen er auch getroffen haben mochte. Diesmal würde ich ihr Fels in der Brandung sein, ihr genügend Zeit geben, die sie brauchte, um den Trauerprozess noch einmal zu starten.

Ich tippte auf das Icon und fand nur einen Thread – und die letzte Nachricht stammte vom Tag des Feuers. Dann scrollte ich nach oben. Mein Magen verkrampfte sich, als ich die Gespräche las. Von spontanen Nachmittagsdates in einem örtlichen Hotel bis zum wöchentlichen Rendezvous an »unserem Ort«, wo auch immer der sich befinden mochte. Die Affäre ging schon länger, es war kein einmaliger Ausrutscher. Süßholzraspeln um drei Uhr morgens und zahllose »Ich vermisse dich« von beiden Seiten. Meine Kehle wurde immer enger, als Woche um Woche des Hintergehens über den Bildschirm glitten.

Es ist seltsam, woran man sich im Kielwasser von Tragödien erinnert.

Ich erinnerte mich, wie ich im Gästehaus stand – Robs Gästehaus.

Ich erinnerte mich an das tonnenschwere Gewicht in meinem Magen, während ich versuchte herauszufinden, wie ich eine Frau zerstören sollte, die mir im Verlauf des letzten Jahres so sehr ans Herz gewachsen war.

Aber für alle Zeit in mein Gedächtnis gebrannt war der lebensverändernde Moment, als ein Nacktbild meiner Frau auf dem Display erschien.

11

Bree

Nachdem ich die Kinder ins Bett gebracht hatte, ging ich wieder nach unten, um die Küche sauber zu machen. Die Bacon-Pizza war überwiegend unberührt. Nur ein Stück lag angebissen auf Easons Teller. Bei dem Anblick wallten Schuldgefühle in mir auf. Ich hätte nicht zulassen dürfen, dass er sich um Robs Auto kümmerte. Am Wochenende das Haus auszumisten war emotional unglaublich anstrengend und Eason wie immer fantastisch gewesen.

Ich wusste nicht, wie er das hinkriegte, aber er war immer da, wenn ich ihn brauchte … und machte sich rar, wenn ich Zeit für mich allein brauchte. Er machte sich Sorgen um mich, folglich gab es natürlich Momente, in denen er zu lange um mich herumschlich. Doch so war er einfach, also beschwerte ich mich nicht – zumindest nicht oft.

Manchmal, im Schatten meiner eigenen Trauer, vergaß ich, wie nahe sich Eason und Rob gestanden hatten. Kein Wunder, dass er beim Abendessen so still gewesen war. Robs Porsche auszuräumen – das letzte Kapitel im Leben seines besten Freundes – konnte ihm nicht leichtgefallen sein. Aber er hatte trotzdem darauf bestanden, das für mich zu tun.

Und ich hatte es zugelassen, nachdem ich mich wie eine Irre benommen und seine Brust begafft hatte.

Toll, Bree. Wirklich eine herausragende Art, deine Dankbarkeit zu zeigen.

Immer noch verkatert von meinem gestrigen Versuch, meinen Kummer im Alkohol zu ertränken, schnappte ich mir ein Mineralwasser und ein Bier für Eason, bevor ich zwei Stücke Pizza aufwärmte, in der Hoffnung, ihn zum Essen nötigen zu können.

Im Verlauf der letzten Woche hatten meine Träume, wie Eason mich überall berührte, nicht im Mindesten nachgelassen. Es hatte ungefähr fünf kalte Duschen und eine Expresslieferung des von Jillian empfohlenen Vibrators gegeben – auch wenn sie in Bezug auf das Ding gelogen hatte, denn es hatte überhaupt nicht dafür gesorgt, dass ich Eason vergessen hätte.

Doch abgesehen von dieser Peinlichkeit war ich schon seit langer Zeit süchtig nach unseren abendlichen Unterhaltungen. Es spielte keine Rolle, wie belastend der Tag gewesen war. Allein der Anblick von Eason, der draußen auf dem Sofa saß – sein Haar verstrubbelt und offensichtlich nur mit den Fingern gekämmt, ein Bier in der Hand und die Füße auf einen Stuhl gestemmt –, beruhigte den Sturm, der ständig in mir tobte. Ich war mir nicht ganz sicher, ob ich denselben Effekt auf ihn ausübte, aber wenn er nicht gerade einen Auftritt hatte, erschien er immer.

Angesichts der Tatsache, wie er vorher aus dem Haus gestürmt war, würde er heute vielleicht auf sich warten lassen. Um sich zu sammeln und dieses falsche Lächeln aufzusetzen, das ich inzwischen so hasste.

Aber er würde kommen.

Und für Eason würde ich warten.

Ich setzte mich in meine Ecke der Couch und starrte mit einem tiefen Gefühl der Zufriedenheit in der Brust zum Nachthimmel auf. Das Wochenende war wahnsinnig anstrengend gewesen, doch endlich hatte ich das Gefühl, dass ich die ersten Schritte auf dem gewundenen Pfad in die Zukunft gemacht hatte. Jeden Tag sah ich Rob in den Gesichtern meiner Kinder. Allein deswegen würde er immer Teil meines Lebens bleiben. Aber ich fühlte mich nicht mehr, als wäre ich in einem Sturm aus Trauer gefangen. Den Schrank auszuräumen und seine Sachen zu spenden war nicht dasselbe, wie ihn aus unserem Leben zu tilgen. Und ich hätte den Kindern auch keinen Gefallen damit getan, hätte ich mein Leben gelebt, als könnte er jeden Moment zurückkehren.

Ich senkte den Blick auf meinen Verlobungs- und meinen Ehering. Die Diamanten darauf funkelten im Licht, das vom Pool herüberdrang. Ich war noch nicht bereit, sie in den Safe zu legen. Und das war okay. Trauer war ein Prozess. Ich würde es spüren, wenn die Zeit dafür gekommen war.

Doch als Eason mit mörderischer Miene aus dem Poolhaus stürmte, erfuhr ich, dass die Zeit dafür bereits *vor* Robs Tod gewesen wäre.

»Wusstest du es?«, knurrte er schon Meter entfernt, laut genug, dass seine Stimme von der Hauswand widerhallte.

Ich riss den Kopf zurück, vollkommen verwirrt. »Wusste ich was?«

Er blieb vor mir stehen. Vor Rage zitterte er am ganzen Körper. »Dass dein Mann meine Frau gefickt hat?«

Ich schnaubte, weil diese Idee so unvorstellbar wirkte, dass sie fast etwas Komisches hatte. »Wovon in aller Welt redest du?«

Er hob ein Handy in mein Blickfeld. Auf dem Display leuchtete ein Bild von Jessica, die in einen Spiegel lächelte, einen Arm unter die Brüste gelegt, die andere Hand in den Haaren vergraben.

Ich hob eilig die Hand, um das Bild abzudecken. »Herrgott, Eason! Wieso zeigst du mir das?«

»Weil sie dieses Bild an Rob geschickt hat!«, stieß er durch zusammengebissene Zähne hervor. Er wischte mit einem Finger über den Bildschirm, sodass Dutzende blaue und graue Nachrichtenfelder schwindelerregend schnell über das Display sausten.

Aber wie bei einem Rouletterad blieb die App auf einem Bild von Rob stehen. Nach dem blau-weiß gestreiften Kopfkissenbezug zu schließen, lag er in unserem Bett. Mit nackter Brust, die Decke über die Hüfte gezogen, den Blick von der Kamera abgewandt. Ich konnte förmlich sein tiefes Lachen hören. Doch es war der Anblick von Jessica, die sich mit strahlender Miene an ihn kuschelte, sodass ihre nackten Brüste sich an seine Seite pressten, der mir den Atem raubte.

»Wo hast du das her?«, zischte ich und sprang auf die Beine.

»Aus seinem Auto«, blaffte Eason. Seine Brust hob und senkte sich in schweren Atemzügen, als er mich aus Augen anstarrte, die so kalt und distanziert wirkten, dass ich ihn kaum wiedererkannte.

Ich atmete zitternd ein. Ich fühlte mich, als wäre Sauerstoff plötzlich giftig geworden, denn meine Lunge brannte.

Das war nicht möglich.

Auf keinen Fall konnte dieses Foto echt sein.

»Ist das irgendein widerlicher Witz? Denn, ehrlich, Eason, das ist krank.« Eine Träne rann aus meinem Augenwinkel.

Sofort wurde seine Miene weicher, als wäre ein Schalter umgelegt worden. »Schön wär's«, brummte er und reichte mir das Handy. Der Klang seiner Schritte ließ mich vermuten, dass er angefangen hatte, auf und ab zu tigern. Allerdings war ich zu sehr auf das Paralleluniversum in meiner Hand konzentriert, um diesen Eindruck zu verifizieren.

Die Nummern auf dem Bildschirm waren nicht die vertrauten Telefonnummern von Rob und Jessica, aber es gab so viele Bilder, dass ich mühelos herausfinden konnte, wer was geschrieben hatte.

Jessica: *Ich habe Eason gesagt, dass ich in den Supermarkt gehe. Kannst du eine frühe Mittagspause einlegen?*

Rob: *Du bist mein liebstes Mittagessen. Sag mir einfach, wo ich hinkommen soll.*

»Ich verstehe nicht«, presste ich hervor. Das Messer des Verrats, das zwischen meinen Schulterblättern steckte, schickte Wellen aus Schmerzen durch meinen Körper.

»Was gibt es da zu verstehen?«, blaffte Eason und stemmte die Hände in die Hüften. »Sie haben hinter unseren Rücken miteinander gepennt.«

»Nein.« Ich schüttelte den Kopf, als könnte ich so die Bilder vertreiben, die sich in mein Gedächtnis eingebrannt hatten, und meinte: »Das würde er mir nicht antun. Genauso wenig wie sie.«

»Na ja, mir haben sie es angetan, Bree.« Er hob den Arm und zog mir das Handy aus den Fingern. »Willst du was Tolles sehen?«

Nichts an dem, was er mir gleich zeigen würde, wäre toll, also wappnete ich mich, als er mit dem Finger über den Bildschirm wischte, auf der Suche nach zum Teufel was.

Dann stellte er sich neben mich und hob das Handy zwischen uns. »Erinnerst du dich, dass ich Jessica zu unserem Jahrestag nach Savannah eingeladen habe?« Er drehte das Handy so, dass wir beide das Bild auf dem Display sehen konnten. Jessica schickte einen Luftkuss Richtung Kamera, wobei der Riemen ihres durchsichtigen BHs halb von ihrer Schulter heruntergerutscht war. »Das ist das Bad in dem Hotel, in dem wir waren.« Eason zeigte auf die untere Ecke des Bildes, wo zwei Spiegel sich so gegenseitig reflektierten, dass man den Rest des Zimmers sehen konnte. »Das bin ich, wie ich im Bett schlafe.« Er deutete auf den BH. »Und das ist die Reizwäsche, die ich für sie gekauft habe. Aber sie hat mir erklärt, sie wäre zu müde für Sex, also hat sie das Zeug nie angezogen.«

Mein Mund wurde trocken, und Galle stieg in meine Kehle. Ihr Jahrestag? Der war Monate vor dem Feuer gewesen. »Wie lang ging das schon?«

»Mindestens drei Monate, aber sie haben sich bereits vorher oft geschrieben. Der erste Text auf diesem Handy erklärt, dass er jetzt eine neue, *sichere* Nummer hat. Sie haben sich zum Mittagessen verabredet und sich nachmittags gesehen, wenn ich mit Luna einen Spaziergang gemacht habe. Dieser Jazzdance-Kurs, den sie abends belegt hatte?« Er lachte humorlos, hatte das Gesicht schmerzerfüllt verzogen. »Nun, das war einfach bloß eine Ausrede, damit sie sich im *Vier Jahreszeiten* treffen konnten. Rob hatte eine Dauerreservierung, immer dienstags und donnerstags.«

Ich blinzelte heftig, um dem Unfassbaren irgendwie Sinn zu verleihen. Mir war von Anfang an klar gewesen, dass Rob und Jessica sich gut verstanden. Er hatte mir Memes gezeigt, die sie ihm geschickt hatte, weil sie ihn für einen Workaholic hielt, und sie hatten sich getroffen, um meine Geburtstagsparty zu planen oder für Weihnachten einzukaufen. Aber eine Affäre?

»Warum? Ich meine … wieso haben sie das gemacht, Eason?«

»Ich habe keine Ahnung«, blaffte er. »Ich weiß nur, dass mein bester Freund mir drei Monate lang Ratschläge in Bezug auf meine Eheprobleme gegeben hat … während er hinter meinem Rücken meiner Frau seine Liebe gestanden hat.«

Und bei diesen Worten drang der Dolch in meinem Rücken tief genug ein, um mein Herz zu durchstoßen. Ich stolperte mit weichen Knien rückwärts, stieß gegen die Couch und ließ mich in die Kissen fallen. »E-er hat sie *geliebt*?«

Eason stieß ein lautes Stöhnen aus. »Ich muss hier weg. Ich kann heute Nacht nicht hier schlafen. Luna nehme ich natürlich mit.«

Ich riss den Kopf hoch, weil Ängste mich überschwemmten, die überhaupt nichts mit meinem mich betrügenden Mann zu tun hatten. »Wo wollt ihr denn hin?«

»Ganz egal.« Er riss die Hände in die Luft. »Hier. Dieses Haus. Sein Garten. Ich kann nicht in einem Bett unter seinem Dach schlafen, erfüllt von der Frage, ob er meine Frau auf dieser Matratze gefickt hat.« Er beugte sich vor, um nach dem Handy zu greifen, aber ich drückte es an meine Brust.

»Nein. Ich will alles sehen.«

»Du musst diesen Dreck nicht lesen, Bree. Vertrau mir. Du weißt bereits genug.«

Doch er irrte sich.

»Nein. Du kannst gehen. Nimm dir Zeit für dich. Tu, was auch immer du tun musst. Aber ich muss jedes einzelne Wort lesen, bis ich alles quasi auswendig kann, um endlich zu verstehen, wie sie mir das antun konnten – *uns* das antun konnten.«

An seinem Kiefer zuckte ein Muskel. »Dadurch wird der Schmerz nicht leichter zu ertragen.«

»Schön, dasselbe gilt, wenn du dir eine Auszeit nimmst. Ich kann dich auch nicht davon abhalten.«

Er starrte mich einen langen Moment böse an, doch irgendwann sackten seine Schultern nach unten. »Der Code ist 1992.«

O mein Gott! Wie konntest du nur, Rob?

Mir fehlten die Worte.

»Ja«, schnaubte Eason. »Ich vermute, dieser Van war nicht das Einzige, was er und ich uns geteilt haben.« Er ließ den Kopf in den Nacken sinken und fügte hinzu: »Ich gebe dir Bescheid, sobald ich weiß, wo wir gelandet sind.«

Ich nickte, aber mein bereits gebrochenes Herz splitterte, als ich beobachtete, wie Eason sich entfernte. Es war genau wie in meinem Traum. Er ging weg, und ich konnte ihn nicht aufhalten.

In dieser Nacht tat ich kein Auge zu. Als Allererstes zog ich mein Bett ab, stopfte Laken und Bezüge in Mülltüten und schmiss sie aus dem Fenster. Das mochte ein wenig dramatisch sein, schließlich hätte ich die Tüten auch einfach zu den Tonnen tragen können, aber mit der Faust aufs Bett einzuschlagen, hatte mir bis dahin keine Erleichterung verschafft. Ich dachte darüber nach, auch meinen Verlobungs- und meinen Ehering in die Tüten zu stopfen, doch ich hatte Kinder, die sie vielleicht eines Tages haben wollen würden, also schmiss ich sie in den Safe und hoffte dabei inständig, ich hätte genug Kraft aufgewandt, dass sie zerbrachen – so wie unser Gelübde.

Sobald ich mich im Gästezimmer eingerichtet hatte, las ich jede Nachricht mindestens ein Dutzend Mal. Wie eine Masochistin vergrößerte ich jedes Bild, prägte mir jedes Detail ein. Als mir die Texte ausgingen, rief ich um fünf Uhr morgens den Leiter der IT-Abteilung von Prism an und verlangte eine genaue Auflistung von allen Anrufen und Texten von Robs Arbeitshandy. Dasselbe würde ich mit unserem privaten Handyanbieter tun, sobald die Büros besetzt waren … aber das war noch nicht das Ende meiner Suche.

Nachdem wir Rob verloren hatten, hatte ich ein altes Back-up aus der Cloud verwendet, um den Inhalt seines Privathandys herunterzuladen, damit wir nicht die ganzen Bilder verloren, die er über die Jahre geschossen hatte. Ich hatte unzählige, schreckliche Nächte damit verbracht, mir die Fotos anzusehen und von unserer Vergangenheit zu träumen. Jessica war auf diesen Bildern nicht nackt gewesen, aber sie tauchte häufig auf. Damals hatte ich nicht groß darüber nachgedacht. Wir baten Rob oder Eason oft, Fotos zu schießen, wenn wir zu viert zusammen waren. Doch jetzt, ohne eine rosarote Brille, erwartete mich ein Tag mit genaueren Betrachtungen.

Es war Montagmorgen. Und sobald die Kinder aufwachten, fragten sie nach Eason und Luna. Ich konnte ihnen nicht viel sagen. Kurz nach Mitternacht hatte er mir eine Adresse irgendwo in Tennessee geschickt, sich aber nicht dazu geäußert, wann er zurückkommen wollte. Das tat weh – sehr sogar. Eason und mir war emotionaler Aufruhr nicht fremd, doch diesmal wollte er sich allein mit seinen Gefühlen auseinandersetzen.

Ich dagegen wollte, dass er mit einem Lächeln durch meine Küchentür trat, Luna auf der Hüfte, und mir sagte, dass alles gut werden würde. Denn irgendwie war immer alles okay, wenn ich mit Eason zusammen war. Und ja, ich wusste genau, wie selbstsüchtig das klang, aber das änderte nichts an der Tatsache, dass ich ihn jetzt schon unglaublich vermisste.

Ich rief in der Firma an, um Jillian wissen zu lassen, dass ich ein paar Tage lang nicht zur Arbeit erscheinen würde. Da die Betriebsprüfung nach wie vor lief und wir uns auf die Präsentation der neuen Herbstkollektion vorbereiteten, war es kein guter Zeitpunkt, mir freizunehmen. Andererseits ... Gab es je einen guten Zeitpunkt, um herauszufinden, dass dein toter Mann in deine tote beste Freundin verliebt gewesen war?

In der verzweifelten Suche nach Ablenkung ging ich mit den Kindern in den Park und dann Frozen Yoghurt essen, bevor wir im Einkaufszentrum am Karussell landeten. Ich war unendlich erschöpft, aber die Gegenwart meiner Kinder war das Einzige, was mich beruhigen konnte. Im Haus war es ohne Lunas süßes Kichern und Easons tiefes Lachen gespenstisch still, als wir zurückkamen.

Eason war nicht hier, um mich zu fragen, wie mein Tag gewesen war. Und egal, wie meine Antwort auch lautete, sein breites Grinsen ließ mich immer glauben, dass alles besser werden würde.

Er war nicht da, um mit mir draußen zu sitzen und über nichts Besonderes zu reden und mit seinen fröhlichen Geschichten dafür zu sorgen, dass sich das Leben leichter ertragen ließ.

Ehrlich gesagt musste er nicht mal was sagen. Allein das Wissen, dass Eason da war, sich draußen im Poolhaus aufhielt und an seiner Musik arbeitete, sorgte dafür, dass ich eine Geborgenheit empfand, von der ich nicht geglaubt hatte, sie jemals wieder zu fühlen.

Natürlich litt ich – doch mein Mitgefühl mit Eason war der wahre Schlag ins Gesicht und sorgte dafür, dass ich Rob und Jessica nur umso mehr hasste.

Unfähig, die Augen noch länger offen zu halten, schlief ich eine Weile, nachdem ich die Kinder ins Bett gebracht hatte, aber schon nach wenigen Stunden war ich wieder auf den Beinen. Ich breitete die unzähligen Ausdrucke der Unterlagen, die ich angefordert hatte, auf dem Schlafzimmerboden aus. Es war mühsam, die Zeitachsen zu ordnen, meine eigenen alten Nachrichten durchzugehen, um herauszufinden, wann Rob mir irgendeine Ausrede genannt hatte, um sich stattdessen mit Jessica zu treffen. Und dann machte ich mich daran herauszufinden, ob es Fotos von diesem Tag gab. Worüber hatten Jessica und ich uns geschrieben, während sie mich hintergingen? Langsam setzte ich ein Puzzle zusammen, von dem sich bloß die Hälfte der Teile in meinem Besitz befand.

Am unerträglichsten war dieser brennende Wunsch zu erfahren, *warum* sie es getan hatte. Aber tief in meinem Inneren wusste ich, dass der Grund eigentlich keine Rolle spielte. Das zu wissen würde nichts an den Tatsachen ändern. Egal, wie viele Lügen ich auch aufdeckte, mein Herz würde dadurch nicht wieder heil werden.

Nach den Enthüllungen der letzten zwei Tage fühlte ich mich langsam, als wäre unser gesamtes gemeinsames Leben – und meine Freundschaft mit einer Frau, von der ich nie vermutet hätte, dass sie mich hintergehen könnte – nicht mehr gewesen als eine Illusion. Sorgfältig konstruiert und geschickt organisiert, mit Eason und mir als Narren in dem Schauspiel.

Als Rob und Jessica in diesem Feuer umgekommen waren, hatten sie so viele Geheimnisse mit ins Grab genommen. Doch manche waren offensichtlich nur eine Weile vom Wind davongetragen worden. Ich konnte das Gefühl nicht abschütteln, dass irgendwo immer noch etwas in der Asche dieser Nacht schwelte – ein potenzieller Brandherd, der erst entdeckt werden musste und ein Jahr nach ihrem Tod an Kraft gewann.

Und als ich eine Seite umblätterte, um die nächsten Nachrichten zu betrachten, meine Lider fast so schwer wie mein Herz, entsprang aus den Kohlen ihres Verrats plötzlich eine Feuersbrunst, die uns alle verschlingen würde.

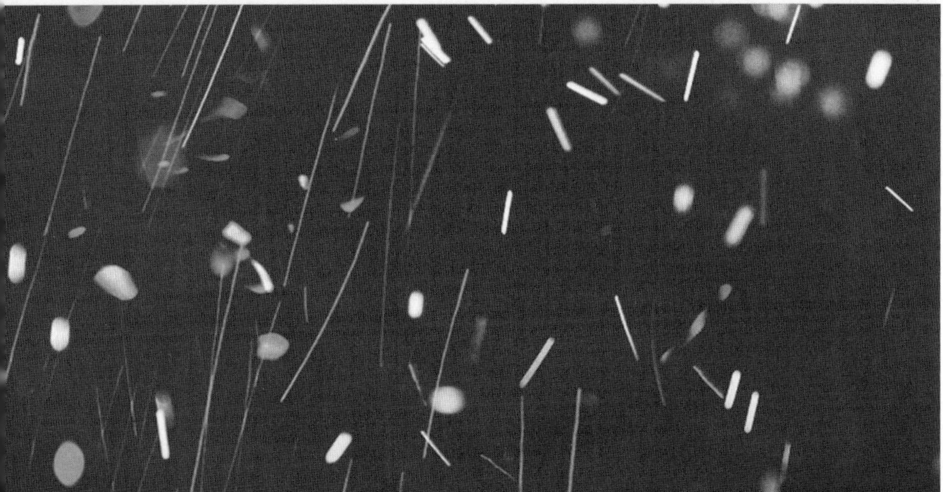

12

Eason

Schon bevor ich Jessica verloren hatte, war mir Kummer nicht fremd gewesen. Das galt für die meisten Songwriter. Als ich jünger gewesen war, hatte eine Verflossene mich mit einem Arbeitskollegen betrogen. Eine andere hatte mich für ihren Ex-Freund verlassen. Eine weitere war einfach ausgetickt und hatte meine Mutter angerufen, um sich darüber zu beschweren, dass ich ihr nicht oft genug Blumen schenkte. All das war Teil der persönlichen Entwicklung und gehörte zum Leben dazu.

Doch gegen einen Geist zu wüten stellte sich als ziemlich unbefriedigend heraus.

Es gab niemanden, auf den ich wütend sein konnte.

Keine tränenverschleierten Diskussionen bis in die frühen Morgenstunden.

Es gab keine Lügen, die man durchschauen musste.

Kein Flehen, doch zu bleiben. Es gab nicht mal das befriedende Schlagen der Tür, wenn ich erhobenen Hauptes aus dem Haus stürmte, mit zerstörtem Selbstwertgefühl, aber doch von der Gewissheit erfüllt, dass ich etwas Besseres verdient hatte.

Jessica hatte hinter meinem Rücken mit dem Mann geschlafen, den ich als meinen besten Freund betrachtet hatte.

Mir blieb die Genugtuung versagt, zu Robs Haus zu fahren und mitten in der Nacht an seine Tür zu hämmern, um Antworten auf Fragen zu verlangen, die man eigentlich nicht stellen sollen müsste. Es gab keine Beleidigungen, keine Prügelei und überhaupt nichts, was ich tun konnte, um den Sturm zu beruhigen, der in mir tobte.

Also schnappte ich mir meine Tochter und meine Gitarre und brach mitten in der Nacht auf. Ich hasste den Gedanken, Bree allein mit dem Handy zurückzulassen ... aber ich konnte nicht bleiben. Bisher hatten mich die Erinnerungen daran getröstet, wie viele schöne Stunden wir zu viert in diesem Haus verbracht hatten. Die Nachmittage am Pool, lachend und trinkend. Die spontanen Abendessen, die Jessica und Bree geplant hatten und bei denen Rob immer darauf bestanden hatte, sich an den Grill zu stellen. Die unzähligen Spiele, die Rob und ich uns gemeinsam auf dem großen Bildschirm angeschaut hatten, ob es nun Football, Basketball oder irgendein anderer Sport gewesen war, während unsere Frauen sich über Gott und die Welt unterhalten hatten.

Jetzt waren all diese Erinnerungen von Zweifeln vergiftet. Getrübt von Täuschung und Lügen.

Hatte er sie im Kopf ausgezogen, wenn sie in einem Bikini um den Pool wanderte? Den Pool, den ich von meinem Schlafzimmerfenster aus sehen konnte?

Waren all die Abendessen bloß ein Vorwand gewesen, damit sie ihn sehen und unter dem Tisch, an dem ich momentan jeden Abend aß, mit ihm füßeln konnte?

Hatte er, während ich ganz auf das Spiel konzentriert gewesen war, darüber nachgedacht, wie er sich mit ihr zurückziehen konnte – vielleicht um sie in dem Flur, durch den ich jeden Tag ging, an die Wand zu drücken?

Ich musste von hier verschwinden, selbst wenn das bedeutete, für eine Weile auch Bree hinter mir zu lassen.

Ich brauchte eine Auszeit. Einen Ort, an dem ich nachdenken und alles verarbeiten konnte. Wieder zu mir selbst finden würde ich sicher nicht, aber Frieden hatte ich schon seit über einem Jahr nicht mehr empfunden – diesen Zustand konnte ich auch noch eine Weile länger aushalten.

Mir gelang es, ein Häuschen außerhalb von Gatlinburg mit digitalem Vierundzwanzig-Stunden-Check-in zu finden. Es hatte zwei kleine Schlafzimmer – was perfekt für Luna und mich war – und eine fantastische Aussicht auf die Berge.

Ich hatte keine Ahnung, wie lange ich bleiben wollte. Erst einmal hatte ich für eine Woche gebucht, weil ich lieber Geld verlieren wollte, falls ich früher aufbrach, als ausziehen zu müssen, wenn ich noch nicht bereit war.

Am ersten Tag erkundeten Luna und ich die Gegend. Das Häuschen lag recht abgeschieden, abgesehen von ein paar anderen Hütten in der Ferne, aber wir fanden eine halbe Stunde entfernt einen Supermarkt und kauften genug Goldfischlis, Wachsmalkreiden und Malbücher, um Luna beschäftigt zu halten.

Wir wanderten. Wir kuschelten auf dem Sofa. Ich schaffte es sogar, die Temperatur im Whirlpool ausreichend zu senken, dass wir ihn wie ein Schwimmbad verwenden konnten. Doch wenn die Nacht hereinbrach und meine Vaterschaft mich nicht länger ablenkte, griff mich mein eigenes Hirn an.

Wann war es zum ersten Mal passiert? Wann hatten sie sich zum ersten Mal geküsst? Wann zum ersten Mal berührt? Wer hatte den ersten Schritt gemacht? Wer hatte es mehr gewollt?

Wann war das letzte Mal gewesen? Der Donnerstag vor dem Feuer? Hatte Rob Jessica in der Küche befummelt, während ich im Wohnzimmer alles für *Pictionary* aufgebaut hatte? Hatte sie gehofft, ich würde mich ausreichend betrinken und so nicht schnallen, dass er sie im Badezimmer fickte?

Wie konnte ich nur so blind gewesen sein und davon nichts mitbekommen haben!

Seit dem Tag, an dem ich die Musik für mich entdeckt hatte, war Songschreiben mein Ventil gewesen. Wann immer ich schwere Zeiten durchgemacht hatte und mir alles zu viel geworden war, hatte ich mich hinter mein Klavier gesetzt oder die Gitarre auf den Schoß gezogen, und das Chaos war aus den Tiefen meines Selbst durch meine Finger in die Welt hinausgeflossen.

Als sich die Nachricht vom Feuer über meine Kontakte in der Musikbranche verbreitet hatte, hatte mich ein Producer angerufen, mit dem ich immer schon hatte zusammenarbeiten wollen, um mir sein Beileid auszusprechen. Er hatte das Telefonat mit den folgenden Worten beendet: »Diese Art von Schicksalsschlag sollte ein unglaubliches Album für Sie ergeben. Melden Sie sich bei mir, wenn Sie bereit sind, ins Studio zu gehen.« Zu diesem Zeitpunkt hätte ich am liebsten durch die Telefonleitung gegriffen und ihm den Hals umgedreht.

Was ich durchgemacht hatte, war nicht die typische

Trennung, aus der kummervolle Balladen entstanden. Ich hatte so gut wie alles verloren. Ich hatte nicht vor, aus dem Tod meiner Frau und meines besten Freundes Kapital zu schlagen. Und selbst wenn ich das gewollt hätte – Songs darüber zu schreiben hätte bedeutet, diese Gefühle noch einmal zu durchleben; sie zu sezieren, grundlegend zu analysieren und dann auf eine Weise wieder zusammenzusetzen, die gleichzeitig kurz und bündig, aber doch schön anzuhören war.

Es gab nicht genug Ruhm oder Geld auf der Welt, um mich zu verlocken, die Nacht des Feuers noch einmal zu durchleben. Ich hatte mich auf Bree gestützt, hatte eine Therapie gemacht, doch ich wollte einfach nicht in einer Welt leben, in der irgendwer irgendwo eine Textzeile wie »Ich komme gleich zurück« sang.

Scheiß drauf!

Aber das hier … Diese Wunde. Dieser Schmerz. Dieser allumfassende Verrat. Ich musste diese Empfindungen aus mir herausbekommen, musste sie tilgen, um dann verdammt noch mal nach vorne zu schauen.

Also machte ich mich mit der Gitarre in den Händen an die Arbeit, während Luna schlief.

Am nächsten Morgen war ich nicht weniger sauer, nicht weniger desillusioniert, aber zumindest hatte ich für den Schmerz etwas vorzuweisen. Es war nicht so sehr ein Song als vielmehr ein Bewusstseinsstrom in c-Moll, ich machte allerdings Fortschritte – und irgendwann würde mein Herz folgen.

In den letzten achtundvierzig Stunden war Schlaf nur ein Nebengedanke gewesen. Ich war immer mal wieder eingedöst, hatte hier und da ein paar Stunden geschlafen, aber die Realität hatte meinem Geist nicht erlaubt, lange Ruhe zu finden. Doch als Lunas Nachmittagsschläfchen anstand und sie mitten in ihrer liebsten Zeichentricksendung in meinen Armen wegnickte, drängte sich mir der Gedanke auf, dass ich mich auch hinlegen könnte.

»Bin nich müd«, jammerte sie, als sie halb schlafend auf meiner Schulter lag, die Arme fest um meinen Hals geschlungen.

»Süße, du hast bereits geschlafen«, flüsterte ich, als ich sie ins Reisebettchen legte. »Daddy hat dich lieb. Ruh dich ein bisschen aus.«

»Neeeeeein«, jaulte sie, aber es war ein letztes Aufbäumen, bevor sie sich auf den Bauch drehte, sich die Decke unter den Arm zog und wieder einschlief.

Gerade als ich ihr Zimmer verlassen hatte, klopfte es leise an der Eingangstür.

»Bree?«, fragte ich, als unsere Blicke sich durch das Glas trafen.

Sie winkte mir ungelenk zu. Und trotz meiner Erschöpfung und meiner Überraschung konnte ich das Lächeln nicht unterdrücken, das sich auf meinem Gesicht ausbreitete.

Ich eilte zur Tür und riss sie auf. »Hey, was tust du hier? Komm doch rein.«

Sie betrat das Haus, aber ich lehnte mich durch den Türrahmen und ließ den Blick über die Einfahrt gleiten.

»Wo sind die Kinder?«

»Zu Hause. Bei Evelyn.« Ihr Blick huschte durch das Haus. Die Eingangstür führte direkt in ein großes Wohnzimmer mit je einem Schlafzimmer auf jeder Seite und einer kleinen Küchenzeile in der hinteren Ecke. »Ich habe extra gewartet, bis Schlafenszeit ist. Ist Luna schon im Bett?«

»Ja, ich habe sie gerade hingelegt. Perfektes Timing.«

»Ich hoffe, es ist okay, dass ich gekommen bin. Ich meine … ich weiß, dass es zwischen uns …«

»Zwischen uns ist alles in Ordnung«, fiel ich ihr ins Wort, dann legte ich einen Arm über ihre Schultern und zog sie für eine Umarmung an mich. Der unordentliche Dutt auf ihrem Kopf kitzelte mich an der Nase, aber verdammt, es war toll, sie zu sehen! »Zwischen dir und mir ist alles okay, Bree. Egal, welchen Mist Jessica und Rob auch gebaut haben, klar?«

Sie legte den Kopf in den Nacken. An jedem anderen Tag wäre das mein Zeichen gewesen, sie freizugeben. Sie hätte gelächelt, wäre zurückgetreten, und wir wären nicht mehr gewesen als zwei Freunde, die sich kurz umarmt hatten. Aber nun, nach all diesem Mist und einer viel zu langen Trennung, wollte ich sie einfach nicht loslassen.

Also tat ich es nicht.

Und sie auch nicht. Stattdessen schlang sie die Arme um meine Hüften und spähte mit müden Augen zu mir auf. »Ich weiß, aber du wolltest Abstand …«

»Nicht von dir. Nur von … all dem anderen Mist. Ich musste ein paar Dinge rausfinden, und das konnte ich im Poolhaus nicht.«

»Und wie geht es dir nun?«

Ach, verdammt noch mal! Ich hatte keine Ahnung, was hier vor sich ging oder warum das ständige Rauschen in meinen Ohren plötzlich verklang, aber ich war jetzt schon lange genug am Boden, um zu wissen, dass ich das Gute nicht hinterfragen sollte, weil ich es sonst vielleicht ganz verpasste. »Besser.«

»O Gott«, stöhnte sie und ließ die Stirn gegen meine Brust sinken, sodass ich ihr Gesicht nicht mehr sehen konnte.

Das war nicht unbedingt die Reaktion, die ich erwartet hatte. Doch ich wusste auch nicht, womit ich hätte rechnen sollen, und sofort lief mein Hirn auf Hochtouren. Alle

Zahnräder begannen, sich gleichzeitig zu drehen. Ich war so glücklich gewesen, sie zu sehen, dass ich gar nicht darüber nachgedacht hatte, *warum* sie wohl den weiten Weg gefahren war.

»Moment, wieso hast du die Kinder nicht mitgebracht?«

Sie seufzte. »Eason, wir müssen reden.«

Diese vier schlichten Worte waren vernichtend. Es bedeutete nie etwas Gutes, wenn jemand »Wir müssen reden« sagte. Darauf folgte nie ein »Lass uns essen gehen« oder »Ich habe im Lotto gewonnen«. »Wir müssen reden« war die universelle Umschreibung für »Jetzt werde ich dir den Rest geben«. Und angesichts meines bisherigen Lebens würde ich wahrscheinlich auch dieses Mal von nichts verschont bleiben.

Ich gab sie frei und trat voller Misstrauen einen Schritt zurück. »Warum? Was ist los?«

Ihre grünen Augen funkelten in der Mittagssonne, die durch die bodentiefen Fenster mit Blick auf die Berge fiel. »Ich habe etwas auf Robs Handy gefunden, wovon ich glaube, dass du es sehen solltest.«

Erleichterung überschwemmte mich. Gott sei Dank. Ich hatte das Handy bereits durchsucht. Im schlimmsten Fall würde sie mir erzählen, dass Rob und Jessica sich an meinem Geburtstag getroffen hatten … oder etwas ähnlich Geschmackloses.

»Was genau?«

»Es ist nur … Sie waren viel länger zusammen, als du denkst.«

»Ooookay«, meinte ich gedehnt. »Das habe ich bereits vermutet, nachdem ich die erste Nachricht über diese sichere Nummer gesehen hatte.«

Ihre Lippen wurden schmal, und plötzlich schien Trauer die Luft um mich zu füllen. »Schon, aber … es war *viel* länger.« Sie packte mit beiden Händen meine Finger. »Wir sollten uns hinsetzen, okay?«

Könnte ich eine Zeitmaschine bauen, würde ich zu diesem Moment zurückreisen. Ich würde lachen und sie noch mal umarmen. Ihr sagen, dass nichts davon eine Rolle spielte. Rob und Jessica waren die Vergangenheit und sollten dort auch bleiben. Ich würde ihr ein Bier anbieten, darauf bestehen, dass wir auf die Terrasse gingen, um uns im Ausblick zu verlieren – und zwar nicht auf die Berge.

Aber ich tat nichts davon … und das würde ich für den Rest meines Lebens bereuen.

Ungeduldig entzog ich ihr meine Hand. »Was soll das? Was auch immer es ist, spuck es einfach aus. Du machst mir Angst.«

Sie kaute zögernd auf der Unterlippe. »Eason …«

»Sag es«, befahl ich.

Und dann versetzte sie mir den härtesten Schlag, den ich je hatte einstecken müssen. »Ich glaube, Luna könnte Robs Tochter sein.«

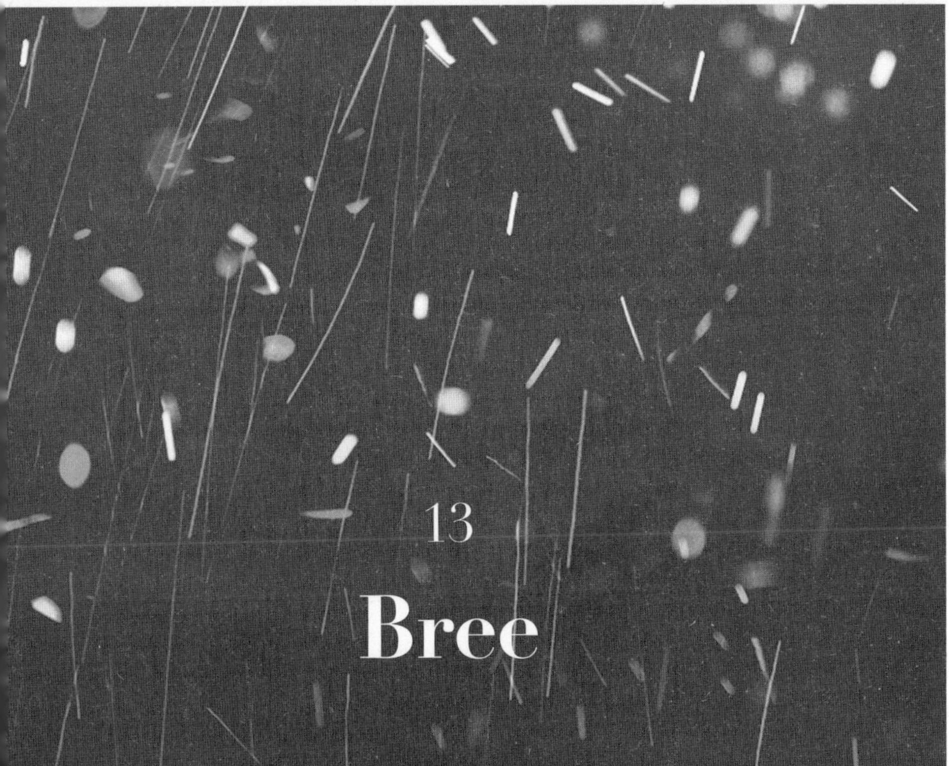

13

Bree

»Wovon zum Teufel redest du?«, brüllte er laut genug, dass die Fenster in den Rahmen klapperten.

So hatte ich ihm die Nachricht nicht beibringen wollen. Auf der vierstündigen Fahrt war ich jede mögliche Art durchgegangen, diese Information zu enthüllen, aber keine wäre weniger verheerend gewesen. Es gab keine sanfte Art, mit dem Vorschlaghammer auf Easons Herz einzuschlagen. Doch er hatte es verdient, die Wahrheit zu erfahren.

Als ich die Nachrichten zum ersten Mal gelesen hatte, hatte ich erwogen, einfach abzuwarten und mit ihm zu reden, wenn er nach Hause kam. Aber wenn er Rob so sehr hasste und schon nach der Enthüllung der Affäre kaum den Gedanken ertragen konnte, sich in dem Haus aufzuhalten, in dem sein bester Freund gelebt hatte, würde er vielleicht nicht zurückkehren wollen, nachdem ich ihm alles gesagt hatte. Und ich hätte ihm das nicht übel genommen. Der Verrat brannte auch in mir wie glühende Lava.

Mein Mann hatte eventuell ein Kind mit einer anderen Frau gezeugt.

Einer Frau, die ein Wolf im Schafspelz gewesen war, der sich als meine beste Freundin ausgegeben hatte.

Und wieder einmal musste ich dieses einzigartige und allumfassende Elend mit einem der liebsten Menschen teilen, die ich kannte.

Ganz früh am Morgen hatte ich Evelyn angerufen und sie gebeten, auf meine Kinder aufzupassen, um dann loszufahren. Ich war mir nicht sicher, was ich tun sollte. Eason hatte es verdient, die Nachricht von jemandem zu hören, dem er etwas bedeutete. Der echte Zuneigung für ihn empfand. Nicht dieses verdammte Schauspiel, das Rob und Jessica für uns abgezogen hatten.

Ich griff nach ihm, weil ich ihn einfach berühren musste ... ihn wissen lassen musste, dass ich hier war, den gleichen Schmerz empfand wie er – aber er wich mir aus.

»Das ist nicht möglich«, stieß er hervor. Sein gesamter Körper wirkte verspannt.

Gott, das würde so wehtun!

»Ich weiß nicht, wann die Affäre angefangen hat. So weit bin ich in den Nachrichten noch nicht gekommen. Aber in der Nacht von Lunas Geburt hat Jessica ihm einen Text geschrieben, dass du nach Hause gefahren wärst, um ein paar Dinge zu holen. Und dass er kommen soll, um seine Tochter kennenzulernen.«

Eason riss die Augen auf, und etwas Wildes trat in seinen Blick, doch ich sprach weiter, in der Hoffnung, das Pflaster schnell abzureißen.

»Rob hat geantwortet, dass sie so was nicht sagen soll; dass Luna auch deine Tochter sein könnte. Danach hat sie ihn angerufen, daher weiß ich nicht, was sonst gesagt wurde.« Ich zog mein Handy aus der hinteren Hosentasche. »Und dann habe ich auf seinem Privathandy dieses Bild gefunden. Von Rob, wie er Luna im Krankenhaus lächelnd im Arm hält.« Ich drehte das Gerät, sodass er das Bild sehen konnte. »Ich habe es Dutzende Male gesehen, ohne es wirklich zu betrachten. Es gibt massenweise Bilder von uns, wie wir Jessica im Krankenhaus besucht haben. Ihr habt uns ja nach Madisons Geburt auch besucht. Aber schau auf die Uhrzeit.« Meine Stimme brach, und Tränen, die ich vor ihm verbergen wollte, traten mir in die Augen.

Hier ging es nicht um mich. Ich durfte wütend sein. Ich durfte verletzt sein. Aber meine vorrangigste Aufgabe war es jetzt, dafür zu sorgen, dass es Eason gut ging. Denn unter anderen Umständen hätte er dasselbe für mich getan.

»Wir sind damals gleich am nächsten Morgen zu Besuch gekommen. Ich erinnere mich daran, weil wir erst nach zehn Uhr gekommen sind, da ich darauf bestanden habe, anzuhalten und ihr ein Frühstück aus diesem Brunch-Café mitzubringen, in das wir so gern gegangen sind. *Wir* waren nicht um 18:26 Uhr im Krankenhaus, weder an diesem Abend noch an einem anderen, aber er offensichtlich schon. Entweder hat Jessica ihn überzeugt … oder die Wahrscheinlichkeit, dass Luna seine Tochter sein könnte, war groß genug, dass er einen Besuch riskiert hat.«

»O Gott«, murmelte Eason, und zusammen mit dem Blut verschwand auch jegliche Hoffnung aus seinem Gesicht. »Scheiße. Oh, Scheiße, Scheiße, Scheiße.« Er presste eine Hand an die Brust und stolperte rückwärts, bis er gegen einen der Holzstühle am rustikalen Esstisch stieß. Er ließ sich auf die Sitzfläche fallen. »Sie hatte mich nach Hause geschickt, um ihr Kopfkissen und unzählige andere, seltsame Dinge zu holen, die sie angeblich beim Packen der Tasche vergessen hatte. Es war eine richtige Liste. Ich sollte ihr auch noch eine Cola besorgen. Es hat mich Ewigkeiten gekostet, alles zu finden. Und als ich wieder ins Krankenhaus kam, war Rob da.« Er stemmte die Ellbogen auf den Tisch und vergrub das Gesicht in den Händen. »Damals habe ich mir nichts dabei gedacht. Wieso eigentlich nicht?«

»Weil du ihm vertraut hast. *Ihr* vertraut hast.« Ich sank neben ihm in die Hocke und legte eine Hand auf seinen Rücken. »Sie haben uns beide verarscht. Du musst dir keine Vorwürfe machen.«

»Aber ich mache mir Vorwürfe!« Er sprang mit einer heftigen Geste wieder auf, dann zeigte er auf eine geschlossene Tür. »Das ist *meine* Tochter. Dieses kleine Mädchen ist verdammt noch mal mein einziger Grund weiterzumachen ... und nun erklärst du mir, dass sie eventuell gar nicht von mir ist? Es war schon schlimm genug, dass er mit meiner Frau geschlafen hat ... aber jetzt hat mir dieser Bastard auch noch meine Kleine weggenommen?« Mit einer heftigen Armbewegung räumte er die dekorativen Kerzen vom Tisch ab. Sie fielen mit lautem Knall zu Boden und zerbrachen, wie es der Mann vor mir gerade tat.

Ich duckte mich unter seinem Arm hindurch und trat vor ihn. »Hör auf, Eason. Komm schon. Denk darüber nach. Es spielt keine Rolle.«

»Wie soll das keine Rolle spielen? Er hat mir alles genommen. Mein ganzes Leben ist eine einzige Lüge. Bitte, Bree, sag mir, wie ich an den Punkt kommen soll, wo das keine Rolle spielt.«

Ich starrte ihn nur verloren an.

Tagelang hatte ich nach einer Antwort auf diese Frage gesucht, schon bevor ich von Luna erfahren hatte, und ich hatte immer noch nicht herausgefunden, wie ich verhindern sollte, dass ein Geist auf meinem Herzen herumtrampelte. Es gab nur eine Person, die mir Trost schenkte. Es war wahrscheinlich falsch, das in dieser Situation zu tun, aber als seine karamellfarbenen Augen meinen Blick erwiderten, voller Schmerz und Leid, hätte ich alles getan, um ihm diese Pein zu nehmen.

Ich war sogar bereit, alles zu riskieren.

Mein Herz raste, als ich meine zitternde Hand hob. »Weil er nicht mehr wichtig ist … du aber schon.«

Seine Augen verdunkelten sich, als ich die Hand an seinen Nacken legte. Eine einzige Bewegung, die meine Absichten klarstellte.

»Was tust du?«, grollte er.

»Was ich schon vor Wochen hätte tun sollen.«

Seine Augen brannten, doch er bewegte sich nicht.

»Eason«, keuchte ich. Er stand direkt vor mir, bloß wenige Zentimeter entfernt, betrachtete mein Verlangen, während ich um seines bettelte.

Sein Mund schwebte über meinem, aber er musterte mich suchend. »Du bist alles, was ich noch habe, Bree. Und verdammt, selbst du hast ihm gehört!«

Als er sich aufrichtete, vergrub ich die Finger im Stoff seines Hemdes. »Nein, habe ich nicht. Das weißt du genauso gut wie ich. Für ihn war ich nur eine Marionette … und das steht mir bis hier.«

Ich stellte mich auf die Zehenspitzen, weil ich noch viel mehr leid war als Rob Winters.

Ich war es leid zu leiden. Ich war es leid, auf dem Scheiterhaufen eines Mannes zu brennen, der keinen Pfifferling auf mich gegeben hatte. Aber vor allem war ich es leid, so zu tun, als sehnte ich mich nicht nach Eason auf eine Weise, die überhaupt nichts mit einer gemeinsam durchlebten Tragödie zu tun hatte.

Als sein Mund sich auf meinen senkte, er die Lippen öffnete und sich unsere Zungen zum ersten Tanz trafen, stellte Eason klar, dass auch er das alles leid war. Er neigte den Kopf, vertiefte den Kuss, presste den Mund fest auf meinen. Und noch besser: Er berührte mich auch überall anders. Er schmeckte nach nichts und allem, während wir uns in einem verzweifelten Kampf verloren, beide auf der Suche nach einer Kontrolle, die keiner von uns aufgeben wollte.

Ich schlang die Arme um seinen Hals und versuchte, mich noch näher an ihn zu drängen. Wie vom selben Gedanken getrieben legte er die Hände an meinen Hintern und hob mich hoch. Ich schlang die Beine um seine Hüften, als er vorwärtstrat, bis mein Rücken mit einem Knall gegen die Wand stieß.

Und nach all den lauten Flüchen, die er ausgestoßen hatte, seinem Brüllen, den zerbrochenen Kerzen – all dem Lärm – war es ausgerechnet der dumpfe Schlag meines Rückens, der gegen die Wand traf, der sie aufweckte.

»Daddy!«, schrie Luna.

»O Gott«, hauchte er, schloss fest die Augen und stellte mich wieder auf die Beine.

»Es ist okay. Es ist okay«, beschwor ich ihn und legte die Hände an seine Wangen. »Schau mich an.«

Er schüttelte den Kopf, senkte jedoch den Kopf, bis seine Stirn an meiner ruhte.

»Das ändert gar nichts – hörst du mich? Wir wissen nicht mal sicher, ob Rob Jessica geschwängert hat. Aber was wir wissen, ist – egal, was auch passiert sein mag –, dass du ihr Vater bist. Sie liebt dich. Die Biologie kann daran nichts ändern, egal, was die Gene auch sagen mögen.« Ich tippte mit einem Finger auf sein Herz. »Luna ist dein Kind, auf die einzige Art, die wirklich zählt.«

»Klar«, antwortete er, doch er klang weder überzeugt noch selbstbewusst.

Luna rief ein weiteres Mal … und wie der gute Vater, der er war, ließ Eason sie nicht warten.

»Schhh, Süße, ich bin ja da«, flötete er, als er die Schlafzimmertür öffnete. »Hat Daddy dich aufgeweckt?«

Sie brabbelte etwas, was ich nicht ganz verstand, aber Eason hatte dieses Problem nicht.

»Nein, nichts, wovor du dich fürchten müsstest. Komm her. Während du geschlafen hast, ist Besuch gekommen.«

Eilig rückte ich mein Hemd zurecht und strich mir über die Haare, bevor er sie aus dem Zimmer trug.

»Schau, es ist Tante Bree«, sagte er.

Ich nahm ihre Hand und küsste sie. »Hey, Süße.«

Sie lehnte sich an Easons Schulter und warf mir einen bösen Blick zu, offensichtlich wenig begeistert, davon geweckt zu werden, dass ich ihren Vater angesprungen hatte. Okay, schön, das wusste Luna nicht, aber sie war trotzdem verschlafen und schlecht gelaunt.

Ein Schmerz in meiner Brust sorgte dafür, dass ich den Blick von ihrem lieben, molligen Gesicht abwandte, weil ich es nicht sehen wollte. Ich hatte nicht gelogen, als ich Eason versichert hatte, dass es keine Rolle spielte, wessen DNA sie in sich trug. Doch genau wie bei den Bildern auf Robs Handy konnte ich mit frischem Blick und im Besitz der vollen Wahrheit verräterische Details entdecken.

Über die Jahre waren Jessica und ich unzählige Male gefragt worden, ob wir Schwestern waren. Unsere Augen unterschieden sich – ihre blau, meine grün –, aber sie waren beide hell. Wir hatten einen nordischen Teint, wurden jedoch im Sommer braun. Und auch wenn wir unser kastanienbraunes Haar gewöhnlich glätteten, hatten wir von Natur aus doch beide wilde Locken.

Ich war früher dran, aber letztendlich waren wir gemeinsam mit den Mädchen schwanger gewesen. Wir hatten immer Scherze darüber gemacht, dass sie wahrscheinlich aussehen würden wie Zwillinge. Offensichtlich hatte Jessica sich im Besitz von zusätzlichen Informationen befunden, doch niemand konnte leugnen, wie ähnlich sich Luna und Madison sahen.

Ob es daran lag, dass ihre Mütter einander ähnelten, oder weil sie denselben Vater hatten, konnte ich nicht sagen. Und es war allein Eason überlassen, ob wir das je herausfanden.

»Musst du zu den Kindern zurück?«, fragte er und riss mich damit aus meinen Gedanken.

Ich räusperte mich, wobei ich nur beten konnte, dass er nicht meine Gedanken las. »Ich kann nach Hause fahren, wenn du lieber allein sein willst.«

»Und wenn ich das nicht will?«

Sofort hatte ich Schmetterlinge im Bauch und konnte mir ein leichtes Grinsen nicht verkneifen. »Dann bin ich hier, egal, was du brauchst.«

Er nickte dankbar, setzte ein Lächeln auf, das seine Augen nicht erreichte, und hob seine Tochter hoch über den Kopf. »In Ordnung, Brummbaby. Kurzes Schläfchen bedeutet abends früher ins Bett, aber wir haben den ganzen Nachmittag vor uns. Was wollen wir unternehmen, Ladys?«

14

Bree

Es war ein trüber Tag, sowohl von der Stimmung als auch vom Wetter her. Nachmittags zog Nebel auf und hielt uns im Haus gefangen – nicht dass Eason zu viel mehr fähig gewesen wäre, als auf dem Sofa zu sitzen und seine Tochter anzustarren.

Sie malten.

Er erlaubte Luna, ihm die Haare zu kämmen.

Sie spielten sogar fröhlich *Luna, wo bist du?*, ein Spiel, bei dem sie direkt vor ihm saß und er so tat, als könnte er sie nicht sehen.

Ich versuchte, ihnen Freiraum zu geben, indem ich das Haus aufräumte und irgendwann Suppe und überbackene Käsesandwiches zum Abendessen machte. Aber hin und wieder spürte ich, wie Easons Blick zu mir glitt. Und auch ohne dass ich ihn wirklich ansah, spürte ich, wie ich rot wurde, und mein Magen machte einen Sprung.

Ach du Schande. Hatte ich ihn echt geküsst? Und was noch viel schlimmer war … Hatte er den Kuss wirklich erwidert?

Ehrlich, was für ein schreckliches Timing! Er hatte gerade erst herausgefunden, dass seine Tochter vielleicht nicht von ihm war. Das war offensichtlich nicht der richtige Zeitpunkt, um einem Mann Avancen zu machen. Dennoch fühlte es sich nicht falsch an. Wir waren emotional ausgelaugt, die Scherben unserer gebrochenen Herzen knirschten unter unseren Füßen. Aber so, wie es immer gewesen war – selbst als wir zerstört um Luft gerungen hatten –, gab es nur Eason und mich, und wir überlebten auf die einzige Art, die wir kannten: gemeinsam.

Wir aßen, und ich war überrascht zu sehen, dass er tatsächlich Appetit hatte.

Ich ließ Luna ein Bad ein, und Eason setzte sich neben sie auf den Boden und hängte eine Hand ins Wasser. Aus seinen Augen leuchtete atemberaubende Liebe.

Während Eason Luna bettfertig machte, kehrte ich bereits saubere Böden, wischte krümellose Arbeitsflächen ab und organisierte einen ordentlichen Kühlschrank. Unglücklicherweise hatte ich ausreichend Übung darin, mitten in Katastrophen für Eason da zu sein – aber der Kuss hatte mich aus dem Gleichgewicht gebracht. Jetzt gab es Linien im Sand und Grenzen, die es vorher nicht gegeben hatte. Noch gestern wäre eine Umarmung nur ein Zeichen der Unterstützung oder des Trostes gewesen.

Natürlich war es auch möglich, dass ich viel zu viel in den Kuss hineininterpretierte. Vielleicht war es bloß ein Moment der Schwäche gewesen … das verzweifelte Verlangen, seinen Schmerz durch Vergnügen zu verdrängen.

Hatte sich nun, da ich wusste, wie er schmeckte, alles verändert?

War eine Berührung mehr als eine Berührung, nun, da ich wusste, wie es sich anfühlte, wenn seine starken Hände meinen Hintern umfassten?

War es eine einmalige Sache gewesen?

Sollte ich mich entschuldigen?

Ihn noch mal küssen?

Mich in seine Arme werfen?

Mir meine Schlüssel schnappen und …

»Geht es dir gut?«, fragte er, als er plötzlich vor Lunas Raum erschien und sanft die Tür ins Schloss zog.

»Oh, ähm … ja. Sorry. Ich war in Gedanken.« Ich stellte den Teller, den ich noch einmal abgetrocknet hatte, in den Schrank und legte das Handtuch neben die Spüle. »Wie ist es da drin gelaufen? Schläft sie?«

Er stieß heftig den Atem aus und umklammerte mit einer Hand den Nacken, sodass sein tätowierter Unterarm mir eine fantastische Show lieferte. »Sie ist total erschöpft, also hat sie sich dem Schlaf noch eine Weile widersetzt, aber ich glaube, jetzt ist sie endlich eingeschlafen.«

»Das ist gut.«

»Mmmm«, brummte er. Sein sandblondes Haar fiel ihm in die Stirn, als er den Blick auf seine Füße senkte.

Mein Magen verkrampfte sich, als unangenehmes Schweigen sich im Raum ausbreitete. Seit über zehn Jahren war ich mit niemandem außer Rob zusammen gewesen, also hatte ich keine Ahnung, wie das korrekte Protokoll aussah, wenn man am wahrscheinlich härtesten Tag seines Lebens seinen besten Freund anbaggerte. Und abgesehen davon, dass er fantastisch aussah, wie er da vor mir stand, lieferte mir Eason keine Hinweise.

Auch wenn das vielleicht die deutlichsten Hinweise

waren. Diese Verlegenheit. Das unangenehme Schweigen. Die Unsicherheit. So waren wir einfach nicht.

Aber dieses *Wir* war etwas, wovon ich wusste, wie es ging.

Nachdem ich barfuß um die Arbeitsfläche getappt war, hielt ich vor Eason an. »Wie hältst du dich?«

Er hob den Kopf und öffnete die Augen, sichtlich erschöpft. »Ich bin müde. Ich muss ins Bett, bevor ich noch im Stehen einschlafe.«

»Ja. Verstehe. Ich würde auch mal gern so richtig ausschlafen.«

Er nickte, dann drückte er leicht meine Hüfte, ehe er an mir vorbei zum Schlafzimmer auf der anderen Seite des Wohnbereichs ging.

Aha. Okay. Also vielleicht hatte ich vollkommen umsonst so viel nachgedacht – mal wieder. Wir waren nicht in der achten Klasse. Erwachsene konnten sich küssen, ohne dass es eine große Sache war. Morgen früh würden wir wahrscheinlich darüber lachen. Vielleicht würde ich sogar einen Witz darüber reißen, wie absolut perfekt seine Lippen waren …

Mist.

Aber das war ein Gespräch für einen anderen Tag. Er war total erschöpft. Das war in Ordnung. REM-Schlaf hatte unzählige mentale und emotionale Vorteile. Niemals würde ich ihm diese Erholung versagen – nicht einmal in dem selbstsüchtigen Bestreben, meine geistige Gesundheit zu wahren.

Ich verschränkte die Arme vor der Brust und sah mich im Wohnzimmer um. Das Sofa wirkte ungefähr so bequem wie ein Steinhaufen, doch man konnte die Kissen abnehmen, also hoffte ich, dass es sich zu einem Bett ausklappen ließ.

Eason blieb im Türrahmen stehen. Sein Kinn ruhte auf seiner Schulter, als er zu mir zurücksah. »Kommst du?«

»Tut mir leid … was?«

»Kommst du ins Bett?«

Ich blinzelte überrascht, aber das Schulmädchen in mir rannte bereits in seine Richtung. Die weisere, rationalere Bree, die gerade innerlich total austickte, stand nur regungslos da und starrte ihn an.

Was sollte das bedeuten? Erwartete er, dass ich mit ihm im selben Bett schlief? Also einfach *schlief?* Oder bezog er sich auf die anzüglichere Bedeutung der Formulierung *miteinander schlafen?*

Na ja, ganz ehrlich, das änderte nichts an meiner Antwort. Doch eine Klarstellung würde mir zumindest helfen, das Ganze einzuordnen.

»Ähm, ja?«

Die Verwirrung in seinem Gesicht entsprach ungefähr meiner eigenen, als er sich umdrehte. »Okay? Wieso stehst du dann noch da? Hast du etwas mitgebracht, worin du schlafen kannst, oder brauchst du ein Oberteil von mir?«

Ich warf einen Blick auf mein Gepäck, das er vorhin ins Haus getragen hatte, und versuchte mich zu erinnern, was ich eingepackt hatte. Unsicher, was der Tag bringen würde, hatte ich ein paar Dinge in eine Tasche geworfen – nichts davon passend, um zum ersten Mal mit einem Mann im selben Bett zu schlafen. Besonders nicht, wenn dieser Mann *Eason Maxwell* war.

Ich hatte einen Pyjama dabei. Die Flanellhose und das dazu passende Oberteil waren ungefähr so attraktiv wie ein Mehlsack. Ganz zu schweigen von der bequemen Unterhose und dem zweckmäßigen BH. *Na super. Die erotische Fantasie jedes Mannes.*

Ich blinzelte wieder und lächelte trotz meines Entsetzens. »Ein T-Shirt wäre toll.«

»Geht klar.« Er verschwand in seinem Zimmer, während ich mir kurz die Zeit für eine Atemübung nahm, die ich *Hyperventilieren* nannte.

Herrgott, was stimmte bloß nicht mit mir? Es ging um Eason. Den letzten Mann, in dessen Umgebung ich nervös sein sollte. Doch das hier war nicht einer unserer Abende an der Feuerstelle. Oder zumindest nicht für mich. Soweit ich wusste, betrachtete er das einfach als Übernachtungsparty von zwei Freunden.

Verdammt. Der Gedanke, dass unser Kuss ihm nichts bedeutet hatte, hätte nicht so wehtun dürfen.

Das beschleunigte meine Atmung noch mehr, was wiederum dafür sorgte, dass ich weiter im Wohnzimmer stand, um das Unvermeidliche aufzuschieben.

»Bree.« Er streckte den Kopf aus der Tür. »Komm in die Gänge. Du darfst zuerst ins Bad.«

Ganz toll. Wir teilen uns auch eine Dusche. »Bin unterwegs.«

Überwiegend schweigend machten wir uns bettfertig. Easons Hand fand mehr als einmal meine Hüfte, als wir uns in dem kleinen Zimmer aneinander vorbeischoben. Der Großteil des verfügbaren Raums wurde von einem riesigen Bett eingenommen, flankiert von zwei rustikalen Nachtkästchen. Seine Berührungen waren immer kurz, was in mir bloß noch mehr Fragen darüber auslöste, was »Kommst du ins Bett?« in Easons Vorstellungswelt bedeutete. Aber ich war jemand, der sich auf jede Situation bestmöglich vorbereitete.

Ich hielt mich unendlich lange im Bad auf, rasierte und zupfte, putzte mir die Zähne und stylte mein Haar zu etwas, wovon ich hoffte, dass es auch ohne einen Föhn –

den ich nicht mitgebracht hatte – gut aussah. Ich trug Make-up auf, nur um mich sofort wieder abzuschminken, weil ich nicht zu eifrig wirken wollte. Ehrlich, wer schminkt sich schon vor dem Einschlafen? Außerdem hatte Eason mich in meinen dunkelsten Stunden gesehen, also lohnten sich meine Bemühungen wahrscheinlich gar nicht. Aber sie sorgten dafür, dass ich mich besser fühlte.

All meine Probleme lösten sich in Luft auf, als ich das Bad verließ und Eason bei Licht schlafend auf der Decke vorfand. Er hatte bloß eine Trainingshose an, die Beine an den Knöcheln überschlagen und das Handy auf der Brust.

Meine Erleichterung war fast so überwältigend wie meine Enttäuschung.

Er rührte sich nicht, als ich eine Decke über ihn legte und vorsichtig sein Handy auf den Nachttisch verschob. Sein Ladekabel lag bereit, also steckte ich das Gerät an und machte das Licht aus.

Jetzt erhellte nur noch das Mondlicht den Raum. Doch das Display von Easons Handy leuchtete heller. Ich konnte mich nicht erinnern, wann ich das letzte Mal auf sein Smartphone geschaut hatte. Obwohl ich ihn mehrfach davor gewarnt hatte, ließ er regelmäßig die Kinder damit spielen. Er fand es zum Schreien komisch, dass Madison und Luna, mit nicht mal zwei Jahren, ständig lächerliche und meistens unbeabsichtigte Selfies schossen. Asher schnappte sich das Handy ebenfalls oft, um Videos von den neuen Moves zu drehen, die er im Karateunterricht gelernt hatte. Eason hatte mir einmal erklärt, er freue sich jeden Abend darauf, sein Fotoalbum zu öffnen und herauszufinden, was für Überraschungen ihm die Kinder hinterlassen hatten.

Er musste unzählige urkomische und herzerwärmende Bilder besitzen, die er hätte verwenden können, doch in diesem Moment zeigte sein Homescreen ein Bild von mir, wie ich auf dem Boden saß, Luna auf dem Schoß, Madison an meiner Seite. Mein Mund war in einem Lachen geöffnet, während Asher sich von hinten an meinen Hals klammerte. Das war erst ungefähr eine Woche her, und ich erinnerte mich gut an den Tag. Gerade hatte ich Ash in einer mit vollem Ehrgeiz geführten Partie *Memory* geschlagen, und er hatte einen Knuddelhaufen ausgerufen, um mich dafür zu bestrafen, dass ich betrogen hatte. Ich hatte nicht geahnt, dass Eason ein Foto geschossen hatte … und auch nicht, dass er es als sein Startbild eingespeichert hatte.

Ich starrte das Foto an, bis das Display dunkel wurde.

Von Emotionen überwältigt, presste ich die Hand an den Mund. Eine so einfache Geste. Aber nach allem, was wir zusammen durchgemacht hatten, bedeutete mir dieses Foto mehr, als er sich wahrscheinlich vorstellen konnte. Die letzten zwei Tage hatte ich damit verbracht, alte Telefonaufzeichnungen und Bilder durchzugehen, hatte mich durch das Kaninchenloch des Mannes gegraben, der behauptet hatte, mich in guten wie in schlechten Zeiten zu lieben, aber zugleich unsere Familie mit jedem lügnerischen, verräterischen Atemzug in ihre Einzelteile zerlegt hatte. Derweil hatte Eason es sich das letzte Jahr zur Aufgabe gemacht, sich um eine Familie zu kümmern, die nicht seine war – zumindest nicht, wenn es um Blutsverwandtschaft ging –, und zwar auf eine Weise, die dafür sorgte, dass er diese Familie jeden Tag in seinem Handy mit sich herumtrug – und vermutlich auch in seinem Herzen.

Wie konnte er so unglaublich sein? Und wieso hatte ich das all die Jahre über nicht bemerkt?

Ach, richtig, weil wir nicht Rob und Jessica waren,

immer auf der Suche nach einem neuen Kick, obwohl wir doch schon alles besaßen, was man sich wünschen konnten. Was für ein Witz!

Ich wusste nicht, was diese Sache zwischen mir und Eason war und wozu sie sich vielleicht entwickeln würde, aber ich wollte niemals zurückschauen und mich fragen, ob wir nur versuchten, uns bei denjenigen zu revanchieren, die uns zerstört hatten.

Ich wollte Eason, trotz alledem.

An diesem Nachmittag – als ich sicher in seinen Armen gelegen hatte, seinen Mund an meinem gespürt hatte, mich lebendiger gefühlt hatte als je zuvor – hatte sich diese Erkenntnis bestätigt. Doch ich konnte Eason nicht guten Gewissens für einen Moment der Leidenschaft riskieren, durfte *uns* nicht riskieren. Unsere Leben waren auf so vielschichtige Art verbunden, dass schon der kleinste Fehltritt fatale Auswirkungen auf uns alle haben konnte – die Kinder eingeschlossen.

Lächelnd sah ich auf ihn herunter und legte eine Hand an seine Wange. Der arme Kerl war so müde, dass er sich nicht rührte. »Wir kriegen das hin«, flüsterte ich. »*Zusammen.*«

15

Eason

Im Haus war es still, als ich aus meinem unendlich nötigen, tiefen Schlaf erwachte. Mehrere Sekunden lang hatte ich keine Ahnung, wo ich mich befand, oder auch nur, welcher Monat gerade war. Aber als meine Erschöpfung sich verflüchtigte, fiel mir alles wieder ein.

Das Handy.

Die Affäre.

Luna. *Gott, Luna.*

Und als ich den Arm zur Seite ausstreckte, glitten meine Fingerspitzen über seidige Haut.

Bree.

Ein Lächeln verzog meinen Mund, als ich zu ihr hinübersah. Sie lag selig schlummernd auf der Seite, mit dem Gesicht zu mir, ihr kastanienbraunes Haar hinter ihr auf dem Kissen ausgebreitet. Draußen war es noch dunkel, also konnte ich nicht viel sehen, doch ich brauchte kein Licht, um zu wissen, dass sie viel zu weit von mir entfernt lag. Nach diesem Kuss hätte sie auf mir liegen können, und es wäre immer noch nicht nahe genug gewesen.

Verdammt. Dieser Kuss.

Bree war immer sexy gewesen; das hatte ich durchaus nicht übersehen, nur weil wir befreundet waren. Ich hatte ihren Hintern jedes Mal zur Kenntnis genommen, wenn sie in ihren knappen Shorts vom Joggen zurückkam. Es hatte viele Nächte gegeben, in denen an der Feuerstelle eine kühle Brise dafür gesorgt hatte, dass ihre Nippel sich unter ihrem Tanktop abzeichneten. Und ich wollte gar nicht an diese Bleistiftröcke und die hohen Schuhe denken, die sie zur Arbeit trug. Jeden einzelnen Tag hatte ich alle Männer bei Prism dafür gehasst, dass sie sie ständig anstarren durften. Ich sah sie in diesem Outfit bloß kurz vor dem Aufbruch und, wenn ich wirklich Glück hatte, noch einmal, wenn sie die Treppe nach oben stieg, um sich nach der Arbeit umzuziehen.

Aber mit Bree ging es nicht nur um körperliche Attraktivität. Ich fühlte mich auf eine Weise von ihr angezogen, die ich bisher noch nie erlebt hatte. Mit niemandem. Sie war stürmisch, selbstbewusst und so konzentriert, dass sie die Welt hätte regieren können, wenn sie das gewollt hätte. Jedenfalls hatte sie kein Problem damit, mich auf Linie zu halten. Doch ich musste auch zugeben, dass es mir hin und wieder unglaubliche Freude bereitete, sie zu reizen.

Sie war nachdenklich, wenn gerade niemand hinsah, und leugnete das vehement, wenn man sie dabei ertappte.

Ihre grünen Augen waren wunderschön – vor allem, wenn sie ihre Kinder ansah. Die zwei glücklichsten Kinder, die ich je getroffen hatte.

Von Natur aus fürsorglich, kümmerte Bree sich um jeden und erwartete nie eine Gegenleistung.

Aber letztendlich hatte ich mir nie erlaubt, diese Gedanken in Bezug auf Bree weiterzuverfolgen ... weil sie nicht mir gehört hatte. Sie war Robs Frau gewesen, und dass er tot war, hatte nichts an dieser Tatsache geändert.

Aber wisst ihr, was alles verändert hatte? Dass Rob ein elender Bastard gewesen war, der sich an keine Regeln gehalten hatte.

Jetzt war alles möglich.

Männerehrencode oder wie auch immer man es nennen wollte ... Damit war ich durch.

Bree war nicht länger tabu. Und gestern, als sie sich auf die Zehenspitzen gestellt hatte, ihre Lippen mit Kurs auf meinen Mund, und erklärt hatte, dass sie nie ihm gehört hatte, hatte sich jeder Gedanke, diese Frau zurückzuweisen, in nichts aufgelöst.

Zum Teufel mit Rob und Jessica! Bree gehörte mir. Sie war meine Freundin, meine Familie und ... wenn es nach mir ging ... mein Ein und Alles.

Ich rutschte näher an sie heran, schlang einen Arm um ihre Hüfte und zog sie zu mir in die Mitte des Bettes.

»Eason?«, murmelte sie und klang dabei so sanft, so sinnlich, dass mein Schwanz sich regte. Aber das mochte auch etwas damit zu tun haben, dass sie endlich bei mir im Bett lag.

»Ja. Nur ich.« Ich zog sie eng an mich und drückte ihr einen viel zu kurzen Kuss auf die Lippen. »Ich wollte nicht einschlafen. Ich hatte wirklich gehofft, einen Blick auf dich in meinem Shirt zu erhaschen.« Ich grinste an ihren Lippen, ließ die Hand an ihrer Seite nach oben gleiten, sodass der Stoff sich in der Senke ihrer Taille sammelte. »Aber ich glaube, dein Anblick ohne Shirt wäre noch besser.«

Sie schnappte nach Luft. »Eason, warte. Wir müssen reden.«

Und da waren sie wieder, diese meistgehassten drei Worte.

»Ich will nicht mehr reden«, knurrte ich.

Sie fing meine Hand an ihrer Hüfte ab und drückte leicht mein Handgelenk. »Okay. Aber ich will nicht sein wie Rob und Jessica.«

Ich zuckte heftig zusammen, und meine Brust wurde eng. Es war weniger ein trauervoller Schmerz als eine bevorstehende Implosion. »Warum sagst du das jetzt, Bree?« Ich rollte mich auf den Rücken, doch sie folgte mir, warf ein Bein über meine Hüften, um mich an sich zu ziehen.

Sie stemmte sich auf einen Ellbogen, legte das Kinn auf meine Brust und strich mit den Fingern sanft über mein Schlüsselbein. »Stopp. So habe ich das nicht gemeint.«

»Wie wäre es dann, wenn du deinen Weg findest, dich auszudrücken, ohne *diese* beiden *zu uns* in dieses Bett zu holen?«

»Aber verstehst du nicht? Sie sind bereits hier. Wegen der Kinder werden sie immer hier sein.«

Ich zog ungläubig die Augenbrauen hoch. »Hast du irgendwo da drüben Ash und Madison versteckt?«

Sie hob den Kopf, um mir ins Gesicht zu sehen. »Was?«

»Ich habe gesagt, hast du da drüben irgendwo Asher und Madison unter der Decke versteckt? Denn Luna ist nicht hier. Also befinden sich jetzt gerade keine Kinder in diesem Bett. Und auch weder Rob noch Jessica.«

Sie öffnete den Mund, um zu widersprechen, doch ich ließ ihr keine Zeit, alles durcheinanderzubringen.

»Wir sind überhaupt nicht wie sie. Hörst du mich? Diese Sache zwischen uns – wie auch immer sie aussieht –

hat nichts mit ihnen zu tun. Ich bin nicht verheiratet. Genauso wenig wie du. Wir hintergehen niemanden und zerstören auch keine Leben. Sie haben kein Recht, sich bei uns in diesem Bett aufzuhalten.«

Sie schwieg eine lange Sekunde. Der Mond erhellte eine Seite ihres Gesichts, aber die Schatten sorgten dafür, dass ich ihre Miene nicht deuten konnte. »Ich habe das Foto auf deinem Handy gesehen.«

»Welches Foto?«

Trotz meiner defensiven Haltung sprach sie ruhig weiter. »Das mit den Kindern und mir auf deinem Home-Bildschirm.«

»Ja, und?« Dieses Foto war mehr wert als ein Goldbarren, und die Menschen darauf waren unbezahlbar.

»Und das hat mir bewusst gemacht, wie viel wir zu verlieren haben.«

Ich verzog den Mund und starrte sie völlig entgeistert an. »Wenn das die Botschaft ist, die du von diesem Bild empfangen hast, stecken wir in größeren Schwierigkeiten, als ich dachte.« Ich streckte den Arm aus und tastete auf dem Nachttisch herum, bis ich mein Handy gefunden hatte. Nach einer kurzen Berührung leuchtete der Bildschirm auf, Brees wunderschönes Lächeln in der Mitte des Displays. »Kurz nachdem ich hier angekommen war, habe ich dieses Bild gefunden. Ich hatte ein Foto von Jessica und Luna gespeichert, seitdem ich dieses Handy hier habe … aber ich konnte den Anblick nicht mehr ertragen, nachdem ich ihren Nachrichtenaustausch mit Rob gelesen hatte. Ich habe nach einem Bild von Luna im Pool gesucht, das ich vor ein paar Wochen geschossen habe, aber dieses Foto hat mich völlig gefesselt. Letztes Jahr war für uns die Hölle auf Erden. Und da rede ich noch gar nicht von dem Inferno, von dem ich heute erfahren habe. Es gab so viele

Nächte, in denen ich vor Schmerzen kaum atmen konnte. Aber du warst immer da. Hast mich auf Schritt und Tritt begleitet.« Ich tippte noch mal aufs Display, als das Licht langsam verblasste. »Dieses Foto, Bree, zeigt nicht, was wir zu verlieren haben. Sondern das, was wir bereits gewonnen haben.«

»Ach, Eason«, flüsterte sie und streichelte mir die Wange.

Ich drehte den Kopf und drückte ihr einen Kuss auf die Handfläche, bevor ich unsere Finger verschränkte und ihre Hand wieder auf meine Brust zog.

»Hör mal, ich weiß, dass das alles viel komplizierter macht. Aber mit dir zusammen zu sein ist das Einzige, was sich in meinem Leben richtig anfühlt. Ich will ehrlich sein: Ich bin stinksauer auf die beiden. Ich bin beschämt. Und ich will mir nicht mal ausmalen, welchen Schmerz wir in den nächsten Wochen ertragen müssen, während wir diesen Mist mit Luna regeln. Aber es gibt zwei Dinge, die ich sicher weiß: Ich will dich, Bree. Und ich werde keine Sekunde länger warten, in dieser Hinsicht etwas zu unternehmen.«

In einer schnellen Bewegung rollte ich sie auf den Rücken und schob mich über sie. Zärtlich strich ich ihr eine Strähne aus dem Gesicht und fügte hinzu: »Ich kann einfach nicht länger darauf warten, dich von Kopf bis Fuß zu küssen, dir Lust zu bereiten, in dem sicheren Wissen, dass *ich* dafür verantwortlich bin.«

Ihr stockte der Atem, als ich den Daumen langsam über ihre Lippen gleiten ließ. Anschließend senkte sie flatternd die Lider.

»Aber du musst es zuerst sagen.« Ich presste die Lippen an ihre Schläfe, auf ihren Wangenknochen, ihren Kiefer.

»Eason, sag mir einfach, was du hören willst.« Sie

zögerte, dann spürte ich ein wunderbares Brummen unter meinen Lippen. »Ich werde alles sagen.«

»So funktioniert das nicht, Sug.«

Sie runzelte die Stirn, und für einen Moment kehrte ihre Konzentration zurück, als sie mich mit ihren wunderschönen grünen Augen musterte. »Entschuldigung. Sug?«

Der Kosename war mir einfach herausgerutscht, aber jetzt war ich überzeugt, dass er perfekt passte. »Die Kurzform für Sugar.«

Ein lebensveränderndes Lachen drang tief aus ihrer Brust. »Das ist absurd, Eason. Wieso *Sugar?* Niemand außer dir würde mich als süß beschreiben.«

»Gut«, antwortete ich locker. »Dann kannst du all diese Süße für mich aufsparen.«

Ihre Miene entspannte sich, und sie streckte die Arme nach mir aus. Ich schob die Hand hinter ihren Kopf und zog sie für einen Kuss an mich.

Ich mochte gedacht haben, es würde Spaß machen, sie auf harmlose Art zu reizen, um sie aus der Haut fahren zu lassen … aber ich hatte ernsthaft unterschätzt, wie viel Spaß ich auf andere Arten mit ihr haben konnte. Arten, die dafür sorgten, dass sie sich abrupt aufrichtete und sich das geborgte T-Shirt über den Kopf zog, um ihre nackten Brüste und den schlichten Baumwollschlüpfer zu enthüllen.

Als sie meinen Blick bemerkte, während ich damit beschäftigt war, meine Trainingshose nach unten zu schieben, senkte sie den Blick auf ihre Unterwäsche und entschuldigte sich. »Es tut mir leid. Ich hatte nicht gedacht … Ich werde sie einfach …«

Ich schlug ihre Hand zur Seite. »Wag es ja nicht!« Und weil ich einfach nicht widerstehen konnte, umfasste ich eine ihrer Brüste und küsste den anderen Nippel. »Mach es mir nicht zu leicht«, sagte ich an ihrer geschmeidigen Haut. »Außerdem, egal, wie dringend ich …« Ich fand einfach nicht die richtigen Worte. Danach stieß ich ein Zischen aus, als sie sich meinen Berührungen entgegenwölbte. »Gott, ich will deinen atemberaubenden Körper so dringend … bald.« Ich presste einen Kuss zwischen ihre Brüste, zog eine Spur aus Küssen über ihr Schlüsselbein und ihren Hals nach oben zu ihrem Ohr, bevor ich meine Stirn an ihre drückte. »Aber ich habe zu lange gewartet, um mir nun nicht Zeit zu lassen.«

Kinn an Kinn. Auge in Auge. Sie sprach die Worte, die ich ganz zu Beginn hatte hören wollen. Die Worte, die ich aus ihrem Mund hören musste. Nicht nur, weil ich sie respektierte – was ich absolut tat. Sondern weil ich unbedingt wissen musste, dass diese Gefühle auf Gegenseitigkeit beruhten.

»Eason, ich will dich. Bitte.«

Die magischen Worte.

Mann, ich hatte doch großspurig verkündet, dass ich mir Zeit lassen wollte! Aber das wirklich hinzukriegen war eine echte Herausforderung.

Ich küsste und leckte ihren ganzen Körper, während mein Schwanz sich danach verzehrte, sich in ihr zu versenken.

Aber noch nicht.

Nicht, bis ich jede noch so kleine Stelle gekostet hatte.

Nachdem ich Bree wie ein Bonbon ausgepackt und die Süße zwischen ihren Beinen probiert hatte, ihre Hände in den Laken neben meinem Kopf vergraben, verlor ich fast den Verstand.

Ich konnte mich gerade noch selbst beherrschen, doch dem machte sie den Garaus, indem sie sich auf mich rollte. »In meinen Träumen hast du gesagt, ich wäre nicht bereit.

Aber das bin ich, Eason. Ich bin so verdammt bereit für dich.«

Sie hatte geträumt.

Von mir.

Großer Gott, allein angesichts dieses Gedankens hätte ich kommen können! »Ich habe … kein Kondom oder irgendwas.«

»Ich vertraue dir. Das habe ich immer. Alles okay. Ich nehme die Pille.«

Ich schlang die Arme um ihren Körper, als sie sich mit einem Seufzen an meinem Ohr auf meinen Ständer sinken ließ. Einen Moment lang hielt sie sich vollkommen unbeweglich, dann sah mir direkt in die Seele.

»Da bist du ja«, hauchte sie.

Es war lange her, aber es hatte sich nie – niemals – so angefühlt.

»Ich bin hier«, antwortete ich. Die Welt drehte sich um mich. Ein berauschender Cocktail aus Vergnügen und Verlangen, Lust und Schicksal, Empfindungen und Zugehörigkeit breitete sich in meinen Adern aus. Ich vergrub die Hand in ihrem dunklen Haar und flüsterte: »Du bist perfekt. Weißt du das? So verdammt perfekt!«, bevor ich ihre Lippen zu meinen lenkte.

Langsam begann Bree sich zu bewegen. Nahm mich mit jedem Senken ihrer Hüften tiefer in sich auf. Sie knabberte an meinem Hals und klammerte sich so heftig an mir fest, dass ich vermutete, sie würde an einigen Stellen Male hinterlassen. Beweise, die ich voller Stolz tragen würde.

Und als sie uns in einen Sturm aus Stöhnen und Keuchen getrieben hatte, konnte ich der Versuchung, sie wirklich zu nehmen, einfach nicht mehr widerstehen.

Nicht dass ich nicht alles, was bisher geschehen war, aus vollem Herzen genossen hätte.

Aber es ging darum, dass *ich* derjenige sein musste, der ihr diese Lust verschaffte.

Mit einem Arm um ihre Taille erhob ich mich auf die Knie und legte sie mit dem Rücken unter mir wieder aufs Bett, ohne unsere Verbindung je zu unterbrechen. Ich vergrub mich zwischen ihren weit gespreizten Beinen ... und die Welt um mich verschwand.

»Ja«, jauchzte sie. *»Ja!«*

Weil ich einfach spüren musste, wie sie um mich kam, schob ich den Daumen zwischen uns und übte sanften Druck auf ihre Klitoris aus. Sobald sie mir den Körper entgegenwarf, um mich zu lenken, wie sie es brauchte, fand ich gemeinsam mit ihr einen Rhythmus, bis ihr Rücken sich wölbte, ihre Schenkel um mich zitterten und die Worte »Gott, Eason, ich komme!« an meine Ohren drangen.

Eine Zündschnur brannte, meine Wirbelsäule versteifte sich, und ich ergoss mich in sie. Ich versank in dem Ozean namens Bree und betete darum, niemals wieder auftauchen zu müssen.

Wir blieben in einem atemlosen Knoten aus befriedigtem Keuchen zurück.

Es war ziemlich wahrscheinlich, dass sich nach dem, was gerade geschehen war, alles verändern würde. Ich war mir nur nicht sicher, ob zum Guten oder zum Schlechten. Aber als ich hier nackt mit dieser Frau neben mir lag und um Luft rang, auf diesem inzwischen verknitterten Laken, spürte ich einfach, dass – egal, was auch kommen mochte – es keine zwei anderen Leute auf dieser großen Erde gab, die eher damit umgehen konnten.

Bree und ich waren kampferprobt. Wir hatten unsere Feuertaufe schon hinter uns – im wahrsten Sinne des Wortes. Um ehrlich zu sein, es gab niemanden, dem ich mehr vertraute oder an den ich mehr glaubte als Bree. Obwohl ich schreckliche Angst hatte, dass sie dasselbe nicht von mir behaupten konnte.

Ich rollte mich auf die Seite und schob einen Arm unter das Kissen, sodass wir Nase an Nase lagen. Aber falls es irgendwo die richtigen Worte für diesen Moment gab, konnte ich sie gerade nicht finden.

»Worüber denkst du nach?«, fragte sie. Ihre sonst so glatte Stimme war ganz rau und kehlig.

Darüber, dass sich nichts in meinem Leben je so richtig angefühlt hat.

Ich behielt diesen Gedanken für mich und wich stattdessen auf den Humor aus, der mir so leichtfiel, wenn ich mich in ihrer Nähe aufhielt. »Diese neckische Baumwollunterhose. Du hast meinen Schwachpunkt gefunden.«

Sie schlug mir spielerisch auf die Brust.

»Aua«, murmelte ich, um dann über ihren bösen Blick zu lachen.

»Etwas Nachsicht bitte. Es ist ja nicht so, als hätte ich geplant, hierherzukommen und dich zu verführen.«

»Oh, aber das hast du getan. Erzähl mir mehr von diesen Träumen, die du von mir hattest. War ich immer nackt? Oder nur in den wirklich guten?«

Sie trat mich unter der Decke gegen das Schienbein. »Eason!«

Das war die Bree, in die ich mich verliebt hatte. Die Kämpferin. Der wilde, raufsüchtige Hitzkopf. Meine atemberaubende Nervensäge.

»Was? Ist doch nachvollziehbar, dass ich das frage.«

Ihre schwachen Angriffe auf mich ließen nach. »Die einzige akzeptable Frage im Moment ist, wie wir weitermachen sollen.«

Ich ließ die Hand an ihren Hintern gleiten, um ihren

Körper an mich zu ziehen. »Was soll ich deines Erachtens jetzt sagen? Es dürfte ein bisschen spät sein für: ›Bree, willst du mit mir ausgehen?‹«

Ihre Augenbrauen schossen nach oben.

Ich bewegte mich auf dünnem Eis, das wusste ich. Und ich war so verdammt glücklich, dass mir das total egal war. »Okay, okay«, sagte ich. »Zu Hause benehmen wir uns einfach natürlich. Es ist ja nicht so, als würde ich dich vor den Kindern auf dem Küchentisch vernaschen.«

»O mein Gott. Ja. Aber glaubst du nicht, wir sollten etwas sagen?«

Ich zog sie an mich und streichelte ihren Arm. »Glaube ich nicht. Zumindest nicht sofort. Keiner von uns geht irgendwohin. Wir müssen nicht unbedingt sofort eine Definition dafür finden oder die Kinder verwirren. Sie haben uns zusammen gesehen. Ehrlich, sie sind sowieso am glücklichsten, wenn wir alle fünf zusammen sind.« Ich drückte ihr einen Kuss auf den Scheitel. »Außerdem wissen wir doch alle, welche Regeln für Zucker im Haus gelten.«

Sie kniff mich in die Brustwarze. »Ich meine das ernst«, sagte sie und klang dabei nicht nur ernst, sondern verletzlich. »Was, wenn es mit uns … du weißt schon … nicht funktioniert?«

»In Ordnung. Entspann dich. Alles ist gut. Mit uns ist alles gut. Wir sind zwei Erwachsene, die bereits viel mehr durchgestanden haben, als jede Trennung uns antun könnte. Ich möchte diese Sache zwischen uns wirklich erkunden. Bisher waren wir ein fantastisches Team … und offensichtlich bildet der Sex da keine Ausnahme. Aber für den unwahrscheinlichen Fall, dass wir es nicht hinkriegen, wird sich nichts ändern. Ich werde ein tragisches Trennungslied über dich schreiben, eine Million Dollar damit verdienen, und du wirst es jeden Tag für den Rest deines Lebens im Radio hören müssen. Aber abgesehen davon wird es keine Probleme geben.«

Ihr leises Lachen brachte mein Herz zum Rasen, doch es waren ihre Worte, die mich fast vernichteten. »Ich habe Angst, Eason. Ich kann dich nicht verlieren.«

»Hey«, beruhigte ich sie und zog sie in eine feste Umarmung, »ich gehe nirgendwohin.«

Sie vergrub den Kopf in meiner Halsbeuge und umklammerte meinen Körper, so verzweifelt, dass ihre Fingernägel sich in meinen Rücken bohrten. »Zum ersten Mal seit langer Zeit bin ich glücklich. Mit dir.«

»Dann gibt es nichts, worum du dir Sorgen machen müsstest. Ich verspreche, dass ich dir gegenüber immer ehrlich sein werde, und wenn es für mich nicht funktioniert, werde ich es dich wissen lassen. Du machst mich auch glücklich. Der Rest wird sich schon finden, okay?«

Sie stimmte mir nicht zu. Tatsächlich sagte sie gar nichts mehr. Aber den Rest der Nacht ließ sie mich nicht mehr los … Und das reichte mir.

Und an diesem Tag, der der schlimmste überhaupt hätte sein müssen – und erfüllt von dem Wissen, dass die Straße vor uns noch mehr Schlaglöcher bereithalten würde als je zuvor –, war ich mir trotz allem sicher, dass ich mit dieser Frau an meiner Seite alles durchstehen konnte.

16

Bree

In den letzten vierundzwanzig Stunden hatte sich fast alles verändert. Ich hatte immer noch keine Ahnung, was in Bezug auf Luna in Easons Kopf vor sich ging. Was den Umgang mit persönlichen Katastrophen betraf, kannte ich persönlich nur zwei Geschwindigkeiten: manisch und turbomanisch. Dazwischen gab es nichts.

Eason dagegen verarbeitete seine Emotionen viel langsamer. Er wurde still, dachte ein paar Tage darüber nach, spielte im Kopf alle verschiedenen Szenarien durch … Und erst wenn er die Situation aus allen möglichen Blickwinkeln betrachtet hatte, kam er zu einem Entschluss.

Ja, ich fragte mich, ob er einen DNA-Test erwog, um zu beweisen oder zu widerlegen, was wir beide fürchteten. Aber es stand mir nicht zu, das auch nur vorzuschlagen. Wenn Eason bereit war, über das Thema zu reden, wusste er, wo er mich finden konnte. Und nach gestern Nacht wäre dieser Ort nicht am anderen Ende der Couch vor der Feuerstelle.

Nach dem Aufwachen küsste er mich, langsam und andächtig.

Beim Frühstück streichelte er unter dem Tisch, wo Luna es nicht sehen konnte, meinen Schenkel.

Und als ich ihm sagte, dass ich zurück nach Hause zu Asher und Madison musste, umarmte mich Eason – der noch unglaublicher war, als ich sowieso schon geahnt hatte – und meinte, ich möge ihm ein paar Minuten zum Packen geben, weil er mitkommen wollte.

Unglücklicherweise hatten sich ein paar Dinge nicht geändert – vor allem das Haus, in das wir zurückkehren mussten, und die Erinnerungen, die für immer darin wohnen würden. So gern ich auch umgezogen und irgendwo anders neu angefangen hätte, es war wichtig, den Kindern Stabilität zu geben. Rob war immer noch ihr Dad, egal, wie sehr er mich auch verletzt hatte. Es war meine Aufgabe, die Erinnerung an ihn für meine Kinder lebendig zu halten. Und wenn das bedeutete, dass Bilder an den Wänden des Hauses hingen, das ich unser Heim genannt hatte, war das ein Opfer, das ich bringen musste.

Angesichts der Situation stank es allerdings zum Himmel, dass Eason dasselbe Opfer bringen musste.

Doch Veränderung war nicht immer schlecht.

Während er Lunas Sachen einpackte und das Haus in Ordnung brachte, rief ich Jillian an. Als ich unsere Situation erklärte, hörte ich Zorn am anderen Ende der Leitung über das, was Rob und Jessica getan hatten; Flüche, die die beiden in den siebten Höllenkreis verdammten und, endlich, die Bitte, ihr zu verraten, wie Eason im Bett war. Am Ende des Telefonats versprach sie mir, sich für mich um einige Dinge in meinem Haus zu kümmern. Aber da wir bloß vier Stunden Rückfahrt vor uns hatten, bezweifelte ich, dass sie viel erreichen konnte.

Doch als wir vorfuhren und zwei Möbelwagen vor dem Haus entdeckten, während am Straßenrand drei weitere Vans mit der Aufschrift *Hud Construction* standen, konnte ich ein Lachen nicht unterdrücken. Offensichtlich konnte Jillian viel mehr, als nur ans Telefon zu gehen und Vibrator-Coupon-Codes zu verschicken.

Verdammt, die Frau verdiente eine Gehaltserhöhung!

Grinsend parkte ich auf der Straße. Eason hielt hinter mir an.

»Was hat es mit alledem auf sich?«, fragte er, als er sich aus seinem schwarzen Tahoe faltete.

»Ich bin mir nicht ganz sicher.«

Er musterte mich verwirrt. »Bedeutet das, dass du weißt, was vor sich geht, hast aber bloß mit einem Lastwagen statt mit sechs gerechnet? Oder dass du keine Ahnung hast und ich wahrscheinlich Dehnübungen machen sollte, um mich dann in den Kampf mit den Männern zu stürzen, die uns gerade ausrauben?«

Ich prustete amüsiert los, dann ging ich zu ihm, wobei ich gegen den Drang kämpfen musste, ihn zu küssen, bis sein Gesicht wund war. »Beruhig dich, Chuck Norris. Ich habe Jillian um einen Gefallen gebeten. Und offensichtlich hat sie sich der Herausforderung gestellt.«

»Welche Art von Gefallen?«

»Das wirst du gleich sehen.«

Er kniff die Augen zusammen, zögerte aber nicht, Luna aus dem Autositz zu holen. Zusammen schlenderten wir drei auf das Haus zu.

»Nein«, sagte Jillian, als sie aus der Eingangstür trat und die Stufen nach unten eilte, ein Klemmbrett an die

Brust gepresst. »Ihr beide solltet noch nicht zurück sein. Was ist aus Toilettenpausen oder Quickies auf dem Rücksitz geworden?«

»Entschuldigung?«, fragte Eason mit weit aufgerissenen Augen.

Ich biss mir auf die Unterlippe. »Na ja, könnte sein, dass ich Jillian von … ähm, *uns* erzählt habe. Sie ist quasi meine einzige Freundin.«

»Die einzige und beste«, stellte Jillian richtig. Ihr grauer Pony wippte, als sie stolz nickte.

»Okay«, meinte Eason knapp. Aber er verriet sich, denn sein Mundwinkel zuckte. Ihm gefiel die Idee, dass es ein *Uns* gab und ich mich mit dem Gedanken bereits wohl genug fühlte, um jemandem davon zu erzählen.

Jillian beugte sich vor und bot Luna die Hand zum Abklatschen an. »Hallo, meine Hübsche. Tante Jillian hat eine ziemliche Überraschung für dich.«

Luna lehnte sich gegen ihren Vater, vergrub das Gesicht an seinem Bein und versuchte, einfach zu verschwinden. Eason allerdings hatte Jillian deutlich verstanden.

»Du hast eine Überraschung? Für Luna?«

Jillian strahlte förmlich. »Ja. Und auch mehrere für dich, schöner Mann.« Sie zwinkerte ihm zu, dann richtete sie sich zu voller Höhe auf und lenkte ihre Aufmerksamkeit auf mich. »Alsooo … könnte sein, dass ich ein bisschen übertrieben habe.«

Ich ließ den Blick vielsagend über die ganzen Lastwagen schweifen. »Glaubst du wirklich?«

Sie schob das Kinn vor. »Ich fühle mich deswegen nicht schlecht. Aber wenn es dir nicht gefällt, kannst du … deinen Frust gern runterschlucken und dankbar sein. Ich musste einen Pakt mit dem Teufel schließen, um das alles in der Zeit hinzukriegen, die du mir gegeben hast.« Sie strich sich das Haar aus dem Gesicht. »Ich wusste immer, dass ich aussehe wie ein Engel, aber bis heute war mir nicht bewusst, dass ich auch Wunder wirken kann.« Sie wirbelte auf dem Absatz herum und sagte über die Schulter: »Kommt, ihr beide. Die Kinder sind im Pool, also sollten wir da anfangen.«

Auch ich hatte vielleicht ein bisschen übertrieben, als ich Jillian erklärt hatte, dass es keine finanzielle Beschränkung für das aktuelle Projekt gab. Das würde mir nicht noch mal passieren. Aber Eason zu gestehen, was ich getan hatte, konnte warten, bis sein fragender Blick mir nicht mehr quasi ein Loch ins Gesicht brannte.

»Du hast sie gehört. Komm«, sagte ich und ging mit schnellen Schritten um das Haus herum.

Ich war kaum durch den Zaun getreten, der den Pool umgab, als Asher auch schon aus dem Wasser sprang und auf mich zurannte.

»Mom!«, schrie er, als er mit meinen Beinen kollidierte. Er wurde so groß, sowohl körperlich als auch altersmäßig, dass es nicht mehr lange dauern würde, bis ich ihn nicht mehr hochheben konnte.

Zum Teufel mit dem Wasser! Ich wollte jede Chance nutzen, solange sie sich mir noch boten. Ich hob ihn hoch und setzte ihn auf meine Hüfte. »Hey, Kumpel.«

Madison trieb mit großen Schwimmflügeln im Wasser. Sie kicherte und planschte wie wild, als Evelyn sie an den Rand lockte. »Shau! Mommy, shau! Ich tue. Ich swimme!«

»Ich sehe dich«, lachte ich. »Gut gemacht, meine Hübsche. Hattet ihr Spaß mit Evelyn, während ich weg war?«

»Absolut!«, verkündete Asher, um dann förmlich zu strahlen, als er über meine Schulter sah. »Eason, Eason, rate mal! Wir haben dir ein neues Bett gekauft! Und Luna auch! Und eine neue Couch mit so einem Tischdings. Dir auch, Mom! Wir durften sogar die Wände streichen!« Seine Schultern sackten nach unten. »Evelyn hat gesagt, da wären Dämpfe, also mussten wir gehen und das von den Profis machen lassen. Ich wusste nicht mal, dass Footballspieler wissen, wie man streicht, aber wahrscheinlich haben sie gerade kein Spiel oder irgendwas.«

»Äääähm«, meinte Eason. »Ihr habt was getan?«

Asher fuhr fort: »Wir haben neue Sachen! Ich habe kein neues Bett bekommen, aber Jillian hat mir ein Megazelt für mein Zimmer gekauft. Und Madison und Luna haben Prinzessinnenschlösser. So cool! Das musst du dir anschauen!«

Als ich den Plan entworfen und Jillian angewiesen hatte, ihn umzusetzen, hatte ich ihn wirklich für die beste Idee gehalten, die ich je gehabt hatte. Die nervöse Energie, die Eason ausstrahlte, sorgte dafür, dass ich einige dieser Überzeugungen infrage stellte. Also eigentlich alle.

»Bree, können wir kurz reden? Unter vier Augen?«, fragte er.

»Na klar. Lass mich nur erst Madison begrüßen.«

Ich ließ mir Zeit dabei, meine klatschnasse Tochter zu umarmen. Sie hatte eine Menge zu erzählen – wovon ich immerhin zwei Drittel verstand. Mir fiel auf, dass Jillian diese Zeit genutzt hatte, um sich neben Eason zu schieben und ihm offensichtlich überglücklich ein Ohr abzukauen. Wahrscheinlich verstand er weniger als zwei Drittel von dem, was sie sagte, weil sein stoischer Blick dauerhaft auf mich gerichtet blieb.

Irgendwann hatte Luna genug von ihrem Vater und rannte los, um sich meinen Kindern anzuschließen, womit sie die beiden ablenkte und meine Verzögerungstaktik ruinierte.

»Wir sind gleich zurück«, erklärte Eason Evelyn, als

sie die Kinder für einen Snack um die Feuerstelle zusammentrieb. Am Ellbogen zog er mich aus dem Poolbereich und schloss taktisch klug das Tor, bevor Jillian sich uns anschließen konnte.

»Oh. Okay. Ich bin hier, falls ihr eine Führung wollt!«, rief sie hinter uns her.

Schweigend führte Eason mich wieder um das Haus herum nach vorne. Und hätte nicht ein Schild mit der Aufschrift *Frisch gestrichen* an der Eingangstür gehangen, hätte er mich wahrscheinlich sogar nach drinnen bugsiert.

»Jetzt hör doch mal auf!«, sagte ich schließlich und schlug seine Hand zur Seite.

Er hörte nicht auf. Also, gar nicht. Tatsächlich sah er sich kurz um, um herauszufinden, ob jemand uns beobachtete, dann packte er meine Hüften und zog mich an seine Brust. Seine Hand glitt zwischen meinen Schulterblättern nach oben an meinen Nacken. Und dann zwang er mit leichtem Druck meinen Kopf nach hinten. Keinen Wimpernschlag später fand sein heißer, gieriger Mund meine Lippen.

Ich zuckte vor Überraschung zusammen und vergrub die Hände in seinem Hemd, um das Gleichgewicht zu halten. Seine Zunge berührte meine, als er in einem leidenschaftlichen Kuss meinen Mund erkundete. In gewisser Weise war ich nur ein weiteres Instrument, von dem Eason instinktiv wusste, wie er es spielen musste, ohne der Harmonien je müde zu werden.

Erst als der Sauerstoffmangel sich bemerkbar machte – keinen Moment früher –, drückte er die Lippen an meinen Hals. »Ein neues Bett?«

»Ähm«, hauchte ich und neigte den Kopf zur Seite, um ihm besseren Zugang zu gewähren. »Na ja …«

»Und für Luna auch?«

Ich stöhnte, als seine Zähne über die empfindliche Haut meines Halses glitten. Was für ein köstlicher Schmerz das doch war! »Ich habe erwähnt, dass die Mädchen eigentlich keine Gitterbetten mehr brauchen. Aber von den Prinzessinnenschlössern habe ich auch gerade zum ersten Mal gehört.«

»Wahnsinn, Bree! Wann hast du das alles getan?«

»Ich wollte nicht, dass du in diese Erinnerungen zurückkehren musst.«

Er unterbrach seine Liebkosungen, hob den Kopf und sah mir in die Augen. »Ich bin *mit dir* nach Hause gekommen. Also hätte ich das Bett neu beziehen und es damit gut sein lassen können. Du hättest das nicht tun müssen.«

Ich kuschelte mich an ihn und schlang die Arme um seine Hüften. »Unsere Beziehung soll doch nicht in ihrem Schatten wachsen. Wir können nicht umziehen, zumindest nicht im Moment … aber wir haben einen Ort verdient, der nicht von ihnen besudelt ist.«

»Du bist einfach wunderbar«, flüsterte er und umfasste dann sanft mein Gesicht. Er küsste mich einmal, tief und innig, ehe er mir erlaubte weiterzusprechen.

»Ich weiß nicht, wann oder wo sie in der Vergangenheit zusammen waren, aber ich glaube, angesichts der Umstände können wir davon ausgehen, dass sie weder Takt noch Respekt für irgendwen gezeigt haben – besonders nicht für uns. Du hast mir in dem gemieteten Haus gesagt, dass sie in diesem Bett keine Rolle spielen. Nun, ich will, dass das für jede Nacht gilt. Wir haben Besseres verdient, als auch nur eine weitere Nacht in ihrem Bett aus Lügen zu verbringen.«

Zärtlichkeit füllte seine Augen, als sie über mein Gesicht huschten. Seine Finger vergruben sich in meinem Haar, und sein Daumen glitt über meinen Wangenknochen. »Was wir beide haben, strahlt heller als jeder Schatten, den die beiden je werfen könnten, aber ich will nicht lügen. Ich werde sehr viel besser schlafen in dem Wissen, dass *du* nicht in dem Bett liegst, das du dir mit *ihm* geteilt hast.«

»Ich werde auch besser schlafen.«

Seine Mundwinkel hoben sich zu einem schelmischen Lächeln. »Du weißt, dass ich dir das Geld für all dieses Zeug zurückgeben werde, oder?«

»Okay, aber dann sollten wir es uns besser vorher ansehen, um herauszufinden, ob es dir überhaupt gefällt.«

Seine Lippen wurden schmal, und er runzelte die Stirn. »Ganz ehrlich? Jillian macht mir ein bisschen Angst.«

Ich tätschelte seine Brust. »Gut. So soll es auch sein. Insiderinfo: Sie hat ein kaputtes Knie. Wenn du also je allein mit ihr in einem Raum gefangen bist, lauf.«

Schmunzelnd gab er mich frei. »Komm. Lass es uns hinter uns bringen. Asher schuldet mir einen Arschbombenwettbewerb.«

Ich strahlte. Gott, es war so wunderbar, wie sehr er meine Kinder liebte. »Er wird dich wieder schlagen, dessen bist du dir bewusst, oder?«

»Sei dir da nicht so sicher. Ich habe aus sicherer Quelle erfahren, dass die Wettbewerbsrichterin mich inzwischen mit mehr Wohlwollen betrachtet.«

Easons Poolhaus sah toll aus. Na ja, streng genommen sah es immer noch aus wie eine Baustelle voller Abdeckplanen, mit einem halben Dutzend schwer beschäftigter Arbeiter, aber ich konnte Jillians Idee erkennen, als sie uns kurz durch die Räume führte.

Mein Beachstyle war durch dunkle Blautöne mit einigen roten Akzenten ersetzt worden. Es gab eine neue Ledercouch, einen Tisch für zwei Personen in der kleinen Küche und ein riesiges Plattformbett, das mit dunkelblauer Prism-Bettwäsche bezogen war. Ein Team von Männern in *Hud* Construction-Poloshirts frischte die Farbe an den Wänden auf, während andere Haken in die Wand bohrten, an denen später Easons Gitarren hängen sollten.

Nach Easons breitem Grinsen zu schließen – und der Umarmung, die er Jillian angedeihen ließ, als wir aus dem Haus gingen, um die Männer in Ruhe arbeiten zu lassen –, fand er die Veränderungen wunderbar.

Und damit war er nicht allein. Mein Schlafzimmer war in einen Zufluchtsort verwandelt worden. Das neue, majestätische Bett mit dem hohen Kopfende – das von passenden Kommoden und Nachttischen ergänzt wurde – stand in heftigem Kontrast zu dem modernen Stil, für den Rob und ich uns gemeinsam entschieden hatten. Ich war begeistert, wie anders der Raum jetzt wirkte, in Aura und Stimmung. Die dunklen Möbel wurden von einem Kaleidoskop von Pink und Aquamarin kontrastiert, das so kunstvoll wirkte, dass ich fürchtete, Jillians Talente wären hinter ihrem Schreibtisch bei Prism verschwendet. Sie hatte Witze darüber gerissen, dass sie meine beste Freundin war, doch es gab niemand anderen, dem es gelungen wäre, einen Raum zu schaffen, der so perfekt für mich war.

Aber das Beste daran war die Zufriedenheit, die Eason ausstrahlte, als er in der Tür stand, eine Schulter gegen den Rahmen gelegt und sündhaft sexy, nun, da Robs Geist ihn nicht mehr heimsuchte.

Die Kinder zerrten uns durch den Rest des Hauses, um uns zu zeigen, was Jillian sonst noch alles getan hatte. Zum Beispiel hatte sie alle Bilder, die Rob zeigten – auch ein paar Hochzeitsfotos –, in den langen Flur verlagert, der zu den Schlafzimmern der Kinder führte. So sahen sie ihn – und die Fassade der Familie, die wir einmal gewesen waren – jeden Abend. Aber ich musste ihn nicht länger anstarren, wenn ich mich auf der Couch entspannte oder in der Küche das Essen zubereitete.

Eason wurde ganz sentimental, als sie ihm erklärte, dass sie etwas Ähnliches mit Bildern von Jessica in Lunas Zimmer plante, sobald die lavendelfarbene Wandfarbe getrocknet war. Das brachte ihr eine weitere Umarmung ein. Und mein Mann wurde dafür mit einem hauchigen Stöhnen von meiner Freundin belohnt. Ich lachte über beides.

Nichts war gelöst. Es gab nicht genug Möbel oder Farbe auf der Welt, um die Schmerzen zu lindern, die Rob und Jessica in unseren Seelen hinterlassen hatten. Aber es schenkte uns Raum zum Atmen. Wirkte wie ein Versprechen auf einen Neustart. Schenkte uns Freiräume, die ich durch das reine Wegräumen von Robs Sachen nicht hatte schaffen können.

Wir machten das Haus zu unserem Zuhause. Und egal, wie beängstigend es auch war, wieder jemandem zu vertrauen … Wenn Eason und unsere kleine Familie glücklich waren, war ich es auch.

Und den Rest des Tages atmeten Eason und ich leichter, während er drei Arschbombenwettbewerbe in Folge verlor.

17

Eason

Seit dem Tag, an dem ich mit Bree zusammengezogen war, hatte ich mir einen Spaß daraus gemacht, den Kindern hinter ihrem Rücken Junkfood zuzustecken. Ich hatte quasi einen schwarzen Gürtel in hinterhältiger Cuisine. Kekse, die ich in einem Sack mit Babykarotten ins Haus schmuggelte. Schokolade in der Verpackung von Müsliriegeln. Verdammt, ich hatte einmal einen ganzen – als Salat getarnten – Burger mit Pommes gegessen, während ich den dreien direkt gegenübergesessen hatte.

Fingerfertigkeit, Ablenkung und Heimlichkeit waren meine Waffen der Wahl.

Doch seit zwei Wochen war es mir nicht gelungen, mir länger als eine halbe Stunde allein mit Madisons und Ashers Mutter zu erkämpfen. Es war nicht nur die Schuld der Kinder. Mein schlimmster Gegner war ein seltener Sommerausbruch von Influenza Typ A.

Luna mochte streng genommen in einem anderen Haus leben, aber sie verbrachte jede wache Stunde mit Asher und Madison. Als Madison also direkt am Abend nach unserer Rückkehr aus dem Ferienhaus Fieber bekam, steckte sie auch die anderen Kinder an. Doch das Schlimmste war, dass es am Ende der Woche auch Bree und mich erwischte, und zwar um einiges schlimmer.

Zuerst versuchten wir weiterhin, uns abends an der Feuerstelle zu treffen, aber Gliederschmerzen und rasselnder Husten waren keine gute Gesellschaft. Während wir uns erholten, arbeitete Bree von zu Hause aus, und ich kümmerte mich um die Kinder und bat jeden Musiker in Atlanta, den ich kannte, um den Gefallen, für mich einzuspringen, damit ich nicht noch mehr Auftritte absagen musste. Buchungsagenturen kriegten ziemlich schlechte Laune, wenn man sie drei Wochenenden in Folge hängen ließ.

Als der Freitag, mein letzter freier Tag in absehbarer Zukunft, schließlich heranrückte, fühlte ich mich endlich wieder wie ich selbst und sehnte mich verzweifelt nach ein wenig ungestörter Zeit mit Bree.

»Eason?«, rief sie, als sie genau um fünf Uhr die Treppe nach unten kam.

»Hier drin!«, rief ich aus der Küche. Ich erhob mich vom Barhocker, strich mein weißes V-Ausschnitt-Hemd glatt und knöpfte mein Sakko zu. Wenn es sich irgendwie vermeiden ließ, trug ich keine Anzüge, also hatte ich das Ganze mit dunklen Jeans und schicken Boots kombiniert, damit Bree mich noch erkannte.

Sie hielt ihre leere Kaffeetasse vom Vormittag in der Hand, als sie um die Ecke bog. Das Haar geglättet, perfekt geschminkt, mit einer cremefarbenen Seidenbluse über der Pyjamahose. Homeoffice-Chic, wie er nicht besser sein konnte.

Sie erstarrte, kaum dass sie mich sah, und grinste breit. »Wow, du siehst gut aus.«

»Du auch, Sug. Nun, zumindest von der Taille aufwärts.«

»Du lieber Himmel, bitte hör auf, mich so zu nennen!« Sie lachte. »Wieso hast du dich so chic gemacht? Hast du heute Abend einen Auftritt?« Sie runzelte die Stirn, und ich wollte verdammt sein, wenn meine Brust nicht eng wurde.

»Nein. Ich habe eine Verabredung.«

»Ach ja?« Verständnis breitete sich auf ihrer Miene aus, als sie sich im Raum umsah. »Wo sind die Kinder?«

»Die spielen mit Evelyn in Lunas Zimmer.«

Ihre Augenbrauen schossen nach oben. »Evelyn ist hier?«

»Ich möchte hiermit noch einmal auf die bereits angesprochene Information verweisen, dass ich eine Verabredung habe.«

Sie biss sich auf die Unterlippe und schlurfte in ihren Hausschuhen zu mir. Nachdem sie die Tasse auf die Arbeitsfläche gestellt hatte, schlang sie einen Arm um meinen Hals. »Und wer ist die Glückliche? Kenne ich sie?«

Ich packte ihre Taille und zog sie enger an mich. »Ach, ich weiß nicht. Sexy Brünette, klein, aber durchtrainiert, niest wie eine Tornadosirene.«

»Hey!«, protestierte sie. »Die Grippe nimmt keine Rücksicht auf Schönheit. Muss ich dich daran erinnern, dass ich dich mit einem Taschentuch im Nasenloch erwischt habe?«

»Ich habe keine Ahnung, wovon du sprichst.«

Sie schnaubte. »Ich unglücklicherweise schon. Meine Therapierechnungen sind seitdem um einiges höher geworden.«

Jetzt musste ich lachen. Die Therapie war kein Witz. Wir hatten beide beschlossen, wieder damit anzufangen, sobald wir uns besser fühlten. Unsere Beziehung war durch die Krankheit erst einmal auf Eis gelegt worden, aber wir hatten uns trotzdem jeden Abend Nachrichten geschrieben … und ich hatte es sogar geschafft, mir eine oder zwei keusche Küsse zu stehlen. Doch die nachklingende Pein von Jessicas und Robs Verrat gefährdete ständig unseren Seelenfrieden.

Ich versuchte immer noch, mit meinen Gefühlen zu der Frage von Lunas Vaterschaft ins Reine zu kommen.

An manchen Tagen war ich mir sicher, dass ich es nicht wissen wollte. Sie war meine Tochter – Ende der Geschichte.

An anderen Tagen meinte ich, Rob in ihrem Gesicht zu sehen, und brach fast zusammen.

Und je nachdem, an welchem Tag man mich erwischte, musste ich unbedingt die Wahrheit erfahren oder wollte mich nicht einmal auf dem Sterbebett damit auseinandersetzen.

Also, ja, ich hatte offensichtlich noch einiges aufzuarbeiten.

Aber der Herzschmerz und die Verwirrung betrafen nicht nur mich. Bree musste mit der Tatsache umgehen, dass das kleine Mädchen, das sie wie eine zweite Tochter liebte, eventuell ihr Mann mit ihrer besten Freundin gezeugt hatte. Zwischen uns hatte es gefunkt, und das waren keine Gefühle, die einfach verschwinden würden, nur weil wir beschlossen hatten zu erkunden, ob daraus mehr werden konnte. Tatsächlich fürchtete ich mich davor, es könnte bloß ein Strohfeuer sein. Also sollten wir mit diesem Problem angemessen umgehen.

Doch das hatte alles bis Montag Zeit, wenn die Praxen unserer jeweiligen Therapeuten wieder geöffnet hatten.

Jetzt war Freitag, und ich hatte ein lange überfälliges Date mit einer atemberaubenden Frau, an die ich ständig denken musste.

Ich kitzelte sie. »In Ordnung, Klugscheißer. Lass uns wieder über diese Verabredung reden.«

»Meine Aufmerksamkeit ist dir sicher.«

Aus der hinteren Hosentasche zog ich drei Umschläge. Es hatte mich den ganzen Tag gekostet, sie vorzubereiten. Ich arrangierte sie wie ein Kartenspiel und hielt sie zwischen uns. »Würdest du mir die Ehre erweisen, heute Abend zu tun, was auch immer du willst, solange du es mit mir machst?«

Sie verzog den Mund. »Das ist ein ziemlich heftiges Angebot. Ist Geld in diesen Umschlägen? Wahrscheinlich wäre nun der richtige Zeitpunkt, um dir mitzuteilen, dass ich keine Nutte bin.«

Sie wand sich an meinem Körper, als ich sie erneut kitzelte.

»Ich weiß, dass du dazu neigst …«, ich sog zischend den Atem ein, »wie soll ich das ausdrücken … alles genau zu planen, anstatt einfach mal spontan zu sein.«

Sie legte den Kopf schräg und schenkte mir einen genervten Blick. »Spuck es einfach aus. Du findest mich langweilig.«

»Nein. Das habe ich nicht gesagt. Du bist eine starke, selbstständige, sexy Frau, die weiß, was ihr gefällt. Und dieses *Was* bin seltsamerweise ich, also werde ich mich in keinerlei Weise darüber beschweren. Aber da ich ja weiß, dass du eigentlich keine Überraschungen magst, und ich dich glücklich machen will, möchte ich dir für den heutigen Abend verschiedene Optionen bieten.«

Ihr Lächeln kehrte zurück. »Was für Optionen?«

Ich drückte ihr einen Kuss auf die Nasenspitze. »Ich bin froh, dass du das gefragt hast. In diesen drei Umschlägen« – ich wedelte damit, als wären sie ein magischer Fächer – »sind drei Variationen unseres ersten Dates. In jedem stehen alle Details aufgelistet, von der Art des Transportmittels über das Restaurant, den Wein, die Aktivität nach dem Essen bis hin zu den Blumen, die ich dir vielleicht oder auch nicht bringe, wenn ich dich abhole.«

Ihr Lächeln wurde nicht einfach nur breiter, sondern brachte ihr gesamtes Gesicht zum Strahlen. »Du hast drei Verabredungen geplant?«

»Jepp. Wir haben ›Kultiviert & Stilvoll‹, ›Abenteuerlustig & Unterhaltsam‹ … und für den Fall, dass du nicht in Stimmung bist, das Haus zu verlassen, haben wir ›Netflix & Chill‹. Und nun, Mylady, werde ich Euch diese Umschläge überlassen und Euch ein paar Minuten geben, um alles durchzulesen, während ich begierig Eure Antwort erwarte.« Voller Stolz auf mich selbst streckte ich ihr mein Werk mit einer oscarwürdigen Verbeugung entgegen.

Nur dass Bree mir die Umschläge nicht abnahm. Sie stand einfach bloß da. Eine absurd lange Zeit.

Schließlich schaute ich auf, um herauszufinden, was die Verzögerung verursachte, nur um festzustellen, dass sie mich voller Ehrfurcht ansah.

»Ich muss sie nicht lesen«, sagte sie leise. »Du könntest mich in diesem Moment an jeden Ort der Welt entführen, und ich würde einfach mitgehen, solange du bei mir bist.«

Verdammt, wieso fühlte sich das so gut an? Den ganzen

Tag hatte ich alles sorgfältig geplant, weil ich wollte, dass dieser Abend rundum gelungen wurde – für sie.

Und mit diesem einen Satz hatte sie ihn perfekt gemacht – für mich.

Ich kniff die Augen zusammen. »Überallhin? Könnte sein, dass du damit den Mund etwas voll genommen hast. Irgendwo auf der Welt gibt es dunkle, mit Fledermäusen gefüllte Höhlen, die ich wirklich gern erkunden würde.«

Sie stellte sich auf die Zehenspitzen, um beide Arme um meinen Hals zu schlingen. »Ich vertraue dir. Entscheide du. Heute Abend will ich die wahre Eason-Maxwell-Erfahrung, komplett mit Überraschungen.«

Ich presste meine Nase an ihre und versagte ihr damit den Kuss, um den sie offensichtlich bat. »Bist du dir sicher?«

»Absolut«, antworte sie atemlos.

»Okay.« Ich ließ die Hand über ihren Rücken nach unten und in ihre Pyjamahose gleiten, um ihren Hintern anzufassen. »Du solltest besser Jeans anziehen, Bree. Es macht bei Weitem nicht so viel Spaß, dich am Ende des Abends auszuziehen, wenn du keine Hose trägst.« Und damit zog ich meine Hand zurück, schob die Umschläge wieder in meine hintere Hosentasche, drehte mich auf dem Absatz um und ging zur Hintertür. Über die Schulter rief ich zurück: »In einer halben Stunde hole ich dich ab.«

* * *

Die gesamte Arbeit, drei Verabredungen zu entwerfen, die Bree gefallen könnten, war für die Katz gewesen. Trotzdem wurde es zum besten Date meines Lebens. Und das hatte weniger damit zu tun, was wir tatsächlich taten, als vielmehr mit der Gesellschaft.

In einer Kombination aus drei Blumensträußen von meinen geplanten Verabredungen tauchte ich mit einem riesigen Strauß aus Lilien, Margeriten und Slips in der Form von Rosenblüten vor der Tür auf. Was? Nach zwei Wochen mit nur keuschen Küssen hatte ich große Pläne für den Fall gehegt, dass sie sich für den Netflix-&-Chill-Umschlag entschied.

Bree stand in Jeans vor mir, in denen sie den Verkehr lahmlegen konnte, und einem frechen roten Oberteil, das eine Schulter freiließ … und sie lachte. Wie ich gehofft hatte. Nachdem sie die Blumen in Wasser gestellt und sich von den Kindern verabschiedet hatte, führte ich sie schließlich nach draußen zu einem UberBlack. Wenn sie wirklich die wahre Eason-Maxwell-Erfahrung wollte, wie sie behauptet hatte, beinhaltete das weder den Chauffeur, den ich reserviert hatte, noch die Harley, die ich mir von einem Kumpel geliehen und in der Garage versteckt hatte. Ehrlich, eigentlich hätte die Eason-Maxwell-Erfahrung auch kein UberBlack beinhaltet, aber es war unser erstes richtiges Date, also ließ ich Geld für ein Update springen.

Grinsend hielten wir den ganzen Weg zu dem kleinen Sushi-Laden in der Innenstadt Händchen. Auf Yelp wurde das Restaurant als »trendig und authentisch« beschrieben … und wenn man bedachte, dass wir wie Senioren zum Essen gingen, bevor es dunkel wurde, entkamen wir dem Andrang zur normalen Dinnerzeit.

Die Review des *Sushi Run* lag nicht falsch. Es war ein unglaubliches Restaurant. Und auch wenn ich persönlich noch nie in Japan gewesen war, wirkten die rohen, sich noch bewegenden Oktopustentakel auf dem Laufband neben den Tischen ziemlich authentisch. Jedes Mal wenn sie an uns vorbeikamen, rechnete ich damit, Bree unter den Tisch kriechen zu sehen. Da sie alle drei Minuten verzweifelt die Hand vor die Augen schlug, lachte ich bei diesem Abendessen mehr und heftiger als seit Jahren.

Und der Abend war noch jung.

Wir kehrten in einer Martini-Bar ein, die Bree offensichtlich sehr gefiel. Zwei Cocktails später wanderten wir über die Straße zu einer Brauerei. Wir unterhielten uns. Wir lachten. Wir küssten uns, wann auch immer uns der Sinn danach stand. Meine Hand lag ständig an ihrem Schenkel … und wenn ich sie tatsächlich einmal nicht berührte, berührte sie mich.

Wie es bei zwei Elternteilen über dreißig zu erwarten war, die seit einer gefühlten halben Ewigkeit das Haus eigentlich nur noch verlassen hatten, um zur Arbeit zu fahren, vertrugen wir quasi gar nichts. Schon um neun Uhr abends waren wir beschwipst und liebestrunken. Was auch der Grund war, wieso wir in einer Karaokebar landeten – und zwar nicht in einer guten.

Das Publikum war interessant. Die Männer mittleren Alters, die an der Bar saßen, Scotch tranken und echte und metaphorische Kriegsgeschichten erzählten, standen in heftigem Kontrast zu dem Publikum an den Tischen rund um die kleine Bühne, denn dort saßen Collegestudenten und spielten altmodische Spiele wie *Vier gewinnt* und *Schiffe versenken*.

Bree marschierte in ihren High Heels mit den roten Sohlen direkt zu einem hohen Bartisch und nahm ihn für uns in Besitz, während ich uns an der Bar etwas zu trinken besorgte. Dann ertrugen wir – gemeinsam – den schlimmsten Karaoke-DJ, der mir je untergekommen war. Der arme Kerl hätte niemanden zum Singen überreden können, wenn sein Leben davon abgehangen hätte. Er sang furchtbar. Der Kerl spielte – und ich verwende dieses Wort hier im weitesten Sinn – ein Keyboard, bei dem ich überzeugt war, dass dem Instrument ein paar Tasten fehlen mussten. Seine Witze waren noch schrecklicher als seine Stimme. Irgendwann hatte ich einfach bloß noch Mitleid mit dem Mann. Also tat ich, was jeder professionelle Musiker in derselben Situation getan hätte …

»Okay, okay. Wir haben endlich die erste Interpretin des Abends«, verkündete MC Kerry O'Key, ganz aufgedreht von der Vorstellung, dass er mal eine Pause bekommen sollte. »Ladies and Gentlemen, Applaus für Bree Winters!«

Noch nie zuvor hatte mich schneller ein böserer Blick getroffen. Und noch nie zuvor im Leben hatte ich es mehr genossen.

»Hier!«, rief ich und wedelte mit der Hand.

»Eason«, zischte sie, »bist du verrückt?! Ich werde nicht singen.«

»Komm schon. Du wolltest die Eason-Maxwell-Erfahrung. Nun, das ist sie. Zeig mir, was du draufhast.«

»Ich habe gar nichts drauf. Ich kann nicht mal genügend Töne treffen, um für die Kinder *Happy Birthday* zu singen. Das ist ehrlich der einzige Grund, warum ich mich mit dir abgebe.«

Ich lachte über ihre geröteten Wangen. »Du musst nicht gut sein. Es soll einfach bloß Spaß machen.«

»Wie kommst du drauf, das würde es?«

»Du bist die beste Art von Spaß. Meine Art von Spaß.« Ich lehnte mich vor, um sie zu küssen, dann lächelte ich an ihren Lippen. »Komm schon. Wir machen es zusammen.«

Sie stieß ein Seufzen aus, folgte mir aber widerwillig, als ich sie zur Bühne zog. Nachdem ich mich durch das älteste Songbuch der Welt geblättert hatte – kein Lied war jünger als 2005 –, bat ich schließlich einfach darum, das Keyboard benutzen zu dürfen. MC Kerry O'Key hätte mir wahrscheinlich sogar seine Seele verkauft, wenn er dafür mal kurz seine Ruhe hatte.

Glücklicherweise hatte ich mich geirrt, und alle Tasten waren vorhanden, also spielte ich eine unbestimmte Intro-Melodie, als ich Bree fragte: »Also, was schwebt dir vor, meine Schöne?«

Mit zitternden Händen stand sie neben mir und verlagerte total nervös ihr Gewicht von einem Fuß auf den anderen. »Was ist der kürzeste Song, den du kennst?«

Schmunzelnd spielte ich einmal kurz *Alle meine Entchen* und spähte zu ihr auf – bereit für einen weiteren ihrer wunderbar bösen Blicke. Sie enttäuschte mich nicht. Aber auch wenn ich es sehr genoss, meine beste Freundin auf die Palme zu bringen, war mir doch auch bewusst, dass ich eigentlich meine Verabredung beeindrucken sollte.

Ich hob einen Arm, wobei ich mit der zweiten Hand weiterspielte und den Blick senkte. »Setz dich einfach hierhin und halt das Mikro für mich.« Als sie sich tief erleichtert auf meinen Schoß sinken ließ, hatte ich kurz ein schlechtes Gewissen.

Allerdings fühlte ich mich nicht schuldig, als ihre Wangen sich erneut röteten, weil ich die erste Zeile von Marvin Gayes *Let's Get It On* schmetterte.

Ich glaube, die Unterhaltungen in der Kneipe verklangen ungefähr zu der Zeit, als ich anfing zu singen. Vielleicht hoben die Leute sogar die Blicke von ihren Spielen oder drehten sich auf ihren Barhockern, um zur Bühne zu sehen. Aber auf dieser Bühne gab es nur uns zwei.

Es war nicht einfach, alle Tasten zu erreichen, während Bree quer auf meinem Schoß saß. Aber mir war egal, ob es klang wie die Vorstellung eines Drittklässlers. Auf keinen

Fall würde ich sie gehen lassen. Nach der letzten Note war ich noch nicht fertig, also leitete ich direkt zu Boyz II Mens *I'll Make Love to You* über, bevor ich mit *I Wanna Sex You Up* von Color Me Badd weitermachte.

Ich hätte mich fast verschluckt, als Bree sich tatsächlich genug entspannte, um sich zu beteiligen und das *Ooooh* im Hintergrund zu singen. Jetzt, wo sie aus ihrem Schneckenhaus gekrochen war, konnte ich nicht aufhören. Als ich beim ersten Refrain von *Sex on Fire* angekommen war, war Bree voll dabei und dominierte lachend das Mikro.

Mein improvisierter Auftritt hatte definitiv ein Motiv. Und als Bree mich anstarrte, ein Lächeln auf dem Gesicht und ein Funkeln in den Augen, hoffte ich inständig, dass diese Energie uns nach Hause folgen würde.

»Lass uns von hier verschwinden!«, schrie ich ihr quasi ins Ohr, als die letzte Note im Chaos des Jubels in der Bar verklang.

Sie nickte begeistert. »Du zahlst, und ich bestelle das Uber.«

»Abgemacht.«

Anscheinend waren Bree und ich genau das gewesen, was O'Key gebraucht hatte, um den Stein ins Rollen zu bringen. Als ich an der Bar stand und wartete, dass mir der Barkeeper meine Kreditkarte zurückgab, trat eine Frau auf die Bühne, um einen klassischen Whitney-Houston-Song zu singen.

Ein älterer Mann mit Schmerbauch schob sich neben mich und sagte etwas, was ich nicht ganz verstand.

Ich legte eine Hand ans Ohr. »Wie bitte?«

Er lehnte sich näher. »Ich habe gesagt: Wie heißen Sie? Sie waren toll da oben.«

»Ähm, Eason Maxwell.« Ich grinste. »Und danke. Ich weiß das Kompliment zu schätzen.«

»Haben Sie je eine Karriere in der Musikbranche erwogen?«

Mir entfuhr ein lautes Lachen. »Hin und wieder.« Beinahe instinktiv fand mein Blick Bree, als sie aus dem Flur zu den Toiletten trat und sich mit sinnlichen Bewegungen zwischen den Tischen hindurchschlängelte.

Wie immer begann mein Körper zu kribbeln, als sie näher kam. Wie war es möglich, so verdammt glücklich zu sein, nach allem, was wir durchgemacht hatten? *Nach wie vor* durchmachten? Und was noch wichtiger war: Wie konnte ich dafür sorgen, dass es so blieb? Mein bisheriges Leben war nicht gerade eine Erfolgsgeschichte. Andererseits hatte ich an jenem Abend Bree aus dem Feuer getragen. Selbst mit allem, was ich inzwischen wusste, fühlte ich mich immer noch schuldig, weil es mir nicht gelungen war, Jessica und Rob zu retten. Aber nach einem Blick auf Bree war ich überzeugt, dass an jenem Abend vielleicht doch jemand auf mich aufgepasst hatte.

Der ältere Mann störte meine Gedanken. »Hören Sie, ein Freund von mir hat ein Studio. Ich würde Sie beide gern einander vorstellen.«

»Ach wirklich?«, sagte ich und löste widerwillig meinen Blick von Bree. Jeder hatte einen Freund, eine Tante, einen Onkel oder einen Cousin in der Musikbranche. Die meisten davon waren nur kleine Lichter, mit Studios im Gästezimmer oder einem Job als Tontechniker oder Beleuchter. Doch ich durfte mir keine Gelegenheit entgehen lassen.

Der Barkeeper reichte mir meine Kreditkarte, und ich unterschrieb den Zettel, bevor ich meinen Geldbeutel herauszog. Ich steckte die Visakarte weg und zog stattdessen eine Visitenkarte heraus, um sie dem Gentleman zu reichen. »Auf der Rückseite stehen die Kontaktdaten meines

Agenten. Wenn Sie mich jetzt entschuldigen würden …« Ich brach ab und legte nachdenklich den Kopf schräg. Freundin? Bekannte? Wie zum Teufel sollte ich sie nennen? Sie war viel mehr als all das, aber mir stand nicht der Sinn nach einem längeren Gespräch mit dem Mann, um ihm alles zu erklären. »Meine Verabredung wartet auf mich.«

Er hob die Karte in seiner Hand. »Wirklich toller Auftritt heute Abend.«

Ich nickte ihm zu, dann glitt ich an ihm vorbei und schloss mich Bree an der Eingangstür an.

»Was war da los?«, fragte sie.

Ich drückte die Tür auf, legte den Arm um ihre Schultern und trat mit ihr zusammen auf den Gehweg und in die schwüle Luft von Georgia. »Ich musste mich noch um einige Angebote von Plattenverträgen für die unglaubliche Bree Winters kümmern. Natürlich habe ich ihm gesagt, dass ich noch mit dir sprechen würde, aber ich habe auch klargestellt, dass wir nicht mal den kleinen Finger rühren würden, wenn es nicht um ein Milliardenangebot geht.«

Sie rammte mir den Ellbogen in die Seite. *»Zum Schreien.«*

Ich senkte den Kopf und drückte ihr einen viel zu kurzen Kuss auf die Lippen. »Du warst da oben echt unglaublich.«

»Ich hätte nie gedacht, dass Karaoke etwas für mich sein könnte, aber ich hatte wirklich Spaß. Danke, dass du mich gezwungen hast, meine Wohlfühlzone zu verlassen. Langsam verstehe ich, wieso du dich in das Gefühl verliebt hast, auf der Bühne zu stehen.«

Momentan verliebte ich mich nicht in die Bühne. Doch eigentlich war das sowieso nicht die richtige Umschreibung. Wenn ich zurückschaute, hatte ich Bree schon geliebt, ehe wir uns das erste Mal geküsst hatten.

Sie kuschelte sich an meine Brust, ließ ihr Kinn auf meiner Brust ruhen und spähte zu mir auf. »Danke für den heutigen Abend, Eason. Das war ehrlich das beste Date meines Lebens.«

Ich grinste, weil ich absolut genauso empfand. »Und es ist noch nicht vorbei.«

18

Bree

Ich zitterte in einem zweiten Orgasmus, wobei ich meine Hand in den langen, zerzausten Locken auf Easons Kopf vergraben hatte, der gerade zwischen meinen Beinen ruhte. Manchmal fragte ich mich, ob Eason meinen Körper besser kannte als ich selbst. Als ich nach dem Höhepunkt erschöpft in die Kissen sank, leckte Eason noch einmal genüsslich über meine Schamlippen.

»Mmmm«, murmelte er. »So süß. Und mein.«

Auch wenn ich sehr bestimmend sein konnte, bestand doch kein Zweifel daran, dass ich Wachs in seinen Händen war.

Und als ich dachte, ich könnte keine Zuwendung oder Euphorie mehr ertragen, schob er sich über mich und versenkte sich mit erschreckender Selbstkontrolle in mir. Obwohl ich an diesem Abend bereits zweimal gekommen war, bereitete es mir noch mehr Vergnügen zu sehen, wie dieser atemberaubende Mann seinen Höhepunkt fand.

Tagsüber erschien Eason immer unbekümmert und gelassen, aber im Bett war er vollkommen anders. Stark, fast unerbittlich in der Art, wie er meinen Körper mit seinem verwöhnte. Er war kühn und selbstsicher in dem Wissen, was ich brauchte, bevor ich es selbst ahnte. Er war fordernd und sanft, aber vor allem hielt er sich nie zurück.

Eason gab. Ich nahm.

Er nahm mich härter, schneller. Ich bettelte um mehr.

»Ja«, keuchte ich.

»Ungelogen, Bree, dein verdammter Körper wurde für mich gemacht.« Seine Hüften drehten sich, als er noch tiefer in mich eindrang. »Ich kann nicht mehr lange …«

Ich brachte ihn mit einem Kuss zum Schweigen. »Schhh. Dann halt dich nicht zurück. Gib es mir. Gib mir alles.«

Er brach den Kuss ab, stemmte sich auf einen Arm und senkte den Blick dorthin, wo unsere Körper verbunden waren. Dann vergrub er das Gesicht an meiner Schulter und stieß das erotischste Stöhnen aus, das ich je gehört hatte. »Oooh, verdammt.«

Sein schwerer Körper sackte auf mir zusammen, als er zuckend kam. So hässlich und verdorben die Welt auch sein konnte, der Anblick, wie Eason sich in seinem Orgasmus verlor, würde immer zu den schönsten, reinsten Erfahrungen meines Lebens gehören.

Ermattet schob er sich von mir herunter und lag mehrere Sekunden keuchend neben mir, ehe er erneut die Lippen an meine Schulter drückte.

»Haben alle drei potenziellen Verabredungen so geendet?«

Er lächelte an meiner Haut. »Netflix & Chill hat so angefangen.«

Ich lachte, und er hielt die Hand hoch.

»Was?«

»Lass mich nicht hängen, Sug.« Er keuchte immer noch. »Das gehörte zu meinen bisher besten Leistungen.«

Ich wollte ihn gerade abklatschen, einfach, damit er aufhörte, aber dann hielt ich inne. »Unter einer Bedingung. Du nennst mich nicht mehr Sug.«

»Ach, komm schon. Der Kosename wird dir ans Herz wachsen.«

»Nein.«

»Ich weiß nicht, was Glukose dir in einem früheren Leben angetan hat, aber du solltest darüber dringend mit einem Arzt reden.« Er lehnte sich vor und gab mir einen Kuss auf den Hals, wobei seine Hand nach wie vor erhoben war. »Wie soll ich dich dann nennen?«

Ich lächelte. So jung hatte ich mich schon ewig nicht mehr gefühlt. Es waren diese albernen, stillen Momente, die mich aus dem Elend der letzten Zeit rissen. Und ich war so dankbar, dass sich zwischen Eason und mir trotz der Geschehnisse des letzten Jahres nichts geändert hatte. Okay, vielleicht hatte sich doch etwas geändert. Aber zum Besseren.

»Wie wäre es, wenn du mich einfach deine Freundin nennst?«, meinte ich, nur halb scherzhaft.

Er schlug heftig genug nach meiner Hand, dass meine Haut brannte. Dann rollte er sich halb über mich und spähte mit dem charmantesten Grinsen auf mich herunter, das ich je gesehen hatte. »Das steht außer Frage, Sug.«

»Hey. Du hast gerade zugestimmt, mich nicht mehr so zu nennen.«

»Tut mir leid. Ich versuche, damit aufzuhören, aber das wird nicht einfach.« Er gab spielerisch vor, mich in die Nase beißen zu wollen, nur um einen sanften Kuss auf die

Spitze zu drücken, als ich zurückzuckte. »So süß, wie du bist, wirst du mir noch Dia-Bree-tes verpassen, aber ich werde an der Freundinnensache arbeiten.«

Ich keuchte. »Du hast gerade nicht Dia-Bree-tes gesagt.«

»Was?« Er lachte. »Das ist eine ernst zu nehmende Krankheit, Bree.«

Ich wollte ihm die Hölle heißmachen … Doch so verrückt er manchmal auch sein mochte, er brachte mich immer zum Lachen. »Oh, du hast auf jeden Fall eine ernsthafte Krankheit – aber eine Geisteskrankheit. Kaum vorstellbar, dass Leute dich dafür bezahlen, dass du Songs schreibst.«

»Was soll ich sagen? Ich bin ein wahrer Wortschmied.«

Es spielte keine Rolle, was er sagte. Tatsächlich konnte er genauso gut schweigen. Eason war auf die bestmögliche Weise verrückt.

Ein Teil von mir hatte sich Sorgen gemacht, wie sich unsere Beziehung verändern würde, wenn wir diesen nächsten Schritt gingen. Ich hatte Angst davor, den Mann zu verlieren, der nicht nur zu meinem besten Freund geworden war, sondern auch zu einem Fixpunkt in meinem Leben, von dem ich bloß beten konnte, dass er weiterhin täglich für mich da sein würde.

Aber es hatte sich nichts verändert.

Er war immer noch zuvorkommend und freundlich.

Aufmerksam und selbstlos.

Ein unglaublich attraktiver Schwachkopf.

Und ich gehörte ihm.

Was wollte ich mehr?

* * *

Ich setzte mich abrupt auf, als ich hörte, wie unsere Schlafzimmertür geöffnet wurde. Normalerweise war das kein Grund zur Sorge. Asher liebte es, mich vor Sonnenaufgang aufzuwecken. Doch an diesem Morgen lag ein halb nackter Mann an mich gekuschelt, als das leise Quietschen der Tür mich weckte.

Mist. Was zum Teufel war mit unserem Wecker passiert? Ich sah auf die Uhr, nur um festzustellen, dass es erst fünf Uhr morgens war – und der Wecker erst in einer halben Stunde klingeln sollte.

»Mom?«

»Hey, mein Großer. Du bist früh wach.« Da ich mir durchaus bewusst war, dass ich gerade mal das Nötigste an Kleidung trug – ein Höschen und ein dünnes Seidenhemd –, eilte ich ans Ende der Matratze, schlüpfte in meinen Bademantel und warf die Decke nach oben, in der Hoffnung, so den Hügel von Easons Körper zu verdecken.

Aber ich hatte kein Glück, denn der Hügel setzte sich abrupt auf und schaltete die Nachttischlampe an. »Was ist los? Stimmt etwas nicht? Geht es dir gut, Ash?«

Asher blieb stehen, einen kleinen grünen Zeichenblock fest an die Brust gedrückt. Seine verschlafenen Augen wurden groß, als sein Blick zwischen mir und Eason hin und her huschte. Erst einmal sagte er nichts, aber ich konnte quasi sehen, wie die Zahnräder in seinem Kopf sich drehten.

Okay, anscheinend wurde es Zeit, mit den Kindern zu reden. Ich hatte irgendwie gehofft, dass wir unsere Beziehung wenigstens über das *erste* Date hinaus geheim halten konnten, doch Eason und ich hatte die Sache offiziell gemacht. Und ich wusste einfach, dass die Kinder für ihn immer an erster Stelle stehen würden, selbst wenn es zwischen uns nicht funktionierte. Es hätte schlimmer kommen können. Aber dass Asher uns zusammen im Bett erwischt hatte, änderte definitiv die Grundstimmung des anstehenden Gesprächs.

Ich zog eine Grimasse in Easons Richtung, die deutlich *Erwischt* sagte, und er besaß den Anstand, verlegen zu wirken.

»Hattest du einen Albtraum?«, fragte ich meinen Sohn, um ihn abzulenken.

»Was tut Eason hier?«

Offensichtlich hatte ich versagt. »Nun«, setzte ich an, bereit, mich in eine lange Erklärung über Männer, Frauen und Dating zu stürzen.

Asher zuckte mit den Achseln, bevor ich etwas sagen konnte. »Das ist vielleicht sogar besser.« Ohne ein weiteres Wort kletterte er aufs Bett und kroch in die Mitte. »Rutsch mal«, sagte er zu Eason.

Eason gehorchte, sah mich aber mit großen Augen an. »Vielleicht sollte ich Kaffee machen gehen?« Er hob die Decke. Ich erhaschte einen kurzen Blick auf nichts als ein paar enge schwarze Retropants, dann lehnte er sich eilig wieder gegen das Kopfende. »Oder auch nicht.«

»Bleib. Ich wollte sowieso mit euch beiden reden«, sagte Asher und klappte seinen Block auf. Er blätterte durch die Seiten, bis er fand, wonach er suchte, dann warf er mir einen ungeduldigen Blick zu. »Komm schon. Von dahinten kannst du nichts sehen.«

Ooooo-kay. Also kuschelten wir im Bett. Zusammen. Um fünf Uhr morgens. Mit dem Mann, den er den Großteil seines Lebens als seinen Onkel betrachtet hatte, der jetzt mein Freund war.

Klar. Wieso nicht?

Erschießt mich!

Vorsichtig ließ ich mich auf die Bettkante sinken, aber das wollte Asher nicht gelten lassen.

Er zerrte an meinem Arm. »Komm schon, Mom.«

»Ash, Schatz. Vielleicht sollten wir unten reden.«

»Warum?« Er verzog die Lippen. »Wir sind alle hier. Die Mädchen schlafen doch noch, oder?«

»Ja, aber …«

»Mom, Eason trägt nicht mal eine Hose. Wie soll er da nach unten gehen?«

Ich starrte meinen Sohn mit offenem Mund an. Für dieses Gespräch war es viel zu früh – eigentlich sogar für jedes Gespräch, aber vor allem für dieses.

Eason räusperte sich, um sein Lachen zu verstecken. »Vielleicht sollten wir dem Jungen einfach zuhören, Bree.«

Da mir keine Argumente mehr einfielen – weil ich ohne Koffein einfach nicht klar denken konnte –, kletterte ich wieder ins Bett. »Gut. Okay. Was ist los, mein Großer?«

Asher räusperte sich dramatisch. »Also, die Mädchen und ich haben gestern Abend geredet.« Er schlug eine Seite in seinem Block auf, auf der eine Zeichnung von drei traurigen Kindern zu sehen war – beide Mädchen weinten. Alles war dunkel, der Himmel grau, das Gras braun.

Eason lehnte sich zur Seite und schlang einen Arm so um Ashers Schultern, dass seine Fingerspitzen meinen Arm berührten. »Was ist hier los?«, fragte er, und ich hörte dieselbe Besorgnis in seiner Stimme, die mir die Kehle zuschnürte.

»Also …« Asher stieß heftig den Atem aus. »Das ist ein Bild von mir, Madison und Luna jetzt.« Er blätterte um. »Und das sind ich, Madison und Luna *mit einer Katze*.«

Alle drei lächelten breit. Im grünen Gras leuchteten pinke und rote Blumen, die gelbe Sonne hing hoch am blauen Himmel, umgeben von Schäfchenwolken. Aber der

Fokus des Bildes war die orangefarbene Katze, ungefähr so groß wie ein kleines Flugzeug.

Eason und ich tauschten einen wissenden Blick und grinsten.

Ich wuschelte Asher durchs Haar, als er erneut umblätterte.

»Das sind wir mit einer schwarzen Katze.« Ein weiteres fröhliches Bild. Wieder blätterte er um. »Und das sind wir mit einer braunen Katze.« Diesmal hatte er Sprechblasen neben die Münder von Madison und Luna gezeichnet, in denen *Hahaha!* stand, umgeben von roten Herzchen. Er blätterte zu einem weiteren farbenfrohen Bild mit einer weißen Katze weiter, diesmal mit einem Strichmännchen, das auf einer Wolke stand. »Das ist Dad im Himmel, ganz, ganz weit weg von unserem Haus. Also ist er nicht all-gerisch auf unsere Katze.« Er zögerte, verzog den Mund und sah zu Eason. »Du bist nicht all-ge-risch auf Katzen, oder?«

Eason lachte leise. »Nein. Ich liebe Katzen. Und übrigens heißt es allergisch.«

Ashers Augen begannen zu leuchten, dann richtete er seinen begeisterten Blick auf mich. »Bitte, Mom. Bitte. Können wir eine Katze kriegen? Madison und Luna haben gesagt, sie helfen mir dabei, sie auszuführen und zu füttern, damit ihr gar nichts tun müsst.«

»Mit Katzen muss man nicht Gassi gehen. Außerdem dürfen die Mädchen das Haus gar nicht ohne Begleitung eines Erwachsenen verlassen. Ich bin mir also nicht sicher, ob das ein gutes Argument ist. Lass uns lieber über das Saubermachen der Katzentoilette reden.«

»Bitte. Bitte. Bitte. Ich werde mich darum kümmern. Versprochen. Bitte, Mom.«

Lachend schüttelte ich den Kopf. Seine verzweifelte Aufregung erklärte, warum er wie am Weihnachtsmorgen um fünf Uhr morgens hier aufgetaucht war. »Ash, wir haben noch nicht mal einen Kaffee getrunken. Können wir erst frühstücken und danach darüber sprechen?«

»Nein«, jaulte er. »Weil du beim Frühstück sicher mit uns darüber reden wirst, dass du und Eason heiratet.«

Ich starrte ihn mit zusammengepressten Lippen an.

Eason dagegen stieß ein lang gezogenes »Heeeey« aus.

»Moment! Wenn Eason mein neuer Dad ist, heißt das, dass er uns eine Katze erlauben kann.« Er wandte sich an Eason. »Bitte. Bitte. *Bitte*. Eason. Nur ein kleines Kätzchen. Mir ist sogar egal, welche Farbe es hat. Ich will einfach bloß ein süßes Kätzchen.«

»Immer mit der Ruhe, Kumpel. Eins nach dem anderen. Deine Mom und ich …« Er hob den Blick, um wortlos meine Erlaubnis einzuholen. Ich nickte, weil ich ihm bedingungslos vertraute.

Okay, schön – ich war auch ein bisschen neugierig, wie er mit der Situation umgehen würde.

»Deine Mom und ich mögen uns sehr gern, Ash. Aber wir werden nicht heiraten. Zumindest noch nicht. Und vielleicht auch nie.« Mit einem warmen Lächeln lenkte er seinen Blick auf mich. »Allerdings mache ich mir schon Hoffnungen.«

Mir wurde ganz warm ums Herz, als ich seinen Blick erwiderte. Nachdem ich Rob verloren hatte, hätte ich mir nicht vorstellen können, jemals wieder über eine Heirat nachzudenken. Doch ich konnte nicht leugnen, dass die Beziehung mit Eason auch in mir Hoffnungen weckte.

»Aber im Moment«, fuhr Eason fort, »ist sie meine Freundin. Das bedeutet, dass wir uns besser kennenlernen und Zeit miteinander verbringen. Aber, Ash, falls und wenn deine Mom und ich je entscheiden zu heiraten – und selbst wenn wir das nicht tun –, ich bin immer für dich da. Und ich werde nie versuchen, deinen Dad zu ersetzen, okay? Du hast bereits einen ziemlich tollen Dad. Dass er im Himmel ist, ändert daran nichts.«

Und das war der Moment, in dem ich mich rettungslos und ohne jedes Bedauern in Eason Maxwell verliebte.

Ich hasste Rob Winters. Ich hatte ein paar positive Erinnerungen, an die ich mich klammerte – von denen die meisten mit den Kindern zu tun hatten. Aber nachdem ich die selbstsüchtigen, widerlichen Dinge gesehen hatte, die er und Jessica getan hatten, ohne auch nur einen Gedanken an uns zu verschwenden, hatte ich mich mit der Tatsache abgefunden, dass ich mit einem Fremden verheiratet gewesen war.

Und Eason – Gott, der arme Eason! Er wusste immer noch nicht, ob sein ehemals bester Freund, der mit seiner Frau geschlafen hatte, der Vater seiner Tochter war oder nicht. Ich konnte mir nicht vorstellen, dass er etwas anderes als Abscheu für Rob empfand.

Doch da saß er, einen Arm um Ashers Schultern geschlungen, und schützte Robs Rolle im Leben meines Sohnes, weil das für diesen kleinen Jungen einfach wichtig war.

Ich wandte den Blick ab und schluckte schwer, um meine Rührung unter Kontrolle zu halten.

»Heißt das, dass ihr euch jetzt küsst?«, fragte Asher.

»Jepp«, antwortete Eason.

»Und ohne Hosen schlaft?«

»Anscheinend schon. Aber nicht immer. Wir werden es langsam angehen lassen und darauf achten, dass ihr alle euch damit wohlfühlt. Ich hätte erst zu dir kommen und mit dir von Mann zu Mann darüber reden sollen. Bitte entschuldige. Es würde mir viel bedeuten, wenn du mir die Erlaubnis gibst, mit deiner Mom auszugehen.«

Ehrlich, wie süß konnte Eason noch werden? Vielleicht war er der eigentliche *Sugar* in dieser Beziehung.

»Sie bedeutet mir viel, Ash. Ich würde nie etwas tun, was sie verletzt.«

Okay, also war Eason quasi perfekt. Nun rührte er mich wirklich zu Tränen. Ich starrte weiter an die Wand, damit niemand mein Gesicht sah.

Asher brummte nachdenklich. »Wenn ich Ja sage, heißt das, dass ich eine Katze bekomme?«

»Nö. Aber es bedeutet, dass ich Pancakes mit Schokostreuseln zum Frühstück mache, während wir darüber reden.«

»Jaaaaa!«, jubelte er.

Eason lachte. Immer noch unfähig, die beiden anzusehen, hörte ich das typische Klatschen ihrer High-Five-und-Ghettofaust-Routine.

»In Ordnung, kleiner Mann. Jetzt raus hier. Gib mir ein paar Minuten, um mich anzuziehen und mit deiner Mom zu reden. Ich bin in ein paar Minuten unten, um zu kochen. Weck die Mädchen nicht auf. Okay?«

»Okay.« Mit zwei Sprüngen auf der Matratze und einem lauten Aufprall auf dem Boden verschwand er.

»Mach die Tür zu!«, rief Eason.

In der nächsten Sekunde hörte ich das Klicken des Schlosses.

Und schon in der Sekunde danach schlang Eason seine starken Arme um meinen Körper und zog mich in die Mitte des Bettes. Er rollte sich auf den Rücken und schob mich wie eine Puppe herum, bis ich mit dem Kopf auf seiner Schulter lag, ein Bein über seine Hüfte geworfen. Erst dann atmete er tief durch. »In Ordnung. Rede mit mir. Wie war das für dich?«

Eigentlich gab es nur eine Antwort. Ich trocknete mir

die Wangen ab, dann legte ich den Kopf in den Nacken, um zu ihm aufzusehen. »Du bist unglaublich.«

»Da bin ich mir nicht so sicher. Ich habe uns gerade dazu verpflichtet, nicht ständig nackt zu schlafen … was ich jetzt schon bereue.«

»Ich meine es ernst, Eason. Wie du mit dieser Situation umgegangen bist … Nach allem, was passiert ist, kann es nicht leicht für dich sein, über Rob zu reden. Aber was du gerade zu Asher gesagt hast … Ich kann dir gar nicht genug danken.«

Er drückte einen sanften Kuss auf meine Stirn. »Es wird ihm überhaupt nichts helfen, wenn er erfährt, wie sehr ich seinen Vater hasse. Im Moment vertraut er mir, also redet er auch mit mir. Wenn er die Wahrheit wüsste, würde er sich fühlen, als müsse er sich für eine Seite entscheiden. Das will ich ihm nicht antun. Rob und ich *waren* beste Freunde. Die Kinder müssen nie erfahren, dass diese Freundschaft im Feuer zu Asche verbrannt ist.«

Und was, wenn Luna Robs Tochter war?

Was, wenn wir ihnen erzählen mussten, dass ihr Vater eine Affäre mit Jessica gehabt hatte?

Was dann?

Aber ich sprach diese Gedanken nicht aus. Das waren Probleme für einen anderen Tag, wenn Eason endlich bereit war, die Wahrheit zu erfahren. Er würde an diesen Punkt kommen … doch es war nicht meine Aufgabe, ihn unter Druck zu setzen.

»Wie ich bereits sagte: Du bist unglaublich.«

Er rutschte auf der Matratze nach unten, bis wir uns in die Augen sehen konnten. Ein neckisches Lächeln spielte um seine Lippen. »Gut. Behalte das im Gedächtnis … denn du weißt schon, dass ich ihnen eine Katze besorgen werde, oder?«

Ich stieß ein gespielt gequältes Seufzen aus. Eine Katze stand nicht unbedingt weit oben auf meiner Prioritätenliste, aber ich hatte auch nichts dagegen. »Das hatte ich bereits befürchtet.«

19

Bree

Anstrengend war ein viel zu schwaches Wort für die Woche, die ich hinter mir hatte. Die Tatsache, dass es nach neun Uhr abends am Sonntag war und ich gerade erst aus dem Büro nach Hause kam, sagte alles.

Dann klingelte auch noch mein Handy und zeigte eine Nummer von Prism auf dem Bildschirm an.

Mit einem Seufzen drückte ich den grünen Button auf meinem Armaturenbrett. »Ich biege gerade in meine Einfahrt ab. Du hast dreißig Sekunden, bevor ich für die nächsten hundert Jahre ins Koma falle.«

»Sie haben ihn festgenommen«, erklang die Stimme von Paul, dem neuen Leiter der Buchhaltung bei Prism.

Das war eine gute Nachricht, löste aber meine Probleme nicht. »Hatte er zufällig einen Aktenkoffer mit eins Komma sieben Millionen Dollar dabei?«

»Leider nein.«

»Hätte mich auch gewundert.«

Die Steuerbehörde war wahrscheinlich die meistgehasste Institution in ganz Amerika … und nachdem sie in meinem Unternehmen eine Betriebsprüfung durchgeführt hatten, hielt ich diese Einschätzung für vollkommen gerechtfertigt. Doch wenn es darum ging herauszufinden, dass der frühere Leiter der Buchhaltung seit drei Jahren Gelder der Firma veruntreut hatte, war die Behörde erstaunlich hilfreich. Die Steuernachzahlung dagegen, die sie mir aufgebrummt hatten, war nicht so witzig.

Da ich daraufhin zuerst eine außenstehende Firma hatte finden müssen, um unsere eigene Betriebsprüfung durchzuführen, und dann einen Ersatz für Doug – den neuesten Häftling des Staates –, um im Anschluss das ganze Wochenende mit der Polizei zu verbringen, die Beweise gegen ihn sammelte, war ich fertig mit der Welt.

Unglücklicherweise hatten meine Überstunden zur Folge, dass auch Eason Überstunden machte … was bedeutete, dass wir Evelyn einschalten mussten, damit er zu seinen Auftritten und noch länger arbeiten konnte. Es war ein Teufelskreis aus Überstunden für alle. Was allerdings auch hieß, dass ich ihn seit unserem Date letzte Woche jeweils nur ein paar Minuten am Morgen gesehen hatte.

Verdammt, es war wirklich schwer, eine berufstätige, alleinerziehende Mutter zu sein, die versuchte, Zeit zu finden, um Sex mit einem berufstätigen, alleinerziehenden Vater zu haben, während alle drei Kinder rund um die Uhr im Haus waren! Und dabei lebten wir noch auf demselben Grundstück. Ich wollte mir gar nicht ausmalen, wie hart es gewesen wäre, wenn wir an verschiedenen Orten gewohnt hätten, wie es bei normalen Beziehungen der Fall war.

Lange konnte das nicht mehr so weitergehen.

Wir hatten die Mädchen über unseren neuen Beziehungsstatus informiert – nicht dass sie es verstanden hätten. Aber Eason und ich hielten inzwischen ohne Heimlichkeit Händchen und küssten uns auch kurz. Für alles, was darüber hinausging, schlichen wir uns in die Vorratskammer, wann immer die Kinder abgelenkt waren. Ich lebte für diese gestohlenen Momente, in denen ich mich in seinen Armen verlieren konnte. Mittlerweile war ich auch fast fähig, die Melodie von *Baby Shark* auszublenden, die auf der anderen Seite der Tür erklang.

Ich fuhr in die Garage und stellte die Schaltung auf P. »Gibt es sonst noch etwas?«

»Nein. Da Doug ja jetzt weg und die Betriebsprüfung offiziell abgeschlossen ist, sollte von nun an eigentlich alles glattgehen.«

»Beschrei es besser nicht.«

Er lachte leise. »Okay, schön. Wir befinden uns in einer Warteschleife, bis die nächste Katastrophe über uns hereinbricht. Ist das besser?«

»Viel besser. Jetzt muss ich aber los. Halt mich auf dem Laufenden, falls noch etwas passiert.«

»Aber klar.«

»Bye.« Ich legte auf und schaltete den Motor aus. Nachdem ich die Handtasche und den Thermobecher eingesammelt hatte, die das ganze Wochenende mit mir hin und her gefahren waren, ging ich ins Haus. »Tut mir leid, dass ich so spät komme, Evelyn!«, rief ich, als ich die Küche betrat.

»Schhhh«, sagte jemand in der Ferne. Es war nicht Evelyn, also erschien ein breites Grinsen auf meinem Gesicht.

Eilig legte ich meine Sachen auf den Küchentresen und schüttelte die hohen Schuhe ab. Dann zog ich los, um Eason zu suchen.

Nach einer kurzen Runde durchs leere Wohnzimmer trat ich in den Flur Richtung Spielzimmer. Drinnen brannte Licht, doch es war still im Raum. Als ich mich auf Zehenspitzen anschlich, entdeckte ich Eason, der anscheinend vor dem stumm geschalteten Fernseher Wache stand, während alle drei Kinder in einem verknoteten Haufen auf dem Sofa schliefen. Er sah über die Schulter zu mir zurück, aber ich war nicht ansatzweise bereit für die Welle aus Bestürzung, die über mir zusammenschlug.

»Was ist passiert?«, flüsterte ich, als ich zu ihm eilte.

»Nichts. Alles ist okay«, murmelte er, warf einen Arm um meine Schultern und zog mich an sich.

Ich sackte in seinen Armen zusammen. »Herrgott, du hast mir Angst eingejagt! Was tust du hier? Ich dachte, du hättest heute Abend einen Auftritt?«

»Die Bar hat ihre Ausschankgenehmigung verloren. Sie haben alles abgesagt und für ein paar Tage geschlossen, um das in Ordnung zu bringen.«

»Oh. Also hast du heute Abend *frei?*« Obwohl ich flüsterte, konnte ich meine Begeisterung nicht verbergen.

Seine Brust zitterte vor Erheiterung. »Ja, Sug. Ich habe frei.«

Ich warf ihm einen spitzen Blick zu, aber gleichzeitig war ich zu aufgeregt, um mich darum zu kümmern, also ließ ich es ihm durchgehen. »Das ist doch gut, oder? Wieso machst du dann so ein Gesicht?«

Seine Brust hob sich in einem tiefen Atemzug, und seine Lippen fanden meinen Scheitel. Es war kein Kuss. Zumindest kein richtiger. Er presste einfach nur den Mund an mein Haar und atmete.

»Eason«, drängte ich, als meine Freude erneut in Besorgnis umschlug.

»Schau sie dir an«, presste er hervor, als wäre seine Kehle eigentlich zu eng für Worte.

Ich folgte seinem Blick und sah unsere Kinder an. Asher lag ganz links. Er war gegen die Armlehne gesackt, und sein Mund stand weit offen. Luna hatte den Kopf auf seinem Schoß, einen Stoffhund an die Brust gedrückt. Und Madison lag auf dem Bauch, ihre Beine mit denen von Luna verknotet, während ihr Arm von der Couch hing. Es kam nur selten vor, dass sie alle gleichzeitig einschliefen, aber hin und wieder passierte es.

»War irgendeine Art von Zauber nötig, um sie heute Abend zum Schlafen zu bringen?«

Er drückte mich. »Fast. Wir haben Popcorn gegessen und den *Zauberer von Oz* geschaut.«

Mein Herz wurde schwer, traurig, dass ich das verpasst hatte. »Das klingt lustig.«

»War es. Die Mädchen waren ganz begeistert von der guten Hexe. Und Ash hat so heftig gelacht, dass er sich beinahe in die Hose gemacht hätte, als ich ihm mitgeteilt habe, dass er aussieht wie ein Mitglied der Lollipop-Gilde.«

Ich schlug die Hand über den Mund, um ein Kichern zurückzuhalten.

»Sie kennen kein Leben ohne die anderen«, stieß Eason hervor, als hätte ihm dieser Satz auf der Zunge gebrannt.

Ich runzelte die Stirn und reckte den Hals, um sein Gesicht besser sehen zu können. »Und das werden sie auch nicht müssen. Es spielt keine Rolle, was zwischen uns geschieht, Eason. Wir werden immer eine Familie sein, schon vergessen? Wir ziehen das zusammen durch.«

Er schüttelte den Kopf. »Nein, das meine ich nicht. Sie werden wissen wollen, ob sie ihre Schwester ist.«

Ich schnappte nach Luft. Plötzlich ergab sein ganzes Verhalten Sinn. Seit unserer Nacht in dem Ferienhaus hatte Eason nichts mehr zu Lunas Vaterschaft gesagt. Ich hatte versucht, ihm den Freiraum zu geben, um sich gefühlsmäßig damit auseinanderzusetzen ... aber ich hätte lügen müssen, wenn ich hätte behaupten wollen, dass ich in den letzten Wochen nicht oft über das Thema nachgedacht hatte. Doch diese Entscheidung musste er allein treffen; meine Neugier spielte keine Rolle.

Ich trat vor ihn und schlang die Arme um seinen Hals. »Du willst also einen DNA-Test machen lassen?«

»Nein«, hauchte er mit stürmischem Blick. »Ich bin wirklich davon überzeugt, dass *ich* es nicht wissen muss. Weil es nichts ändert. Nichts daran ändert, wie sehr ich sie liebe. Oder dass sie immer ein wesentlicher Teil von mir sein wird. Aber *sie* haben es verdient, die Wahrheit zu erfahren. Es gab schon genügend Geheimnisse und Lügen, ohne dass wir auch noch damit anfangen. Ich weiß nicht, wie wir es ihnen erklären sollen, wenn Luna wirklich Robs Tochter ist ... aber ich will nicht, dass sie sich eines Tages von mir verraten fühlt, weil ich ihr nichts davon gesagt habe.« Seine Stimme brach, dann hob er die Hand und rieb sich mit Daumen und Zeigefinger die Augen. »Gott, warum ist das alles so schwer?«

»Weil du ein guter Vater bist.« Ich packte sein Handgelenk und zog seinen Arm nach unten. »Und weil du weißt, dass dein Umgang mit dem Thema Einfluss auf ihr Leben haben wird. Du triffst die schweren Entscheidungen und trägst die Last, damit Luna das nicht tun muss. Zum Teufel mit der DNA – das ist der Grund, warum ich weiß, dass du immer ihr wahrer Vater sein wirst! Es steht mir eigentlich nicht zu, meine Meinung zu äußern, aber ich glaube, du tust das Richtige.«

»Was meinst du damit, dass es dir nicht zusteht, deine Meinung zu äußern? Herrgott, Bree! Sie könnte die *Tochter* deines Mannes sein. Wirst du jemals fähig sein, sie anzusehen und nicht Rob und Jessica zusammen zu sehen?«

Ach, mein wunderbarer Eason. Seine Welt stand kopf, drohte aus den Fugen zu geraten, und er machte sich Sorgen um mich.

Ich stellte mich auf die Zehenspitzen, um ihm einen verheißungsvollen Kuss auf die Lippen zu drücken. Dann zog ich mich nur ein kleines Stück zurück, sodass mein Gesicht weiter vor seinem schwebte, weil er die Worte genauso sehr fühlen wie hören musste.

»Ich sehe dich in ihr, Eason. Die Art, wie sie kichert, wenn sie in einem vermeintlich unbeobachteten Moment eins von meinen M&Ms stiehlt. Wie sie uns alle ins Herz schließt und uns freudestrahlend anlächelt. Das Glitzern in ihren Augen, wenn sie dich hinter dem Klavier sieht, jederzeit bereit, wild und sorgenfrei zu tanzen. All die Dinge, die ich an diesem kleinen Mädchen liebe, haben nichts damit zu tun, wie sie gezeugt wurde – sondern nur damit, zu wem du sie gemacht hast.«

»O Gott«, brummte er gerührt und zog mich in eine Umarmung, die so fest war, dass ich kaum atmen konnte.

Aber in der Sicherheit von Easons Armen war Sauerstoff bloß eine Nebensache.

Ich strich mit der Hand sanft über seinen Rücken. »Wir machen das. Wir werden es zusammen durchziehen und dafür sorgen, dass es den Kindern gut geht. Das ist es, was wir tun. Und egal, wie die Sache auch läuft, genau das werden wir auch weiterhin tun, okay? Ich bin da, Eason. Ich bin für dich da.«

Er zog mich noch enger an sich. »Ach Gott, Bree. Ich liebe dich so sehr.«

Mir blieb fast das Herz stehen, und meine Finger vergruben sich im Stoff seines Hemdes. Ich hatte keine

Ahnung, ob das ein romantisches *Ich liebe dich* war oder nur ehrliche Anerkennung dafür, dass ich in dieser schweren Stunde an seiner Seite stand. Aber egal, wie die Worte gemeint waren, das änderte nichts an der Wahrheit. »Ich dich auch.«

Und er drückte mich noch fester.

So standen wir in der Mitte eines unordentlichen Spielzimmers, hielten uns im Arm, stützten uns gegenseitig und liebten uns in dem ganzen Chaos, in das das Leben uns gestürzt hatte. Doch in diesen Sekunden, während unsere ganze Welt auf der Couch schlief, fühlte es sich an, als hätte diese schreckliche Zeit vielleicht einen Sinn gehabt – dass wir uns gegenseitig fanden.

»Wirst du heute Nacht bei mir bleiben?«, flüsterte ich. »Luna kann in Madisons Zimmer schlafen. Wir werden Pyjamas tragen und den Wecker stellen, damit du vor Asher aufstehen kannst. Ich brauche dich heute Nacht wirklich bei mir.«

Er riss den Kopf hoch, um mir intensiv in die Augen zu sehen. »Keine Macht der Welt könnte mich davon abhalten.«

Meine Wangen begannen zu brennen, und ich musste mir auf die Lippen beißen, um ein Lächeln zu unterdrücken. »Dann sollten wir uns besser beeilen und die drei ins Bett bringen, bevor das Universum deine Worte als Herausforderung versteht.«

Eason widersprach nicht, sondern trat sofort in Aktion.

20

Eason

»Was tust du?«, fragte Asher, als ich aus der Vorratskammer trat.

»Ähm …« Ich richtete mich hoch auf und schloss eilig die Tür. Dann lehnte ich mich dagegen, während ich unter seinem prüfenden Blick in Panik geriet. »Ich, ähm, habe nur nach … einem Snack gesucht.«

»Was für eine Art von Snack?«

»Was ist das hier, ein Verhör?«

Er legte den Kopf schräg. »Vielleicht. Hast du da drin wieder Mom geküsst?«

»Vielleicht.«

Es war nicht meine Schuld. Bree war in unglaublich sexy Jeans und mit einem Tanktop nach unten gekommen, das all ihre Kurven genau so umschmeichelte, wie ich es liebte. Wir würden aufbrechen, sobald Evelyn kam, aber die Chance, dass ich bis dahin die Finger von ihr ließ, hatte exakt bei null Prozent gelegen.

Asher starrte mich einen langen Moment an. Egal, ob er ein Kind war und weniger als fünfundzwanzig Kilo wog, er konnte beängstigend sein – genau wie seine Mutter. Schließlich nickte er einmal, als wäre er der verdammte Pate. »Kann ich nach dem Mittagessen etwas Süßes haben?«

»Klar.« Alles, um diese Vernehmung zu beenden.

Er grinste. »Ist es okay, wenn wir die Kissen der zweiten Couch verwenden, um eine Festung zu bauen?«

Ich zuckte mit den Achseln. »Für mich ist das okay.«

»Cool.« Damit rannte er davon.

Ich wartete, bis er verschwunden war, bevor ich die Tür zur Vorratskammer wieder öffnete. »Die Luft ist rein.«

Auf der anderen Seite des Türrahmens schraubte Bree den Deckel von einer Dose mit Proteinpuder. »Ich bin mir nicht sicher, ob ein Mund voller Zahnlöcher der richtige Weg ist, mit deinen Schuldgefühlen dafür umzugehen, dass du seine Mutter befingerst.« Sie zog eine Tüte mit M&Ms aus der Dose und schüttete ein paar der Schokokugeln in meine Hand.

»Ich habe Panik bekommen, okay? Er ist ein netter Junge, aber jetzt, wo er von uns weiß, kann er manchmal wirklich beängstigend wirken.«

Sie lachte, dann verstaute sie den geheimen Süßigkeitenvorrat wieder auf dem obersten Brett. »Dir ist schon bewusst, dass er dich manipuliert, oder? Hör auf, dich so schuldbewusst zu benehmen, wenn er uns erwischt. Ich verstehe ja, dass wir es ihm nicht ständig unter die Nase reiben wollen, aber Süßigkeiten helfen uns auch nicht weiter. Irgendwann muss er sich daran gewöhnen, dass wir uns berühren.«

»Bree, er würgt, wenn wir uns küssen.«

»Natürlich. Das tun Kinder nun einmal, wenn ihre Eltern sich küssen. Vertrau mir. Er freut sich für uns. Und dass du ihnen versprochen hast, dieses Wochenende ein Kätzchen zu besorgen, schadet auch nicht.«

»Okay, schön. Ich wollte nur das Unbehagen so gering wie möglich halten. Schließlich hatten wir heute schon genug emotionalen Aufruhr.«

Ihre Miene wurde sanft. »Wie hältst du dich?«

Ich zuckte mit einer Schulter. »Ich will einfach, dass es vorbei ist. So oder so.«

»Daddy!«, schrie Luna. Ihre Schritte hallten auf dem Holzboden wider, als sie durch den Flur rannte.

Madison kicherte und schrie dann: »Eeee-sin!«

Ich ließ Brees Hand fallen wie eine heiße Kartoffel, setzte ein Lächeln auf und drehte mich gerade rechtzeitig um, um die beiden um die Ecke kommen zu sehen.

»Ich will was Süßes!«, sagte Luna und schlug sich auf die Brust.

Madison hüpfte neben ihr auf und ab. »Ich auch. Ich auch.«

Ich schloss die Finger um die M&Ms und versteckte die Hand hinter dem Rücken. »Was? Wer sagt, dass ich Süßigkeiten habe?«

»Asher.« Madison zog einen Schmollmund. Luna sah kurz zu ihr, dann ahmte sie die Miene nach.

Wir hatten einen DNA-Test gemacht – ein einfaches Kit für zu Hause, bei dem ich mir selbst eine Probe aus dem Mund genommen und danach ein Wattestäbchen in Lunas Wange geschoben hatte, während sie schlief, um im Anschluss alles abzuschicken. Bree hatte das Gleiche mit Madison gemacht. Leider reichte es nicht aus, um Klarheit zu haben, ob Luna meine Tochter war oder nicht.

Rob hätte genauso gut nur einer von vielen Liebhabern gewesen sein können. Mein Vertrauen in Jessica hatte sich hochoffiziell in Luft aufgelöst.

Und als ich die beiden Mädchen in diesem Moment anstarrte, die Unterlippen vorgeschoben, mit denselben dunklen Locken und Stupsnasen, konnte ich nicht leugnen, dass sie wie Schwestern aussahen. Ich hatte mich mit der Tatsache abgefunden, dass es eigentlich nicht mehr um die Frage ging, *ob* Rob Lunas Vater war. Letztendlich ging es bloß darum, wie wir mit der Situation umgingen.

Die Ergebnisse waren heute Morgen in meinem Posteingang gelandet, aber bisher hatte ich die Mail nicht geöffnet. Vorher musste ich mich um etwas anderes kümmern.

»Alle müssen ihren Teller aufessen. Dann kriegt ihr etwas Süßes.«

»Hurra!«, jubelten sie, dann führten sie einen wahren Freudentanz auf und umarmten sich.

Sie waren so bezaubernd. Bree und ich lachten.

Drei überbackene Käsesandwiches, einen gedämpften Brokkoli und literweise frischen Apfelsaft später war Evelyn angekommen, und Bree und ich hatten den Nachmittag frei. Es war kein toller Date-Abend. Ursprünglich hatte ich geplant, allein loszuziehen, doch Bree hatte darauf bestanden, mich zu begleiten. Wir gönnten uns eine leichte Mahlzeit in einem kleinen italienischen Restaurant, über das sie und Jillian mal abends bei einem Telefonat gesprochen hatten. Das Essen war gut, aber die Stimmung passte einfach nicht. Egal, wie oft ich mir diese Woche auch aufmunternde Vorträge gehalten hatte, ich war angespannt … Und es machte mich verrückt, so lange still zu sitzen.

Sobald wir im Tattoostudio ankamen, verpuffte meine

Nervosität, verdrängt von der Vorfreude auf die neue Tätowierung. Bree war bezaubernd, wie sie durch das Studio wanderte und sich die Kunst an den Wänden ansah. Ich vermutete, dass Miss Geschniegelt und Gestriegelt bisher noch nie ein Tattoostudio betreten hatte. Und wenn ich ehrlich sein wollte, turnte es mich an, dass ich ihr in dieser Hinsicht ihre Unschuld nehmen durfte.

Mit nacktem Oberkörper stand ich vor dem Spiegel und drehte mich hin und her. »Was denkst du?«

Sie legte den Kopf schief. »Größer, als ich erwartet habe.«

Ich war zu euphorisch, um einen Witz über diese Formulierung zu reißen. »Genau das wollte ich. Ich will, dass sie, wenn sie das hier sieht, niemals infrage stellt, dass sie meine Tochter ist und immer sein wird.«

»Dann ist es toll.«

»Ja?«

»Ich glaube zwar nicht, dass ein Tattoo nötig ist, um ihr dieses Vertrauen zu vermitteln, aber wenn ich mir dein Gesicht so ansehe, macht es dich glücklich. Und dementsprechend ist es perfekt.«

Mein Körper summte vor Stolz, als ich die purpurnen Umrisse auf meiner Brust anstarrte. Nach tagelanger Arbeit mit einem Künstler in meinem Studio hatten wir eine dreidimensionale Darstellung eines Halbmondes fertiggestellt, wie man ihn von der Erde aus durch ein Teleskop sah. Die Rundung des Erdtrabanten folgte den Umrissen meiner Brustmuskeln. Weitere, stundenlange Sitzungen für die Schattierung würden die Senken und Krater der Mondoberfläche zum Leben erwecken. Oben und unten lief der Mond in Spitzen aus, aber in der Mitte, vor dem Mond, zog sich Lunas Name in Druckbuchstaben quer über mein Herz.

Bis zu diesem Zeitpunkt hatte ich nur den farbenfrohen Ärmel aus Tattoos getragen, den ich mir in meinen Zwanzigern hatte stechen lassen, doch diese Tätowierung nahm fast den gesamten Platz auf meiner Brust ein. Und ich liebte die Vorstellung, mein kleines Mädchen dort zu tragen – so nah an meinem Herzen, wie es immer sein würde.

Ich wollte mir die Tätowierung stechen lassen, bevor wir uns die Ergebnisse des DNA-Tests ansahen. Um meinen Körper auf die gleiche Weise zu zeichnen, wie sie es am Tag ihrer Geburt mit meinem Herzen getan hatte. Sie sollte wissen – Genetik hin oder her –, dass ich immer ihr Daddy sein würde und kein verdammter Test mir jemals etwas anderes erzählen konnte.

»In Ordnung. Lass es uns durchziehen.«

»Ähm.« Bree kaute auf der Unterlippe. »Weißt du, ich glaube, ich werde einfach vorne warten.«

»Hattest du nicht gesagt, du willst für mich da sein?«

»Das bin ich auch. Aber vielleicht feuere ich dich besser von draußen an.« Sie rümpfte charmant die Nase. »Nadeln sind nicht so mein Ding.«

Ich hätte sie ja aufgezogen, doch Bree hatte ihre Komfortzone schon verlassen, indem sie mich überhaupt ins Studio begleitet hatte. Schmunzelnd zog ich sie in eine Umarmung, wobei ich darauf achtete, die Schablone auf meiner Brust nicht zu verschmieren. »Du weißt schon, dass es Stunden dauern wird, oder?«

»Jepp. Und ich werde die ganze Zeit für dich da sein. Falls du einen Kaffee oder ein fesselndes Gespräch durch den Türrahmen brauchst, bin ich zur Stelle.«

»Ich behalt's im Hinterkopf.«

Sie legte den Kopf in den Nacken und spitzte die Lippen. Diesen Kuss, um den sie mich so bat, hätte ich ihr niemals versagt.

»Ich liebe dich, Schatz.«

Sie schenkte mir ein strahlendes Lächeln, das noch die letzten dunklen Ecken jedes Raums erhellt hätte. »Ich dich auch, Eason.«

Ich verbrachte vier Stunden auf dem Stuhl. Und als wir fertig waren, mussten wir einen Termin für eine zweite Sitzung ausmachen, um die Schattierungen fertigzustellen. Aber wichtig war eigentlich nur, dass ich den Namen meiner Tochter auf meiner Brust trug.

Als ich uns nach Hause fuhr, verkrampfte sich erneut mein Magen. Wir hatten beschlossen, die Ergebnisse an der Feuerstelle zu öffnen, nachdem wir die Kinder ins Bett gebracht hatten. Das war die logische Wahl, denn dort hatten Bree und ich immer am effektivsten Schadensbegrenzung betrieben. Es war fast ein neutraler Ort. Doch als wir in die Einfahrt einbogen – erfüllt von dem Wissen, dass wir nach drinnen gehen und so tun mussten, als wäre es ein ganz normaler Tag und es warte nicht eine tickende Zeitbombe darauf, in meinen schlimmsten Albtraum zu explodieren –, erschienen mir die Stunden bis zum Abend unendlich lang.

Ich parkte auf meinem üblichen Platz vor dem Poolhaus und schaltete den Motor aus, machte aber keine Anstalten, das Auto zu verlassen.

Wie immer wusste Bree genau, was ich brauchte. Sie blieb still neben mir sitzen, die Finger mit meinen verschränkt, während ich meine Gedanken ordnete.

Mit der freien Hand rieb ich über meinen Oberschenkel. »Ich glaube, ich will das Pflaster schnell abreißen. Sonst lächele ich wieder nur den ganzen Abend aufgesetzt, und das wäre den Kindern gegenüber auch nicht fair. Ich will einfach, dass es vorbei ist. Das alles. Wir stecken schon viel zu lange einen Tiefschlag nach dem nächsten ein.

Ich bin damit durch. Ich will, dass unsere Probleme sich darum drehen, welches Kätzchen wir mit nach Hause nehmen und ob Asher es diesmal in die Fußballkindermannschaft schafft. Verdammt, Bree. Ich habe panische Angst, dass uns die Vergangenheit immer wieder einholt und wir nie nach vorne schauen können.«

»Ich weiß«, sagte sie. Sie löste ihre Finger aus meinen, um ihre Hand sofort an meinen Nacken zu legen. Sie lehnte sich über die Mittelkonsole und drückte die Stirn fest an meine. »Das ist es. Danach haben sie keine Kontrolle mehr über uns. Wir lesen die Ergebnisse ... und dann gibt es nur noch dich, mich und die Kinder, und wir bauen uns ein gemeinsames Leben auf.« Sie gab mich plötzlich frei, lehnte sich in ihrem Sitz nach hinten, hob eine Ecke ihres Shirts und schob gleichzeitig den Saum ihrer Jeans nach unten, sodass ich eine klare Plastikfolie erkennen konnte, die dort festgeklebt war.

Der Bereich war klein, aber ich hatte mich in meinem Leben niemals größer gefühlt.

Auf ihrer Leiste leuchtete eine Tätowierung von drei einfachen Buchstaben in Schreibmaschinenschrift mit zwei winzigen Herzen dazwischen.

A M L.

Asher. Madison.

Und Luna.

»Bree«, hauchte ich. Meine Kehle war wie zugeschnürt. Ich ließ die Fingerspitzen über die Kanten der Folie gleiten, weil ich ihre gerötete Haut nicht reizen wollte. »Du hast dich tätowieren lassen?«

»Wir sind eine Familie, Eason. Egal, was in dieser E-Mail steht. Deine Tätowierung bedeutet dir etwas, weil Luna so immer wissen wird, dass du sie liebst. Meine bedeutet mir etwas, weil du niemals infrage stellen musst, wie ich wirklich empfinde. Diese Kinder sind mein Leben. Alle drei.«

Tief gerührt zog ich sie in eine Umarmung. Sie hatte mehrmals gesagt, dass es keine Rolle spielte, ob Luna Robs Tochter war ... und ich hatte ihr immer geglaubt.

Aber das war mehr.

Das war etwas anderes.

Das war ein unauslöschlicher Beweis, den sie für alle Zeit auf dem Körper tragen würde.

Und das bedeutete mir mehr, als sie sich wahrscheinlich vorstellen konnte.

»Ich liebe dich so sehr.«

»Wir beide gehören zusammen, Eason. Lass uns das Pflaster abreißen. Und dann gehen wir da rein, spielen mit unseren Kindern, schenken ihnen das bestmögliche Leben und schauen nie mehr zurück.« Sie löste sich von mir, ließ sich wieder in ihren Sitz sinken und streckte mir die Hand entgegen. »Gib mir dein Handy.«

Mir schlug das Herz bis zum Hals, aber ich hielt ihrem Blick stand und gab ihr das Gerät.

Das würde wehtun.

Und es würde mich vernichten.

Aber mit Bree neben mir, ihre Finger mit meinen verschränkt, hatte ich nicht das Gefühl, unter dem Gewicht dieses Ergebnisses ersticken zu müssen.

»Bist du bereit?«, fragte sie, als sie mit der freien Hand zum Mailprogramm auf meinem Handy navigierte.

»So bereit, wie ich je sein werde.«

Ein seltsames Gefühl von Ruhe ergriff Besitz von mir, als ich den Kopf senkte und auf meinen Schoß starrte, das lächelnde Gesicht meines Mädchens vor meinem inneren Auge. Sie war glücklich. Sie war gesund. Sie war nur wenige Meter entfernt in diesem Haus und wartete darauf, dass ihr Daddy nach Hause kam. Nichts anderes spielte eine Rolle.

»Eason!«, keuchte Bree.

Ich drückte ihre Hand.

Jetzt kommt's. Halt einfach durch, Eason. Es ist gleich vorbei.

Für eine lange Sekunde schwieg Bree. Ich war mir nicht mal sicher, ob sie noch atmete. Das einzige Geräusch im Auto stammte von meinem Herzen, das gegen meine Rippen schlug.

Tief einatmen. *Es spielt keine Rolle. Es spielt keine Rolle.* Zitterndes Ausatmen.

»O mein Gott!«, schrie Bree förmlich, und ihre Stimme hallte im Innenraum wider. Und dann sprach Bree die vier Worte, die irgendwie jede Wunde heilten, die mir je zugefügt worden war. »Sie ist von dir.«

Ich riss den Kopf so schnell herum, dass ich fast damit rechnete, mir das Genick zu brechen. »Was?«

Sie stieß ein lautes Lachen aus. Freudentränen glänzten in ihren Augen. »Sie ist von dir. Luna ist deine Tochter. Schau.« Sie hielt mir das Handy vor die Nase und tatsächlich, ich war mit 99,999997-prozentiger Wahrscheinlichkeit Lunas Vater.

Voller Unglauben entriss ich ihr das Handy und scrollte nach unten, auf der Suche nach den Ergebnissen des Vergleichs mit Madison. Vielleicht war der Firma ja ein Fehler unterlaufen. Wenn ich meine Schutzschilde senkte und mir auch bloß für eine Minute erlaubte, diese Information zu glauben, nur damit sie sich dann als falsch herausstellte, würde ich das nicht überleben.

Die Wahrscheinlichkeit, dass Luna und Madison einen gemeinsamen Elternteil hatten, lag bei atemberaubenden, euphorischen, fantastischen null Prozent.

»Wahnsinn!«, stieß ich hervor. Meine Erleichterung war so allumfassend, dass ich am ganzen Körper zitterte. »Sie ist meine Kleine. Sie ist von mir. Es ist vorbei, und sie ist meine Tochter.«

Ich starrte Bree an. Sie hatte eine Hand vor den Mund geschlagen und Tränen in den Augen. Aber ich musste ihren Mund nicht sehen, um zu wissen, dass sie strahlte.

Ich wusste – egal, ob sie es je zugegeben hätte oder nicht –, dass diese Ergebnisse auch für Bree mit emotionalem Aufruhr verbunden waren. Doch das allumfassende Glück, das ihr Lächeln verbreitete, entsprang ihrer Freude für mich. Und wäre ich nicht bereits vollkommen in diese Frau verliebt gewesen, hätte es spätestens in diesem Moment kein Zurück mehr gegeben.

Bree und ich blieben noch eine Weile draußen im Auto sitzen.

Lachten. Umarmten uns. Küssten uns.

Genossen einfach grundsätzlich die unvertraute Euphorie guter Neuigkeiten.

Und als wir endlich fertig waren, stiegen wir aus und zeigten Rob und Jessica den größten Stinkefinger, den es gab – indem wir ins Haus gingen, zu *unserer* Familie.

21

Bree

Für die nächsten sechs Wochen war unser Leben ganz okay. Nein. Vergesst das. Das Leben war einfach toll.

Nachdem die Betriebsprüfung abgeschlossen war, lief bei Prism alles wieder in geordneten Bahnen. Ich hatte ein neues Team angeheuert, das mich unterstützte, um mir mehr Flexibilität zu ermöglichen, und kehrte voller Tatendrang von neun bis fünf Uhr an meinen Schreibtisch zurück, sooft es möglich war. Eason kicherte immer noch regelmäßig in sich hinein, und da sich der Sommer langsam dem Ende zuneigte, hatte er fast nur noch Auftritte an den Wochenenden.

Außerdem waren wir endlich mit den Kindern ins Tierheim gefahren, um eine Katze zu holen. Es fiel nicht schwer, ein Tier auszusuchen, denn ein kleines schwarz-weißes Kätzchen hatte uns adoptiert, kaum dass wir durch die Tür getreten waren. Der kleine Kater spielte mit Asher, indem er ihn jagte wie ein Hund, dann hing er wie eine Stoffpuppe in Lunas und Madisons Armen, als sie ihn durch das Besucherzimmer trugen. Und ja, okay, schön, ich wollte nicht unbedingt eine Katze, aber als Eason die nötigen Papiere ausfüllte, rollte sich das Kätzchen, das wir nicht allzu kreativ Oreo getauft hatten, zu einem Nickerchen auf meinem Schoß zusammen. Es war Liebe auf das erste Schnurren.

Am nächsten Wochenende verschwand Eason wieder zum Tattoostudio. Als er fünf Stunden lang nicht nach Hause kam, drängte sich mir der Verdacht auf, dass er mehr machen ließ, als nur Lunas Mond schattieren. Und tatsächlich: Als wir uns an diesem Abend bettfertig machten, enthüllte er ein farbenfrohes Gestirn auf seinem rechten Brustmuskel. Ashers und Madisons Namen glänzten in leuchtendem Rot und Orange zwischen den Strahlen der Sonne. Könnte sein, dass ich vor Freude geweint hatte. Ich konnte einfach nicht anders. Es war fantastisch – genau wie der Mann selbst.

So viel Glück war eine nette Abwechslung für uns. Eason und ich kehrten zu Abendessen mit der Familie, abwechselnden Ins-Bett-bring-Routinen und ruhigen Abenden an der Feuerstelle zurück. Aber jetzt saß Eason nicht mehr am anderen Ende der Couch. Oder wenn doch, dann lag mein Kopf für gewöhnlich auf seinem Schoß, die Hand in meinem Haar vergraben, während er auf mich herunterlächelte.

Eason Maxwell zu lieben fiel mir leichter als bisher alles andere in meinem Leben. Ich hatte Jahre mit dem Versuch verbracht, mir ein perfektes Leben mit dem perfekten Mann, den perfekten Kindern und der perfekten Firma aufzubauen. Aber der Anschein von Perfektion ist nicht dasselbe, wie tatsächlich glücklich zu sein.

Ich hatte geglaubt, ich wäre mit Rob glücklich. Ich hatte gedacht, ich hätte meinen Seelenverwandten, den Einen gefunden. Was ich tatsächlich gefunden hatte, war einen Hochstapler, einen Manipulator und einen Lügner. Doch selbst wenn man das alles außer Acht ließ … Jetzt, wo ich wusste, was es bedeutete, einen Mann zu haben, der mich wirklich unterstützte – einen Mann, der immer zuerst an die Familie dachte und seine Handlungen danach ausrichtete, erfüllt von so großen Träumen, dass sie jeden um ihn herum inspirierten –, hätte ich mich dennoch für Eason entschieden. Immer wieder.

So klischeebeladen das auch klingen mochte, Eason machte mich zu einem besseren Menschen. Natürlich konnte ich aus meiner Haut nicht raus und war stur, reserviert und alles andere als spontan. Aber Eason verstand mich. Er war mein absoluter Gegenpol – fröhlich, unbeschwert und entspannt. Doch er urteilte nicht über mich und versuchte auch nicht, mich zu ändern. Er akzeptierte mich, wie ich war, egal, wie schwer das hin und wieder auch sein mochte. Wenn ich zickig wurde, lachte er. Wenn ich mich überwältigt fühlte, umarmte er mich. Liebte mich, als wäre mein Körper für ihn geschaffen worden.

Als die Wochen vergingen, kamen wir alle zur Ruhe, was ganz wunderbar war, und ich fing an zu glauben, dass Eason vielleicht auch für mich geschaffen worden war.

»Mmmm«, brummte er und wischte sich ein wenig Ketchup aus dem Mundwinkel. »Das ist … köstlich«, log er mit einem Nicken in Richtung der Kinder.

Luna und Madison starrten ihn nur regungslos an, ihre Münder verzogen, ihre Mienen wenig überzeugt.

»Schmeckt toll!«, stimmte Asher ihm zu, wobei Essen über seine Lippen quoll. Offensichtlich hatte unser Junge gerade einen Wachstumsschub, denn er hatte bereits die Hälfte seines Burgers verschlungen.

Als die Mädchen begannen, zumindest ihre Süßkartoffelpommes zu essen, lehnte sich Eason zu mir und flüsterte: »Okay, was zum Teufel ist das?«

»Ein Gemüseburger.«

»Das habe ich schon verstanden. Aber ich habe inzwischen durchaus gelernt, deinen Gemüseburger zu mögen, und das hier ist nicht das Gleiche.« Er hob die obere Hälfte seines Brötchens, zog einen grünen Stängel heraus und legte ihn pointiert auf meinem Tellerrand ab. »Was habe ich dir getan, dass du mich so quälst, Schatz?«

Ich stieß ein Lachen aus. »Ich hatte nicht genug schwarze Bohnen. Ich musste kreativ werden. Schau, Asher schmeckt es.«

»Gut, aber ich zweifele bereits seit Jahren an seinen Geschmacksnerven.« Eason biss noch einmal ab und brummte noch einmal gespielt genüsslich.

Er hatte recht. Die Burger schmeckten schrecklich, und kein wohliges Gebrumme der Welt würde die Mädchen dazu bringen, sie zu essen. Aber einkaufen zu gehen hätte bedeutet, das Versteckspiel mit den Kindern zu verpassen … Und ehrlich, ich war es leid, so viele der schönen Augenblicke nicht mitzuerleben.

Jahrelang war ich Hausfrau und Mutter gewesen, hatte rund um die Uhr Zeit mit meinen Kindern verbracht. Es war kein glamouröses Leben, und ich hatte um jede Minute, die ich für mich selbst haben wollte, flehen, kämpfen und handeln müssen. Doch ich hatte dieses Leben geliebt. Ich liebte meine Kinder. Ich liebte es, ihnen beim Aufwachsen zuzusehen. Ich liebte es, diejenige zu sein, die ihnen Rechnen und das Alphabet beibrachte. Es war der härteste Job, den ich je gehabt hatte, und das beinhaltete, eine millionenschwere Firma aus dem Nichts aufzubauen. Jeder Wut- oder Trotzanfall und jeder Zusammenbruch war meine Sache. Aber dasselbe galt für die verkuschelten Momente, wenn sie müde wurden, und das Kichern, wenn ich sie auf der Schaukel auf dem Spielplatz anschubste.

Ich vermisste diese Tage. Asher ging jetzt in die erste Klasse, und Madison und Luna interessierten sich mehr für hübsche Kleider und Haarspangen als für Rasseln und Kuscheldecken. So schön ich es auch gefunden hätte, wenn sie für immer Babys geblieben wären, das gehörte zum Heranwachsen. Ich verabscheute nur, dass ich so viel davon verpasste.

Also aßen wir an diesem Abend widerliche Gemüseburger aus schwarzen Bohnen und Spargel, weil ich mich geweigert hatte, mir noch mehr entgehen zu lassen. Und ich fühlte mich deswegen überhaupt nicht schuldig.

Ich biss in meinen Burger, zog instinktiv eine Grimasse und grinste im Anschluss, während ich kaute.

Easons Handy klingelte. Er senkte den Blick aufs Display und runzelte die Stirn. »Das ist eine Nummer aus L. A. Wahrscheinlich sollte ich drangehen. Kannst du die Stellung halten?«

»Jepp. Und wenn du zurückkommst, werden hier bloß noch drei leere Teller stehen.« Und zwar deswegen, weil ich die Burger in den Mülleimer überführen und stattdessen Erdnussbuttersandwiches anbieten würde, aber das musste er ja nicht wissen.

Er beugte sich vor, drückte mir einen Kuss auf den Scheitel und ging mit dem Handy in ein anderes Zimmer, bevor er abhob. »Hallo … Ja, ich bin Eason Maxwell.«

Asher aß nicht nur seinen eigenen Burger auf, sondern verschlang auch noch den Rest von meinem. Eason hatte recht. Ich musste wegen seiner Geschmacksstörung dringend einen Termin beim Arzt machen. Als die Mädchen ihre Sandwiches gegessen hatten und Eason immer noch nicht zurück war, spendierte ich den Kindern ein Piratendessert. Das waren einfach drei Schüsseln Wasser gefüllt mit Fruchtstücken, zu denen ich ihnen kleine Cocktail-Plastikschwerter gab, um sie als Spieße zu verwenden. Es war eine kleinere, weniger spuckeintensive Version des Partyspiels *Apfelessen*, und sie liebten es.

Während sie kichernd versuchten, ihren Nachtisch einzufangen, zog ich los, um meinen Liebsten zu suchen.

Ich folgte seiner Stimme in das formelle Esszimmer im vorderen Bereich des Hauses. »Mhm. Ja, natürlich.« Sobald ich um die Ecke bog, fing er meinen Blick ein. Sein Haar war vollkommen zerzaust, als wäre er ständig mit den Fingern hindurchgefahren, doch es war sein bleiches Gesicht, das dafür sorgte, dass mein Herz aus dem Takt geriet.

»Ist was passiert?«, formte ich mit den Lippen.

Er schüttelte den Kopf und hob einen Finger, um mich um Geduld zu bitten. »Nein, das ist überhaupt kein Problem.« Sein Adamsapfel hüpfte, als er schwer schluckte. »Ja. Nein, ich weiß das zu schätzen. Das ist …« Er lachte, und auch wenn es ehrlich klang, schwangen darin viel mehr Emotionen mit als nur Humor. »Danke.« Endlich lächelte er, breit und strahlend. »Ich freue mich schon darauf. Okay. Wir sehen uns dann. Schönen Abend.« Mit einer kurzen Berührung des Displays legte er auf. Oder zumindest vermutete ich das. Er hob das Handy noch mal ans Ohr und sagte: »Hallo? Hallo? Ist da jemand?«

»Was tust du denn?«, fragte ich. »Wer war das?«

»Gleich.« Mit gesenktem Kopf drückte er weiter auf

seinem Handy herum. Erst da bemerkte ich, dass seine Hände zitterten. »Herrgott, wie schaltet man das Ding aus?«

Mit großen Schritten ging ich zu ihm. »Eason, Schatz, was ist los?«

»Ich habe doch gesagt, gleich.« Er marschierte zur Couch und hob eines der Kissen, um das Handy darunterzuschieben. Immer noch nicht zufrieden, schnappte er sich noch zwei Kissen und stapelte sie darüber.

»Okay«, sagte er, als er sich endlich zu mir umdrehte.

»Wieso vergräbst du dein Handy?«

»Weil ich wirklich versucht habe, cool zu wirken, und auf keinen Fall will, dass Levee Williams mich schreien hört…« Er atmete tief durch und brüllte dann laut: »Ich spiele bei den Grammys!« Grinsend rannte er auf mich zu und zog mich in ungestüme Umarmung.

»Du lieber Gott! Meinst du das ernst?« Ich lachte, als er mich im Kreis wirbelte.

»Sie sollte als Gastauftritt *Turning Pages* als Duett mit Henry Alexander aufführen, aber er ist krank. Und sie braucht jemanden, der den Song kennt und kurzfristig für ihn einspringen kann. Irgendwer hat meinen Namen erwähnt… Und da sie selbst als Songwriterin angefangen hat, fand sie die Idee toll. Sie will, dass ich mit ihr auftrete. Bei der Grammy-Verleihung. Vor allen, die in der Musikbranche Rang und Namen haben. In zwei Tagen!«

»Was? So bald schon?«

»Jepp. Diesen Sonntag. Sie buchen mir einen Flug gleich morgen früh.« Er keuchte bei jedem Wort, doch er stellte mich nicht wieder auf die Beine.

Aber er küsste mich – und raubte damit auch mir den Atem.

»Wieso schreit ihr hier so rum?«, fragte Asher, als er in

den Raum rannte, dicht gefolgt von zwei schwertschwingenden Mädchen.

Ich hatte keine Ahnung, wie ich ihnen erklären sollte, was für eine Chance das für Eason war.

Ich hatte zusammen mit ihm draußen gesessen, als der Song das erste Mal im Radio gelaufen war. Hatte seine ernste Miene gesehen, als Levees Namen genannt wurde. Das Funkeln in seinen Augen, als er herausgefunden hatte, dass ich zum Sender gefahren war und darum gebeten hatte, auch den Namen des Songwriters zu erwähnen.

Das war seine Chance nach Jahrzehnten der vergeblichen Hoffnung. Nach dem Taumel, als er seinen ersten Plattenvertrag unterschrieben hatte. Dem Tiefschlag, als die Firma ihn fallen lassen hatte. Schändlicherweise hatte ich Eason damals nicht allzu sehr unterstützt, also konnte ich mir trotz all unserer Gespräche nur ausmalen, wie schwer das für ihn gewesen sein musste.

Aber ich wusste ja, wie hart er arbeitete. Wie viele Nächte er an seinem Klavier oder mit der Gitarre in der Hand verbrachte. Wie er nach einem Auftritt erschöpft nach Hause kam und dann bloß wenige Stunden später wieder aufstand, um für mich und die Kinder da zu sein. Wie oft ihm Leute auf seinem Weg, ein Künstler zu werden, die Tür ins Gesicht geschlagen hatten, nur um ihn später scheinheilig zu fragen, ob er schon neue Songs geschrieben hatte.

Es war eine anspruchsvolle Aufgabe, die viel Liebe erforderte.

Eine ständige Herausforderung.

Die Bereitschaft, nach absoluten Tiefpunkten wieder aufzustehen und weiterzumachen.

Doch auf keinen Fall konnte ich den Kindern das erklären.

Also entschied ich mich für eine Formulierung, die sie auf jeden Fall verstehen würden. »Eason wird ins Fernsehen kommen!«

Sofort fingen sie an zu schreien und hüpften mit uns durch den Raum. Eason stellte mich ab, aber nur, damit er alle drei Kinder gleichzeitig in eine Umarmung ziehen konnte. Ihre kurzen Beine baumelten ein gutes Stück über dem Boden, als er sie von rechts nach links schwenkte.

Es hieß, ein Unglück komme selten allein. Und genau das hatte in den letzten zwei Jahren für uns gegolten. Drama und Tragödien, Schlag auf Schlag. Zuerst Luna und jetzt das ... Es war schön zu sehen, dass auch gute Dinge in Wellen kamen.

Aber obwohl ich mich irre für ihn freute, wollte ich gleich alles ganz genau planen. »O mein Gott, Eason, was willst du tragen? Komm schon. Du musst deinen Koffer packen. Ich werde dir helfen.«

Er stellte die Kinder auf den Boden und kam mit großen Schritten auf mich zu. »Was meinst du damit, dass *ich* packen muss? *Wir* müssen packen.«

Meine Wirbelsäule wurde steif, doch er zog mich mit einem verführerischen Lächeln in die Arme.

»Du bist wahnsinnig, wenn du glaubst, dass ich für den bisherigen Höhepunkt meiner Karriere nach L.A. fahre, ohne dich mitzunehmen.«

Ich starrte nur entgeistert zu ihm auf.

Dieser Mann. Dieser wunderbare, atemberaubende, talentierte Mann ... kannte mich offensichtlich nicht im Geringsten.

Ich konnte nicht an einem verdammten Abend einen Trip zu den Grammys planen.

Wir hatten keinen Babysitter für die Kinder. Ich hatte kein Kleid. Keine Schuhe. Meine Nägel sahen schrecklich aus, und ich musste dringend zum Friseur. Am Montag musste ich arbeiten. Hatte Meetings im Kalender stehen. Asher musste in die Schule. Und ehrlich, einen Punkt musste ich noch mal erwähnen: Ich hatte kein Kleid.

Andererseits bot sich diesem wundervollen, atemberaubenden, talentierten Mann, den ich aus tiefstem Herzen und mit Haut und Haaren liebte, gerade die größte Chance seines Lebens.

Und er wollte mich an seiner Seite haben.

Und deswegen würde ich morgen früh in ein Flugzeug steigen, selbst wenn ich in Jeans und mit Pferdeschwanz gehen und dabei alle drei Kinder auf dem Rücken tragen musste wie ein Packesel. Wenn Eason mich bei sich haben wollte, dann würde ich verdammt noch mal mit ihm kommen.

»Okay«, hauchte ich. »In diesem Fall holst du die Koffer vom Speicher, und ich werde Evelyn anrufen, um zu fragen, ob sie auf die Kinder aufpassen kann.«

Sein Lächeln war so breit, dass ich Angst hatte, sein Gesicht könnte auseinanderfallen. »Das ist alles? Kein Panikanfall, weil du zu wenig Vorlauf bekommst?«

»Oh, glaub mir, ich dreh gleich durch. Aber ich liebe dich und bin so verdammt stolz auf dich, dass es mir eine Ehre sein wird, dich zu begleiten.« Ich stieß ein verträumtes Seufzen aus. »Und lass uns ehrlich sein: Es gibt Schlimmeres, als von einem sexy Rockstar gefragt zu werden, ob ich sein Date für die Grammy-Verleihung sein will.«

Die Kinder stießen würgende Geräusche aus, als wir uns küssten, ohne dass das Lächeln auf unseren Gesichtern auch bloß eine Sekunde schwand.

Jepp … es stimmte definitiv. Dinge kamen in Wellen, und ich würde nur zu gern in Eason Maxwell ertrinken.

22

Eason

Theoretisch waren zwei Tage nicht viel Zeit, um sich für einen Auftritt auf der wichtigsten Musikbühne der Welt vorzubereiten.

In Wirklichkeit verflog die Zeit sogar noch schneller als gedacht.

Wie immer war Evelyn einfach toll. Sobald Bree ihr von meiner Chance erzählt hatte, ließ sie alles stehen und liegen, um in unserer Abwesenheit auf unsere Kinder aufzupassen.

Ganz früh am nächsten Morgen, mit Koffern, die so schwer waren, dass wir der Fluggesellschaft den Gegenwert einer kleinen Hypothek für das Übergewicht bezahlen mussten, hoben Bree und ich nach Kalifornien ab. Und von dem Moment an, in dem wir aus dem Flugzeug stiegen, jagte eine Aktivität die nächste.

Als wir ankamen, warteten bereits Wagen auf uns – zwei Stück. Bree wurde ins Hotel entführt. Levee Williams war echt die Beste, denn sie hatte arrangiert, dass ihr persönlicher Stylist sich um Bree kümmerte – Nägel, Haare, Shopping und alles andere. Ich ließ meine Liebste nur ungern gehen. Mir wäre es vollkommen egal gewesen, wenn ich den ganzen Tag ihre Handtasche hätte halten müssen, während sie jedes verdammte Kleid in ganz Los Angeles anprobierte. Ich hätte bei ihr sein sollen. Aber da mir bloß noch sechsunddreißig Stunden bis zum Auftritt blieben, hatte ich keine andere Wahl.

Nachdem sie auf den Rücksitz eines schwarzen Escalade geklettert war, lehnte ich mich für einen Kuss zu ihr herunter. »Wir sehen uns heute Abend, okay?«

»Ich werde die Frau in deinem Hotelzimmer sein. Wenn ich Glück habe, wirst du mich nicht erkennen.«

Ich lachte, ehe ich sie noch mal küsste. »Dann erwarte mich nackt. Ich habe mir jede Kurve deines Körpers eingeprägt, Sug.«

Sie schlang die Hand um meine Kehle und tat so, als wolle sie mich erwürgen, weil ich den Kosenamen verwendet hatte, den sie derart hasste. Doch sie sagte kein Wort dazu. »Du wirst sie vom Hocker reißen. Bemüh dich, nicht so fantastisch zu sein, dass Levee neben dir schlecht aussieht, okay?«

Ich lachte, aber gleichzeitig füllte so viel Liebe meine Brust, dass mir das Atmen schwerfiel. »Ich gebe mein Bestes.«

Sie presste ihre Nase an meine. »Ich liebe dich, Eason.«

Es gab keine Worte, die ausdrücken konnten, wie ich für Bree empfand, also musste ich mich mit denen zufriedengeben, die mir zur Verfügung standen. »Ich dich auch.«

Der Rest meines Tages war der reine Wahnsinn. Ich

verbrachte vier Stunden damit, mit einer Frau namens Jo zu proben, während mindestens acht skeptische Männer und Frauen sich in einer Ecke drängten. Levee war die Besitzerin von Downside Up Records, daher hatte vermutlich sie das letzte Wort. Allerdings schienen mir nicht alle im Team davon begeistert zu sein, dass Levee mich – Eason Niemand – gebeten hatte, für den Superstar Henry Alexander einzuspringen. Doch wenn sie *Turning Pages* wollten, dieses Lied darüber, wie man weitermachte, nachdem man jemanden, den man liebte, verloren hatte – einen Song, den ich geschrieben hatte, lange bevor ich selbst diese schmerzliche Erfahrung machen musste –, gab es niemandem, der ihn glaubwürdiger vortragen konnte als ich.

Ich spielte vor einem Raum voller gemurmelter Unterhaltungen. Und mir war total egal, was sie sagten. Ich folgte meinem Herzen und ließ die Musik für sich selbst sprechen. Als ich den letzten Akkord erklingen ließ, waren alle damit einverstanden, das Arrangement so zu verändern, dass ich Klavier spielen durfte, statt an der Gitarre in Henrys Fußstapfen zu treten. Ich konnte beide Instrumente spielen ... aber wenn ich wollte, dass die Welt sich an meinen Namen erinnerte, würde mir das am besten an den Tasten aus Elfenbein gelingen.

Nachdem alle sich davon überzeugt hatten, dass ich kein totaler Loser war, wurde ich zum Staples Center gefahren und in die Garderobe geschickt. Dort traf ich mich mit den Maskenbildnern und wanderte dann den Presseflur entlang. Die Reporter hatten überhaupt keine Ahnung, wer ich war, und gaben auch nicht vor, es wäre anders. Quasi jede Frage drehte sich darum, woher ich Levee kannte. Dabei kannte ich sie in Wirklichkeit gar nicht.

Sie hatte den ganzen Tag durch Abwesenheit geglänzt, aber als ich am Abend am Hotel abgesetzt wurde, hatte ich ein gutes Dutzend Nachrichten von genauso vielen Leuten erhalten, um meinen vollen Zeitplan für morgen zu umreißen – mit den ersten Terminen in aller Herrgottsfrühe.

Es war surreal.

Stressig.

Total beängstigend.

Und ich liebte jede verdammte Minute.

Bree schlief bereits, als ich in unser Zimmer kam. Ich war so müde, dass ich nicht mal mehr die Energie aufbrachte, mich in einem Hotel zweitausend Meilen von den Kindern entfernt an sie heranzumachen.

»Mmm«, brummte sie, als ich neben ihr unter die Decke kroch. »Wie ist es gelaufen?«

»Es war verrückt. Unglaublich. Anstrengend.« Ich drückte ihr einen Kuss auf die Schulter. »Und jetzt ist der Tag perfekt.«

»Meiner auch«, murmelte sie, rollte sich herum, sodass ihr Kopf auf meiner Schulter lag, und schlief sofort wieder ein.

Keine Ahnung, wie sie das anstellte.

Ich hatte schon früher Beziehungen geführt. Verdammt, ich war verheiratet gewesen!

Aber mit Bree war alles anders. Nach einem Tag Highlife, wie ich es mir seit meiner Jugend erträumt hatte, genoss ich am meisten, zu ihr nach Hause zu kommen.

* * *

»Eason! Eason, hier drüben.«

Ich drückte Brees Hand und hob die andere, um der Reihe von Paparazzi zuzuwinken, die vor Levees Afterparty lauerten. Als ich heute Morgen aufgewacht war, hatte absolut niemand gewusst, wer ich war, doch nach Standing Ovations von den größten Stars der Welt machte mein Name die Runde.

Und zu Brees großer Erleichterung hatte mich bisher niemand Easton genannt.

Der Auftritt war ein toller Erfolg gewesen und für mich persönlich fast eine spirituelle Erfahrung. Als die Scheinwerfer angingen und Levee in einem bodenlangen Ballkleid, das aussah, als bestände es aus Bücherseiten, vor dem riesigen Zug, der die halbe Bühne einnahm, anleuchteten, gab ich in meiner schwarzen Designerjeans und den aufgerollten weißen Hemdsärmeln unter einer maßgeschneiderten grauen Weste an den Tasten des schwarzen Flügels mein Bestes.

Es gab gute Gründe, warum Levee die Pop-Prinzessin genannt wurde. Ihre Haltung war majestätisch, gleichzeitig selbstbewusst und stark. Aber hinter den Kulissen war sie bodenständig und wahnsinnig freundlich. In den ersten zwanzig Minuten unseres Kennenlernens hatte sie mir unzählige Fragen zu meiner Familie gestellt und sich dann neben mich gedrängt, um sich auf meinem Handy unzählige Bilder von den Kindern anzusehen.

Auf der Bühne verbanden sich unsere Stimmen wunderbar, eine Hochzeit ihrer sinnlichen Harmonien mit meiner Tendenz zu rauem Soul. Nachdem *Turning Pages* ein echter Hit geworden war, hatte ich mir Sorgen gemacht, ob ich den Erwartungen gerecht werden konnte, die Henry Alexander aufgebaut hatte. Aber falls ich versagt hatte, ließ es sich zumindest niemand anmerken.

»Das ist so krass«, sagte Bree, als ein Security-Mitarbeiter sofort die Tür für uns öffnete.

Erneut drückte ich ihre Finger und lächelte sie an. »Ich

weiß. Wir sind nach Mitternacht unterwegs und haben uns noch nicht in Kürbisse verwandelt. Wer hätte das geahnt?«

Sie lachte, als wir uns unseren Weg durch den Raum bahnten, in dem mehr oder minder alle von Rang und Namen in der Musikbranche versammelt standen.

Plötzlich erstarrte Bree, sodass auch ich anhalten musste. »O mein Gott, ist das Shawn Hill? Oooooh, tatsächlich, er ist es!«

Schmunzelnd lehnte ich mich zu ihr. »Ja. Und da du zugelassen hast, dass dein Freund dieses Stöhnen gehört hat, werden wir uns den Rest des Abends so weit wie möglich von ihm entfernt aufhalten.«

»Ich hatte nicht vor, dir vorzuschlagen, dass wir ihn für einen flotten Dreier in unser Hotelzimmer einladen. Aber vielleicht könnte ich ein Foto machen, dass ich Jillian schicken kann. Sie hat mir eine Liste von Leuten gegeben, denen ich an diesem Wochenende nach Möglichkeit ihre Telefonnummer zustecken soll.«

Ich zog eine Grimasse. »Und der zweiundzwanzigjährige Shawn Hill steht auch auf dieser Liste?«

Bree zuckte nur mit den Achseln. »Was soll ich sagen? Sie mag jüngere Männer. Und jetzt, wo du nicht mehr auf dem Markt bist, ist sie wieder auf der Pirsch.«

»Dann sollten wir definitiv rübergehen und ihn warnen.« Ich schlang einen Arm um ihre Taille und schob meine Lippen neben ihr Ohr. »Habe ich schon erwähnt, dass du heute Abend einfach umwerfend aussiehst?«

Sie strahlte zu mir auf. »Ja, aber nicht oft genug.«

Bree sah immer toll aus, und es spielte überhaupt keine Rolle, was sie trug: verschwitzte Trainingskleidung, einen Hosenanzug oder einfach nur Jeans und ein Tanktop. Doch ein rückenfreies rotes Kleid mit einem hohen Schlitz an einem Bein konnte nie schaden. Und dasselbe galt für das kleine Schwarze, das sie für die Afterparty angezogen hatte.

»Nun, dann sage ich es noch einmal.« Ich grinste. »Du siehst …«

»Eason, du hast es geschafft«, sagte Levee, als sie neben uns stehen blieb, ihre Finger mit denen eines Mannes verschränkt, dessen Arme über und über tätowiert waren.

»Hey, ich gratuliere dir zum Album des Jahres.«

Sie schob sich eine lose Strähne hinters Ohr. »Danke. Ich verstehe immer noch nicht, wieso *Turning Pages* dir keine Erwähnung eingebracht hat. Aber nach dem heutigen Auftritt bin ich mir sicher, dass die Nominierungen nächstes Jahr ganz anders aussehen werden. Mein Handy ist quasi explodiert, weil alle herausfinden wollten, wer du bist und wo ich dich bisher versteckt habe.«

»Falls auch Vertreter von Plattenfirmen auf allen Kontinenten … die Antarktis eingeschlossen … dabei waren, sag ihnen, sie sollen die Demos der letzten hundert Jahre durchgehen, weil sie dann sicher eines von mir finden.«

Sie kicherte charmant. »Ich verstehe. Glaub mir. Ich habe auch meine Zeit in den Schützengräben verbracht.« Sie nickte in Richtung des Mannes an ihrer Seite und sagte: »Das ist mein Mann Sam. Sam, das ist Eason Maxwell.«

Ich streckte ihm die Hand entgegen.

Er nahm sie mit festem Händedruck. »Schön, dich kennenzulernen. Du hast den Laden heute Abend wirklich aufgemischt.«

»Das war deine Frau.« Ich gab seine Finger frei und zog erneut Bree an meine Seite. »Das ist meine Freundin Bree. Bree, Levee und Sam.«

Levee lächelte auf Bree herunter. »Ich habe heute schon

viel von dir gehört. Ich glaube, dein Freund mag dich sehr gern.«

Bree legte den Kopf schief und lächelte zu mir auf. »Nun, das beruht durchaus auf Gegenseitigkeit. Ich mag ihn nämlich auch sehr gern.«

»Ich bitte euch. Sie liebt mich. Wirklich, im Grunde ist es mehr eine Besessenheit. Allerdings könnte es sein, dass sie eigentlich auf Shawn Hill dort drüben steht?« Ich zwinkerte, und sofort kniff Bree mich in die Seite.

»Nun, ich habe das Gefühl, dass der Rest der Welt jetzt auf Eason Maxwell steht.« Levee lachte. »Hey, es hat mich gefreut, euch kennenzulernen. Wir wollten nämlich gerade gehen.«

»Was? Warum? Ist das nicht deine Party?«

»Jaaaaa, schon«, meinte sie gedehnt, als sie sich im Raum umsah. »Solche Partys sind gut für das Label, aber eigentlich ist das alles nichts mehr für mich.« Sie schob sich unter den Arm ihres Mannes und kuschelte sich an seine Brust. »Heutzutage bin ich eher die Frau, die im Hotelbademantel mit einem Glas Wein in der Hand Zimmerservice bestellt, um dann den Geschenkbeutel zu durchsuchen.«

Bree legte eine Hand hinters Ohr. »'tschuldigung. Hast du gerade Geschenkbeutel gesagt?«

Levee schnippte mit den Fingern und deutete auf Bree. »Ich sehe schon, wir verstehen uns. Keine Sorge. Er wird in eurem Zimmer stehen, wenn ihr zurückkommt. Aber hör mal, Eason, wo wir uns gerade unterhalten … Ich bin mir sicher, dass morgen die ersten Angebote eintrudeln. Aber Henry und ich würden uns sehr freuen, wenn du dich dem Downside Up-Team anschließt.«

Mein gesamter Körper erstarrte, und jeglicher Sauerstoff wurde aus dem Raum gesaugt. »Also … als Songwriter?«

Sie grinste. »Klar, wenn dir noch mehr Texte einfallen. Aber ich dachte eher an einen Vertrag als Solokünstler.«

Bree packte meine Hand und drückte sie fest, was ich angesichts des Rauschens in meinen Ohren nur entfernt wahrnahm.

»Ich … ähm…«

Levee wedelte bloß abwehrend mit der Hand. »Denk in Ruhe drüber nach. Zuerst musst du mit Agenten, Managern und Rechtsanwälten sprechen. Aber du hast mich heute Abend wirklich beeindruckt, Eason. Es ist einfach ein Angebot, ohne irgendeinen Haken. Jetzt habe ich erst mal ein paar Wochen frei. Vielleicht könntest du, statt morgen nach Hause zu fliegen, noch für ein paar Wochen in San Francisco vorbeischauen. Ich würde gern deine Ideen zu ein paar Songs hören, an denen ich gerade arbeite. Wir könnten zusammenarbeiten und schauen, ob wir eine Single für dich auf die Beine stellen, während die Welt immer noch ganz aufgeregt über Eason Maxwell spricht.«

»Oh, wow! Das klingt toll, aber ich weiß nicht, ob ich das mit San Francisco hinkriege. Ich habe Kinder. Bree muss wieder arbeiten gehen und …«

»Natürlich macht er das«, fiel mir Bree ins Wort. Gleichzeitig bohrte sich ein spitzer Absatz schmerzhaft in meine Zehen. »Sag uns einfach, wann er wo sein soll, und er wird kommen.«

Levee grinste. »Du hast dir wirklich eine kluge Lady gesucht. Hör auf sie. Es war schön, euch beide kennenzulernen. Viel Glück für die Schatzsuche im Geschenkbeutel heute Abend!«

»Danke«, entgegnete Bree. »Für alles. Das war eine unglaubliche Erfahrung für uns beide.«

»Gern geschehen. Und das war nicht nur so dahergesagt. Du wirst wirklich groß rauskommen, Eason. Wir reden bald.« Sie sah ihren Mann an. »Wollen wir los?«

Sam nickte uns beiden zu, dann legte er einen Arm um die Schultern seiner Frau. Gemeinsam schlenderten sie Richtung Ausgang.

Ich stand immer noch wie erstarrt da, weil ich noch verarbeiten musste, was gerade geschehen war. Ein potenzieller Plattenvertrag mit Downside Up. Das Angebot, mit Levee zusammenzuarbeiten. Verdammt, selbst die Aussicht, ihr »meine Ideen« zu ein paar Songs zu sagen, könnte mir einen Co-Autoren-Credit auf ihrem nächsten Album einbringen. Das waren alles echt keine großen Probleme … doch ich hatte keine Ahnung, wie ich ein paar Wochen freischaufeln sollte, um das hinzukriegen. Ein langes Wochenende wäre nicht weiter schwierig gewesen. Bree wäre für mich eingesprungen, und wir konnten uns immer darauf verlassen, dass Evelyn uns half. Aber *Wochen?* Also Plural? Und mal ganz abgesehen von der Logistik … Ich wusste einfach nicht, ob ich so lange von Luna getrennt sein wollte.

Brees Handrücken, der gegen meine Brust prallte, riss mich aus meinen Gedanken.

»Hast du den Verstand verloren? Wenn Levee Williams dich bittet, mit ihr zusammenzuarbeiten, sagst du nicht« – sie senkte die Stimme zu einem tiefen Tenor, der überhaupt nicht wie ich klang … oder zumindest hoffte ich das, weil ich dann wirklich dämlich geklungen hätte –: »Puh, ich weiß nicht. Bree muss arbeiten. Wer soll auf die Kinder aufpassen?« Sie schlug mich wieder. »Bist du wahnsinnig?«

Ich lachte und hob kapitulierend die Hände. »Aber es ist die Wahrheit.«

»Nein, ist es nicht. Eason, als wir diese Abmachung in

Bezug auf die Kinder getroffen haben, sollte sie dazu dienen, dass du abends Zeit hast, um deine Musikkarriere voranzutreiben. Die Gelegenheit, die dir gerade geboten wird, war das Endziel. Jetzt sieht alles anders aus.«

»Ich trage trotzdem Verantwortung. Ich habe eine Tochter, die …«

Sie pikte mit dem Finger auf die Stelle, wo sich unter dem Kleid ihre Tätowierung verbarg. »*Wir* haben eine Tochter, Eason. Und ich bin durchaus fähig, die Verantwortung auf mich zu nehmen, während du unterwegs bist. Du musst das machen. Dich um unsere Familie kümmern heißt, dich auch um dich selbst zu kümmern. Nach den ganzen Jahren bist nun du dran. Wag es ja nicht, dir diese Gelegenheit entgehen zu lassen! Wir sind ein Team, schon vergessen? Du tust deinen Teil in San Francisco, und ich erfülle meine Aufgabe zu Hause, okay?«

Meine Brust wurde eng, als ich Bree mitten auf einer Party voller Superstars anstarrte. Ich fühlte mich wie ein Hochstapler, wusste jedoch gleichzeitig auch, dass ich der glücklichste Mann im Raum war.

Ich schlang die Arme um ihre Taille und zog sie an meine Brust. »Okay. Aber was soll ich zwei Wochen lang ohne dich machen?«

Lächelnd ließ sie die Hände über meine Arme zu meinem Nacken gleiten. »Nun, das weiß ich wirklich nicht. Aber stell dir nur vor, wie viel Spaß wir haben werden, wenn du wieder nach Hause kommst. All …«

Eine männliche Tenorstimme unterbrach unser Gespräch. »Entschuldigung. Bist du Bree?«

Ich riss den Kopf hoch. Bree wirbelte in meinen Armen herum. Und tatsächlich: Shawn Hill stand vor uns, seine nackte Brust nur teilweise verborgen unter einer Lederjacke. Seine langen blonden Haare fielen ihm über die

Schultern, und er starrte uns mit den blauesten Augen an, die ich je gesehen hatte. Er sah überhaupt nicht aus wie der schlaksige Collegejunge, der ich in seinem Alter gewesen war, sondern wie ein attraktives Model, das von einer Frau noch niemals einen Korb bekommen hatte.

»Äääähm«, murmelte meine Freundin, die sich sichtlich geschmeichelt fühlte.

Er lächelte auf sie herunter, und für einen Moment fürchtete ich, dass sie gleich ihren BH auf ihn werfen würde.

»Hi, ich bin Shawn. Levee hat mir eine Nachricht geschrieben, dass ich rüberkommen und mit dir sprechen soll.«

Ich wollte eifersüchtig sein. Nach der Sache mit Jessica und Rob hätte ich keinerlei Vertrauen mehr aufbringen sollen. Aber hier ging es um Bree, und es war einfach wunderbar zu sehen, wie sie ihn anhimmelte. Doch gleichzeitig wusste ich, dass Shawn in diesem Augenblick vor ihr auf die Knie hätte sinken können, ohne dass sich irgendetwas geändert hätte.

Bree gehörte mir.

So, wie es immer hätte sein sollen.

Den Rest des Abends drehten wir eine Runde durch den Raum. Lernten neue Leute kennen. Schossen Bilder und schickten sie an Jillian. Wir verließen die Party um vier Uhr morgens … und glücklicherweise ließ Bree den Geschenkbeutel links liegen, um die restliche Nacht lieber unsere Liebe zu zelebrieren.

Am nächsten Morgen flog sie nach Hause, erschöpft, befriedigt und allein, und ich brach nach San Francisco auf, die Erfüllung meiner Träume in greifbarer Nähe, während mein Herz in Atlanta verweilte.

23

Bree

»Iiiiiiihhhh!«, lachte Luna, als sie den Schleim so in einen kleinen Plastikbecher stopfte, dass ein lautes Fllllarp-Geräusch entstand.

»Mom, Mom, Mom, hör dir meines an!«, rief Asher.

Alle drei kriegten sich vor Lachen nicht mehr ein. Ehrlich, es spielte keine Rolle, wie alt Kinder waren, Furzgeräusche waren einfach immer lustig.

Madison, die auf keinen Fall hintenanstehen wollte, fing verzweifelt an, ihren Schleim in den Becher zu stopfen, und schrie dazu: »Ich bin dran!«

»Okay, warte kurz, Madison. Lasst uns alle zusammenrücken, damit wir Eason ein Bild schicken können. Komm schon, Luna. Daddy muss dein schönes Lächeln sehen.« Ich stemmte die Ellbogen auf den Küchentresen, um das Handy ruhig zu halten, dann richtete ich die Linse auf die Kinder, die mit Kleber und Nahrungsmittelfarbe verschmiert waren. Ihre Shirts konnte ich in die Tonne werfen. Und ich hatte so das Gefühl, dass ich die Arbeitsflächen noch tagelang würde putzen müssen. Aber sie waren glücklich.

Und wenn die Kinder glücklich waren, war ich es auch.

In den fast zwei Wochen, die Eason nun schon weg war, waren wir schwer beschäftigt gewesen. Wir hatten Schleim angefertigt, Sonnenfänger gebastelt und mit Kartoffelstempeln gemalt. So gut wie jeden Nachmittag hatten wir im Park und die Abende damit verbracht, Oreo beizubringen, eine kleine Stoffmaus zu apportieren. Ich hatte ein Trampolin für den Garten gekauft, und wir hatten mehr Straßenkreide verbraucht, als ich für möglich gehalten hätte.

Und ich hatte jede einzelne Minute genossen.

An dem Tag, an dem ich aus L.A. zurückgekehrt war, hatte ich Madison und Luna eingepackt und war ins Büro gefahren, während Asher in der Schule war. Ich hatte ein paar Stunden damit verbracht, mehrere Dinge zu klären, während Jillian die Mädchen unterhalten hatte. Sobald das erledigt war, hatte ich eine Sammelmail an die gesamte Firma geschrieben, um alle wissen zu lassen, dass ich zwei Wochen Urlaub nahm – ab sofort. Schon in den ersten zwei Minuten erreichten mich ungefähr fünfzig Antworten: E-Mails, Anrufe, die Abteilungsleiter, die in meinem Büro vorbeischauten, um mich mit Fragen zu bombardieren. Ich hatte keine einzige davon beantwortet. Stattdessen hatte ich meinen Computer heruntergefahren, mir die Mädchen geschnappt, Asher von der Schule abgeholt, und dann waren wir Smoothies trinken gegangen – und ich bereute nichts.

Natürlich hätte ich eine Nanny-Agentur anrufen und mir eine vorübergehende Babysitterin schicken lassen können. Ich hätte auch von zu Hause arbeiten und mich überanspruchen können. Aber beides hatte sich einfach nicht richtig angefühlt.

Ich hatte Eason einen Vortrag darüber gehalten, dass Selbstfürsorge eine Voraussetzung dafür war, sich um die Familie kümmern zu können. Und hier war ich, elende Heuchlerin, die einen Job machte, den sie inzwischen verabscheute, weil sie eigentlich nur bei ihren Kindern zu Hause sein wollte. So gut wie alle, mit denen man sprach, hatten eine klare Meinung in der uralten Debatte, ob eine Mutter berufstätig sein oder sich ausschließlich um ihren Nachwuchs kümmern sollte. Doch meiner Erfahrung nach gab es keine richtige Antwort. Und auch keine falsche. Es ging immer nur darum, was für die jeweilige Familie das Beste war.

Und nach den letzten zwei Monaten, in denen ich das Größerwerden der Kinder bloß durch ein Zwei-Stunden-Fenster nach Arbeitsende beobachtet hatte, funktionierte das aktuelle System für mich einfach nicht mehr.

»Cheese!«, riefen die Kinder, aber ich kam gar nicht dazu, ein Foto zu schießen, weil genau in diesem Moment ein FaceTime-Anruf einging.

Ich lächelte breit. Dann drückte ich den Button und hielt den Atem an, als sein attraktives Gesicht auf dem Display erschien. »Hey!«, sagte ich, bevor ich das Handy so drehte, dass die Kinder ihn auch sehen konnten.

»Daddy!«

»Eason!«

»Iii-sin!«

Das Haus war leer ohne ihn. Zu langweilig. Zu ruhig. Zu gesund. Wer hätte gedacht, dass ich eines Tages an den

Punkt kommen würde, wo ich es vermisste, dass Eason Kekse ins Haus schmuggelte?

Er hatte so oft angerufen, wie er konnte, aber die Zeitverschiebung zur Westküste machte es kompliziert. Doch es war kein einziger Tag vergangen, an dem er nicht die Zeit gefunden hatte, sich zumindest kurz zu melden.

»Daddy, wo bist du?«, fragte Luna und stellte sich auf ihren Stuhl, als könne sie ihm so näher kommen.

»Ich bin immer noch in San Francisco.« Er drehte sich um die eigene Achse, um uns das Soundboard in einem leeren Studio zu zeigen. »Alle anderen sind gerade zum Mittagessen gegangen. Was macht ihr so?« Er lehnte sich vor, bis blonde Strähnen fast seine müden Augen verbargen. »Ist das Schleim?«

Asher warf sich nach vorne und entriss mir das Handy. »Hör hin, hör hin!« Nun hielt er das Telefon ungeschickt in der Hand und stopfte seine Finger in den Plastikbecher. Schon im nächsten Moment schlossen sich Luna und Madison ihm an und erzeugten einen Chor aus Furzgeräuschen.

»Wow!«, rief Eason. »Ich wette, eure Mom findet das toll.«

»Total«, antwortete Asher.

Danach trugen die Kinder das Handy abwechselnd durchs Haus und kauten Eason ein Ohr ab, während sie ihm alles zeigten, was ihnen einfiel – von einem Bild, das er bereits gestern gesehen hatte, bis hin zu einer einzelnen Socke, die Oreo stolz durchs Haus getragen hatte. Ungefähr eine halbe Stunde später brachte Madison mir mein Smartphone zurück, um dann mit Luna im Spielzimmer zu verschwinden.

Ich ließ mich auf die Couch sinken, hob das Handy vors Gesicht und fragte: »Hast du überhaupt noch Zeit für mich?«

Er setzte sich ebenfalls und wackelte mit den Augenbrauen. »Für dich doch immer.«

»Charmant. Das solltest du in einen Song einbauen.«

Er hob die Brauen. »Wer sagt, dass ich das noch nicht getan habe?«

Ich seufzte. »Also, wie läuft es bei dir, jetzt wo du berühmt bist? Erzähl, hast du schon eine Villa gekauft und beschlossen, uns für ein Leben in Saus und Braus zurückzulassen?«

Levee hatte durchaus recht gehabt, als sie prophezeit hatte, dass die Welt Eason Maxwell nun bemerken würde. Nach den Grammys war sein Name tagelang in den sozialen Medien zirkuliert. Frauen tickten seinetwegen aus. Fotos, in denen er Levee auf der Bühne anlächelte, hatten die Gerüchteküche zum Brodeln gebracht. Die Bilder der Paparazzi, wie die beiden zusammen zum Abendessen gingen oder die Downside Up-Studios verließen, heizten den Medienrummel nur weiter an. Schließlich war es so schlimm geworden, dass Levees Mann Sam mich nach der ersten Woche von Easons Aufenthalt in San Francisco angerufen hatte, um mich zu fragen, wie ich damit klarkam. Er war echt ein netter Kerl und hatte mir versichert, dass alles in Ordnung war und es in der Branche einfach so lief. Besonders wenn es um jemanden ging, der so neu und faszinierend war wie Eason.

Ehrlich, Easons plötzlicher Ruhm war ein wenig schwer zu verarbeiten gewesen. Es gab eine Menge Fotos von uns auf dem roten Teppich. Ein paar davon hatte ich ausgedruckt und gerahmt, aber sorgfältig darauf geachtet, all die Schlagzeilen über eine »skandalöse Affäre« auszublenden.

Bei Recherchen über Easons Vergangenheit waren die Klatschblätter auch über das Feuer gestolpert. Oh, es musste ein toller Tag für sie gewesen sein, als sie ein Foto von Rob, Eason, Jessica und mir bei Prisms jährlicher Wohltätigkeitsgala abgedruckt hatten, neben einer Luftaufnahme von Easons und Jessicas zerstörtem Haus. Sie ritten darauf herum, dass Rob Easons bester Freund gewesen war, und hatten es sogar geschafft, als »Beweis« für unseren Verrat ein Handyvideo von mir aufzutreiben, wie ich mit einem gezwungenen Lächeln bei Jessicas Beerdigung Luna auf der Hüfte hielt.

Sie ahnten nichts von Robs und Jessicas Affäre.

Sie wussten auch nicht, dass Eason und ich uns vor dem Feuer gerade einmal gegenseitig toleriert hatten.

Sie verstanden nicht, dass unsere Liebe sich langsam entwickelt hatte, errichtet auf einem Fundament aus Ehrlichkeit und Vertrauen.

Niemand konnte sich das vorstellen ... doch innerhalb von Tagen wurden Eason und ich als »hinterhältig« und »skandalös« abgestempelt.

Am meisten schmerzte mich, dass die Kinder diesen Blödsinn eines Tages lesen würden. Doch wenn wir alles richtig machten, würden sie – wenn dieser Tag einmal kam – keinen Grund haben, die Wahrheit anzuzweifeln.

»Nein, langsam will ich das Promi-Leben einfach nur hinter mir lassen und zu euch nach Hause kommen«, brummte Eason. »Gott, ich wünschte wirklich, du wärst hier, Bree! Und die Kinder. Es sind nur zwei Wochen vergangen, aber ungelogen, Luna sieht aus, als würde sie sich bald dein Auto ausleihen wollen.«

»Ich glaube, du musst dir mehr Sorgen um Asher machen. In seine Klasse geht ein Mädchen, von dem er mir ständig erzählt, dass es so hübsch ist, dass er Bauchweh bekommt.«

Er lachte bellend. »O Mann, dann ist es ernst. Auch wenn es mich ein bisschen verletzt, dass er mir nichts von ihr erzählt hat.«

»Ich bin mir sicher, er wartet bloß darauf, dass du nach Hause kommst. Wo wir gerade davon reden ... Kannst du schon sagen, wann es so weit sein wird?«

Er knurrte förmlich. »Okay, was willst du zuerst hören? Die gute oder die schlechte Nachricht?«

Mein Magen verkrampfte sich. Eigentlich wollte ich nur die gute Nachricht hören, dass er bald wieder bei uns sein würde ... aber ich vermutete schwer, dass die schlechte Nachricht auf irgendeine Weise beinhalten würde, dass genau das nicht geschah. »Die schlechte.«

»Nachdem ich den Vertrag bei Downside Up unterschrieben habe, hat Levee mich mit ihrem Producer in Kontakt gebracht. Er ist unglaublich. Versteht meine Vision. Heute haben wir an einer Sache gearbeitet, bei der ich allein nicht weitergekommen bin, und innerhalb von zwei Minuten war das Problem gelöst.«

Ich presste die Lippen aufeinander. »Und inwiefern ist das schlecht?«

»Er will, dass ich ins Studio zurückkomme und einiges noch mal überarbeite, was Levee und ich gemacht haben. Und er hat recht. Die Lieder klingen noch zu viel nach ihr und zu wenig nach mir. Es wird mindestens noch mal zwei Wochen dauern. Vielleicht sogar einen Monat, wenn ich so viel Studiozeit bekomme. Ich habe geschrieben wie verrückt und habe mehr als genug Material für ein volles Album. Ich brauche einfach bloß Hilfe dabei, die Tracks wirklich in Form zu bringen.«

Ja, so sehr, wie ich ihn vermisste, hörte sich ein Monat nach einer Ewigkeit an. Doch er vermisste mich und die Kinder genauso verzweifelt, also musste ich ihm echt nicht noch zusätzliche Schuldgefühle machen. »Eason, das ist keine schlechte Nachricht. Du hast einen Plattenvertrag mit einem großen Label, das Geld und Zeit investiert, um dich mit einem der besten Producer arbeiten zu lassen. Wir wussten, dass uns die Trennung schwerfallen wird, aber es gibt Schlimmeres.«

Er verlagerte das Smartphone von einer Hand in die andere, um sich mit der freien Hand durchs Haar zu fahren. »Ich weiß, ich weiß. Ich fühle mich nur einfach schlecht, weil ich dich mit den Kindern allein lasse. Irgendwann musst du ja wieder in die Arbeit. Vielleicht sollten wir doch darüber reden, eine Nanny anzustellen. Ich habe genug Geld, um jemanden Vollzeit zu bezahlen. Ich weiß, dass du meinetwegen in einer Zwickmühle sitzt, und es tut mir leid, dass du für mich einspringen musst.«

»Würdest du bitte damit aufhören? Ich sitze nicht in einer Zwickmühle. Ich tue, was für unsere Familie getan werden muss. So, wie du es getan hast, als ich während der Betriebsprüfung ungefähr achtzig Stunden die Woche gearbeitet habe. Hör auf, dich wegen deines Erfolges schlecht zu fühlen. Und wenn du die Wahrheit hören willst, ich habe schon darüber nachgedacht, *nicht* wieder arbeiten zu gehen.«

Er lehnte sich vor. »Moment. Was? Tust du das meinetwegen?«

Ich ließ den Kopf in den Nacken sinken. »Nein, meinetwegen. Ich habe viel nachgedacht. Ab jetzt will ich sehen, wie die Kinder aufwachsen. Wir haben nur eine gewisse Anzahl von Jahren mit ihnen. Bald schon werden sie alle in die Schule gehen und zu cool sein, um mit ihrer alten Mutter abzuhängen. Eventuell kann ich dann ja wieder arbeiten gehen. Aber ich bin einfach nicht mehr wirklich mit dem Herzen dabei. Ich habe mir den Hintern aufgerissen, um diese Firma aufzubauen. Vielleicht wird es Zeit, dass ich das Kommando jemand anderem übergebe und das tue, was ich eigentlich will.«

Easons Miene wurde sanft, und er lehnte sich noch näher zum Handy. »Bree, ich mag momentan körperlich nicht anwesend sein, aber ich bin für dich da. Wenn du das wirklich willst, dann kehre nicht zu Prism zurück. Ich bringe das Geld nach Hause. In diesem Punkt habe ich Jessica ziemlich im Stich gelassen, aber diesmal ist alles anders. Sie werden mich nicht fallen lassen. Ich kann nun für uns sorgen. Für uns alle. Versprochen.«

Ach, mein süßer Eason. Nach allem, was er getan hatte, war er immer noch der Meinung, er hätte sich nicht genug angestrengt.

»Zuerst einmal hast du Jessica nicht im Stich gelassen. Sie war nicht so hilflos, wie sie immer getan hat. Schließlich hätte sie sich auch einen Job besorgen können. Aber sie hat sich lieber mit Rob getroffen, statt für ihre Familie zu sorgen. Du darfst dir ihr Versagen nicht als deines anrechnen.«

»Schatz«, flüsterte er gepresst.

»Zweitens«, fuhr ich fort, »hast du für uns alle gesorgt. Vom ersten Tag an. Und das hat überhaupt nichts damit zu tun, wer die Hypothek gezahlt hat. Die Kinder und ich wären jetzt nicht so glücklich und zufrieden, wenn es dich nicht gegeben hätte. Du hast ein größeres Herz als jeder andere Mann, dem ich je begegnet bin. Und wenn man bedenkt, wie oft es dir aus der Brust gerissen wurde, ist das echt bemerkenswert. Ich brauche dich nicht, um für uns zu sorgen. Prism existiert noch. Ich werde nur nicht diejenige sein, die die Firma führt. Aber wenn dir das wichtig ist, um dich selbst zu überzeugen, dass all deine harte Arbeit sich endlich auszahlt, werde ich alle Rechnungen noch heute Abend auf dich übertragen. Ich brauche kein Geld, Eason. Ich brauche dich. Mehr werde ich nie brauchen.«

»Verdammt, Bree. Woher weißt du immer genau, was du sagen musst?«

»Das hast du mir beigebracht. Und wenn das die schlechte Neuigkeit war, dann erzähl mir nun bitte die gute.«

Einer seiner Mundwinkel hob sich, und aus seinen Augen strahlte so viel Liebe, dass ich selbst über das Handydisplay ihre Wärme spüren konnte. »Ich komme morgen nach Hause.«

Mir schlug das Herz bis zum Hals. »Ernsthaft?«

Er lachte leise. »Ja. Im Studio gibt es erst in einer Woche freie Kapazitäten. Also fliege ich für eine Woche zu meiner Frau und meinen Kindern nach Hause. Ehrlich, ich war noch nie in meinem Leben so aufgeregt.«

»Die Kinder werden austicken. Wir sollten sie überraschen.«

»Und was ist mit dir? Freust du dich auch?«

Ich legte neckisch den Kopf schief. »Fishing for compliments, soso. Hat Superstar Eason Maxwell das denn nötig?«

»Komplimente brauche ich gar nicht. Ich brauche meine Kinder … Und wenn sie dann im Bett sind, brauche ich dich in aufreizenden Dessous. Wenn ich danach einen Monat lang unterwegs sein werde, müssen wir diese eine Woche damit verbringen, genügend sexy Erinnerungen für die Durststrecke zu schaffen.«

Ich nickte, die Zähne in der Unterlippe vergraben. »Das kriege ich hin.«

O mein Gott, und wie ich das hinkriegen würde!

»Gut.« Er zwinkerte. »Ich werde dir meine Flugdaten schicken. Und jetzt muss ich aufhören, bevor alle zurückkommen, während ich hier mit einem Riesenständer herumsitze. Ich liebe dich, mein Schatz.«

»Ich dich auch, Eason.«

24

Eason

Ich ließ mich von einem Uber am Poolhaus absetzen und stellte meine Taschen in den Flur. Bewaffnet mit einem riesigen Stoffeinhorn, einer Plüschkatze, einer *Minecraft*-Spitzhacke aus Plastik und einem Glas gefüllt mit allen roten M&Ms, die ich in San Francisco hatte finden können, schlich ich mich um das Haus herum. Wie geplant hielt Bree sich mit den Kindern auf der Terrasse auf, wo sie die Bodenfliesen mit Kreide bemalten. Allein der Anblick ihrer drei kleinen zusammengesteckten Köpfe sorgte schon dafür, dass eine Welle der Zufriedenheit über mir zusammenschlug.

Bree stand auf, als ich durch das Gartentor trat. Ihr Haar bewegte sich in der Brise. Mein Magen verkrampfte sich, als wäre es das erste und nicht das millionste Mal, dass ich sie sah. Zwei Wochen klangen nicht lang, aber nachdem wir fast zwei Jahre lang zusammengewohnt und quasi jeden Tag miteinander verbracht hatten … Mann, hatte ich diese Frau vermisst! FaceTime reichte einfach nicht.

»Hi«, formte sie mit den Lippen, und die reine Freude, die aus ihrem Gesicht strahlte, übertrug sich auf mich.

Ich legte die Finger an die Lippen.

Sie zog ihr Handy aus der hinteren Hosentasche und rief: »Hey, Kinder, passt mal auf. Wir schicken Eason ein Bild von euren Kreidegemälden.«

»Meines ist das beste!«, rief Asher. »Mach ein Bild von meinem.«

Die Mädchen kicherten und duellierten sich mit ihren Kreidestäben, aber nachdem Bree mir über die Wochen ja massenweise Bilder geschickt hatte, reihten sie sich sofort auf wie abgerichtete Zirkustiere.

»Sagt Cheese!«, rief Bree.

»Cheese!«, flöteten sie alle.

Ich ließ die Stofftiere fallen und stellte das Glas mit den M&Ms zur Seite, damit nichts kaputtging. Dann schlich ich mich hinter die Kinder, ging in die Hocke und sagte ebenfalls: »Cheese!«

Danach folgte ein Chor aus begeistertem Kreischen, schöner als alles, was ich je gehört hatte. Ashers Miene war unbezahlbar, als er mit weit aufgerissenem Mund zu mir herumwirbelte und mich mit großen Augen ansah.

Madison warf sich als Erste in meine Arme. »Eeeee-sin!«

Meine süße Luna stand einfach nur klatschend und kichernd da. »Daddy zu Hause. Daddy zu Hause.«

Ich war ein Mann. Also ein allumfassendes Beispiel für reine, entfesselte Männlichkeit. Oder zumindest redete ich mir das ein, wenn ich in den Spiegel sah. Aber in Wahrheit fing ich an zu heulen, als alle Kinder sich gleichzeitig auf mich warfen. Ich fiel auf den Hintern und wurde der glücklichste Kerl, der je unter einer Kinderlawine begraben lag.

Mehrere Minuten herrschte reines Chaos. Alle redeten gleichzeitig. Tausend Fragen und Geschichten drangen über ihre Lippen, schneller, als meine Ohren mithalten konnten. Sosehr ich meine Kinder auch liebte, es gab da eine gewisse Person, die ich unbedingt ebenfalls in die Finger kriegen wollte. Glücklicherweise kannte ich eine sichere Methode, um mich aus einem solchen Haufen zu befreien – und ich hatte vorgesorgt.

»Wer will eine Überraschung?«, fragte ich.

Sofort sprangen sie von mir herunter und schrien: »Ich!«

Ich stand auf und ging zu meinem Geschenkehaufen. »In Ordnung, Mädchen. Die hier mögen aussehen wie normale Stofftiere, aber sie sind viel mehr. Sie haben Babys im Bauch.« Das ehrfürchtige Keuchen war jeden Penny wert, den ich für diese total unheimlichen Spielzeuge bezahlt hatte. »Und fragt mich nicht, ob ich das überprüft habe, denn das habe ich nicht. Und bitte fragt mich auch nicht, wie es sein kann, dass ein Einhorn ein Häschen im Bauch hat. Hier, Luna. Regenbogen-Glitzer-Funkelzeh gehört dir.« Ich gab ihr das Einhorn, das ungefähr so groß war wie sie.

»Tanke, Daddy!«

Ich drückte ihr einen Kuss auf den Scheitel. Mein Herz war so voller Liebe, dass ich mich fragte, wie es überhaupt noch in meiner Brust Platz fand. »Und, Madison, das bedeutet, dass Stiefelsternchen McSchnurrhaar dir gehört.« Ich reichte ihr die Katze, und ihre Augen wurden so groß, als hätte ich ihr die Welt zu Füßen gelegt. Sie klemmte sich Stiefelsternchen unter den Arm und umarmte fest meine Beine, um wortlos ihre Dankbarkeit auszudrücken.

Doch es war Ashers begeistertes »Jaaaaaa!«, das mich am meisten erheiterte. »Das bedeutet, dass die Spitzhacke mir gehört«, sagte er und hüpfte mit begeistert in die Luft gerissenen Fäusten um mich herum. »Die wollte ich. Ich wollte die Spitzhacke.«

Lachend schüttelte ich den Kopf und reichte ihm mit beiden Händen sein Geschenk. »Viel Spaß beim Graben, Ash!«

»Danke!« Er schnappte sich das Werkzeug und rannte in vollem Galopp zu den Bäumen neben dem Haus. Die Mädchen dagegen ließen sich vor meinen Beinen auf den Boden plumpsen und zogen Einhorn- und Katzenhäschen aus den Bäuchen ihrer Stofftiere, um jedes einzelne Baby überschwänglich zu bewundern.

Mir blieben ungefähr vier Minuten, bis die erste Begeisterung verklang, also schnappte ich mir das Glas mit den M&Ms und zog los, um endlich meine Liebste anständig zu begrüßen.

Sie hob eine Hand, um die Augen vor der Sonne abzuschirmen, als ich zu ihr ging. Ihre Mundwinkel zuckten. »Sind das …?«

Ich ließ sie den Satz nicht zu Ende sprechen, sondern schlang einen Arm um ihre Taille, zog sie an die Brust und drückte ihr einen längst überfälligen Kuss auf den sinnlichen Mund.

»Mmmmmm.« Sie schlang die Arme um meinen Hals.

»Dieses Geräusch sagt mir, dass du mich vermisst hast, Sug.«

Sie runzelte die Stirn, doch genau das hatte ich gewollt, daher verbuchte ich es als Erfolg.

»Dass du mich Sug nennst, habe ich nicht vermisst.

Aber dich vielleicht ein kleines bisschen. Sind die für mich?« Sie nickte in Richtung des riesigen Glases mit dem schwarzen Metalldeckel.

»Was, die hier? Nö, die gehören mir. Aber für dich habe ich eine Tüte voll mit allen anderen Farben.«

Sie kniff mich in die Seite.

»Okay, okay. Du kannst sie haben. Musst nicht gleich gewalttätig werden.«

Mir blieb fast das Herz stehen, als sie mir das Glas aus den Händen nahm. Ich sollte nicht nervös sein. Auf keinen Fall würde Bree vor dem Abendessen M&Ms essen. Zumindest nicht an einem guten Tag. Doch sie mit diesem Glas zu sehen löste ein Glücksgefühl in mir aus, mit dem ich nicht gerechnet hatte.

»Verdammt, das Ding ist schwer«, sagte sie. »Hast du wirklich so viele M&Ms sortiert?« Sie hob den Behälter in die Sonne und drehte ihn langsam. »Da müssen Tausende drin sein.«

Ich zuckte mit den Achseln. »3999, um genau zu sein. Das letzte habe ich gegessen, um es glaubwürdiger zu machen.«

Sie lachte, dann stellte sie sich für einen weiteren Kuss auf die Zehenspitzen. Und ich verweigerte ihn ihr nicht.

»Willst du damit alles ersetzen, was du mir gestohlen hast?«

Ich wackelte mit dem Kopf. »Es ist eher eine Anzahlung. Aber irgendwann schaffe ich es.«

Kichernd vergrub sie ihr Gesicht an meiner Brust. Mehrere Minuten standen wir einfach nur so da und atmeten im Gleichklang. Wir mussten nichts sagen. Es gab keine Erwartungen und keinen Druck. Mir reichte es schon, sie einfach in den Armen zu halten.

Gott, es war einfach wunderbar, wieder zu Hause zu sein!

»Mom«, schrie Asher, »was gibt es zum Abendessen?«

Luna sprang auf die Beine. »Ich habe Hunger.«

»Ich aaaaaaauch«, rief Madison.

Und einfach so war unser stiller Moment vorbei. Doch das Chaos war genauso schön.

»Okay.« Ich gab Bree frei und klatschte in die Hände. »Wir gehen zum Essen aus und dann vielleicht ins Spielparadies und danach in den Trampolinpark und in alles andere, was uns auf dem Weg begegnet.«

Die Kinder jubelten, als hielten wir sie gefangen und ließen sie quasi nie aus dem Haus.

Bree schnippte mit den Fingern. »Aber vorher müsst ihr die Kreide wegräumen und eure neuen Spielzeuge in eure Zimmer bringen.«

Die Kinder traten sofort in Aktion, wirbelten um uns herum, diskutierten, wer welche Farbe zuerst benutzt hatte. Ich legte einen Arm über Brees Schultern und genoss das Chaos.

Sie legte den Kopf in den Nacken, um zu mir aufzusehen, dieses lächerliche Glas voller roter M&Ms an die Brust gedrückt, und füllte damit meine Seele mit neuem Leben. »Eason, du bist gerade erst nach Hause gekommen. Bist du dir sicher, dass du ausgehen willst? Ich wollte etwas Einfaches kochen, damit du dich entspannen kannst. Du musst doch von der Reise erschöpft sein.«

Das stimmte absolut, aber ich hatte für die Nacht Pläne mit Bree. »Also, hör zu. Wie wär's, wenn wir hierbleiben und uns einen gemütlichen Familienabend machen, bis die Kinder irgendwann ins Bett müssen. Wir könnten stundenlang Fragen beantworten, Gutenachtküsse verteilen und Wassergläser auffüllen. Luna wird mich nicht gehen lassen wollen, also werde ich mich zu ihr legen. Allerdings wissen wir aus Erfahrung, dass ich weg bin, sobald ich mich in die Horizontale begebe. Ich werde einschlafen, und die Nacht wird vorbei sein, noch bevor sie angefangen hat.«

Ich lehnte den Kopf in die andere Richtung. »Ooooder wir gehen zum Japaner, wo die Köche im Hibachi alles vor unseren Augen zubereiten, sodass die Kinder denken, gegrillte Hühnerbrust und Brokkoli wären cool. Danach schauen wir im Spielparadies vorbei, damit sie sich vollkommen auspowern, während wir uns halb freundschaftlich beim Skee-Ball messen und der Verlierer dem Gewinner später anzügliche Dinge mit dem Mund schuldet. Anschließend gehen wir noch in den Trampolinpark und lassen sie hüpfen, bis ihre Knie weich sind, um dann mit drei total erschöpften Kindern nach Hause zurückzukehren, die schon einschlafen, bevor sie überhaupt im Bett sind. Sodass wir ganz allein zurückbleiben und du einlösen kannst, was du mir als Verliererin des Turniers vorher schuldest.« Ich grinste.

»Wow. Da hat jemand aber lange nachgedacht.«

Ich schenkte ihr ein halbes Achselzucken. »Was soll ich sagen? Ich hatte eine Menge Zeit, während ich viertausend rote M&Ms aussortiert habe.« Das war gelogen. Ich hatte sie online bestellt. Doch das würde mein Geheimnis bleiben.

Sie lachte laut und schüttelte den Kopf. »Ja, okay. Ich habe dich übrigens mehr als nur ein kleines bisschen vermisst.«

Das musste sie mir nicht sagen. Ich hatte es bei jedem Telefonat während meiner Abwesenheit in ihren Augen gesehen. Hatte es in ihrer Stimme gehört, wenn sie »Ich liebe dich« geflüstert hatte. Und ich fühlte es jetzt, daran, wie eng sie mich umklammerte, wie innig sie sich in meine Umarmung kuschelte.

Bree und ich arbeiteten Hand in Hand, um die Kinder aufbruchbereit zu machen. Luna und Madison klammerten sich an meine Beine, als ich die Stufen zum Haus nach oben stieg. Dann bestand Asher darauf, dass ich – während er sich anzog – vor der Tür stehen blieb, damit er mir von allem in Bezug auf Abigail erzählen konnte, dem Mädchen, das dafür sorgte, dass er Bauchweh bekam.

Ich hatte meine Zeit in L. A. und San Francisco unglaublich genossen. Die Sonne, die Energie – es hatte einfach etwas zu wissen, dass ich dieselben Straßen entlangging, dieselben Restaurants besuchte und mehr als einmal vor denselben Paparazzi floh wie all die Legenden, die vor mir gekommen waren.

Aber es hatte eine ganz eigene Magie, die Kinder dabei zu beobachten, wie sie klatschten, als einer der Köche einen Zwiebelvulkan zündete. Und Bree lachen zu hören, als ich absichtlich beim Skee-Ball verlor, indem ich jeden einzelnen Ball in dem Zehn-Punkte-Loch versenkte … weil ich fest vorhatte, den Abend mit meinem Mund zwischen ihren Beinen zu beschließen. Ich hatte von einem Leben im Rampenlicht geträumt, doch es verschaffte mir auch unendliches Glück, das Radio aufzudrehen und laut zu singen, um die Kinder auf der Heimfahrt wach zu halten.

Mein Plan, alle in die völlige Erschöpfung zu treiben, war ein wenig zu erfolgreich, denn als ich ins Schlafzimmer kam, nachdem ich den Mädchen eine Geschichte vorgelesen und das Haus verriegelt hatte, hatte Bree einen Eason Maxwell hingelegt und lag schlafend auf der Seite im Bett. Auf ihrer freien Schulter war ein kleines Stück schwarze Spitze zu erkennen.

Nach diesem ereignisreichen Tag konnte ich nicht einmal enttäuscht sein. Ich würde sie eine Weile schlafen lassen. Sex in den dunklen Stunden der Nacht hatte auch seine Vorteile.

Ich starrte sie eine Weile an, dann lachte ich leise über das Glas mit den unberührten roten M&Ms auf ihrem Nachttisch. Mir war klar, dass sie das Glas nicht geöffnet hatte, weil sie den Verlobungsring darin noch nicht gefunden hatte. Aber irgendwann würde es so weit sein.

Vielleicht würde sie eines Nachmittags, während ich gerade in der Dusche stand, tief ins Glas greifen und im Anschluss schreien.

Vielleicht wollte sie sich eines Morgens ein paar bunte Kugeln gönnen und würde mich mit Tränen in den Augen anstarren, wenn ich aufwachte.

Vielleicht würde sie den Ring auch erst nächste Woche finden, wenn ich schon wieder in Kalifornien war. Ein Fernantrag war nicht unbedingt toll, doch der Überraschungseffekt, den sie so sehr verabscheute, wäre es wert.

War es zu früh? Nach Einschätzung der meisten Leute wahrscheinlich schon. Aber nicht für mich. Ich hatte sie gefunden. Die Eine. Es gab keine Nervosität und auch keine Ängste. Keine Zweifel und keine kalten Füße. Ich war absolut davon überzeugt, dass Bree für mich wie geschaffen war. Zwar mochten wir aufgrund einer Tragödie zueinandergefunden haben, doch unsere Liebe gedieh dank Geduld, ehrlichem Respekt und Verständnis.

Niemand hatte es leicht … und wir hatten es besonders schwer gehabt. So scheußlich unser Leben bisweilen auch gewesen sein mochte, es war wunderschön, auf all den Schmerz und das Leid zurückzublicken und zu wissen, dass wir daraus gestärkt hervorgegangen waren –

und mit mehr Liebe, als ich jemals für möglich gehalten hätte.

Aber als ich an diesem Abend neben ihr einschlief, mit einem Lächeln auf den Lippen und einem Herz voller Liebe, erfüllt von tiefer Zufriedenheit, wusste ich nicht, dass uns die schwerste Prüfung erst noch bevorstand.

»Mom!«, kreischte Asher voller Panik, als er ins Schlafzimmer gerannt kam.

Abrupt richtete ich mich auf, genau wie Bree neben mir. Ich warf die Decke zur Seite, sprang aus dem Bett und eilte mit drei großen Schritten zu Asher.

Sobald ich nah genug war, warf er sich in meine Arme. Er zitterte am ganzen Körper.

»Was ist los?« Instinktiv setzte ich ihn aufs Bett und begann verzweifelt, ihn auf der Suche nach einer Verletzung abzutasten. Das war die einzige Erklärung für seine Panik, die mein schlaftrunkenes Hirn ausspuckte.

Bree schaltete das Licht an und schob sich neben uns, um ihren Sohn von Kopf bis Fuß zu mustern. Doch keiner von uns fand eine körperliche Ursache, warum er so außer sich war. Mit beiden Händen umfasste ich sein bleiches Gesicht, während Bree vor ihm in die Hocke ging. »Ganz ruhig, mein Schatz. Es ist okay. Mommy ist ja da. Alles ist gut. Hattest du einen Albtraum?«

Er schüttelte den Kopf. Dicke Tränen quollen aus seinen verängstigt aufgerissenen Augen.

In der Ferne hörte ich, wie Madison anfing zu weinen, weil wir sie offensichtlich aufgeweckt hatten. Mein Herzschlag beruhigte sich bereits wieder, als mein Hirn verarbeitete, dass offensichtlich keine akute Gefahr bestand.

Ich atmete einmal tief durch und sah Bree an. »Du kümmerst dich um das hier. Ich schaue nach den Mädchen.«

»Das kannst du nicht!«, schrie Asher. »Er hat sie mitgenommen! Er hat sie mitgenommen!«

»Wer?«, fragte Bree.

Sein nächster Satz riss mir den Boden unter den Füßen weg.

»Luna! Daddy hat sie mitgenommen!«

»Asher, Schätzchen«, sagte Bree beruhigend. »Das ist nicht möglich. Lunas Daddy ist doch hier bei uns.«

Es ist seltsam, welche Dinge sich mitten in einer Tragödie ins Gedächtnis einbrennen.

Ich weiß noch, dass mir plötzlich auffiel, wie seltsam es war, dass im Hintergrund nur Madison weinte.

Ich weiß noch, wie ich losrannte und Lunas Bett leer vorfand.

Ich weiß noch, wie ich verzweifelt nach ihr suchte und dabei nach Bree schrie, immer noch erfüllt von der Hoffnung, dass Luna einfach bloß aufgestanden und nach unten gegangen war.

Aber was ich nie vergessen werde, ist der welterschütternde Klang von Ashers Schrei: »Nicht ihr Daddy! *Mein* Daddy!«

25

Bree

»Finden Sie sie!«, brüllte Eason den grauhaarigen Detective Hoffman an, während ein gutes halbes Dutzend Polizisten unser Haus durchsuchte.

»Mr Maxwell, ich versichere Ihnen, dass eine ganze Suchmannschaft im Einsatz ist. Wenn sie dort draußen ist …«

»Sagen Sie nicht, wenn«, blaffte Eason. »Wagen Sie es ja nicht, dieses verdammte *Wenn* zu verwenden. Wir reden hier von meiner Tochter. Wir wissen, dass sie da draußen ist. Und nun machen Sie Ihren gottverdammten Job und bringen Sie Luna nach Hause!«

Es war erst zehn Uhr morgens, aber es war jetzt schon der härteste Tag meines Lebens.

Wir stellten uns immer wieder dieselben Fragen.

Wo war sie?

War sie in Sicherheit?

War sie verängstigt?

Oder, meine größte Angst: War es bereits zu spät?

Seit über sechs Stunden befanden Eason und ich uns in einem Zustand gleichbleibender Panik. Die Zeit verging, aber Sekunden fühlten sich an wie Stunden. Wie bei den Phasen der Trauer begann auch die Verarbeitung der Tatsache, dass jemand die eigene Tochter entführt hatte, während sie tief und fest geschlafen hatte, nur wenige Meter vom eigenen Schlafzimmer entfernt, mit Verleugnung.

Ich konnte einfach nicht fassen, dass jemand sie mitgenommen hatte – und Ashers Behauptung, dass es Rob gewesen war, machte alles bloß noch unglaubwürdiger.

Trotzdem war Eason aus der unverschlossenen Hintertür gerannt, war um das Haus herumgelaufen und hatte angefangen, die Umgebung abzusuchen, während ich die Polizei gerufen hatte. Während wir auf ihre Ankunft warteten, war Eason wie wild herumgelaufen und hatte Lunas Namen geschrien. Da sowohl Asher als auch Madison heulten, hatte ich die Kinder mit mir herumgeschleppt, statt zu riskieren, sie auch bloß eine Minute aus den Augen zu lassen. Zuerst hatte ich den Pool kontrolliert. So grauenhaft es auch gewesen wäre, unser Mädchen im Wasser zu entdecken … Als ich sie dort nicht fand, verstärkte das meine Panik nur noch.

Als ich draußen war, bemerkte ich, dass die Tür zum Poolhaus einen Spalt offen stand. Erleichterung sorgte dafür, dass mir schwindelig wurde, als ich hinüberlief, in der Hoffnung, dass sie verwirrt aufgewacht und losgezogen war, um ihren Dad zu suchen. Eason fing mich an der Tür ab, weil er vermutlich denselben Gedanken gehabt hatte.

Es gab so viele Faktoren, die wir in diesen ersten Minuten der Suche einfach nicht berücksichtigten.

Wie hätte sie das Kindergitter oben an der Treppe überwinden sollen?

Wie sollte sie die Hintertür geöffnet haben?

Wieso war die Alarmanlage nicht angesprungen?

Aber Verzweiflung ließ keinen Platz für logisches Denken.

Luna war nicht im Poolhaus gewesen.

Nicht in ihrem Zimmer.

Nicht in dem von Eason.

Luna war nirgendwo.

Und mit jeder Sekunde, die verging, erreichte meine Panik ganz neue Höhen.

Und gerade als wir das Poolhaus wieder verlassen wollten, weil Sirenen in der Ferne erklangen, bemerkte Eason einen gefalteten Zettel auf seiner Klavierbank.

Zwei gedruckte Zeilen in schwarzer Tinte. Klar und knapp, aber trotzdem vernichtend.

FÜNF MILLIONEN, UM SIE ZURÜCKZUBEKOMMEN.

Gefolgt von einer seltsamen sechsundzwanzigstelligen Nummer.

Mehr nicht.

Keine Anweisungen, keine Erklärung.

Nur eine Forderung … und fünf Leben, die niemals wieder dieselben sein würden.

Ich hatte Eason zerstört und gebrochen gesehen.

Ich hatte ihn blutend und vom Feuer gezeichnet gesehen.

Ich hatte ihn emotional ausgelaugt und unendlich erschöpft gesehen.

Doch als er jetzt mit zitternden Händen auf die Knie fiel, weil ihm das Unfassbare bewusst wurde, gab es den Mann, den ich liebte, einfach nicht mehr.

Luna war weg.

Als die Polizei ankam, trennten sie Eason und mich sofort, um uns unabhängig voneinander zu befragen. Easons nächste Reaktion war Wut. Über zwei Stunden lang lauschte ich darauf, wie er in der Küche tobte. Die allumfassende Agonie in seiner Stimme passte zu den Gefühlen, die mir die Brust zuschnürten.

Sie stellten mir Fragen, aber ich hatte nur eine begrenzte Menge an Antworten.

Wir hatten geschlafen. Das Haus war verschlossen gewesen. Und doch war jemand einfach hereinspaziert und hatte unser kleines Mädchen mitgenommen.

Die Aufnahmen der Kamera vor dem Haus zeigten nichts. Kein Auto, das in die Einfahrt hinein- oder rausfuhr. Keine schattenhafte Gestalt, die sich im Schutz der Dunkelheit näherte. Auch die Seitenkameras zeigten nichts. Der einzige Hinweis, den wir hatten, stammte von der Kamera hinter dem Haus, mit einer vielleicht dreisekündigen Aufnahme einer ganz in Schwarz gekleideten Person mit Skimaske und Handschuhen. Man konnte nicht mal erkennen, ob es ein Mann oder eine Frau war, bevor die Kabel durchgeschnitten und die Kamera damit deaktiviert wurde.

Und dann war da Asher, der immer wieder Stein und Bein schwor, dass er aufgewacht war und gesehen hatte, wie sein toter Vater Luna durch den Flur getragen hatte.

Nach mehreren Stunden, in denen wir getrennt befragt worden waren, waren wir dem Ziel, Luna zu finden, keinen Schritt näher gekommen. Eason war vollkommen fertig – absolut untröstlich –, und ich fühlte mich, als wäre ich in die Vergangenheit zurückkatapultiert worden, als alles wehgetan und nichts Sinn ergeben hatte. Endlich brachten sie uns beide ins Wohnzimmer. Eine Polizistin setzte sich mit den Kindern ins Spielzimmer. Sosehr es mich auch schmerzte, Ashers gedämpftes Weinen zu hören, das Wohnzimmer war gerade nicht der richtige Ort für ihn.

»Meine Kleine ist da draußen, mit was weiß ich wem. Wieso zum Teufel stehen Sie hier in meinem Haus herum und reden über *Wenns?*«, brüllte Eason.

»Tief durchatmen«, sagte ich drängend, als ich neben ihn trat. Sein Herz schlug so schnell, dass ich es unter seinen Rippen spüren konnte. »Lass ihn reden, okay?«

Er fuhr sich grob mit der Hand durchs Haar, die Muskeln in seinem Nacken sichtlich angespannt, aber er klappte den Mund lange genug zu, dass der Detective weitersprechen konnte.

»Ich wollte gerade sagen, dass ein ganzes Team daran arbeitet, Ihre Tochter wiederzufinden. Ich weiß, dass Agent Garrett vom FBI vorhin hier war und mit Ihnen beiden separat über mögliche Verdächtige und die Risiken von Lösegeldzahlungen gesprochen hat.«

Ich schloss die Augen und senkte den Kopf. Lunas honigbraune Augen leuchteten hinter meinen Lidern. Für Luna – um diesen Albtraum zu beenden – hätte ich jeden Betrag gezahlt. Keiner von uns hatte fünf Millionen einfach herumliegen. Aber wenn man mir genügend Zeit gab, könnte ich das Geld wahrscheinlich auftreiben. Ich konnte das Haus verkaufen, alle Konten abräumen, meine Altersvorsorge und das Anlageportfolio kündigen. Und Prism zu verkaufen hätte wahrscheinlich zehnmal mehr eingebracht als die geforderte Summe.

Doch da unsere Chance, Luna zu finden, nach den ersten vierundzwanzig Stunden quasi gegen null tendierte, hatten wir keine Zeit zu verlieren.

Und selbst wenn ich das Geld hätte auftreiben können – Agent Garrett und sein Team hatten sich deutlich gegen eine Zahlung ausgesprochen. Sie hatten erklärt, es gäbe keine Garantie, dass die Entführer Luna zurückgeben würden; dass eine Zahlung die Kriminellen oft nur gieriger machte, sodass sie noch mehr Geld verlangten.

Also war Luna weg.

Jemand hatte sie entführt.

Und wir befanden uns in einer Pattsituation, ohne eine Möglichkeit, sie zurückzuholen.

Lieber hätte ich noch einmal den Brand überlebt.

Lieber wäre ich wieder im Feuer gewesen.

Lieber hätte ich in Flammen gestanden, als nicht zu wissen, ob wir unser kleines Mädchen jemals wiedersehen würden.

Und angesichts der Agonie, die aus Easons Miene sprach, hätte er sich wahrscheinlich ähnlich geäußert.

»Also, was tun wir jetzt?«, fragte Eason, und seine Wut schlug in Hilflosigkeit um.

Detective Hoffman zog seine blaue Stoffhose nach oben, an deren Gürtel seine Dienstmarke hing. »Wir arbeiten eng mit dem FBI zusammen, um Ihre Tochter wieder nach Hause zu bringen. Aber ich will ehrlich sein. Wir haben nicht viele Informationen. Nur einige Theorien. Die erste lautet, dass diese Entführung irgendwie mit Ihrer neuen Berühmtheit zusammenhängt. Vielleicht ein Stalker oder so etwas. Die Tatsache, dass der Erpresserbrief auf Ihrer Klavierbank hinterlassen wurde, verrät einiges. Und wenn beide Mädchen in einem Zimmer geschlafen haben, würde das definitiv erklären, warum nur Ihre Tochter entführt wurde, während die Kleine von Mrs Winters zurückgelassen wurde.«

»Ein Fremder hätte nicht gewusst, welches Kind meine Tochter ist«, blaffte Eason. »Ich bin nicht berühmt. Ich bin einmal bei den Grammys aufgetreten, und ein paarmal wurden Fotos von mir gemacht, als ich mit Levee Williams unterwegs war. Aber es ist nicht so, als würden im Internet massenweise Fotos meiner Tochter zirkulieren. Nur ein paar Babyfotos, die irgendwer ausgegraben hat.« Er ging zu der Kommode an der Wand und schnappte sich ein gerahmtes Bild von Madison und Luna vor dem Weihnachtsbaum. »Schauen Sie sich die beiden an. Und dann erklären Sie mir, wie Sie die beiden in einem dunklen Zimmer auseinanderhalten könnten, in zwei Betten, die direkt nebeneinanderstehen.«

Das leuchtete ein. Es gab gute Gründe, warum wir Lunas Vaterschaft so lange in Zweifel gezogen hatten. Ungefähr gleich alt, gleich groß, gleiche Haarfarbe. Ihre braunen Augen unterschieden sich in ihren Schattierungen, aber das hätte einem Fremden kaum weitergeholfen.

»Okay«, gab der Detective zu. »Außerdem erklärt diese Theorie nicht, wie es dieser Person gelungen ist, in Ihr Haus zu kommen. Es gibt keine Hinweise auf ein gewaltsames Eindringen, und laut der Security-Firma wurde die Anlage mit einem voreingestellten Code deaktiviert. Was mich vermuten lässt, dass wir es mit jemandem zu tun haben, der Sie kennt.«

»Aber niemand hat unseren Code«, hielt ich dagegen.

Er hob seine dichten grauen Augenbrauen. »Denken Sie bitte genau darüber nach. Babysitter, Putzpersonal? Niemand sonst hat den Code zu Ihrer Alarmanlage?«

»Nein«, erklärte Eason bestimmt. »Sie haben unsere Babysitterin Evelyn bereits von jedem Verdacht freigesprochen. Sie ist die Einzige, die unser Haus regelmäßig betritt … Und selbst sie hat ihren eigenen Code. Und zwar nicht den, der eingesetzt wurde, um die Anlage zu deaktivieren.«

Ich wollte es nicht aussprechen. Es würde lächerlich klingen – und wahrscheinlich dafür sorgen, dass ich mich noch schlechter fühlte –, doch ich hätte jeden Tag eine Erniedrigung in Kauf genommen, wenn wir dadurch Luna zurückbekamen. »Was ist mit Rob?«

Eason riss den Kopf zu mir herum und sah mich wütend an. Aber er widersprach mir nicht sofort, was mir verriet, dass ihm dieser Gedanke auch schon gekommen war.

Der Detective stieß ein Grollen aus, dann starrte er über meine Schulter ins Leere. »Hören Sie, ich spreche aus fast vierzig Jahren Berufserfahrung ... Kinder sind nicht die besten Augenzeugen. Wenn traumatische Dinge geschehen, kämpft ihr Hirn darum, die Angst zu verarbeiten, also erfinden sie Details, um der Situation einen Sinn zu verleihen. Es ist nicht ungewöhnlich, dass Kinder ...«

Ich trat einen Schritt nach vorne. »Aber das würde Sinn ergeben.«

Er legte den Kopf schräg. »Ein Toter kehrt ins Leben zurück, um ein Kind zu entführen, das nicht sein eigenes ist? Inwiefern ergibt das Sinn?«

»Hey«, knurrte Eason, weil ihm offenbar der Geduldsfaden riss, »nicht in diesem Tonfall!«

Hoffman hob abwehrend die Hände. »Ich wollte nicht respektlos klingen. Ich versuche bloß, die Realität im Blick zu behalten.«

»Nichts von alledem hier ist verdammt noch mal real!«, brüllte Eason.

»Moment.« Ich trat zwischen die beiden Männer und legte eine Hand an Easons Brust, die sich so heftig hob und senkte, als wäre er gerade einen Marathon gelaufen. »Es klingt irre. Und unmöglich. Aber lassen Sie uns mal darüber nachdenken ... nur um alle Möglichkeiten abzudecken. Rob wusste genau, wo jede einzelne Kamera in diesem Haus hängt. Er war derjenige, der die Anlage von der Security-Firma hat installieren lassen. Der Code zur Anlage wurde seit seinem Tod nicht geändert. Und Eason schwört, dass er die Türen verriegelt hat – aber die Hintertür war nicht verschlossen, und die Tür zum Poolhaus stand weit offen. Jemand muss einen Schlüssel gehabt haben.« Ich schluckte schwer, dann schüttelte ich den Kopf. »Rob hatte seine Schlüssel in der Nacht, in der er gestorben ist, in der Tasche. Und soweit ich weiß, wurden sie nie gefunden.«

Detective Hoffman atmete einmal tief durch und strahlte eine Ruhe aus, die Eason und mir bereits den ganzen Tag fehlte. »Noch einmal, Mrs Winters, bei allem Respekt: Wir jagen für gewöhnlich keine Toten.«

»Genauso wenig wie ich«, blaffte ich. »Aber mein Junge ist kein Lügner. Er weint und zittert schon den ganzen Tag, weil er davon überzeugt ist, dass ein Geist seine Schwester entführt hat. Ich glaube, wir können uns darauf einigen, dass es nicht Rob war … Aber was, wenn es jemand war, der ihm nahestand? Mein ehemaliger Mann war mir untreu. Wir haben Beweise, dass er mit Easons Frau geschlafen hat … in meinem Bett. Was, wenn es noch jemand anderen gab? Was, wenn er – bevor er gestorben ist – jemandem den Schlüssel zum Haus gegeben hat, ebenso wie den Code zur Alarmanlage und Informationen darüber, wo die Kameras hängen? Nicht weil sie vorhatten, unser Kind zu entführen, sondern weil er damit eine Affäre in meinem Haus verbergen wollte?« Mir traten Tränen in die Augen, obwohl ich überzeugt gewesen war, keine mehr zu besitzen. »Ich weiß nicht, wen Asher gesehen hat, okay? Aber ich flehe Sie an, nicht einfach über die Möglichkeit hinwegzusehen, dass Rob trotzdem für all das verantwortlich sein könnte.« Das letzte Wort ging fast in einem Schluchzen unter.

»Komm her«, flüsterte Eason, legte einen Arm über meine Schulter und zog mich an seine Brust.

Ich fühlte mich in Easons Armen immer sicher. Doch diese Angst ließ sich durch Trost nicht vertreiben.

Wir waren bereits durch die Hölle gegangen, aber hier standen wir – und unsere Albträume wurden schneller wahr als unsere Träume.

»Wir müssen sie zurückbekommen«, erklärte ich dem Detective, mein Gesicht an Easons muskulöser Brust vergraben. »Bitte helfen Sie uns einfach, sie zu finden.«

26

Eason

Wie betäubt, aber gleichzeitig erstarrt in einem Zustand von Pein, schlimmer als alles, was ich je erlebt hatte, navigierte ich rein auf Autopilot durch den Rest des Tages.

Mein Herz schlug.

Meine Lunge tat ihre Arbeit.

Aber mein Hirn verlor sich in einem Meer aus Was-wäre-wenn.

Und zwar nicht die Art von Was-wäre-wenn, die man laut aussprechen konnte, einfach aus Angst, dass das Universum einen hören und die eigenen Worte als Herausforderung auffassen könnte. Die Welt war voll von kranken, gestörten Menschen.

Und jetzt hatte einer von ihnen mein kleines Mädchen entführt.

Bree hatte einen Handwerker gerufen, um jedes Schloss

im Haus auszutauschen. Das Garagentor war neu programmiert, und morgen früh sollte die Security-Firma kommen, um neue Kameras vor und im Haus zu installieren.

Aber bis das geschehen war – und vielleicht auch dann nicht –, fühlte sich keiner von uns in diesem Haus sicher. Doch wir wollten uns auch nicht weit entfernen. Während die Polizei alles in unserem Haus fotografierte und untersuchte, hatte ich den Tag damit verbracht, die Tür anzustarren. Ich hing am Rand einer Klippe, erfüllt von dem Wissen, dass jemand Luna entführt hatte, aber trotzdem hoffte ein Teil von mir immer noch, dass sie einfach losgelaufen war und jede Minute nach Hause zurückkehren würde.

Das würde sie nicht. Das wusste ich. Doch die Hoffnung starb schließlich zuletzt.

Glücklicherweise wohnte Evelyn nur ein paar Häuser weiter. Sie kontaktierte uns am Nachmittag. Polizisten hatten den halben Tag lang ihr Haus durchsucht … Und sobald sie nicht mehr auf der Verdächtigenliste stand, nahm sie uns bei sich auf.

Es war näher als ein Hotel, falls wir plötzlich nach Hause zurückkehren mussten. Und Madison und Asher liebten Evelyn, also würden sie sich bei ihr auch wohlfühlen. Die Polizei hielt es ebenfalls für eine gute Idee, die nächsten Tage nicht im Haus zu verbringen, also packten wir unsere Taschen, während ein riesiges Loch in meiner Brust klaffte, und verließen den letzten Ort, an dem ich meiner Tochter einen Gutenachtkuss gegeben hatte.

Bree und ich ließen die Kinder nicht aus den Augen, aber Evelyn übernahm das Kochen, teilte Snacks aus und überredete Madison, die den ganzen Tag nicht aufgehört hatte, nach Luna zu fragen, sogar zum Versteckspielen.

Asher allerdings blieb untröstlich. Und als es Zeit

wurde, die beiden am Abend ins Bett zu bringen, war er immer noch aufgewühlt.

»Ich lüge nicht!«, schrie Asher, die Arme um Brees Hals geschlungen.

»Ich weiß.« Bree streichelte ihm den Hinterkopf.

»Können Leute aus dem Himmel zurückkommen?«

Ich ließ mich auf die Bettkante sinken, stemmte die Ellbogen auf die Knie und ließ den Kopf hängen.

»Nein, mein Schatz. Können sie nicht«, antwortete Bree, wobei sie eine Hand auf mein wippendes Knie legte.

»Wie kann es dann sein, dass er hier war?« Asher riss den Kopf hoch. Erneut war seine Miene von Panik erfüllt. »O nein. Was, wenn er Luna mit sich in den Himmel genommen hat? Vielleicht hat Tante Jessica sie vermisst.«

Dieser Gedanke schnürte mir die Kehle zu, so heftig, dass ich einfach keine Luft mehr bekam. Ich musste aufstehen und zur Tür gehen, weil ich sonst vor Asher zusammengebrochen wäre.

»Das ist unmöglich, mein Schatz«, flüsterte Bree. »Schau mich an, Ash. Wir glauben dir. Du hast jemanden gesehen, und ich weiß, dass du diesbezüglich niemals lügen würdest. Aber der Mann war maskiert, oder? Vielleicht war es nur jemand, der so ähnlich aussah …«

»Es war Dad!«, schrie er, ehrlich verzweifelt. »Bevor er weggelaufen ist, habe ich ihn direkt angeschaut. Ich erinnere mich, wie er ausgesehen hat. Ich weiß, dass er es war.«

Ich atmete einmal tief ein, dann hielt ich die Luft an, bis meine Lunge schmerzte. Den ganzen Tag über hatte ich eine so vernichtende Pein in der Brust gespürt, dass der Sauerstoffmangel fast eine Erleichterung war. Schließlich drehte ich mich um und sah Asher tief in die Augen. »Ich glaube dir, Ash.«

Das tat ich nicht. Doch er musste das Gefühl haben, dass wir ihm vertrauten.

Dieser Junge.

Dieser liebe Junge – dem immer ein Teil meines Herzens gehören würde – erwiderte meinen Blick und machte sich daran, mich völlig zu vernichten. »Es tut mir leid, Eason. Es tut mir leid, dass ich ihn nicht aufgehalten habe. Ich habe Angst bekommen, weil ich dachte, er wäre ein Geist.«

Schon in der nächsten Sekunde hielt ich ihn im Arm. Wie ein Baby schlang er die Arme um meinen Hals und die Beine um meine Hüften. Er schluchzte in meine Schulter, niedergedrückt von einer Last, die er niemals hätte spüren sollen. Ich wusste nur zu gut, wie es sich anfühlte, jemanden im Stich zu lassen, den man liebte. Und sich für etwas schuldig zu fühlen, worauf man überhaupt keinen Einfluss gehabt hatte. Auf keinen Fall sollte mein Junge das je ertragen müssen.

Ich hielt Asher eng an mich gedrückt, meine Unterarme über seinem Rücken gekreuzt. »Du hast alles richtig gemacht. Du bist sieben. Es ist nicht deine Aufgabe, einen Eindringling in unserem Haus aufzuhalten. Hörst du mich? Du hast richtig gehandelt. Du bist gekommen und hast uns aufgeweckt. Dass wir so schnell Bescheid wussten, wird der Polizei dabei helfen, Luna zu finden. Du hast dich prima verhalten, Kumpel. Wirklich.«

Er weinte weiter. Die Schluchzer, die seinen kleinen Körper erschütterten, trafen mich bis ins Mark. Bree stand am anderen Ende des Raums. Tränen liefen ihr über die Wangen. Keiner von uns wusste, was wir tun sollten.

Und ehrlich: Am schwersten zu ertragen war die Tatsache, dass es eigentlich nichts mehr gab, was wir hätten tun können.

Wir konnten nur warten und beten, dass die Polizei Luna fand.

Nach ein paar Minuten zog Bree Asher aus meinen Armen, und die beiden legten sich gemeinsam aufs Bett. Evelyn hatte zwei ihrer Gästezimmer für uns vorbereitet. Die ursprüngliche Idee war gewesen, dass ich bei Asher schlafen sollte und Bree bei Madison. Aber Asher brauchte jetzt eine Weile seine Mom.

Und ich brauchte einen kurzen Moment, um mich daran zu erinnern, wie man atmete.

Ich blieb vor dem anderen Gästezimmer stehen und spähte hinein. Madison schlief bereits. Sie war alt genug, um zu verstehen, dass ihre beste Freundin verschwunden war, konnte aber noch nicht die Panik und die Angst bemerken, die uns bei lebendigem Leib verschlang. Und als ich sie beobachtete, wie sie mit ausgebreiteten Armen auf dem Bett lag und selig schlummerte, war ich einfach dankbar, dass wenigstens einer von uns Ruhe fand.

So leise wie möglich schloss ich die Tür zu ihrem Zimmer, zog mein Handy aus der hinteren Hosentasche und sank zu Boden. Bestimmt hatte ich tausend Nachrichten. Die Meldung hatte sich verbreitet, als die Polizei den Amber Alert aktiviert hatte … und jeder – von alten Barbekanntschaften bis zu Levee und Sam – hatte mir geschrieben und jede Unterstützung angeboten, die sie leisten konnten. Doch ich antwortete auf keine der Nachrichten. Ich brauchte keinen Auflauf, kein Bier und – in Levees Fall – auch keinen Bodyguard.

Ich brauchte nur Luna. Und ich hatte keine Ahnung, wie ich die Nacht ohne sie überleben sollte.

Dann drückte ich zweimal den grünen Button und hob anschließend das klingelnde Handy an mein Ohr. Ich musste nicht mal mehr die Nummer wählen. Er war der einzige Mensch, den ich den ganzen Tag über angerufen hatte. Detective Hoffman und die Polizisten, die in unserem Haus verblieben waren, falls das Arschloch zurückkam, waren toll. Aber ich wusste, dass am anderen Ende der Stadt eine FBI-Taskforce auf Hochtouren arbeitete.

»Agent Garrett.«

»Bitte sagen Sie mir, dass Sie etwas Neues herausgefunden haben«, flehte ich.

Er seufzte. »Wie halten Sie sich, Eason?«

»Gar nicht. Sie müssen mir irgendetwas liefern. Sonst werde ich noch verrückt.«

Er brummte mitfühlend und sagte dann: »Wir haben Luna nicht gefunden. Das möchte ich als Erstes sagen.« Ein weiteres rostiges Messer, das mir in die Eingeweide gerammt wurde. »Aber ich wollte gerade zu Ihnen kommen. Wir haben einen Treffer in Bezug auf diese Nummer auf dem Erpresserbrief. Es ist keine Kontonummer, sondern ein Kryptowährungsaccount. Anonymer Besitzer, quasi nicht zurückzuverfolgen.«

»Scheiße«, hauchte ich.

»Aber auch wenn wir den Besitzer nicht identifizieren können, haben wir die Nummer in unsere Datenbank eingegeben und sind dabei auf einen weiteren Kryptowährungsaccount gestoßen, auf den vor einer Weile Geld von diesem ersten Account überwiesen wurde.«

Mir blieb fast das Herz stehen, und ich setzte mich höher auf. Damit hatten wir Luna noch nicht gefunden, doch es war immerhin ein Anfang. »Das ist gut, oder?«

»Es ist ein erster Anhaltspunkt. Kennen Sie jemanden namens S. Barton?«

»Sagt mir nichts. Warum?«

»Weil weniger als vierundzwanzig Stunden bevor Ihr Haus explodiert ist, der Mann, der Ihre Tochter gekidnappt hat, diesem Mann eine halbe Million Dollar überwiesen hat.«

Ein eiskalter Schauer lief mir über den Rücken. »Was zum Teufel haben Sie da gerade gesagt?«

»Sie haben schon richtig verstanden. Einige meiner Leute sind schon an der Sache dran. Ich fahre noch kurz am Polizeirevier vorbei, um mir den Bericht des Brandermittlers zu holen, dann komme ich zu Ihnen. Halten Sie durch. Wir sehen uns in einer halben Stunde.«

Damit legte er auf. Meine Gedanken rasten heftiger als je zuvor. Natürlich konnte das Zufall sein. Leute auf der ganzen Welt hatten ihr Leben gelebt, Geld überwiesen, Dinge ge- und verkauft – vor, während und nach dem Feuer.

Aber wie wahrscheinlich war es, dass diese Leute später meine Tochter entführen würden?

Ich tigerte eine gefühlte Ewigkeit im Flur auf und ab – auch wenn es wahrscheinlich nur zehn Minuten waren –, bevor Bree endlich aus dem Schlafzimmer kam.

Ein Blick auf mich sorgte dafür, dass sie in Alarmmodus schaltete. »Was ist passiert?«

Ich blieb stehen und umklammerte mit einer Hand meinen Nacken. »Agent Garrett ist unterwegs zu uns.«

Sie eilte durch den engen Flur zu mir. »Haben sie Luna gefunden?«

Ich schüttelte den Kopf und brauchte einen Moment, bis ich ihr die Wahrheit sagen konnte. »Sie haben jemanden aufgespürt, der Geld von dem Erpresseraccount erhalten hat. Eine halbe Million Dollar, am Tag vor dem Feuer.«

»Was?«, keuchte sie. »Das ist …«

»Verdammt verdächtig«, beendete ich den Satz für sie. »Das Geld ging an jemanden namens S. Barton.«

»Wer ist das?«

Unfähig, still zu stehen, nahm ich meine Wanderung durch den Flur wieder auf. »Keine Ahnung. Garrett meinte, sie ermitteln, aber …«

»Moment.« Bree kniff die Augen zusammen und starrte ins Leere. »Barton.«

»Das hat er gesagt.«

Sie schnippte zweimal mit den Fingern, dann rannte sie ohne ein weiteres Wort in den Raum, in dem Madison schlief.

Ich folgte ihr und flüsterte eindringlich: »Hey, sei leise. Sie schläft.«

Bree schnappte sich die Computertasche, die sie mitgebracht hatte, und glitt danach wieder so schnell aus dem Zimmer, wie sie es betreten hatte. Eilig zog sie ihren Laptop heraus und reichte mir die Tasche. »Such meinen Zugangsschlüssel.«

Sie ließ sich auf die oberste Treppenstufe sinken und begann, ihren Computer hochzufahren und Passwörter einzutippen. Ich grub in den Seitenfächern der Tasche herum, bis ich den kleinen, an einen USB-Stick erinnernden Schlüssel fand, der nötig war, um von außen auf die Prism-Systeme zuzugreifen. »Was tust du?«

»Wir hatten einen Barton bei Prism. Aber ich kann mich nicht an seinen Vornamen erinnern.«

Mit rasendem Herzen reichte ich ihr den digitalen Schlüssel, ehe ich meinen großen Körper neben sie auf die Stufe quetschte. »Du glaubst, das könnte er sein?«

»Ich weiß nicht. Aber es ist der einzige Barton, den ich kenne.« Sie starrte weiter auf den Bildschirm, während ihre Finger über die Tastatur flogen. »Erinnerst du dich an die Zeit, als ich nach dem Feuer wieder in die Arbeit gegangen bin? Da war dieser Instandhaltungskerl, der einen ganzen Monat lang nicht aufgetaucht ist, bevor jemand es gemerkt hat und er von der Angestelltenliste gestrichen wurde.«

Ich hatte keinen blassen Schimmer, wovon sie sprach. Trotzdem starrte ich auf ihren Bildschirm, als könnten dort auf magische Weise die Antworten auf alle Rätsel des Universums erscheinen, und betete mit aller Kraft, dass genau das geschah.

Bree richtete sich abrupt auf, dann lehnte sie sich näher an den Bildschirm. »Steven Barton. S. Barton – er hat früher bei Prism gearbeitet.«

Sie drehte den Computer zu mir … und da war er. Ein Mann, den ich nicht kannte, mit dunkelbraunem Haar und dichtem Bart. Steven Todd Barton persönlich, der vielleicht wusste, wer meine Tochter entführt hatte.

Ich schoss hoch. »Wie lautet seine Adresse?«

Bree klickte verzweifelt herum.

»Bree, wie lautet verdammt noch mal seine Adresse?«

»Ich weiß es nicht. Ich suche ja. Es scheint keine vermerkt zu sein. Die Adresszeile ist geschwärzt.« Sie schüttelte den Kopf. »Das ist nicht möglich. Ruf Jillian an. Jeder muss eine Adresse hinterlegen, das ist Firmenpolitik.«

Es klingelte genau ein Mal, ehe Jillian auch schon abhob. »Hallo?«

»Wieso hat Barton keine Adresse?«, blaffte ich.

»Was?«, fragte sie vollkommen verwirrt.

Bree hob die Hand und zog das Handy von meinem Ohr. »Hey, Jillian, hier ist Bree. Hör mal, ich schaue mir gerade die Daten eines ehemaligen Angestellten an. Seine Adresse ist geschwärzt. Warum?« Sie schaltete den Lautsprecher an und legte das Handy neben sich, um beide Hände freizuhaben.

Jillians Stimme füllte den Flur. »Oft vergessen Angestellte, die kündigen, gefeuert werden oder einfach nicht mehr auftauchen, uns ihre neue Adresse mitzuteilen. Wenn die Steuer ansteht, schicken wir die nötigen Unterlagen mit dem Verweis *Nicht weiterleiten* los. Auf diese Weise sendet uns die Post die Briefe mit der richtigen Adresse zurück, sodass wir unser System aktualisieren können. Wenn du auf den gelben Pfeil klickst, sollte die neueste Adresse erscheinen, die wir gespeichert haben.«

»Okay. Ich sehe den gelben Pfeil.« Ein Klicken. »Jepp. Okay. Jetzt habe ich sie.«

Ich las über ihre Schulter – und die drei Zeilen der Adresse brannten sich in die Rückseite meiner Lider ein.

»Habt ihr schon etwas von Luna erfahren?«, fragte Jillian.

»Wir sind dran.« Bree legte auf, aber ich war bereits halb im Erdgeschoss. »Wo willst du hin?«

»Zu dieser Adresse: 891 Richmont Way.«

»Du kannst da nicht hinfahren«, zischte sie und eilte polternd hinter mir her. Ich verlangsamte meine Schritte nicht. »Du weißt nicht mal, ob das unser Mann ist.«

»Ich riskiere gern, den Falschen zu erwischen.« Mit jedem Schritt Richtung Tür verstärkte sich meine Entschlossenheit.

»Eason, warte!«, rief sie. »Lass uns Agent Garrett anrufen.«

»Das können wir gern tun, sobald wir losgefahren sind.« Ich hielt kurz inne, als ich an Evelyn auf ihrem Sessel vorbeikam. »Kannst du eine Weile auf die Kinder aufpassen?«

Sie richtete sich auf und klappte die Fußstütze ein. »Natürlich. Was ist los? Haben sie Luna gefunden?«

»Noch nicht.« Ich zog meine Schlüssel aus der Tasche und stopfte die Füße in ein paar Stiefel neben der Hintertür, ohne mich mit den Schnürsenkeln aufzuhalten. »Aber wir arbeiten daran.«

Bree verfolgte mich bis zu meinem Tahoe. Und auch wenn ich diese Frau liebte, mir drohte langsam die kaum vorhandene Geduld auszugehen.

»Eason, bleib hier!«, befahl sie und drängte sich zwischen mich und die Autotür.

»Ich muss dahin, verstehst du das denn nicht?«, wütete ich. »Jemand hat meine Tochter. Jemand, den ich nicht kenne. Jemand, der ihr – genau in dieser Sekunde – wehtun könnte, sie misshandeln könnte.« Ich beugte mich vor und stieß zwischen zusammengebissenen Zähnen hervor: »Sie töten. Also hält mich nichts auf. Wenn sich herausstellen sollte, dass dieser Steven Barton der falsche Kerl ist, dann bin ich eben umsonst durch die halbe Stadt gefahren. Aber wenn er der Richtige ist …«, ich hob mein T-Shirt, um den Mond auf meiner Brust zu enthüllen, »… muss ich dahin, um meine Kleine zu retten. Also geh mir entweder aus dem Weg oder steig in das verdammte Auto! Aber so oder so, mit dir oder ohne dich werde ich meine Tochter finden.«

Sie sah mir tief in die Augen, während sie abwog, wie sie handeln sollte. Ich dagegen war schon lange über diesen Punkt hinaus. Bree handelte nicht überstürzt oder voreilig. Sie war ein zu rationaler Mensch, um sich von verzweifelten Emotionen leiten zu lassen. Doch sie war meine Seelenverwandte, die Mutter meines Kindes – zum Teufel mit der DNA! – und die klügste Frau, der ich je begegnet war.

Der Beweis? Sie stieg in mein Auto.

27

Bree

»Wagen Sie es ja nicht, dort hinzufahren!«, schrie Agent Garrett so laut, dass ich ihn klar und deutlich verstand, obwohl ich nicht diejenige war, die das Handy hielt.

»Zu spät. Ich bin schon da«, sagte Eason, weil ihm inzwischen alles egal war. Er beendete das Gespräch und ließ das Handy in die Halterung fallen. Sofort zeigte das Display einen Anruf an. Aber es war offensichtlich, dass Eason nicht mehr reden wollte.

Ich griff über die Mittelkonsole und drückte seinen Schenkel. »Eason, Schatz, beruhige dich. Es könnte durchaus sein, dass dieser Kerl nichts mit Luna zu tun hat.«

»Sieht das aus wie eine Nachbarschaft, in der ein einfacher Instandhaltungsangestellter lebt?«, fragte er, als er nach den Anweisungen des Navis durch die gepflegten Straßen und schicken Boulevards raste.

Nein. Auf keinen Fall. Dieses Viertel war wunderschön und weitläufig, ganz anders als viele Neubaugebiete in den Außenbereichen von Atlanta, in denen sich die Häuser quasi stapelten. Hier gab es große Häuser, die ein gutes Stück von der Straße entfernt standen, mit großzügigen Rasenflächen davor. Altmodische Straßenlaternen erhellten Gehwege und sogar die Radwege, die in ein Wäldchen in der Ferne führten. Zwar waren die Häuser etwas kleiner als unseres, aber das Viertel selbst war eindrucksvoll.

»Vielleicht leben seine Eltern hier oder …«

»Oder er hat das Haus mit der halben Million gekauft, die er dafür bekommen hat, mein Haus anzuzünden und zwei Menschen zu töten.«

Mein Magen verkrampfte sich. Das war die Theorie, die Eason auf unserer Fahrt hierher entwickelt hatte, und ich musste zugeben, dass der Zeitpunkt der Zahlung ziemlich verdächtig wirkte. Doch die Polizei war keine Sekunde lang davon ausgegangen, dass es sich bei dem Feuer um Brandstiftung gehandelt hatte.

Eason stand kurz davor, den Verstand zu verlieren, weil Adrenalin seine Gedanken in alle möglichen Richtungen schickte. Ich verstand ihn. Ich war auch verzweifelt. Aber wenn ich nicht dafür sorgen konnte, dass er auf die Polizei wartete, konnte ich ihn zumindest so weit beruhigen, dass er nichts tat, was eventuell verhindern würde, dass wir Luna überhaupt fanden.

»Das wissen wir nicht«, erklärte ich ihm. »Und wenn du zu seiner Haustür stiefelst und anfängst, ihm Beschuldigungen an den Kopf zu werfen, werden wir es vielleicht nie erfahren. Ich stehe hundertprozentig hinter dir. Aber deine Emotionen kochen über. Und wir dürfen unser Ziel nicht aus den Augen verlieren. Steven Barton hat Geld von dem Mann erhalten, der Luna entführt hat. Wir brauchen nur einen Namen, Eason. Überlass den Rest des Verhörs der Polizei.«

Seine Kiefermuskeln zuckten, und sein Blick blieb auf die Straße gerichtet, doch selbst in seinem aufgewühlten, verängstigten Zustand wusste er, dass ich recht hatte. »Halt Ausschau nach 891«, sagte er. Und da er die Worte nicht blaffte und auch nicht im Befehlston sprach, vermutete ich, dass ich zu ihm durchgedrungen war.

Kurz nach zehn Uhr fuhren wir in die Einfahrt eines zweistöckigen Ziegelhauses ein. Das Licht auf der Veranda leuchtete, und sowohl im Erdgeschoss als auch im ersten Stock brannte Licht, also würden wir Barton nicht wecken, wenn er sich wirklich im Haus aufhielt.

Eason sprang als Erster aus dem Auto. Ich musste joggen, um mit ihm Schritt zu halten. In raschem Tempo stampfte er die Stufen zur breiten umlaufenden Veranda nach oben, von der mehrere Blumenampeln neben mindestens sechs weißen Schaukelstühlen hingen. Das Haus wirkte viel zu normal, um es unter so schrecklichen Vorzeichen zu besuchen.

Mir schlug das Herz bis zum Hals, als Eason klingelte. Ich versuchte, ruhig zu bleiben, doch als wir ungeduldig vor der Tür warteten und darum beteten, dass dieser Mann uns zu Luna führen konnte, schoss Adrenalin in meine Adern.

Als mehrere Sekunden lang nichts geschah, hämmerte Eason mit der Faust gegen die Tür.

»Bleib ruhig«, flüsterte ich, dann trat ich um einen Schaukelstuhl herum, um durch ein Fenster zu spähen. Das Wohnzimmer war mit modernen Möbeln in dunklem Leder eingerichtet, und auf dem Fernseher über dem großen Kamin lief eine lokale Nachrichtensendung.

»Siehst du jemanden?«

»Nein, aber der Fernseher läuft.«

»Dann muss jemand da drin sein.« Er rüttelte am Knauf und stöhnte, als die Tür sich nicht bewegte. »Scheiß drauf. Ich gehe ums Haus herum.«

»Eason …«, ermahnte ich ihn und wollte ihm schon einen Vortrag über unbefugtes Betreten halten, aber die Worte erstarben auf meiner Zunge, bevor sie über meine Lippen dringen konnten.

Denn plötzlich erklang ein scharfer Schrei im Inneren des Hauses, der mich traf wie ein Vorschlaghammer.

Das war nicht Steven Barton.

Sondern jemand anders.

Der Schrei war unverwechselbar. Diese Stimme hätte ich überall erkannt.

Und da war ich nicht die Einzige.

»Luna!«, brüllte Eason, ehe er sich mit der Schulter gegen die Tür warf.

Der breite Rücken eines Mannes erschien. Ich sah, wie er mit unserem kleinen Mädchen in den Armen den Flur entlangrannte. Als sie über die Schulter spähte, fingen ihre honigbraunen Augen meinen Blick ein. Ich konnte ihre gedämpfte Stimme nicht hören, aber trotzdem meinte ich in meinem Kopf ein süßes »Bwee!« wahrzunehmen.

»Sie ist da drin!«, schrie ich voller Panik. »Ich glaube, er will mit ihr durch die Hintertür fliehen.«

Ich rannte um das Haus herum. Allerdings war Eason schneller. Er sprintete an mir vorbei. Seine Schritte hallten auf der hölzernen Veranda wider. Er packte das Geländer mit zwei Händen, katapultierte sich darüber hinweg und verschwand aus meinem Blickfeld.

»Hey, bleib stehen!«, schrie er.

Blut rauschte in meinen Ohren, als ich um die Ecke bog und die hinteren Stufen nahm, wobei ich fast ausgerutscht wäre. Ich kam gerade rechtzeitig unten an, um zu sehen, wie Eason sich nach vorne warf und den bärtigen Mann packte, der Luna trug.

Luna flog aus seinen Armen und landete hart im Gras. Ein schmerzerfüllter Schrei hallte durch die Luft.

»Nimm sie!«, schrie Eason, während er sich an dem Mann festklammerte, der sein Bestes gab, seinem Griff zu entkommen. Schläge wurden ausgetauscht, Grunzen und Flüche hallten durch die sonst stille Nacht.

Mit rasendem Herzen rannte ich zu Luna. Sie hatte die Arme bereits so weit in die Luft gestreckt, wie es nur möglich war, um nach mir zu greifen, während sie bitterlich weinte. Im Lauf riss ich sie vom Boden und setzte sie auf meine Hüfte, aber sie schob sich nach vorne und umklammerte zitternd meinen Hals.

»Ich will Daddy!«, heulte sie.

»Schhh. Es ist okay. Ich bin ja bei dir«, beruhigte ich sie und strich ihr sanft über den Rücken.

Das Klügste wäre wahrscheinlich gewesen, Luna zu nehmen und zu verschwinden. Eason konnte auf sich selbst aufpassen. Ich befahl meinen Füßen, sich zu bewegen. Mein Hirn schrie förmlich danach. Doch aus irgendeinem Grund konnte ich nicht aufhören, den Mann anzustarren, mit dem Eason immer noch rang.

Ich hätte Steven Barton nicht erkannt. Ich hatte ihn nur einmal gesehen, auf diesem Bild auf meinem Computer. Das dunkelbraune Haar passte dazu. Genau wie der dichte Bart.

Aber das erklärte nicht, warum meine Nackenhaare sich aufstellten.

»Du elender Bastard!«, knurrte Eason, als er sich über den Mann rollte und die Hände um seine Kehle schloss. Mit den Knien hielt er seinen Gegner auf dem Boden fest, dann hob er die Faust … und stoppte. Wurde steif wie ein Brett. Von Kopf bis Fuß. Sein angespannter, von Adrenalin überschwemmter Körper …

Versteinerte einfach.

So wie mein Herz, als meine gesamte Welt erneut um mich herum in Flammen aufging.

Sein Name glitt in einem harschen Flüstern über meine Lippen. »Rob?«

28

Eason

»Was soll das?«, hauchte ich. Die Faust, die ich erhoben hatte, um meinen ehemaligen besten Freund zu schlagen, sank schlaff nach unten.

Meinen *toten* ehemaligen besten Freund.

»Runter von mir.« Er bäumte sich unter mir auf. Blut tropfte von seiner Lippe in seinen Bart.

Ich schüttelte den Kopf, weil ich ihn zwar sah, aber nicht glauben konnte, dass er tatsächlich am Leben war.

Ganz ehrlich? Ich hasste Rob für so viele Dinge, die ich seit seinem Tod erfahren hatte … aber ein winziger Teil von mir war dennoch fast glücklich, den Mann atmen zu sehen, den ich so viele Jahre lang quasi als Bruder betrachtet hatte.

Bis mir wieder einfiel, dass er meine Tochter entführt hatte.

Ich schloss beide Hände um seinen Hals, schlug seinen Kopf auf den Boden und brüllte: »Du bist tot! Wir haben dich beerdigt!«

Ein fieses Lächeln verzog seine Lippen. »Nein. Ihr habt Steven beerdigt. Und dieser dämliche Arsch hatte den Tod verdient. Er hat die Explosion im Keller zu früh ausgelöst. Dieser kranke Amateur hat mich um mein ganzes Leben gebracht, verdammt!«

Ich blinzelte, weil in diesem Moment einfach nichts mehr einen Sinn ergab. Ich hatte so viele Fragen, aber mein Hirn war zu vernebelt, um auch nur eine davon zu stellen. Es war Lunas Schrei hinter mir, der mich schließlich aus meinem Schock riss.

Ich sah auf und entdeckte meine Tochter wenige Schritte entfernt in den Armen meiner Liebsten. Ihr Gesicht wirkte so bleich, als hätte sie einen Geist gesehen. Was ja auch der Fall war. Doch meine Tochter, meine Kleine, war in ihren Armen sicher, geschützt vor dem Irren unter mir. Obwohl wir uns gerade in dieser entsetzlichen Lage befanden, entfuhr mir ein tiefer Seufzer der Erleichterung.

Bree wollte einen Schritt vortreten, aber dann erstarrte sie, offensichtlich unfähig, sich Rob zu nähern. »Wie bist du entkommen?« Ihre Stimme zitterte, doch ihre Worte waren klar und verständlich. »Niemand hätte die zweite Explosion überleben können.«

Rob verzog höhnisch das Gesicht. »Schon die *erste* Explosion hätte niemand überleben sollen. Und doch sind wir jetzt hier.«

Ich wollte den Blick nicht von Luna abwenden, erfüllt von der Angst, dass ich dann in diesen Albtraum zurückkatapultiert werden könnte, in dem ich nicht gewusst hatte, wo sie sich befand. Aber Robs irres Lachen jagte kalte Schauder über meinen Rücken, also konzentrierte ich mich wieder auf ihn.

»Gott, das ist geradezu poetisch! Eason, du solltest einen Song über diesen Mist schreiben. Vielleicht wäre er zur Abwechslung tatsächlich mal etwas wert.«

Ein Tiefschlag von jemandem, der Jahre damit verbracht hatte, mich zu ermutigen, mich selbst zu verwirklichen. Aber je länger er sprach, desto deutlicher wurde, dass dieser Mann nicht mehr existierte.

Und vielleicht hatte es ihn auch nie gegeben.

»Macht ihr euch irgendeine Vorstellung, wie schwer es war, jemanden zu finden, der bereit war, euch beide zu töten? Ich habe Monate damit verbracht, bei Prism Geld zur Seite zu schaffen. Ich habe alles perfekt geplant, auch, wie Jessica hinterher ihre Zeit am Pool verbringen würde – oder noch besser, auf den Knien, um mich angemessen zu verehren.« Obwohl meine Hände immer noch um seine Kehle lagen, gelang es ihm, den Kopf zu drehen und seine Frau anzusehen. Nein, zum Teufel damit. *Meine* Frau. »Deine Lebensversicherung hätte uns das Leben ermöglicht, das wir beide verdient hatten. Ich habe eine verdammte halbe Million auf Steven Barton verschwendet, und am Ende war Jessica die Einzige, die gestorben ist.« Er stieß ein schmerzerfülltes Heulen aus.

Die Luft um uns herum begann zu knistern. Und in diesem Moment, während ich ihn auf die Erde presste, in der er eigentlich vergraben sein sollte, fühlte ich die Flammen erneut über meinen Nacken lecken.

Spürte die Angst, als ich in den Trümmern aufgewacht war.

Die Schmerzen in meinen Händen, als ich im Chaos verzweifelt nach Jessica gesucht hatte.

Die allumfassende Agonie, als mir vor dem Haus klar geworden war, dass ich meine Frau und meinen besten Freund im Stich gelassen hatte.

»Du hast das getan?«, fauchte ich, als die Puzzlestücke in meinem Kopf ihren Platz fanden, fast so schnell wie meine Faust, die auf sein Gesicht heruntersauste. »Du hast versucht, mich umzubringen?«

Er stöhnte schmerzerfüllt, als meine Faust ihr Ziel traf, aber sein verschlagenes Grinsen wurde nur noch breiter. »Na ja, streng genommen sollte bloß Bree sterben. Jessica war diejenige, die dich ebenfalls erledigen wollte. Gott, sie hat dich wirklich gehasst!«

Ich wollte ihn erwürgen. Mein Blickfeld verschwamm an den Rändern, und das Blut rauschte in meinen Ohren. Angesichts seines widerlichen Geständnisses hätte ich die Tat ohne einen Anflug von Schuld begehen können.

Man konnte keinen Mann umbringen, der bereits tot war, oder? Aber ich war einfach total verwirrt. In diesem Moment waren Antworten wichtiger als Rache.

»Sag mal, geht's noch, Rob? Du schläfst mit meiner Frau und verliebst dich in sie … oder was zum Teufel ihr da auch getrieben habt. Dann täuschst du deinen eigenen Tod vor und entführst im Anschluss meine Tochter? Wer bist du, verdammt noch mal?«

»Ich hätte Luna nicht gebraucht, wenn dieses Miststück da drüben nicht meinen Goldesel gefeuert hätte.«

Bree keuchte. Ich wollte zu ihr gehen, sie und Luna in meine Arme ziehen, während wir gemeinsam versuchten, dieses kranke, verdrehte Puzzle zu lösen, doch ich durfte Rob keine Chance zur Flucht bieten.

»Bree, schaff Luna von hier weg!«, schrie ich, ohne den Blick von diesem Gesicht vor mir abzuwenden, das mir gleichzeitig so vertraut und so fremd war. Ich konnte ihre

Schritte hören, aber sie kamen näher, statt sich zu entfernen.

»Wen zum Teufel hattest du bei Prism in der Hand?«, fragte sie.

»Oh, tu doch nicht so überrascht! Wahrscheinlich hätte es massenweise Leute gegeben, die mir nur gern dabei geholfen hätten, dich zu zerstören. Doug war einfach bloß derjenige, den ich als Erstes beim Stehlen erwischt habe. Und nun wird er mir in den Rücken fallen, sobald der Prozess beginnt. Diese fünf Millionen waren meine letzte Chance auf eine Flucht nach Mexiko.« Er wand sich unter mir. »Geh verdammt noch mal von mir runter! Ich bekomme keine Luft.«

Ich schob mein Gesicht vor seines, sodass ein Tropfen Schweiß auf seiner Stirn landete. »Gut. Willkommen in der Hölle, in der wir jetzt schon seit zwei Jahren leben.« Auch wenn ich mich kurz fragte, ob es überhaupt so entsetzlich gewesen war. Inzwischen hatte ich die beste Familie, die beste Frau und die Karriere, von der ich immer geträumt hatte. Das war all die Schmerzen wert gewesen.

»Ach, komm schon, so schlimm war es doch gar nicht!«, lachte er. »Du hast ja keine Zeit verschwendet, mein Leben zu übernehmen … und meine Frau zu ficken.« Er riss den Blick von mir los … um Bree zuzuzwinkern. »Ich hätte damit gerechnet, dass du immer noch im Poolhaus schläfst, aber ich vermute, nach diesem Auftritt bei den Grammys hat sie dich gleich im ersten Stock einquartiert.« Er lachte, dann spuckte er mir ins Gesicht. »Ich hätte nie gedacht, dass du es wirklich schaffen kannst … und noch viel weniger mit meiner frigiden Frau am Arm.«

»Was?«, hauchte Bree.

»Ich habe gesagt …«

Er konnte den Satz nicht zu Ende führen, weil ich ihm noch mal in die Fresse schlug. Ich war kein gewalttätiger Mensch, aber es fühlte sich verdammt gut an, als meine Fingerknöchel auf seinen Kiefer traten.

»Scheiße, hör auf, mich zu schlagen!«, blaffte er und bäumte sich erneut auf. »Sonst drehe ich dir den Hals um.«

Nun war es an mir, ihn fies anzugrinsen – auch wenn ich dabei wahrscheinlich nicht halb so selbstgefällig aussah wie er. »Du hast schon einmal versucht, mich umzubringen … und wie ist das für dich gelaufen?«

Erneut mischte sich Bree in dieses kranke Gespräch ein. »Du hast Doug gezwungen, Geld für dich zu hinterziehen?«

Rob lachte. »Das hat er schon seit Jahren getan. Als die Sache mit dem Feuer schiefgelaufen ist, habe ich ihm erklärt, dass ich ihn mit mir in den Abgrund ziehen würde, falls ich erwischt würde. Erst dann floss das Geld in meine Richtung.«

»Warum?«, fragte Bree. Der Schmerz in ihrer Stimme sorgte dafür, dass ich erneut rotsah.

»Warum was? Nichts ist gelaufen wie geplant. Was willst du von mir? Das verdammte Haus ist zu früh explodiert. Das ist doch keine Atomphysik. Ich bin durch die Hintertür verschwunden, aber mein Leben war in dem Moment vorbei, als ich euch beide im Vorgarten gesehen habe. Doch meine ganze Arbeit sollte nicht umsonst gewesen sein. Nachdem Steven tot war, bin ich zu seiner Adresse gefahren und habe beschlossen, neu anzufangen. Ich habe das Geld benutzt, um mir etwas zu kaufen, was keine heruntergekommene Hütte war, und bin in der Nähe geblieben, um ein Auge auf Doug zu haben. Dass dieser Mistkerl plötzlich ein schlechtes Gewissen bekommt, hätte mir gerade noch gefehlt.«

»Du weißt schon, dass man sich auch scheiden lassen kann, oder?«, blaffte sie.

»Genau. Damit du mir meine Firma klaust und die Kinder benutzt, um mich für den Rest meines Lebens vorzuführen. Scheiß drauf! Verheiratet oder nicht, ich wäre lieber tot gewesen, als noch einen Tag damit zu verbringen, mich von dir erniedrigen zu lassen. Was du ja jetzt schon wieder tust. Ich wollte einfach nur raus.«

»Nein. Du wolltest raus, ohne dabei wie ein Versager dazustehen!«, zischte sie, wobei sie Luna enger an sich zog. »Es ging dir immer bloß ums Ego. Prism hat rote Zahlen geschrieben. Dein Plan, mich und Eason umzubringen, ist nach hinten losgegangen. Du hast deine eigene Geliebte getötet. Alles, was du je angepackt hast, ist in Schall und Rauch aufgegangen.«

»Halt deine verdammte Klappe!«, brüllte er. Erneut versuchte er, sich gegen mich zu wehren, aber ich hielt ihn unerbittlich fest.

»Ich werde dafür sorgen, dass du endlich die Fresse hältst«, krächzte ich, weil meine Kehle sich anfühlte, als hätte ich Rasierklingen geschluckt. »Du dachtest, jetzt, wo du ein bisschen Geld hast, wäre die Entführung meiner Tochter dein Ticket in die Freiheit?«

»Ach, Eason. Du warst immer so verdammt leichtgläubig. Glaubst du ehrlich, dass dieses Kind von dir ist? Du und Jessica, wie oft habt ihr miteinander geschlafen? Einmal im Monat? Ich habe sie täglich genommen. Ein paarmal sogar, als du dich nur einen Raum entfernt aufgehalten hast. Was glaubst du, wieso Luna Asher und Madison so unglaublich ähnlich sieht? Ich erkläre dir das ja bloß sehr ungern, aber Luna Maxwell ist eigentlich Luna Winters.«

Nun war es an mir, selbstgefällig zu grinsen. »Ach, Rob«, äffte ich ihn nach. »Du warst immer so verdammt egoistisch. Jessica mag dir ja erzählt haben, dass Luna dein Kind ist, allerdings habt ihr nie einen DNA-Test gemacht, oder? Du nennst mich leichtgläubig, aber kaum nimmt eine Frau deinen Schwanz in den Mund, wann immer du es willst, schon glaubst du jeden Mist, den sie dir erzählt. Wir haben dein zweites Handy gefunden. Die Nachrichten, die verdammten Bilder. Wir wussten von der Affäre und dass du dachtest, Luna wäre von dir. Nur dass ich nicht so dämlich war, einfach zu glauben, was man mir erzählt.«

Ich schloss die Hände enger um seine Kehle, dann senkte ich den Kopf, bis unsere Nasen sich fast berührten. Erfüllt von mehr Vergnügen, als ich je zuvor in meinem Leben empfunden hatte, sagte ich ihm die Wahrheit: »Luna ist *meine* Tochter.«

Seine Augen wurden groß, und zum ersten Mal, seit dieser ganze Wahnsinn begonnen hatte, wirkte er schockiert. »Du lügst.«

»Tut mir leid. Im Gegensatz zu Jessica lügt ein DNA-Test nicht. Und weißt du, was das Beste ist? Inzwischen gehört Bree auch mir. Wer hat deinen Sohn Asher? Ich. Wer hat Madison? Ich. Wer führt ein Leben in Freiheit, anstatt in einer Gefängniszelle zu verrotten?« Ich senkte die Stimme. »Ich. Also sag mir, Rob, wer hat hier jetzt gewonnen?«

Trotz all des Adrenalins, das meine Adern füllte, war es nicht das befriedigende Geräusch meiner Faust, die auf sein Gesicht traf, das mir meine Freiheit schenkte. Es war der Anblick der unzähligen Emotionen, die über Robs Miene huschten, als ihm klar wurde, dass er sein Leben für eine Frau in die Tonne getreten hatte, die uns alle ständig bloß manipuliert hatte.

Noch vor ein paar Minuten mochte ich den Drang verspürt haben, ihn umzubringen – und wenn ich ganz ehrlich war, existierte dieser Wunsch nach wie vor am Rande meines Bewusstseins. Aber für die Gerechtigkeit reichte es aus, den Triumph zu verspüren, ihm diese eine Nachricht überbracht zu haben, die ihn bis ins Mark erschütterte.

Danach verfielen Bree und ich in Schweigen. Sie trug Luna endlich ums Haus herum und wartete dort auf die Polizei. Rob schrie viel, während wir warteten. Schrie und fluchte. Warf mit Beleidigungen und Todesdrohungen nur so um sich. Doch das spielte alles keine Rolle mehr.

Weil Rob Winters ein für alle Mal keine Rolle mehr spielte.

Kurz darauf erschienen Agent Garrett und sein Team. Sobald ich den irren Psychopathen endlich freigeben konnte, rannte ich ums Haus herum, um meine Tochter zu sehen.

Luna warf sich in meine Arme. Sie weinte immer noch. Ihre Körperwärme ließ sofort das Eis schmelzen, das meine Adern gefüllt hatte, seitdem ich ihr leeres Bett gesehen hatte. »Schhh, Daddy ist ja da. Es ist vorbei.«

Selbst vor dem Haus konnten wir hören, wie Rob sich gegen die Beamten zur Wehr setzte und mich und Bree verfluchte, als trügen wir die Verantwortung für seinen tiefen Fall.

Direkt nach dem Feuer hatte ich mir lange Zeit Vorwürfe für Dinge gemacht, die sich meiner Kontrolle entzogen hatten. Ich hatte um eine Frau getrauert, die mich nie geliebt hatte. Und um einen Mann, der sich als mein bester Freund ausgegeben hatte, aber bereit gewesen war, mich für seine durchgedrehte Vorstellung eines perfekten Lebens zu ermorden.

Zu viele Nächte hatte ich im Bett gelegen und war im Kopf immer wieder den Abend des Feuers durchgegangen, geplagt von Schuldgefühlen, weil ich davon überzeugt gewesen war, die falsche Frau gerettet zu haben.

Aber als ich mit meiner Tochter auf der Hüfte und Bree im Arm nach Hause zurückkehrte, wurde mir klar, dass ich genau die richtige Frau gerettet hatte.

29

Bree

»Hey, Sug, hast du meine Schlüssel gesehen?«, fragte Eason. Seine breiten Schultern füllten den Türrahmen.

Ich verdrehte die Augen wegen seiner unermüdlichen Verwendung dieses albernen Kosenamens. So nannte er mich nur, wenn er mich auf die Palme bringen wollte. Und sobald Eason die Reaktion erzeugt hatte, auf die er es abgesehen hatte, kam er zu mir und küsste mich, bis ich kaum mehr Luft bekam. Da war es nicht weiter schlimm, mich Sug nennen zu lassen.

Ich spähte vom Boden zu ihm auf, damit beschäftigt, eine Kiste mit Unterhosen zu verkleben. »Schau am Haken neben der Hintertür. Als das Umzugsunternehmen gekommen ist, musste ich den Tahoe in die Garage fahren.« Ich unterdrückte ein Lächeln und fügte dann nach einer Pause hinzu: »Und hör auf, mich Sug zu nennen.«

»Du weißt, dass ich das nicht kann.« Breit grinsend kam er auf mich zu. Er umfasste meinen Hinterkopf und beugte sich vor, um seine übliche Sug-Routine zu vollenden.

Ich bat um mehr, indem ich ihn leicht in die Unterlippe biss, und wie üblich enttäuschte Eason mich nicht. Er öffnete den Mund, anschließend duellierten sich unsere Zungen für einen viel zu kurzen Moment.

Grollend fragte er: »Die Betten nehmen sie aber noch nicht mit, oder?«

Ich stieß ein Lachen aus, danach umfasste ich mit einer Hand seine Wange. »Nein, heute wird nur gepackt. Aber am ungestörtesten sind wir wahrscheinlich, wenn wir zusammen duschen, nachdem alle anderen eingeschlafen sind.«

Seit Robs Verhaftung waren zwei Wochen vergangen.

Zwei Wochen, in denen wir versucht hatten zu verstehen, warum er das alles getan hatte.

Zwei Wochen, in denen wir uns bemüht hatten, uns zu entspannen, ohne von der Erinnerung an die schreckliche Zeit von Lunas Entführung gequält zu werden.

Zu erfahren, dass mein eigener Mann mich verraten hatte und in meine beste Freundin verliebt gewesen war, war ein Dolchstich mitten ins Herz gewesen. Aber die Erkenntnis, dass er mich genug gehasst hatte, um einen Mordversuch zu starten, fühlte sich eher an, als wäre ich von einem Zug gerammt worden.

Da Rob jetzt in Gewahrsam war, sang Doug. Er warf Rob so effektiv den Wölfen zum Fraß vor, dass kaum ein Fetzen übrig blieb.

Laut Dougs Aussage bei der Polizei hatte er Rob und Steven Barton in Kontakt gebracht, aber er leugnete, gewusst zu haben, was danach geschehen war. Auch wenn die Tatsache, dass er einem angeblich Toten weiterhin Geld geschickt hatte, etwas anderes sagte.

Wäre Rob kein gieriger, machthungriger Irrer gewesen – hätte er nicht beschlossen, Luna zu entführen –, wäre er wahrscheinlich sogar mit allem durchgekommen.

Ich konnte immer noch nicht verarbeiten, dass er Luna entführt hatte. Nicht Asher oder Madison – die Kinder, die er von Geburt an mit aufgezogen hatte. Andererseits war er davon überzeugt gewesen, Luna wäre seine Tochter, gezeugt mit seiner geliebten Jessica.

All das war reine Spekulation, da Rob jede Zusammenarbeit mit den Behörden verweigerte. Doch ich war davon überzeugt, dass er auch das Bedürfnis verspürt hatte, Eason zu bestrafen. Zu sehen, wie sein ehemaliger bester Freund bei den Grammys auf der Bühne stand, erfüllt von dem Wissen, dass Easons Traum in Erfüllung ging, während Rob sich allein verstecken musste und sein Name auf einem Grabstein prangte, musste ihn mit brennender Eifersucht erfüllt haben.

Rob hatte stets gewirkt, als unterstütze er Eason und seine Musik … aber im Rückblick drängte sich mir der Eindruck auf, dass ihre Freundschaft nur existiert hatte, weil Rob damit gerechnet hatte, Eason würde scheitern. So konnte Rob den Helden spielen, Eason aufmuntern, ihm Vorträge darüber halten, dass ihm bald die Welt zu Füßen liegen würde, während er gleichzeitig davon überzeugt gewesen war, dass es Eason niemals gelingen würde, ihn in irgendeinem Lebensbereich zu übertrumpfen.

Bis er es doch getan hatte.

Weswegen Rob endgültig die Kontrolle verloren hatte.

Ehrlich, Robs Minderwertigkeitskomplex war für die meisten seiner Probleme verantwortlich. Er hatte es gut verborgen, aber er hatte den Gedanken nicht ertragen können, dass seine Frau erfolgreicher war als er. Bevor ich mich nach Ashers Geburt zurückgezogen hatte, hatte ich mehr verdient als Rob. Hatte eine höhere Position gehabt als er. Ich hatte Prism aufgebaut. Und auch wenn ich unsere Ehe als Partnerschaft gesehen hatte, hatte das für ihn offenbar nicht gegolten. Ich hatte von Rob nie verlangt, in meinem Schatten zu stehen … Doch letztendlich hatte er einfach wenig Selbstbewusstsein und Angst vor der Kompetenz seiner Frau gehabt.

Eason und ich hatten eine Menge Fragen. Wir waren Erwachsene mit hohen Therapierechnungen. Den Kindern fiel die Verarbeitung noch schwerer. Luna hatte solch heftige Albträume, dass Eason sie inzwischen in unserem Zimmer einquartiert hatte. Wobei das auch viel mit seinen eigenen Ängsten zu tun hatte. Andererseits arbeiteten wir unsere Probleme zusammen langsam auf.

Asher war hauptsächlich erleichtert, dass er keinen Geist gesehen hatte. Er nahm unsere aufrichtigen Entschuldigungen an, dass wir seine Erklärung nicht ernster genommen hatten, aber er hatte sehr damit zu kämpfen, was sein Vater getan hatte. Nach Rücksprache mit einer Kinderpsychologin hatten wir ihm alles so schonend wie möglich erklärt, doch diese Art von Verdorbenheit ließ sich einfach nicht schönreden. Jetzt erkundigte er sich nicht mehr ständig danach, wie es im Himmel so war, sondern fragte, ob Daddy zurückkommen konnte, um mitten in der Nacht auch ihn und Madison mitzunehmen. Oder ob Rob aus dem Gefängnis heraus unser Haus anzünden konnte. Wir versicherten ihm, dass nichts davon möglich war, aber er fragte trotzdem, ob er eine Weile bei uns im Zimmer schlafen konnte. Und auch wenn Madison gut mit allem zurechtkam, hatten wir nicht vor, unser kleines Mädchen außen vor zu lassen.

Folglich legten wir uns abends immer alle fünf in ein Bett. Wir schliefen wenig, weil sich Ellbogen in die Rippen bohrten und Eason mehr als einmal in die Intimteile getreten wurde. Doch wir waren zusammen und in Sicherheit, also war der Schlaf, den wir bekamen, wunderbar friedvoll.

Ich hatte mich stets bemüht, den Kindern nach Robs Tod ein Gefühl von Stabilität zu vermitteln. Aber da diese Stabilität von Angst und Albträumen überlagert wurde, war es Zeit zu gehen.

Ich hatte nicht vor, Prism weiterzuführen. Und das hing nur teilweise mit der Rolle zusammen, die die Firma bei Robs Anschlag auf unser Leben gehabt hatte. Der wichtigste Grund war einfach: Ich wollte nicht.

Nach allem, was wir durchgemacht hatten, brauchte mich meine Familie dringender als je zuvor. Und ehrlich, ich brauchte sie noch hundertmal dringender.

Sobald das FBI seine Untersuchungen abgeschlossen hatte, würde ich die Firma verkaufen. Die Geschäfte liefen gut, auch wenn die Medien Wind von Robs Rückkehr von den Toten bekommen hatten, was unseren guten Namen beschmutzt hatte. Nichtsdestotrotz erhielten wir immer noch viele Bestellungen aus der ganzen Welt.

Da uns jetzt nichts mehr in Atlanta hielt, hatten Eason und ich ein langes Gespräch geführt. Seine Karriere kam gerade richtig in Fahrt … und dafür musste er in L. A. sein. Wir dagegen mussten einfach nur bei ihm sein.

Und so trafen wir eine Entscheidung. In weniger als vierundzwanzig Stunden waren wir quasi auf dem Weg nach Kalifornien.

Der Mann meiner Träume lächelte auf mich herunter. »Mmmm, ich hätte durchaus Lust auf eine weitere Dusche mit dir.« Er gab mir noch einen kurzen Kuss und stand auf. »Aber warum suchst du gerade selbst deine Sachen zusammen, wenn wir ein Umzugsunternehmen im Haus haben?«

»Ach, stimmt. Wie dumm von mir! Wieso schnappe ich mir nicht einfach einen der Kerle und weise ihn an, meine Unterwäsche einzupacken?«

Er stieß ein entsetztes Keuchen aus. »Auf keinen Fall fasst irgendein Mann die Schlüpfer meiner Frau an.«

Ich stieß ein Lachen aus. »Hey! Ich habe auch sexy Sachen.«

»Schon, aber du weißt doch, wie ich auf diese weiße Baumwollunterwäsche reagiere.« Er biss sich auf die Unterlippe und wackelte mit den Augenbrauen.

Gott, ich liebte diesen Kindskopf!

Ich schlug nach ihm, doch er sprang lachend zur Seite.

Als seine Erheiterung endlich verklang, stemmte er die Hände in die Hüften. »Ich sehe, du hast das Glas mit den M&Ms immer noch nicht aufgemacht.«

Ich folgte seinem Blick zum Nachttisch und zuckte mit den Achseln. »In letzter Zeit war mir einfach nicht nach Süßem, vermute ich.«

»Hmmm.« Er richtete seinen verführerischen Blick wieder auf mich. »Hast du vor, ein paar davon zu essen, bevor wir morgen aufbrechen?«

Ich musterte ihn misstrauisch. »Eigentlich nicht.«

»Kinder, Mom hat Süßigkeiten!«, rief er, ohne den Blick von mir abzuwenden. »Und wie sieht es jetzt aus?«, fragte er im Anschluss.

»Eason, es gibt doch gleich Abendessen! Und wenn du willst, dass sie einschlafen und du deine Chance auf diese sexy Dusche bekommst, halte ich Süßigkeiten für kontraproduktiv.«

»Hmmm, anscheinend habe ich das nicht gut durchdacht. Aber nun ist es zu spät.« Er zuckte lässig mit den Schultern, während die Geräusche einer Kinderstampede an unsere Ohren drangen.

Asher erreichte uns als Erster. »Ich will was Süßes.«

Als Nächste erschien Madison. Sie hatte die Hände hoch über den Kopf erhoben. »Ich. Ich. Ich.«

Luna bildete die Nachhut. »Ich *brauche* was Süßes!«

Eason schnappte sich das Glas vom Nachttisch und trug es zu mir. Vier gierige Hände erschienen vor meinem Gesicht. Ja. *Vier*. Easons Hand schwebte ebenfalls in der Luft.

Mit einem Kopfschütteln schraubte ich den Deckel auf. »Jeder zwei.«

»Zwei!«, beschwerte sich Asher. »Eason hat uns zehn versprochen!«

Eason stieß Asher mit der Hüfte an. »Junge, bring mich nicht in Schwierigkeiten.«

Asher kicherte so heftig, dass er umfiel. Doch er senkte die Hand auch nicht, als er sich wieder auf die Beine kämpfte.

»Was? Zehn? Eason hat mal wieder fabuliert.« Der Deckel klickte, und ich hob ihn ab. »Auf keinen Fall …«

Und plötzlich verschlug es mir die Sprache. Mir fehlten die Worte.

Okay, na ja, ein Wort drang doch über meine Lippen. »Eason!«, hauchte ich. Tränen traten mir in die Augen, als ich den atemberaubend schönen Ring mit dem Diamanten im Smaragdschliff anstarrte.

»Du hast ihn in den M&Ms versteckt?«, fragte Asher, der offensichtlich eingeweiht war.

Ich riss den Kopf hoch, um zu entdecken, dass Eason zwischen den Kindern auf ein Knie gesunken war. Aber sie senkten ihre kleinen Hände nicht – nicht mal, als er anfing zu sprechen.

»Ich habe dich geliebt, schon bevor es mir überhaupt klar war. Ich habe dich geliebt, bevor ich dich lieben sollte. Und ich werde dich weiterhin lieben bis ans Ende meiner Tage. Ich kann dir nicht versprechen, dass das Leben einfach wird. Lass uns ehrlich sein: Ich werde dich manchmal Sug nennen.«

Ich lachte, während mir gleichzeitig eine Träne über die Wange lief.

Ehe er weitersprach, wischte er die Feuchtigkeit sanft mit dem Daumen weg. »Aber ich kann dir versprechen, dass ich immer für dich da sein werde, auf welche Weise du mich gerade auch brauchst. Ich werde dein bester Freund sein. Dein größter Fan. Der Mann, der dich auf gute und schlechte Art in den Wahnsinn treibt. Mir ist egal, wie du mich brauchst oder ob du mich überhaupt brauchst – ich werde trotzdem da sein. Und der glücklichste Mann überhaupt sein, solange du an meiner Seite bist.« Er zog den Diamantring aus dem Glas und streckte ihn mir entgegen. »Bree, willst du mir die größte Ehre meines Lebens erweisen und mich heiraten?«

Dieser.

Mann.

Am Tag des Feuers war ich überzeugt gewesen, mein Leben wäre vorbei ... aber als ich vor diesem tobenden Inferno in seinen Armen aufgewacht war, hatte ich nicht geahnt, dass dies nur der Anfang der Ewigkeit war.

Und das war die einfachste Frage, die ich je beantworten sollte.

»Ja«, hauchte ich. Ich rollte mich auf die Knie, schlang die Arme um seinen Hals und wiederholte: »Ja, ja, ja, ja.«

Er schob mir den Ring auf den Finger, dann stieß er

ein lautes Lachen aus und erhob sich, ohne mich aus seiner Umarmung freizugeben.

»Sie hat Ja gesagt! Das bedeutet, dass sie heiraten werden«, erklärte Asher den Mädchen.

Kichern und Jubel füllten die Luft um uns herum, während Eason kurze Küsse auf mein Gesicht niederregnen ließ.

Mir kam ein Gedanke, also lehnte ich mich zurück, um seinen Blick einzufangen. »Wie lange liegt dieser Ring eigentlich schon im Glas?«

Er strahlte vor Stolz. »Seit ich es aus Kalifornien mitgebracht habe.«

»Hattest du jemals vor, mir davon zu erzählen?«

»Aber ich weiß doch, wie sehr du Überraschungen liebst.«

Ich lachte. »Die hier mag ich tatsächlich.«

»Gut. Und von jetzt an will ich kein Wort mehr darüber hören, dass ich deine roten M&Ms esse. Ich hätte das Glas längst leer gegessen.«

Soweit es mich anging, konnte er jedes M&M auf der ganzen Welt haben. Er konnte mich sogar Sug nennen – auch wenn ich nicht vorhatte, ihm das zu erzählen.

»Ich liebe dich so sehr.«

Auf seinem Gesicht erschien das schönste Grinsen, das ich je gesehen hatte ... Und da ich hier schließlich von Eason sprach, hieß das echt etwas. »Ich dich auch.«

Epilog

Eason

Zwei Jahre später …

»Und die Kandidaten für das Album des Jahres sind …«, verkündete ein Mann, aber ich war zu sehr damit beschäftigt, meine Frau anzustarren, um mich auf die Bühne zu konzentrieren.

»Rede mit mir«, flüsterte ich.

Bree stieß die Luft aus und vergrub ihre Finger so fest in meinem Oberschenkel, dass es beinahe wehtat. »Entspann dich. Die Kamera wird dich gleich einfangen.«

»Mir ist die Kamera vollkommen egal, wenn …«

Die ersten Noten meines Nummer-eins-Hits füllten das Staples Center, als der Moderator, in dem ich erst jetzt Shawn Hill erkannte, meine Nominierung verkündete: »*From the Embers* von Eason Maxwell.«

Ich richtete mich in meinem Stuhl auf und setzte ein Lächeln auf, von dem ich nur hoffen konnte, dass es ehrlicher wirkte, als es sich anfühlte.

Levee drehte sich in ihrem Sitz vor uns um und schenkte mir ein strahlendes Grinsen. »Du schaffst das.«

Da war ich mir nicht so sicher. Andererseits wusste ich auch nicht, ob es überhaupt eine Rolle spielte.

Nachdem wir nach Los Angeles gezogen waren, hatte sich unser Leben total verändert. Gott sei Dank. Nicht dass ich gar keine schönen Erinnerungen an Atlanta hatte. Wie ich mit den Kindern im Garten gespielt hatte. Mich an der Feuerstelle in Bree verliebt hatte. Das Kichern der Kinder, als Oreo die Vorhänge nach oben geklettert war wie eine Katze auf Speed. Aber nichts davon hatte etwas mit der Stadt zu tun gehabt. Alle Leute, die diese Erinnerungen mit mir teilten, hatten mich begleitet – die irre Katze mit eingeschlossen.

Es hatte uns ungefähr zwei Wochen gekostet, unser Traumhaus in Kalifornien zu finden. Im Vergleich zu Georgia hatte es einen Riesenbatzen Geld gekostet, doch mein Vorschuss von Downside Up deckte die Anzahlung problemlos. Bree hatte sich in das Sicherheitstor vor der Einfahrt und die Kameras an allen Ecken verliebt und die Kinder in den Pool – oder, genauer gesagt, in die Wasserrutsche, die in den Pool führte. Ich hatte einfach geliebt, dass sie sich verliebt hatten. Für alle war es eine Win-win-Situation.

Sobald wir die Schlüssel in der Hand hielten, hatte ich eine Firma damit beauftragt, uns eine größere, schönere Feuerstelle zu bauen. Zwei gebogene Couchs zogen sich um ein Rund aus Ziegeln – nur dass sich darin keine Feuergrube befand, sondern ein kleiner Springbrunnen. Das Plätschern war leise genug, dass ich immer noch Brees zufriedenes Brummen hören konnte, jedoch entspannend genug, dass wir uns nach anstrengenden Tagen dort niederlassen konnten, verloren in unseren jeweiligen Gedanken – aber zusammen.

Selbst nach dem Umzug dauerte es noch eine Weile, bis die Kinder sich an das Leben nach Robs dramatischer Rückkehr von den Toten gewöhnt hatten. Langsam, aber sicher wurde Luna wieder zu dem frechen, wilden Mädchen, das sie immer gewesen war, Madison lächelnd und kichernd an ihrer Seite. Ashers Erholung dauerte länger. Er vertraute niemandem. Hinterfragte alles. Schon die Eingewöhnung in seiner neuen Schule hätte mich fast gebrochen. Beobachten zu müssen, wie mein kontaktfreudiger, verliebter Junge sich total in sich selbst zurückzog, sorgte nur dafür, dass ich Rob Winters umso mehr verabscheute. Und dabei will ich anmerken, dass ich das Arschloch bereits vorher abgrundtief gehasst habe.

Erst ein halbes Jahr später, als Rob einen Deal mit der Staatsanwaltschaft für eine lebenslange Haftstrafe akzeptierte, um nicht die Todesstrafe riskieren zu müssen, schien Asher sich endlich zu entspannen. Noch bevor wir Atlanta verlassen hatten, hatte ein Gericht Brees Antrag stattgegeben, ihre Ehe zu annullieren – mit sofortiger Wirkung. Aber noch wichtiger war, dass der Richter im Prozess gegen Rob ihm als Teil des Urteils auch jegliche Vaterschaftsrechte abgesprochen hatte.

Das war der Tag, an dem sich für Asher alles änderte. Es war eine Sache zu wissen, dass Rob im Gefängnis saß … aber etwas völlig anderes zu verstehen, dass er nie wieder freikommen würde. Die Tränen in seinen Augen und die Erleichterung in seiner Miene, als wir ihm erklärten, dass Rob rechtlich nicht mehr sein Vater war, hatte Wunden in mir geheilt, von denen ich nicht mal geahnt hatte, dass sie noch schwärten. Aber gleichzeitig hatte mir das Wissen das Herz gebrochen, dass Asher sich Sorgen gemacht hatte, er müsse den Mann besuchen, der seine Schwester entführt hatte – und in der Angst gelebt hatte, Rob könne zurückkommen und auch ihn holen.

Doch als er mich angesehen und »Heißt das, dass du jetzt endlich mein richtiger Dad sein kannst?« gefragt hatte, hatten sich alle zerbrochenen Stücke meines Herzens wieder zusammengefügt.

Ich hatte gar nicht schnell genug zustimmen können, auch wenn es mir schwergefallen war, überhaupt Worte aus meiner zugeschnürten Kehle zu pressen. Überglücklich zog ich meinen Sohn in die Arme und nickte mindestens ein Dutzend Mal. Bree entschuldigte sich eilig, und eine Weile später fand ich sie auf dem Boden der Vorratskammer, wo sie jedes rote M&M aus ihrem geheimen Vorrat sortierte.

»Dafür kannst du für den Rest unseres Lebens jedes rote M&M haben«, krächzte sie.

Mir waren die roten M&Ms vollkommen egal – ich hätte sie mir sowieso gestohlen. Ich adoptierte Asher und Madison nicht, um irgendwem einen Gefallen zu tun, und es war keine gute Tat, die eine Belohnung erforderte. Die beiden waren *meine Kinder*. Punkt. Ende der Geschichte.

Zu diesem Zeitpunkt waren Bree und ich noch nicht verheiratet gewesen. Wir planten eine kleine Hochzeit Querstrich einen Familienurlaub auf Jamaika im Frühling, sobald ich wieder mehr Zeit hatte. Doch sobald das Rathaus am nächsten Tag öffnete, standen wir auf den Stufen. Wenn wir schon offiziell eine Familie wurden, wollte ich es richtig machen.

Als meine Liebste in einem weißen Sommerkleid und ich in Jeans und einem hellblauen Anzughemd – ohne

Krawatte – vor der Standesbeamtin standen, wurde aus Bree Winters Bree Maxwell. Und dann, vier Monate später, nach Bergen von Formularen, genehmigte eine Richterin die Adoption, sodass ich offiziell der Vater von Asher Maxwell, Madison Maxwell und – natürlich – ihrer strahlenden, kichernden kleinen Schwester Luna Maxwell wurde.

Doch im Moment machte ich mir mehr Sorgen, dass unser viertes Kind sein Debüt bei den Grammy-Verleihungen feiern könnte.

Sobald die Kamera auf den nächsten Nominierten schwenkte, schwand mein Lächeln, und ich wandte mich wieder an Bree. »Du musst mir irgendetwas liefern. Wie oft kommen die Wehen?«

Ihre Lippen wurden schmal. »Meinst du die heute Morgen oder die jetzt?«

»Du hattest bereits heute Morgen Wehen?«, zischte ich. »Was tun wir denn dann hier, Bree?«

Sie verschränkte die Arme – sodass sie auf ihrem prallen Bauch ruhten – und sah mich böse an. Gott, wie ich diesen Blick liebte! »Ich weiß ja nicht, wie es bei dir aussieht … aber ich bin hier, um zu sehen, wie mein Mann einen Grammy gewinnt.« Sie hielt inne und schloss fest die Augen, bevor sie zischend den Atem ausstieß.

An jedem anderen Tag hätte mich ihre Unterstützung gerührt – solange dabei nicht die Gefahr bestand, dass die Geburt meines Kindes live im Fernsehen übertragen wurde. Heute dagegen, wo Bree in der achtunddreißigsten Schwangerschaftswoche war und Wehen hatte, wollte ich einfach nur von hier verschwinden. »Das reicht. Lass uns gehen. Ich bringe dich ins Krankenhaus.«

Sie entzog mir ihren Oberarm und legte den Kopf schief. »Würdest du bitte damit aufhören? Es geht mir gut. Die Wehen kommen noch nicht regelmäßig. Aber selbst wenn es so wäre, liegt die Chance, dass ich dich das hier verpassen lasse, bei genau null Prozent. Also lehn dich zurück, entspann dich, lächele und genieß den Moment, für den du so hart gearbeitet hast.«

Ich biss die Zähne zusammen.

Bree war die sturste, selbstständigste Frau, die mir je begegnet war. Und auch wenn ich diese Qualitäten normalerweise bewunderte, waren sie in diesem Moment, während Nervosität mir den Magen verkrampfte, nicht unbedingt meine liebsten Charaktereigenschaften.

»Ich schwöre dir, wenn es hier passiert und Shawn Hill dir unter das Kleid schauen darf, während ich gezwungen bin, unser Kind zu entbinden, werde ich dir das nie verzeihen.«

Sie stieß ein leises Lachen aus. »Toll. Du hast meinen Plan ruiniert. Dabei weiß doch jeder, dass es nichts Attraktiveres gibt als eine Frau in den Wehen.«

Sie lachte wieder, nur um sofort das Gesicht zu verziehen.

»Noch nicht regelmäßig, hm?«

Sie biss die Zähne zusammen und schüttelte den Kopf. So. Verdammt. Stur.

Es war erst ein Jahr her, dass wir bei der gleichen Preisverleihung gesessen hatten, wo ich als *Bester Newcomer*, für die *Single des Jahres* und das *Album des Jahres* nominiert gewesen war. Ich hatte keinen der Preise gewonnen. Aber da meine Musik bei jedem Radiosender im ganzen Land lief und jedes meiner Konzerte ausverkauft war, kaum dass die Karten freigegeben wurden, fiel es mir schwer, etwas anderes als Dankbarkeit zu empfinden.

Die Entscheidung, noch ein Kind zu bekommen, war Bree und mir nicht schwergefallen. Ich hatte mir immer eine ganze Herde Kinder gewünscht. Und auch wenn die drei, die wir schon hatten, manchmal wie eine Herde klangen, hatten wir der Versuchung einfach nicht widerstehen können. Und das Timing war perfekt, denn ich hatte meine Tournee gerade beendet und etwas Zeit, bis ich mit meinem neuen Album anfing.

Doch das aktuelle Dilemma belastete mich.

»Und der Gewinner ist …«, hallte Shawn Hills Stimme durch den Raum und zwang damit meine Aufmerksamkeit wieder auf die große Bühne.

Da ich schon einmal leer ausgegangen war, sagte ich mir selbst, dass es keine Rolle spielte, ob ich diesen Preis gewann. Ich durfte meinen Lebensunterhalt mit Musik verdienen. Mit diesem Job konnte ich meine Familie mehr als gut versorgen. Und meine Karriere hatte sich auf eine Weise entwickelt, von der ich niemals auch nur zu träumen gewagt hatte. Ich hatte eine atemberaubende Frau, die mich liebte und aus vollem Herzen unterstützte, und drei wunderbare, gesunde Kinder zu Hause … plus eines, das mit etwas Glück erst dann auf die Welt kommen würde, wenn wir im Krankenhaus angekommen waren.

Trotz des Chaos und der Tragödien meiner Vergangenheit hatte ich ein Leben, das ich liebte. Und ein Grammy würde daran nichts ändern.

Aber dennoch klangen die Worte, die ich als nächste hörte, süßer als jede Melodie. »*From the Embers*. Eason Maxwell!«

Eine Flutwelle aus Gefühlen brach über mir zusammen und nagelte mich in meinem Stuhl fest. Ich drehte den Kopf zu Bree, als sie mich fest umarmte. Die größten Namen der Branche klatschten und jubelten. Levee und Sam standen auf, schrien meinen Namen und schlugen mir auf die Schulter, aber es war Brees Stimme an meinem Ohr, die dafür sorgte, dass meine Kehle eng wurde.

»Das warst du allein. Selbst als die Leute dir gesagt haben, du sollst aufhören, als die gesamte Welt wortwörtlich um uns herum in Flammen aufgegangen ist, hast du weitergemacht. Du hast das geschafft, Eason. Das alles.«

Mir fehlten die Worte, doch ich schaffte es, ihr zuzuflüstern: »Ich liebe dich.«

»Ich dich auch«, sagte sie, ehe sie mich freigab. »Und jetzt geh da hoch und hol dir deinen Grammy.«

Atemlos und mit zitternden Händen stand ich auf. Ich drückte ihr noch einen Kuss auf die Lippen, bevor ich auf die Bühne ging. Shawn reichte mir meinen Award, und ich gönnte mir einen Moment, um das goldene Grammofon in meinen Händen zu bewundern. Ich hatte diesen Preis Dutzende Male in Studios und in Levees Haus gesehen; in Souvenirläden in der Stadt wurden sogar kleine Repliken davon verkauft.

Aber keiner dieser Preise hatte mir gehört.

Ich schluckte schwer, schickte ein Stoßgebet zum Himmel, dass ich die richtigen Worte fand, und sah über die Menge hinweg. Mein Blick saugte sich an Bree und Levee fest, die immer noch standen und klatschten, während mein Producer, Lincoln, ebenfalls auf die Bühne kam. Freudestrahlend begrüßten wir uns per Handschlag, umarmten uns halb, woraufhin dann noch ein Rückenschlag folgte, ehe ich ihm das goldene Grammofon reichte und ans Mikrofon trat.

»Ich, ähm, habe in den letzten zehn Jahren mein Geld damit verdient, Songtexte zu schreiben. Aber ich wollte nichts beschreien und habe daher keine Rede für heute Abend vorbereitet.« Ich verschränkte meine feuchten Hände, weil ich keine Ahnung hatte, was ich ohne ein Instrument mit ihnen anfangen sollte. »Was ich jetzt ein bisschen bereue.«

Die Menge lachte. Ich nutzte den Moment, um mich zu räuspern.

»Als Erstes möchte ich meiner Frau danken. Ich weiß, dass viele hier Teile unserer Geschichte gehört haben … aber für diejenigen, die darüber nicht im Bilde sind, möchte ich eine verkürzte Version liefern. Vor ein paar Jahren gab es ein Feuer in meinem Haus. Es war grauenhaft. Menschen sind gestorben. Leben haben sich für immer verändert. Die Medien haben berichtet, dass ich dieser wunderschönen Frau dort das Leben gerettet habe.« Ich fing Brees Blick ein und versuchte, all meine Liebe in meine Stimme zu legen. »Aber in Wahrheit hat sie mich gerettet.«

Ihre Augen glänzten, als sie mir einen Luftkuss zuwarf.

»Ohne diese Frau gäbe es keinen Eason Maxwell.« Ich lächelte und wackelte kurz mit dem Kopf. »Es könnte vielleicht einen *Easton* Maxwell geben, aber das erzähle ich Ihnen ein anderes Mal.«

Die erste Freudenträne lief Bree über die Wange, als sie lachte.

»Ich vermute, ich will einfach Danke sagen. Ich danke meinem alten Label, dessen Namen ich hier nicht nennen will, dafür, dass es mich vor all den Jahren fallen lassen hat. Ich danke Levee und dem gesamten Team bei Downside Up dafür, dass sie mir eine Chance gegeben haben. Asher, Madison und Luna, ihr seid das Beste, was mir je passiert ist. Danke, dass ihr mir erlaubt, euer Daddy zu sein. Wir haben viel zusammen durchgemacht, aber das hat uns zusammengeschweißt. Und nun müssen Sie mich bitte entschuldigen, denn meine wunderbare Frau, die mich unbedingt unterstützen wollte, hat vergessen zu erwähnen, dass sie schon seit heute Morgen Wehen hat. Daher sollte ich sie jetzt wahrscheinlich besser ins Krankenhaus bringen.«

Mein Producer gab mir den Award zurück. Ich streckte ihn hoch in die Luft und beendete meine völlig spontane, aber aus den Tiefen meines Herzens kommende Rede. »Also, vielen Dank. Und auch wenn ich das eigentlich nicht verraten sollte: Es wird ein Mädchen.« Ich grinste und zwinkerte dann Bree zu. Sie starrte mich böse an, doch das Zucken ihrer Mundwinkel verriet mir, dass sie im Grunde gar nicht sauer war.

Die Menge jubelte. Alle sprangen auf die Beine und richteten den Blick auf Bree. So, wie es sein sollte.

Ich mochte derjenige gewesen sein, der die Musik geschaffen hatte.

Aber der Star der Show würde immer Bree sein.

Acht Stunden später wurde Ava Grace Maxwell geboren. Sie sah genauso aus wie ihre Schwestern und vervollständigte eine Familie, die aus der Glut eines Feuers entsprungen war – was von Anfang an unsere Bestimmung gewesen war.

Kann die Liebe sie retten?

Coverabbildungen vorbehalten

Parker S. Huntington

Darling Venom – Ihre Liebe ist sein Lieblingsgift

Roman

Aus dem amerikanischen Englisch
von Michaela Link
everlove, 624 Seiten
ISBN 978-3-492-06579-5

Am Valentinstag steigt Charlotte nachts auf das Dach ihrer High School, bereit, alles zu beenden. Doch es ist schon jemand dort: Kellan, der Außenseiter der Schule. Unter anderen Umständen hätten sie nie miteinander gesprochen. Aber in dieser Nacht ist alles anders und sie schließen einen Pakt: Jedes Jahr am selben Tag, zur selben Zeit, am selben Ort werden sie sich treffen.

everlove by PIPER

Leseproben, E-Books und mehr unter www.everlove-verlag.de